放歌天山
喜迎党的二十大主题文学丛书

高天龙 赵青阳 杨春 著

群山之上

——"时代楷模"拉齐尼·巴依卡的故事

新疆人民出版社
（新疆少数民族出版基地）

图书在版编目(CIP)数据

群山之上:"时代楷模"拉齐尼·巴依卡的故事/高天龙,赵青阳,杨春著. — 乌鲁木齐:新疆人民出版社,2023.2(2024.12重印)

(放歌天山:喜迎党的二十大主题文学丛书)

ISBN 978-7-228-21043-5

Ⅰ.①群… Ⅱ.①高… ②赵… ③杨… Ⅲ.①报告文学—中国—当代 Ⅳ.① I25

中国版本图书馆 CIP 数据核字(2022)第 243101 号

群山之上——"时代楷模"拉齐尼·巴依卡的故事
QUNSHAN ZHI SHANG——"SHIDAI KAIMO" LAQINI BAYIKA DE GUSHI

◎ 总 策 划　李翠玲
◎ 丛书统筹　陈　漠　孙祁娟
◎ 责任编辑　李庆晖
◎ 装帧设计　王　洋

出　版	新疆人民出版社
	(新疆少数民族出版基地)
地　址	乌鲁木齐市解放南路 348 号
邮　编	830001
制　作	乌鲁木齐形加意图文设计有限公司
印　刷	新疆新华印务有限责任公司
开　本	710mm×1020mm　1/16
印　张	20.75 印张
字　数	300 千字
版　次	2023 年 2 月第 1 版
印　次	2024 年 12 月第 2 次印刷
定　价	42.00 元

目录

第一章　群山无垠　　　　　　　　　　　001

检阅他们的不仅有亿万年恒久屹立的高山大川、变化莫测的风霜雨雪，还有血管中汩汩流动的血脉传承。

第二章　主动请缨　　　　　　　　　　　012

这些年里，凯力迪别克·迪力达尔将时光踩在了巡逻路上，将青春年华印在了边境线上。

第三章　接力巡边　　　　　　　　　　　031

凯力迪别克·迪力达尔实在走不动了，他把目光投向了儿子巴依卡·凯力迪别克。

第四章　雄鹰展翼　　　　　　　　　　　067

当拉齐尼·巴依卡得知父亲要带他去巡边时，兴奋得几天没有睡好觉，一直处于亢奋状态。

第五章　高原恋歌　　　　　　　　　　　131

瞬间的恍惚之后，幸福的感觉沿着光影慢慢浸入他的心中，他的心底升起一股暖流。从此，自己的生命中多了一个生死相依的伴侣。

第六章　死亡之谷　　　　　　　　　　　151

一路上，拉齐尼·巴依卡是大家的"定心针"，这里没有波澜壮阔与跌宕起伏的故事，只有这样沉重而坚持的行走，脚步不停，目标明确。

第七章　冰雪线上　　　　　　　　　　　175

他生于斯长于斯，习惯高原苦寒缺氧的生活，但是每次执行任务的时候，也会被高原反应折磨，常常达到身体忍受的极限。

第八章　白云在天　　　　　　　　　　　202

帕米尔高原，永远被阳光照耀的地方，风和时间紧紧拥抱守卫边境线的这群人。

第九章　雄鹰之梦　　　　　　　　　　　241

燃烧沸腾起一腔热血，为祖国和人民奉献出自己的一切，这是他心中的信念和梦想。

第十章　振翅翱翔　　　　　　　　　　　275

如同向死而生的雄鹰，在沉入冰湖的刹那，不朽的英灵从冰封雪锁中破浪而出，直冲云霄。

第十一章　群山之上　　　　　　　　　　313

不仅是他，还有千千万万边防战士和护边员，这些"我以我血荐轩辕"的爱国者，这些忠勇之士，他们以胸中的热血共同铸就精神的图腾，一起永存群山之上。

第一章　群山无垠

> 他们走着，
> 不停地走，
> 一面在磐石上刻着"中国"两字，
> 一面唱着《义勇军进行曲》。
> 歌声休止的时候，
> 继任者的脚步声、马蹄声和风雪声接替着，
> 奏响这英雄的壮歌。

一

仲春时节的塔什库尔干，冰雪未消，只有高原柳苍褐色的枝干泛起一丝淡淡的鹅黄，不仔细看几乎看不出来。风依然冷冽，带着高原特有的不羁，与每一座山峰、每一条冰河不期而遇。

穿行于塔什库尔干河与辛滚河的冲积平原，经常会遇到帕米尔高原的寒雾。薄薄的雾气萦绕着喀喇昆仑山与兴都库什山，像是披在山体上的一层薄纱。当地老人说，寒雾在太阳升起或者西沉的一刻会迅速逸向天空，成为雄鹰翅下斑斓的云彩。我不知真假，但常常还是会满怀期待地久久凝视，试图等待寒雾的尽头瞬间闪现的帕米尔雄鹰矫健的身影。

一日日过去，它并没有出现。

那日，我们踏上红其拉甫口岸，在中巴友谊公路遇到高原特有的风吹雪，裹挟着雪粒的劲风浪潮一样不断拍打翻卷着，像是把大地放到了一个巨型吹风机前。雪由西向东推进，像是要把所有的生命都赶出它的世界。人在风中摇摇晃晃，站立不稳，只能弓着身子、低着头趔趔趄趄向前走。这时，在冰天雪地间出现了几个移动着的小黑点，像是撒在白雪中的几枚炭粒。直到近前才发现，它们是急掠而过的雄鹰。它们稳健的身影不为风雪所动，翼翅伸展，迅捷有力，苍黑的身体在冰峰雪岭间快速滑翔着。

那一瞬间，我突然明白，雄鹰是属于红其拉甫的，海拔越高它越是振翅飞翔。作为高天上的勇士，只有这片海拔4700多米的"血染的山谷"，才能以冰雪锻造它的羽翼、淬炼它钢铁般的意志，让它去俯瞰和捍卫帕米尔高原这片辽阔的疆域。

风疾雪劲，群山层叠，我们追逐着雄鹰的翅膀划过天空的痕迹，遇见了那些曾与英雄并肩而行的人，也听见了边境线上许许多多感人至深的故事。

在红其拉甫口岸，当我们挽起手臂迎着暴烈的风雪高声唱响国歌的时候，强烈的家国情怀让所有人都心怀激荡、热血沸腾。天有多冷，风有多狂，血就有多热，爱就有多深沉。

在拉齐尼·巴依卡执勤点，我们遇到了20岁的年轻女孩达热亚·夏木比。在得知拉齐尼·巴依卡牺牲的消息后，她大哭一场，毅然放弃自己在长沙的工作，放弃每月6000多元的收入和大城市繁华热闹的生活，从万里之外赶回故乡提孜那甫，申请做一名红其拉甫拉齐尼·巴依卡执勤点的普通护边员。

在红其拉甫夏牧场，我们遇到拉齐尼·巴依卡的老邻居夏克尔·吾斯曼江。提到拉齐尼·巴依卡，这个粗犷寡言的塔吉克族汉子眼圈立刻红了。那么多细小的往事被回忆起来，像失散的线条慢慢聚拢，勾勒出拉齐尼·巴依卡 41 年间走过的岁月。

在边防连，我们遇到与拉齐尼·巴依卡一起巡逻的边防官兵。提到拉齐尼·巴依卡，每个人心中都充满悲戚与思念。他是他们的战友，更是和他们一起出生入死的兄弟。无论是在营房，还是在并肩巡逻的路上，有太多难以忘却的记忆与情感，而每一段记忆画面中都有拉齐尼·巴依卡永恒的身影。

"一个人真正的死亡，并不是他心脏停止跳动的时候，而是他被遗忘的时候。"这是电影《寻梦环游记》中的一句话。反过来理解，那些未被遗忘的人会永远活着，活在那些怀念着他们的人的心中。

在拉齐尼·巴依卡的家里，我们见到了他的父亲巴依卡·凯力迪别克老人。这位有着 30 多年护边历史、获得无数嘉奖的老人，在自己的护边生涯中共失去 3 位亲人，如今年逾古稀又白发人送黑发人。他的心脏搭有 3 个支架，患有气管炎、高血压、腰椎病等。他皱纹密布的脸上写满沧桑，眼里闪烁着不肯屈从于命运的灼热光芒。每当他因剧烈的腰痛而不断变换坐姿的时候，眉头都会因为疼痛而紧皱，却还是固执地在记忆深处不断搜索挖掘着那些年代久远而又真切无比的往事。在他动情的叙述里，不断出现他的父亲与儿子。每当看到他猛然在回忆中与往昔岁月撞个满怀，却不得不直视斯人已逝的现实，悲伤难抑哽咽难言的时候，我们的眼中也盈满泪水。

在短暂的 41 岁生命中，拉齐尼·巴依卡除了护边就是放牧与耕作。护边无疑是他人生中最重要的部分，他将人生诸多悲喜注入其中，不仅将之视作家族的传承，更是将之作为自身的使命与信念。在祖国西陲的这片高原上，"护边""守国"的信念不仅仅局限于他的家族，而是深深镌刻进生活在帕米尔高原上的塔吉克族人的基因之中。他们在这条漫长的西部边境线上，数十年如一日地默默守护着国土与界碑。每座毡房就是一个流动的哨所，每个牧民就是一名流动的哨兵。在帕米尔高原，他们一边放牧，一边义务巡边、护边，神圣而辽阔的边界线是他们心目中最伟大的图腾。凡边界的土石，都倾听过他们的脚步声；凡风雪所至之处，都留下过他们滚烫的身影。

这是一种不求回报和完全自愿、自觉的爱国意识的集体表达，简单朴素，率真至情。拉齐尼·巴依卡无疑是他们当中最为杰出的代表。

在拉齐尼·巴依卡有限的41年岁月中，除了偶尔因开会、学习而短暂离开塔什库尔干塔吉克自治县，其余时间他都生活在这片高原上。他的一切都和这里彼此交融、息息相关。

他用自己短暂的一生在这片土地上留下深深的痕迹，用义无反顾的救人壮举告诉我们，何谓高尚，何谓信仰，何谓勇敢。

这个世界上从没有从天而降的英雄，只有挺身而出的凡人。那些能摆脱自我、担起时代的责任、能为他人奉献的人，就可以永生。

他如雄鹰般振翅飞过万古长天，留给我们的是生死奥义的永恒答案：英雄不死，英魂永恒。

二

被称为"万山之祖""万水之源"的帕米尔高原，是怎样一处地方呢？

据考证，2.8亿年前，这里曾是波涛汹涌的辽阔海洋，横贯欧亚大陆南部地区，与北非、南欧、西亚和东南亚的海域相通，被称为"特提斯海"。2.4亿年前开始的喜马拉雅板块运动，将印度板块直插入古洋壳下，使得特提斯海不断抬升隆起，亿万年沧海桑田，最终形成帕米尔高原雄奇壮观的地貌。

帕米尔高原是由闻名世界的喀喇昆仑山、昆仑山、天山和兴都库什山交会而成的巨大山结。巍巍群山以其高险和绵延不断、互相连缀的山川走势成为欧亚大陆主脊的组成部分。

地理学家把帕米尔分为东帕米尔和西帕米尔。东帕米尔主要包括帕米尔高原中属于中国领土的这一部分，即塔格孜巴什帕米尔或塔什库尔干周围地区。西帕米尔包括塔吉克斯坦的南部和阿富汗的东北部。

帕米尔高原自然环境严酷，这里万山耸立，山谷幽壑连绵逶迤长达千余里，雪峰夹峙，寒风凛冽强劲，飞雪与大风不舍昼夜、不分寒暑；巨石嵯峨，随处可见；土地苍凉贫瘠，不适宜农作物生长，草木稀疏，四野荒凉。

《山海经·大荒西经》记载，"西北海之外，大荒之隅，有山而不合，名曰不周"。这里的"不周山"就是古代帕米尔的称谓。在上古传说中，不周山是开天辟地的大神盘古诞生的地方，这里荒僻苍凉，艰险非常。作为撑起天地的柱子，不周山是人间通往天界唯一的路径。传说自然充满玄幻，不过，帕米尔高原群山绵延，冰峰雪岭多不胜数，它们岩体高矗，直刺云端，确实有些像天柱。

其中跟帕米尔高原有关的最著名的传说是《淮南子·天文训》中所记载的共工怒触不周山。相传盘古开天辟地之后，颛顼帝与水神共工氏打了一场旷古大战。战败的共工怒气难平，为发泄愤恨，一头撞向撑天的柱子不周山，结果把天柱撞断了，一时天塌地陷，日月移动，洪水滔天。

帕米尔高原历来是盛产传奇的地方，人与自然生生不息又共依共存。在流传自上古的久远故事里，无论是苏醒后不甘被困住手脚、意欲开天辟地的盘古，还是斗志不息欲翻天覆地的共工，或者是后来传说中天塌地陷后试图炼石补天的女娲娘娘，又或者是衔草木以填东海的精卫，都是先民百折不挠、战天斗地、矢志不渝与自然做斗争的信念的化身。

上古的风烟在时光长河中慢慢岑寂，亘古不变的帕米尔依旧亿万年积雪漠漠、巍然屹立。到了汉代，昔日的不周山有了一个新的称谓——"葱岭"（因多出葱，又因山崖葱翠而得名）。这个称谓一直延续到唐代。

唐开元年间，塔什库尔干镇一带设置了葱岭守捉所。随着对外贸易和文化交流的频繁，来往的波斯商人发现葱岭的顶端平坦开阔，于是给它起名

"平顶屋",翻译成汉语就是"帕米尔"。帕米尔在塔吉克语里意为"世界屋脊"。玄奘在《大唐西域记》中有这样的记载:"国境东北,逾山越谷,经危履险,行七百余里,至波谜罗川。东西千余里,南北百余里,狭隘之处不逾十里。据两雪山间,故寒风凄劲,春夏飞雪,昼夜飘风。地碱卤,多砾石,播植不滋,草木稀少,遂致空荒,绝无人止。"这里的"波谜罗川"就是帕米尔。

帕米尔高原由于地理位置的特殊,古往今来一直是横贯东西方的重要通道,是古丝绸之路的必经之地。在海上通道开辟之前,位于帕米尔东部的塔什库尔干曾经是东西方交流的必由之路和交通枢纽,丝绸之路南路和北路从塔里木盆地向西延伸到帕米尔会合,通向塔什库尔干的石头城,然后通向遥远的西方。

塔什库尔干防区西为萨雷阔勒岭,西南是兴都库什山,南边是喀喇昆仑山。这些山脉在边境线构成对外的天然屏障,并与昆仑山形成塔什库尔干河谷和木吉河谷。防区地形可概括为"一原(帕米尔高原)、二岭(瓦罕岭、萨雷阔勒岭)、三山(喀喇昆仑山、昆仑山、兴都库什山)、三峰(乔戈里峰、公格尔九别峰、慕士塔格峰)、五河(木吉河、盖孜河、塔什库尔干河、叶尔羌河、卡拉秋库尔苏河)"。防区特点是相邻国家多,巡逻观察点多,通外山口多;边防线最长,面积最大,驻地最高。在战略上具有"一谷卡三道,一岭稳四线"的作用,战略地位十分重要。

历朝历代对于帕米尔地区边防线都十分重视和关注。尤其是光绪年间,先后在帕米尔地区设卡伦 10 个,并派士兵驻守。

1883 年,游牧于喀喇昆仑和帕米尔高原地带的柯尔克孜族牧民承担了沿卡伦稽查、侦探、修路等事宜。

1889 年,为进一步加强帕米尔地区的边防工作,除派正规军驻守主要卡口之外,主要小道都派当地牧民守边,形成一个严密的边境军民联防网。

许多塔吉克族和柯尔克孜族青年应募组成色勒库尔绥远回队，当地居民按照清朝军队指派的任务，在喀拉库里湖东岸建筑作战工事。

即使如此，塔什库尔干境内和边境从来没有平静过。

1865年，阿古柏入侵新疆。1875年，清政府派左宗棠西征阿古柏。清军一路势如破竹，阿古柏全军覆没。

从1870年开始，俄国和英国开始争夺帕米尔地区，两国于1895年签订了《英俄帕米尔协议》，并根据协议在分界线上立了界碑。

同年，英国煽动罕萨借热斯卡地区开荒种地，沙俄占领塔合曼地区。清政府坚决反对，立即迁入64户塔吉克族、柯尔克孜族牧民到热斯卡地区开荒种地。

1938年，中国共产党驻新疆代表向新疆省政府建议，为巩固抗日战争大后方，从进入新疆的西路军中选拔了一些军人，派往南疆边境喀喇昆仑一带守卫边卡。

1938年冬，第一位登上帕米尔高原的中共党员胡鉴被任命为蒲犁县边卡大队队长，他率领10多名随从进入塔吉克族聚居区。1939年，又从泽普县调中共党员许亮任蒲犁县县长。边防大队组织了一支20多人的轻骑队巡视边境。这支小分队成员多是塔吉克族士兵，他们熟悉边境地形和气候变化，多次躲过灾难。

蒲犁县与苏联、阿富汗、巴基斯坦三国接壤，国境线上多是崇山峻岭。边防小队历经千辛万苦，整整走了2个多月，行程1000多公里，巡查了整个边境地区，确定了设卡建哨的各处地点。他们在巡逻途中多次遇到外国武装分子的入侵，都被他们一一消灭。

第二年春天，莎车、叶城、英吉沙等县的维吾尔族民工赶着成千的驴和马，给蒲犁县运送木料、粮食和苜蓿等物资，支援建设哨所和边卡。当地的塔吉克族牧民更是不遗余力给予支持，蒲犁县副县长卡尔万夏亲自带领支援大队，顶风冒雪、跋山涉水，把一袋袋粮食送上前沿。在各族人民的大力支持和密切合作下，漫长的边境线上很快建成了一系列哨所和边卡，制止了帝国主义分子组织的非法越境和走私活动。

几年之后，漫长的边境线又由国民党军队守卫。

塔什库尔干塔吉克自治县镶嵌在帕米尔高原的山壑之间，共有888.5公里的漫长边境线和46条通外山口，与塔吉克斯坦、阿富汗、巴基斯坦毗邻，是全国唯一与3个国家接壤的自治县。县域内喀喇昆仑山脉、兴都库什山脉、阿赖山脉盘根隆起，如同突兀高耸的冰筋雪骨直入云天。仅喀喇昆仑山脉就有19座山海拔超过7260米。其中，8座山峰超过7500米，4座超过8000米。更有乔戈里峰、公格尔峰、公格尔九别峰、慕士塔格峰这些世界闻名的险峻高峰。以至英国作家詹姆斯·希尔顿在他的著作中写道："喀喇昆仑山脉是地球上最令人敬畏的山地景观之一。"

位于塔什库尔干塔吉克自治县南端的红其拉甫口岸同巴基斯坦北部地区毗邻，平均海拔超过4800米，是世界上海拔最高的口岸。空气的氧气含量不到平原的一半，风力常年在七八级以上，最低气温可达 $-40℃$，连石头都可以冻裂，是"高原之上的高原"。这里"万山堆积雪，积雪压万山"，雪峰连绵起伏，沟壑纵横交织；没有四季，只有冷暖两季，紫外线强烈，天气变幻无常，被称为"血染的通道""生命禁区"。当地人形容这里"天上无飞鸟，地上不长草，风吹石头跑，氧气吃不饱，六月下大雪，四季穿棉袄"。是高原心脏病、高原红细胞增多症、高原血压异常等多种高原病多发区。

红其拉甫边防连是我国海拔最高的边防连，这里被视为试练意志与信仰的天然训练场。"缺氧不缺精神，海拔高要求更高""宁让生命透支，不让使命欠账"，凡是经历过帕米尔高原的洗礼，经受过红其拉甫风雪考验的人，没有吃不了的苦，也没有解决不了的困难。从这里走出的官兵，无论走到哪里，都意志坚定、信念如磐。稀薄的氧气及酷寒摧残着人的肉体，却提升了信念的高度，净化了情感，使得所有驻守在帕米尔高原的官兵们具有了一种隶属于高原的无与伦比的清澈的爱。

在红其拉甫边防连流传着这样的故事：一名曾经在红其拉甫施工的工人说，即使一年给他 100 万元也绝不愿意待在那里。可是，我们的战士却不计得失，甘之如饴，甚至将在这里戍边视为荣耀，争着抢着上红其拉甫。

在红其拉甫当过兵是可以骄傲一生的事情。边防连官兵通常 3 年可以休 2 次假，他们常年在冰天雪地中执勤，很难看到其他色彩，甚至连娱乐都没有。在没有手机的年代，边防连的战士最流行的消遣和娱乐是看云。

据说在红其拉甫边防连，所有的官兵指战员都有 3 个共同的愿望：看一次绿树，听一次雨，穿一次短袖。那里没有一棵树，连生命力旺盛的高原柳都无法在那里扎根生长；那里从来没有下过雨，一年四季，只有连绵不断的漫天大雪；那里没有夏天，即使在最热的季节，在红其拉甫也得穿厚厚的棉衣。司空见惯最平常的事物，对于边防战士来说，却是最为奢侈难以实现的愿望。

曾经有一位战士，在红其拉甫两年没有下过高原。当他好不容易下山休假的时候，看到路边高大的绿树，非要让司机把车停下来。司机不解地停下车后，他推开车门，向一棵枝叶繁茂的大树飞奔而去，一把抱住树干号啕大哭，他已经太久没有见过高大葱郁的树木了。在别人诧异不解的目光背后，是战士日复一日的孤寂与严酷中的坚守。即使如此，戍边的官兵与护边员们依然将红其拉甫视为心目中的圣地。在他们的心中，守好红其拉甫，守好边境线，重于一切。

吾甫浪沟从塔格墩巴什河中段斜插进去，破开高耸入云的喀喇昆仑山，由西向东延伸，纵横连接着与巴基斯坦相邻的蜿蜒的边防线。"吾甫浪"在塔吉克语中的意思为"艰险的河谷"，吾甫浪沟以极端险恶严酷而著称，徒步或者骑马都无法穿越，唯有依靠有"高原之舟"之称的牦牛才可以通过，是唯一只能依靠骑牦牛执勤的巡逻线。

进入吾甫浪沟参与巡逻是每位红其拉甫边防连官兵指战员心中共同的梦想，也是红其拉甫边防连的光荣传统，是连队的试金石。唯有走过吾甫浪沟，才真正算是红其拉甫边防连的人。这是和平年代边防官兵们心目中独有的英雄梦。

因为条件艰苦、危险丛生，参与吾甫浪沟巡逻的官兵都是优中选优，经过层层筛选和考验的。许多人从入伍之初就在积极为进入吾甫浪沟巡逻做准备，强化体能，努力提升身体各项指标，锤炼战术技能，熟悉了解地形状况，预演处置各种突发状况。按照习惯，出发前每个被选拔出来的表现优秀的官兵都会写好遗书。吾甫浪沟太危险了，所有进入的人都会面临生死考验，但是，即使进入吾甫浪沟意味着接受一次生死的抉择，也从未让官兵们心中炙热的情感减弱。

这样的信念与勇气对他们而言是军旅生涯的一次盛大阅兵。检阅他们的不仅有亿万年恒久屹立的高山大川、变化莫测的风霜雨雪，还有血管中汩汩流动的血脉传承。

守卫祖国边防的还有世代居住在这里的塔吉克族人，他们与边防战士一起，共同筑起了固若金汤的边防长城。

在这片传奇的土地上，不仅有拉齐尼·巴依卡一家三代，还有热斯卡木村的买买提·热依木一家三代，他们以守土卫国为己任，共同承担起保家卫国的责任。

拉齐尼·巴依卡在这样冰天雪地充满传奇色彩的帕米尔高原上长大，在这样一群人中长大。从他开始接过父亲的鞭子做护边员的那一刻起，似乎就注定了他的一生必将因此而变得不平凡。

当我行走在帕米尔高原的群山之间，感受高原春日凛冽刺骨的寒风，俯拾那些时光中的闪亮碎片，那些细碎的场景慢慢聚拢，成为时间长河中的吉光片羽。他在其中或行走放牧，或忙前忙后，或严肃幽默、步履坚定，或笑容纯真、样貌生动。许多时候，我坐在那里，对着那些场景静心凝视，便会见到他回首微笑，颔首之后又展翅离去。

时光自有其形迹，顺着那些草蛇灰线前行，就会遇见他。

第二章　主动请缨

在茫茫高原上，你是一座移动的山峰！
在风雪帕米尔的巡逻线上，你是一座巡逻的界碑！
在生死相依的无数个瞬间，你是雪域高原盛开的雪莲！
一生守边，代代相传，你是不穿军装的边防卫士！
你是舍生忘死的人民英雄！
你是大家心中指引前行的灯塔！

一

春天到了，当禾苗露出地面的时候，凯力迪别克·迪力达尔就把羊和牦牛赶往山上的夏季牧场放牧。在路上，是成群成群的羊、马、牦牛……

夏季牧场在高山上，坡陡、路险、面积小，放羊时一般不骑马，牵着马走。

塔吉克族男女都会放牧，只是不在同一个地点。女人一般在村庄附近的坡上放牧，男人则到远处放牧。放牧时，男人挂着高高的牧杖，牵着狗，背着接羔用的毡袋，以便随时接生在牧道上生下的小羊羔，女人则一边放牧一边捻毛线。

凯力迪别克·迪力达尔从小生活在红其拉甫，十几岁的时候父母双亡，无房无地的他只能靠给牧主家放牧维持生计。他一年四季赶着牛羊，在群山间游走放牧，饿了吃随身带的干粮，渴了喝冰河里的水，困了裹上一张牦牛皮倒头就睡，孤寂了对着星星月亮唱《古丽塔扎》。日升月落间，红其拉甫的沟沟坎坎几乎都被他走遍。

塔吉克族男女青年的爱情往往发生在放牧的时候。

24岁的凯力迪别克·迪力达尔看上了美丽的姑娘曲曼。这天，他路过曲曼放牧的地方，正是山花烂漫的日子，曲曼站在花丛中更显妩媚。凯力迪别克·迪力达尔像喝了壶浓浓的烈酒，浑身发烧、热血沸腾。

凯力迪别克·迪力达尔抬起他那灌了铅似的双腿，时不时回头看看曲曼，忍不住大声唱起了情歌：

> 鲜花啊，为了你，
> 我神魂飘散。
> 你芬芳的秀发将我绕缠，
> 你锋利的钢刀刺中了我的心田，
> 你熊熊的情火烧得我像焦土一般，
> 将我推进火海，
> 你真是铁石心肠！

曲曼听了凯力迪别克·迪力达尔的歌声直流泪。他们一直结不了婚，因为他拿不出一只羊或一头牦牛的彩礼。凯力迪别克·迪力达尔不但身无分文，还欠着牧主的牦牛钱呢，8年工钱，现在才扣了3年，还要扣5年，5年之后他才能开始攒彩礼钱，啥时候才能攒够啊！

过去，塔吉克族婚姻中有一个习俗，男子娶妻要给女方家40只羊或一匹马或一头牦牛，最少要一只羊。如果男方家连一只羊都拿不出，女方家是无脸嫁女儿的。

凯力迪别克·迪力达尔就是拿不出任何彩礼的人。

凯力迪别克·迪力达尔在山上放牧一段时间后，必须回村里给牧主地里的庄稼锄草、浇水。一个星期后，他又回到山上，发现少了一匹马，他惊出一身冷汗，知道闯下了大祸。他四处寻找，也问了其他放牧的牧民，都没有找到。他叫苦不迭，心想这下完了。

一天，凯力迪别克·迪力达尔正给羊剪毛时，见一队士兵骑着马、扛着红旗、背着枪走了过来，他和几个牧民躲了起来，突然发现他丢失的那匹马在马群里，但没有人骑。他简直不敢相信，仔细看了又看，真的是自己丢失的那匹马。他跑出来牵马，一个士兵问：“大哥，这是你的马？”

"是我的马，不，应该是牧主苏来曼的马。"他回答。

"真是你的马？"这个士兵再次问。

"是真的，这里的牧民都知道。"凯力迪别克·迪力达尔肯定地说，接着问，"你们在哪里遇见它的？"

"在我们来的路上，它一直跟着我们。"士兵说。

"谢谢啊！"凯力迪别克·迪力达尔从内心里感激。

"大哥，这里的牧民呢？"这个士兵问。

"这……"凯力迪别克·迪力达尔支吾着。

"那你的牧主呢？"他又问。

"跑了。"凯力迪别克·迪力达尔回答得很干脆。

"大哥，我们是中国人民解放军，是老百姓的队伍，是人民军队。你能不能让牧民们都回来？"这个士兵和气地说。

凯力迪别克·迪力达尔确实不知道这是中国人民解放军第一野战军第一兵团第二师十一团一连的士兵。那时，一部分士兵进驻县城，还有部分士兵进驻牧区。

在凯力迪别克·迪力达尔的动员下,牧民们纷纷回来了。这些士兵给牧民看病、打草、盖房、送米送面……

这些行为感动了牧民们,这是他们有生以来见过的最好的部队。

二

中国共产党领导下的中国人民解放军极为重视祖国的边防保卫。

很快,红其拉甫边防连宣告成立,哨卡建在海拔4300米的帕米尔高原上的雪窝里。

边防连要去巡边,没有向导不行。凯力迪别克·迪力达尔知道后,毫不犹豫地找到边防连,主动要求做向导。

到边防线上巡逻,必须从红其拉甫下来,行走十几公里后到达吾甫浪沟,从这个被称为"死亡之谷"的沟口进去,这是唯一一条巡逻之路。为了寻找丢失的牛羊,他进过吾甫浪沟多次,因而对那里的地貌非常了解,成了吾甫浪沟的"活地图"。他知道吾甫浪沟虽然凶险无比,但是只要熟知地貌、细心警惕,依然可以平安进出。

凯力迪别克·迪力达尔没有想到,他的这一举动,开启了自己一家三代巡边做向导的传奇经历。

巡边的时间一般选在9月。9月前,冰消雪融,泥石流不断。9月是最好时机,但只有1个月的黄金时间,而360公里的边境线,往返一次就需要3个月。

吾甫浪沟是一条只能骑牦牛巡逻的边防线,即使是当地土生土长的塔吉克族牧民也视若畏途。过去,每年都会有牧民进去寻找迷路的牦牛而消失不见,因此当地人将吾甫浪沟称为"死亡之谷"。时光迁延中,关于"死亡之谷"逐渐有了很多神秘而诡谲的传说，甚至说那条沟里藏着妖怪，会把人和牛羊吃掉，而且说得煞有介事，情节愈演愈烈，版本也层出不穷，更为吾甫浪沟蒙上了一层诡谲的神秘色彩。无论传说多么匪夷所思，吾甫浪沟的凶险是确凿无疑的，这一点从来没有人怀疑过。在红其拉甫，当地人除非万不得已，绝不会踏进吾甫浪沟一步。

他们带着界碑出发了，终点是位于中巴边境崇山峻岭间的一个山巅。

出发这天，天气晴朗，阳光明媚，喀喇昆仑山山峰上的皑皑白雪在阳光下愈发晶莹洁白。

一路上，凯力迪别克·迪力达尔向巡逻官兵一一介绍经过的险段、河流、达坂、植被、乱石滩。

他们在帕米尔高原到喀喇昆仑山脉、中巴边境的冰峰雪岭之中巡逻。

这里还有蜿蜒的叶尔羌河。叶尔羌河发源于喀喇昆仑山脉，水系含叶尔羌河、提孜那甫河、柯克亚河与乌鲁克河等4条河流，流经喀什地区的叶城县、塔什库尔干塔吉克自治县、泽普县、麦盖提县、巴楚县及克孜勒苏柯尔克孜自治州境内的阿克陶县，最后流入阿克苏地区的阿瓦提县，与和田河汇合为塔里木河，河流全长1076公里。

叶尔羌河上游是大峡谷，叶尔羌河穿过昆仑山系的山区，成为克什米尔与新疆之间的一小段边界。汹涌的激流出了昆仑峡谷向北流，形成许多分支，沿喀喇昆仑山一路高歌地流淌着……

在巡逻边境线时蹚过的80多条刺骨的冰河中，就有叶尔羌河支流流经的地方。

顺利蹚过多条冰河、翻过一道又一道达坂之后，天色暗了下来，一阵风袭来，黑云聚集、低垂，寒风开始呼啸，不一会儿，大雪漫天飞舞……

凯力迪别克·迪力达尔让大家跟紧点，双手千万不能脱离缰绳。他们顶风冒雪，气喘吁吁，这里已经是海拔5800米的高地了，氧气稀薄。眼前又出现了一条深深的大沟，凯力迪别克·迪力达尔大声招呼大家从牦牛背上下来，以减轻牦牛负荷。

凯力迪别克·迪力达尔走在最前面，牵着牦牛慢慢往沟里走，官兵们紧紧跟着。

不一会儿，队伍随凯力迪别克·迪力达尔从沟底走上来了，向最后一个高点走去……

走上最高的山巅之后，望着连绵起伏的崇山峻岭，大家都激动不已：这边是我们中华人民共和国的领土，那边是邻国巴基斯坦的。

连长高翔命令大家用军用铁锹挖出了一个深坑，将写着"中国"两个红色大字的界碑树了起来。界碑树在了帕米尔高原上，树在了每一个守边人、每一个中国人的心里。

接着，官兵们把一面五星红旗插在了高原上。

五星红旗在漫天飞舞的雪花中更加鲜艳夺目，在雪域高原上高高飘扬！

官兵们注视着五星红旗，向这面象征中华人民共和国的红旗庄严地敬礼！

凯力迪别克·迪力达尔第一次知道了五星红旗的神圣意义，他举起握了20多年牧鞭的手向五星红旗敬礼！

高原的天空布满了星星，延绵千里的边防线让守边官兵懂得了"边防军人"这四个字的含义和分量。

这个边防连虽然是第一次走在边境线上，却完全明白肩上的责任。他们在凯力迪别克·迪力达尔的引导下，用双脚一步一步丈量着祖国的领土。

一个多月过去了，他们踏上返程的路。在翻越一座达坂之后，进入一道深沟。深沟被夹在两山之间，沟里的一条小河已经结上厚厚冰层，两座山被厚厚的雪裹住，像盖了两床厚厚的棉被。走进沟里后，凯力迪别克·迪力达尔的精神高度紧张，他边走边观察天气的变化。天色由晴变灰变暗，他催促官兵们加快速度，尽快走出这条沟，一旦发生雪崩，谁也走不出去。曾经有4个牧民就是遭遇雪崩，被埋在了这里。

怕风来风就来了，而且越刮越大。凯力迪别克·迪力达尔看了看沟沿，很难攀上去，唯一的办法就是从沟里迅速出去，他不停地催促官兵们并带头加快了速度。他的耳朵特别灵敏，已经听到两座山上传来的"咔嚓咔嚓"声，这是雪崩的前兆。雪在聚集，在狂风的助推下，大块大块的雪将会断裂、移动、崩塌，随后向沟里滑下来，填满沟底。

他急得汗水直流，嘴里大声喊道："快走啊！快走啊！"

看他一脸惊恐，高翔知道很危险，命令战士们拿出冲锋陷阵占领高地的英勇精神冲出深沟。

天空下起了大雪，伴随着风的呼啸声，整个天空乌云翻滚，天地一片黑暗。

官兵们拼命往沟外冲去……

"轰——隆——"一声巨大的轰鸣传来，紧接着一声又一声。雪崩了！巨大的雪块从山上飞落下来，弥漫开来，沟底被白茫茫的雪雾笼罩了。

凯力迪别克·迪力达尔远远地看着这一情景，又看了看全部安然无恙的官兵们，悬着的心放下了。

天彻底黑了，他们不得不选择一块山谷地宿营。

暴风雪继续着，点燃的火堆几次被风吹灭，官兵们冻得直打哆嗦，凯力迪别克·迪力达尔把10多头牦牛聚集在一起，围成了一堵厚厚的"挡风墙"，又让大家把每头牦牛肚子下的长毛铺在身下、盖到身上，这样既挡风雪又取暖，官兵们度过了一夜。

翌日，官兵们继续前进到铁干里克达坂。这里全是石头，石头上覆盖着前一天下的雪，连走路稳健的牦牛也稳不住身子，时常打滑。一个战士骑的牦牛走着走着，一只脚被石头缝卡了一下，牦牛身子突然倾斜，战士抓缰绳的手一松，就从牦牛背上摔下来了，手脚还被缰绳缠住了。受到惊吓的牦牛往前跑，把战士拖到了一块大石头上，万幸的是战士只是受了点儿轻伤。

凯力迪别克·迪力达尔一直走在前面，听到身后有动静，立刻跳下牦牛冲过来，抓住那头受惊的牦牛，把战士扶上牦牛背，由他牵着前行。

这一年年终，凯力迪别克·迪力达尔和解放军官兵完成了第一次边境巡逻任务。

巡逻途中，连长高翔许诺一定要让凯力迪别克·迪力达尔和曲曼结婚。

提亲的日子到了。

凯力迪别克·迪力达尔父母已经不在人世，只好由高翔和战友们及凯力迪别克·迪力达尔的一个婶婶组成了"男方代表团"，带着边防连赠送的一只羊、茶叶和衣服到女方家提亲。

最初凯力迪别克·迪力达尔拒绝接受边防连送的羊，但高翔说出了种种理由，他只好接受了。

按照塔吉克族人的习俗，"女方代表团"已在曲曼家门口迎候。

凯力迪别克·迪力达尔的婶婶单独见了曲曼，把一枚戒指戴在她的手上，并给她围上一块红头巾。

高翔作为男方首席代表，吻了女方首席代表的手。

举办婚礼的日子选择在秋高气爽、牛羊肥壮的金秋季节。按照塔吉克族的习俗，结婚要热闹3天。

婚礼的头一天，男女双方分别在自己家里准备菜肴，亲戚前来祝贺。

亲戚带来的礼品一般是4个馕，馕上放有衣服、生活用品或首饰，特别亲近的亲戚则送羊。凯力迪别克·迪力达尔的婶婶要往礼品上撒面粉，以示吉祥。

凯力迪别克·迪力达尔到了曲曼家门口，由曲曼的两个女伴敬上加酥油的牛奶。喝两碗牛奶是有讲究的，新郎必须在马上饮完后才能下马。一下马，女方家长就给新郎和证婚人肩上撒面粉表示祝贺。

结婚仪式上，凯力迪别克·迪力达尔和曲曼互换系有红白绸布条的戒指。

婚礼的第一天中午，凯力迪别克·迪力达尔和曲曼在自己家中举行隆重的沐浴净身、喜着婚服的仪式。

凯力迪别克·迪力达尔结婚的礼服是在吐马克帽上缠绕红白两色的布条，穿绣花的衬衣和外套，系绣花腰带，脚穿绣花边的长袜和红色鞋子。曲曼头戴绣花小帽，身穿红色长裙，外套大红裕祥，在4根长辫梢上系大红丝穗，佩戴着艳丽的头饰和银制大耳环、项链。

一切准备就绪，新人共喝一碗盐水，象征他们的爱情是永恒的。仪式一结束，亲友立即将早已准备在馕坑边的绵羊宰了，为凯力迪别克·迪力达尔的婚礼驱邪，同时也是为曲曼过门后的第一餐肉食做准备。

第二天，男女双方在各自的村里举行更大规模的娱乐活动。

第三天早晨，凯力迪别克·迪力达尔和曲曼同骑一匹马回到家。一路上伴郎们催马刁羊，奏乐歌唱，把欢乐撒在大山里。

凯力迪别克·迪力达尔的婶婶早早在门前准备好了隆重的迎亲仪式，地上铺着红地毡，婶婶端出加了酥油的奶茶。曲曼喝完，下马踏着红地毡走进新房。

这天非常热闹，来了很多人，男女老少引吭高歌，婆娑起舞，尽情娱乐，直到太阳落山，人们才恋恋不舍地离去。

三

婚后没过几天，凯力迪别克·迪力达尔随边防连又一次进山巡逻。

这次进山，高翔连长不想让他去，因为他的蜜月还没有结束，但凯力迪别克·迪力达尔执意要去做向导，他告别了曲曼，又一次走在队伍前头。

出发之前，曲曼用两块小花布缝了一个小包，里面装上一根烧焦的火柴棒，交给凯力迪别克·迪力达尔，表达思念会使得自己的心焦灼。

凯力迪别克·迪力达尔把小包揣进了怀里，一步一回头地走了。

80多条冰河，崎岖的山路，冰峰雪岭间一座座高山和数不清的沟壑，都是每次巡逻必须经过的。

山里天气变化无常，一会儿下雨，一会儿下雪，一会儿下冰雹，一会儿又放晴，让人无法预料。

凯力迪别克·迪力达尔头戴一顶吐马克帽，白色的额头与黑脸膛形成强烈的反差。白色的额头是长期戴帽形成的，黑脸膛是长期被紫外线晒的。

几天之后，他们到了9号界碑旁。9号界碑位于一处很险峻的悬崖峭壁，峭壁这边属于中国领土。站在悬崖峭壁上往下看，是一片绿草茵茵的美丽牧场，那里属于巴基斯坦。

这次巡逻还带着一个任务：在这里拉设一道铁丝网。铁丝网不长，就几公里，可这几公里长的铁丝网很难拉设。

山高坡陡路险，碎石坡又陡又滑，牦牛上不去，他们就肩扛着铁桩子、铁丝网，用铁锹、十字镐一点儿一点儿挖坑。山上多是石头，土少，坚硬的石头很难挖动，有时候一镐下去只有一个白点。他们要在地面上冻之前完成这一工作，否则施工难度更大。

用了1个月时间，才完成了拉铁丝网的工作任务，比原计划超出了

10天。

这项工作完成后,他们不敢休息,马不停蹄地继续往前巡逻。官兵们都疲惫不堪。

一天,在踏着冰雪一路前行的时候,一名叫李雪松的战士突然从牦牛背上摔下,牦牛不顾一切地往前跑,李雪松掉进了深沟里。凯力迪别克·迪力达尔立即滚下深沟去寻找李雪松,深沟里的雪松软,处处是雪洞,凯力迪别克·迪力达尔大声喊着李雪松的名字,就是见不到人影,沟上的官兵们也大声地喊着李雪松的名字。

高翔命令道:"你们用绳子捆上我的腰,我下去找他。"

"不行,还是我下去。"

"我……"

战士们纷纷抢着要下去。

高翔制止了大家,他下到深沟里,看见凯力迪别克·迪力达尔已经找到了李雪松,正背着李雪松一步一步地挪动。高翔立刻解下绳子捆上李雪松,让站在沟上的官兵们拉上去,最后他和凯力迪别克·迪力达尔也是这样脱离了危险。

上去不久,他们仨都感到了寒冷。雪灌进了他们的衣服里,融化成水,傍晚的寒风吹着,他们冻得直打哆嗦。

官兵们赶紧点起篝火让他们取暖,但是"火烤胸前暖,风吹背后寒"。

凯力迪别克·迪力达尔突然发现把李雪松摔下的那头牦牛不见了,他站起来四处寻找,官兵们也顾不得烤火吃干粮了,一起寻找那头牦牛。

夜幕四合,星斗满天。

他们终于在另一条深沟里发现了那头牦牛。它的两条腿摔断了,趴在雪上不能动,两眼泪汪汪的。

凯力迪别克·迪力达尔判断它是往前冲时掉进了深沟,它的双腿可能卡在石头间被夹断了。

牦牛重400多公斤，凯力迪别克·迪力达尔和官兵们想尽各种办法也拉不到沟上来，凯力迪别克·迪力达尔心疼极了，这是他一手喂养大的牦牛，是他的"哑巴朋友"。

他知道这位"哑巴朋友"要和他永别了，他点起篝火陪伴了牦牛一夜。

天亮后，凯力迪别克·迪力达尔流着泪抱住牦牛的头，伤心极了，官兵们也流下了不舍的泪水。

凯力迪别克·迪力达尔和他的"哑巴朋友"告别时，它的眼里也流露出悲壮与不舍……

当他们踏上高原时，一只雄鹰从喀喇昆仑雪峰飞了过来，一会儿双翅划过长空自由翻飞翱翔；一会儿穿过冰山雪峰，抖动着双翅飞向更高更远的天空。

雄鹰，是一种令人敬畏的动物。在塔吉克族人的心目中，它是百禽之首，是忠诚、仁慈、勇敢、坚强、正义的象征。那些胸怀宽广、心地善良、平易近人、和蔼可亲、助人为乐的人常被比作鹰。

以鹰为形象创作的故事在塔吉克族民间传说中有极其重要的地位。

有一个传说是，外国侵略者入侵塔吉克族山村，牧民们陷入绝境。牧民们忍痛按鹰的要求将其杀死，用其翅骨做成笛子。笛声悲壮激越，裂石穿云，听到笛声的人们纷纷从四面八方赶来援救自己的兄弟。无数雄鹰加入战斗行列，终于赶走了侵略者。

还有一个传说是，一群猛禽认为吃人肉可以长寿，想抓走一个牧羊人。鹰知道后便让牧羊人骑在自己的背上，逃出了猛禽魔爪，平安回到故乡，可鹰再也不能回去了。此后，鹰便与塔吉克族人朝夕相处、同生共死。

传说在民间不计其数，都证明了每当正义的一方处于绝境时，鹰总是给予他们同情，并挺身而出牺牲自己，使他们获得胜利和平安。传说也让我们看到了塔吉克族人对鹰的崇尚，鹰成为塔吉克族的标志和象征。

帕米尔高原正是雄鹰最理想的家园，它们在高原上出生、淬炼、涅槃，守护着这片美丽的地方。

凯力迪别克·迪力达尔，不正是帕米尔高原上一只苍劲的雄鹰吗？

是啊，他就是一只飞翔在蓝天白云间的雄鹰，是一只翱翔于喀喇昆仑山巅上的雄鹰！

让凯力迪别克·迪力达尔意想不到的是，这次和边防连官兵出去巡逻的时间是最长的，主要是拉铁丝网延长了巡逻时间。

亲爱的丈夫凯力迪别克·迪力达尔该回来了，巡边已经超过 3 个月，还不见丈夫踪影，曲曼很担心。

她坐卧不宁，每天都站在门口，望着伸向远方的弯弯曲曲的小路，多么希望丈夫突然出现在眼前，拥抱住她……

就这样，她一天又一天望眼欲穿，盼着丈夫从边境线上归来。

殊不知，以后的每一年，曲曼都是在这样的担忧等待中度过的。

当他们披着雪花回到红其拉甫的时候，已是 1952 年的新年了。凯力迪别克·迪力达尔带来了喜讯，他在边防连连长高翔的介绍下，光荣加入了中国共产党，成为牧区最早入党的牧民。

5 月，当高原上的鲜花含苞待放时，他的第一个儿子出生了，他给儿子起了个响亮的名字：巴依卡·凯力迪别克。

没想到的是，20 年后，儿子和他一样成了巡边员，成为一只飞翔在帕米尔高原上的雄鹰。

四

在一个风和日丽的早晨,凯力迪别克·迪力达尔告别了妻子和刚出生不久的儿子,再次和边防连官兵去巡逻。

这次会不会遭遇危险,谁也无法预料。

进入吾甫浪沟之后,一连几天天气晴朗,空气灼热,地上热浪滚滚。第五天,天空中乌云密布,远处传来雷声,不一会儿下起了小雨。

雨渐渐大了,地上的坑里聚集起一汪一汪的积水。

凯力迪别克·迪力达尔小声地告诉高翔,他们行进的沟距铁干里克达坂不远,要迅速翻过达坂,不能在沟里停留。

雨越下越大,他们疾步向达坂挺进。

上了达坂,被雨水打湿的地方都很滑,前进的脚步不得不放慢速度。

乌云越积越多,弥漫了整个天空,四周仿佛陷入黑色幕布里,天空中不时响起雷电声,一道道雷电划破天际,闪出一道道白色亮光。

大雨转成了暴雨,地上的积水明显增多,凯力迪别克·迪力达尔担心暴发山洪,他四处观察,感觉一场山洪已经不可避免。如果山洪沿喀喇昆仑山下来,再和数十条河水汇合,会形成滚滚而下的洪水,后果不堪设想。

他赶紧对高翔说,巡逻队所有人要站到高处,越高越安全。他和高翔划分了3个小组,每个小组指定专人负责安全,这个时候不能慌乱,否则就会遭到灭顶之灾。

山洪夹裹着泥沙、石块咆哮着顺沟而来,洪水露出凶恶的嘴脸,想吞噬大地上的一切。

一匹军马前蹄一滑,掉进了滚滚洪水里,它掉下去的一刹那,凯力迪别克·迪力达尔去抓它的缰绳,却抓空了,他倒栽下去,双手紧紧抓住了一棵长在岩缝里的树的根。那树根在洪水的拍击下已经松动，摇摇欲坠，在凯力迪别克·迪力达尔的双手抓捏中，好几次几乎被连根拔起。

高翔急了，凯力迪别克·迪力达尔一旦掉下去，就会被滚滚洪水卷走，几乎没有生还的可能。他立即从牦牛背上解下麻绳，一头系在他脚下的石头上，另一头系了个手扣环甩给凯力迪别克·迪力达尔。

凯力迪别克·迪力达尔有着丰富的经验，沉着地将绳子套进了自己的手腕上，高翔看到后，同两个战士一起用力将凯力迪别克·迪力达尔拉上了高处，凯力迪别克·迪力达尔刚离开，那棵树就被湍急的河水冲走了。

雨还在下，洪水依然在上涨，如果一晚上不停，他们很可能走不出这个地方，被洪水卷走。

"凯力迪别克大哥，如果水一直上涨怎么办？"高翔不无担忧地问。

"就看下半夜了，如果雨能停，洪水会慢慢消退的；如果雨不停，我们只能听天由命了。高连长你看，我们站的位置在这座山上是孤立的，它连着那边的山，可凹下去的地方都是水啊，不知道有多深。"凯力迪别克·迪力达尔说。他的脑子里闪过个念头，现在去探探凹下去的地方水有多深，只要过了那个地方，就都是连绵的高峰，洪水漫不上去。他很想去冒这个险。

时间一分一秒地过去了，不知道过了多长时间，有个战士突然注意到雨小了，而且越来越小。

"高连长，雨停了。"另一个战士高兴地说。

"是啊，太好了。"高翔看到了生的希望。

"高连长，雨是停了，但洪水今天晚上能不能退还不好说。"凯力迪别克·迪力达尔说。

"只要停了，洪水早晚会下去。"高翔认为肯定能绝处逢生。

"我们要在这里过夜了。"凯力迪别克·迪力达尔说，"但还是要看会不会再下雨。"

"只要不下雨，怎么都能克服。"高翔看了看天，"你看，那边好像有星星，仔细看……是星星，肯定不会下雨了。"

洪水还在不停地流，像一条无尽的河流。

深夜，寒意渐浓，大家的身子都在发抖，尤其是凯力迪别克·迪力达尔，他的棉衣被扯烂了，寒风一个劲儿地往身上逼。

高翔过来要把军大衣给凯力迪别克·迪力达尔披上，他硬是拒绝了。

这一夜，他们睁着眼睛等到天亮，洪水虽然小了些，但还是在流淌着，这样流下去，他们还是走不出这个地方。凯力迪别克·迪力达尔着急了，往山下走去。

"凯力迪别克大哥，你要干什么？"高翔问。

"我下去探探水的深度，如果不深，我们要赶紧出去，从昨天到今天，战士们都没有吃热饭喝热水了。"

"真要下去探水也不能让你去，我去。"高翔说。

"你是带队的连长，不能去，这是向导的事情。"凯力迪别克·迪力达尔说，他的双脚已经下水了，身子一下子沉没了。

"不好！水太深了，快救他。"高翔急了，几个战士拿上绳子就往山下跑，一跑下去就把绳子甩进水里。

"快抓住绳子！"战士们大声喊着。

凯力迪别克·迪力达尔在水里一起一落，一个战士跳进水里，抓住凯力迪别克·迪力达尔的身体往上拖，经过岸上的人齐心协力，终于将他救了上来。

"凯力迪别克大哥，你怎么能这样呢？你要是真上不来了，我怎么跟上级交代。"高翔埋怨着。

"下去时踩上了一块石头，我以为踩到底了，结果石头一滑，我就像进了无底洞一样直往下沉。"凯力迪别克·迪力达尔微笑着说。

"你还笑，快吓死我了。"

"高连长，现在还是走不了，水太深了，再等等看。"

又是一天过去了，第三天下午洪水基本退完，他们才走了出去。

两天后，天空飘起雪花，他们继续在边防线上巡逻。凯力迪别克·迪力达尔几次差点儿从牦牛背上摔下来，他感到头重脚轻，强打着精神走在前头。

牦牛载着他过一条深沟时，他被摔了下来。走在后边的高翔心里直纳闷儿：平时过深沟凯力迪别克大哥都要徒步走，今天是怎么了？

被摔下来的凯力迪别克·迪力达尔躺在地上不动，高翔和战士们都认为他摔坏了，上前仔细看也没什么事，但他的身子沉得扶不起来，脸红红的，额头滚烫。

"发烧了，赶紧给他吃药。"高翔对一个士兵说，"找个地方用衣服遮挡遮挡，再打一针。"

这个战士先给凯力迪别克·迪力达尔喂了药，又打了针。他发现凯力迪别克·迪力达尔穿在里面的衣服破了，脚也被石头划出了血。

"我的大哥，你的衣服原来是穿在外面的，什么时候穿到了里面？"高翔问凯力迪别克·迪力达尔。

"别问了，我就爱乱穿衣服。"凯力迪别克·迪力达尔解释道。

"我不信，你不能再拒绝我的军大衣，穿上。"高翔给凯力迪别克·迪力达尔穿上衣服，"今天不走了，就地宿营。"

"按计划再走10公里休息。"凯力迪别克·迪力达尔说。

"不行，我得考虑你的身体。"高翔命令战士们点起火堆，让凯力迪别克·迪力达尔赶紧烤火。

战士们熬好了大米稀饭,先端给凯力迪别克·迪力达尔喝。凯力迪别克·迪力达尔再三推让,被高翔狠狠批评了几句,才老老实实喝了两缸子稀饭,喝着喝着流泪了⋯⋯

天蒙蒙亮的时候,凯力迪别克·迪力达尔的病好多了,他准备给牦牛和马喂草。当走到一头牦牛身边时,发现远处有两个黑点在移动。开始以为是狼,他睁大眼睛又仔细辨认,确定是两个人,鬼鬼祟祟的,还东张西望。

他迅速跑回宿营地,把这一情况报告给高翔。为了不惊动对方,高翔只带了两个战士,凯力迪别克·迪力达尔执意要去,一行4人兵分两路,悄悄包围过去⋯⋯

"不许动!"

"干什么的?"

原来是两个印度人,手里拿着枪。从他们随身携带的包里发现了一张中国边境地图,无疑是越境者。

凯力迪别克·迪力达尔和边防连官兵们每天夜里轮流看着这两个人,直到走出吾甫浪沟,将这两个人押送到县公安局。

1954年,经批准,新疆省政府撤销蒲犁县,成立塔什库尔干塔吉克自治区(县级)。1955年,改称塔什库尔干塔吉克自治县。

这一天全县举行了声势浩大的庆祝活动,各族群众载歌载舞,欢庆这一有着历史意义的日子。

凯力迪别克·迪力达尔有幸参加了这一盛大庆典活动。第二天,他就和边防官兵们去巡逻了。

斗转星移,秋去冬来,一年又一年,边防连的官兵换了一茬又一茬,凯力迪别克·迪力达尔却一直在这条边防线上为官兵们做向导。

这一干，就是23年。

这些年里，凯力迪别克·迪力达尔将时光踩在了巡逻路上，将青春年华印在了边境线上。

可以说，凯力迪别克·迪力达尔带领官兵们走遍了红其拉甫边防线上的每一条河流、每一座雪山、每一座达坂、每一条深沟……

白发悄然爬上了他的鬓角，昔日步伐矫健的小伙子如今日渐步履蹒跚，不得不离开巡逻队伍。

但有人总结说：他把生命活成了一束光，照亮了后人巡边的路。

第三章　接力巡边

在你点头的一瞬，
就意味着将把自己的生命交给护边事业，
从此赴冰蹈雪，涉险历危，
以身许国，无怨无悔。

一

1972年，凯力迪别克·迪力达尔实在走不动了，他把目光投向了儿子巴依卡·凯力迪别克。

之前，凯力迪别克·迪力达尔已经带儿子巴依卡·凯力迪别克走过几次边防线，让他认识了边防线上的每一座雪山、每一条河流、每一块石头……

巴依卡·凯力迪别克无论如何都没想到，他会接过巡逻的接力棒。起初跟着父亲走边防线，只是图新鲜，原来父亲心中已经有了计划。

永远忘不了的是最后一次随父亲去给边防连做向导。3个月后回来，家里的26只羊都被狼吃光了。

牛羊是塔吉克族牧民的命根子，看到满地血迹的羊圈，巴依卡·凯力迪别克和父亲都哭了。

巴依卡·凯力迪别克心里有个难解的疑团，自从他记事起，父亲每年秋季都要给解放军边防连当向导，一走几个月不见人影，家里的大小事情都是母亲一个人操持，难道当向导就这么好吗？如果父亲不去做向导，那些羊现在会在羊圈里活蹦乱跳，而不是一只不剩地全都成了狼的美餐。不解的疑团带来的不满终于因狼吃了羊而爆发了。

"你为什么要给解放军做向导？咱家的羊都不在了，怎么过日子？"

"儿子，损失这么大我也心疼。已经这样了，就面对现实吧。我去借钱买几只羊，咱们继续养。"

"你做向导有什么好处？"巴依卡·凯力迪别克追着问。

"儿子，给解放军做向导要什么好处？解放军是我们家的救命恩人，没有解放军就没有我们的今天。解放军把我从牧主家里救出来，给我盖了石头房子，给我送羊，帮我娶了你妈妈，给我们分了牦牛和马，还有草场；解放军还给我治病、送粮食、送柴火，送了很多很多吃的、穿的、用的，我当个向导还不应该吗？还要好处吗？"凯力迪别克·迪力达尔没有想到儿子对他当向导会这么不高兴，"你忘了？你妹妹热娜古丽得了急性肺炎，是被解放军治好的，他们问我们要钱了吗？"

父亲一连串的发问让巴依卡·凯力迪别克无话可说，他在思考父亲说的话。

"记住，没有国家的界碑，没有边防官兵，哪里有我们的牛羊？哪里有我们安定幸福的家？"

9月，一个秋高气爽的早晨，巴依卡·凯力迪别克肩负着父亲的嘱托，和20多个边防官兵出发了。

没有父亲做依靠，巴依卡·凯力迪别克一路上没有信心，心慌意乱，生怕带错路。越怕走错路，偏偏走错了路。

他们从吾甫浪沟走进去，看到一片片灌木丛林，这是巴依卡·凯力迪别克在脑子里过了无数遍的地方。最初走的路是对的，走着走着出现了两座山，两座山分别矗立在一左一右。站在山的中间，巴依卡·凯力迪别克选择了右边的山，越走越觉得不像是曾走过，但河水沿着山体潺潺流淌着，又让他觉得这个地方应该是对的。他们沿着山脚往山上走，山上光秃秃的，除了石头还是石头，站在山上见不到那条河流了，河水不知道什么时候流到对面山脚去了。翻过这座山，应该也能到达铁干里克达坂，巴依卡·凯力迪别克心里这么想。

出乎意料的是，再往前走，便到了山的尽头，没有一条路可以通到山下。山被大自然的神斧削得陡峭且深不见底，往前看对面还有一座山，有一条小路通向大路，只是拐向了左边。这座山和对面的山并不相连，有着一道很宽很宽的断裂带，根本无法跨越，他们无疑是走上了一条断头路。

暮色渐渐浓了，连长兰建国命令往山下走，这里山高缺氧，宿营会有生命危险，无论如何得下山，到山下宿营。

已经走了一整天，队伍中有一大半人疲惫不堪，再下山，能不能坚持下去是兰建国最为担心的。

这时候，队伍里有战士说就地宿营吧，不能再走了。"必须下山，这是命令！"兰建国坚定地说。

队伍开始下山，走得很慢，走在最前面的巴依卡·凯力迪别克耷拉着脑袋，很是沮丧、羞愧，是他带错了路，让边防连官兵们走了冤枉路，他心里一阵阵难过。几个小时后，终于到了山下。他们摸索到一片山谷，兰建国决定在这里宿营。

官兵们顾不上吃饭，倒头就睡。

下半夜的寒风格外冷，巴依卡·凯力迪别克点起牛粪想让官兵们暖和些。坐在火堆前，巴依卡·凯力迪别克想了很多：这个向导他能当好吗？会不会再走错路？官兵们出事怎么办？他忧心忡忡，一夜未眠。

天亮后，兰建国知道巴依卡·凯力迪别克一夜没睡，安慰他说："放心走吧，我这里有指南针可以引路。"

"昨天你没有用指南针？"巴依卡·凯力迪别克一脸疑惑。

"昨天指南针和你带的路是一个方向。"兰建国说。

"它和我一样，指错路了？"巴依卡·凯力迪别克有些奇怪。

重新上路后，巴依卡·凯力迪别克小心翼翼地领路，一路顺利。每到一处界碑前，官兵们都一遍遍擦洗界碑，然后重新用油漆给界碑上的字描红。

360公里的边防线上，从红其拉甫到肖尔布拉克树立了12块界碑，摸清这条边防线还缺几块界碑是他们这次巡边的任务。

每到需要树界碑的地方，他们就从牦牛背上卸下水泥、沙子和水，挖出一个坑后，将一块块山石垒起来，在最上面的一块山石上刻上"中国"两个大字，这无言地宣示着中国领土的完整和神圣。

每次巡边都充满了凶险和意想不到的危险，这是大自然对人类的挑战和考验。

作为一名向导，巴依卡·凯力迪别克的神经一路上都绷得紧紧的。

在返回途中，他们不仅遭受了暴风雪的袭击，还被一条冰河阻挡住了前行的步伐。

翻越一座达坂时，天开始阴了，先是刮风，然后下起了雪，雪花纷纷扬扬地落下，犹如在舞蹈。巴依卡·凯力迪别克吆喝着牦牛加快步子，想带着官兵们快些翻过达坂。达坂不远处是一条冰河，一旦出现暴风雪，达坂和冰河都难以过去。

越往上走，空气明显越稀薄，队伍中有人开始大口喘粗气，行动明显迟缓。

雪越下越大，四周白茫茫一片，寒风呼啸着卷起雪花，打得人脸生疼。

巴依卡·凯力迪别克走在最前面。在一处拐弯的地方，左边是悬崖峭壁，道路变得很窄，牦牛体型宽大，能贴着山体过去，但背上的物资必须卸下来，如果让牦牛背着物资过，出现一个拐角顶住了物资的话，连牦牛带物资都会摔下悬崖。

巴依卡·凯力迪别克卸下牦牛背上的物资，牵着牦牛慢慢过去，又返回扛起物资再次过去，重新把物资放在牦牛背上。

后面20多个官兵学着巴依卡·凯力迪别克的样子，一一走过了最危险的路。

大雪几乎封住了下山的路，除了明显的沟壑以外，已经分辨不清哪条是下山的路。

天色越来越阴，几乎看不清10米以外的地方了，再不抓紧时间过去，就很难下山了，那个时候厄运就会降临。

"兰连长，现在唯一的办法是让牦牛在前面探路了，要不然我们就会困在山上。"巴依卡·凯力迪别克说。

"只有这个办法了吗？"兰建国问。

"是。"巴依卡·凯力迪别克回答，"牦牛又重又沉稳，用牦牛探路最安全。"

"不小心掉下沟壑怎么办？"兰建国知道一头牦牛对牧民来说是家产，是财富。

"出来的时候爸爸说了，官兵的生命比牦牛值钱。听我的，只有这个办法了。"巴依卡·凯力迪别克说。

"好吧，一定注意安全。"兰建国嘱咐道。

巴依卡·凯力迪别克走到他那头牦牛面前，深情地看了看它，对它说："朋友，今天能不能下山就看你的了。"

牦牛以"哞——哞——"回应，好像在告诉巴依卡·凯力迪别克："放心吧，我会让所有官兵安全下山的。"

巴依卡·凯力迪别克仔细检查了牦牛背上的物资，把物资固定结实，他突然又决定把物资卸下来，这样可以减轻牦牛的负重，探路会更轻松些。

一切安排妥当之后，他的双手拉起长长的缰绳，让牦牛走在前面，他紧跟在后。

牦牛在大雪中往山下慢慢走着，踩在雪地上的蹄印不断被雪覆盖，它的身上披满雪，在风雪里穿行，犹如穿行在海上的一艘白色舰艇。它越走越快、越走越快，即将到达山下时，它让一块被雪覆盖的尖利的石头绊了一下，来不及收住急速的脚步，掉到了左边的沟壑里。

就在它被石头绊倒的那一刻，巴依卡·凯力迪别克用劲拉住缰绳，牦牛的重量比巴依卡·凯力迪别克的力气大多了，但巴依卡·凯力迪别克不忍心松手，依然紧紧拉着缰绳，牦牛下落时产生的巨大力量把他往沟壑里带去。幸好一块石头卡住了巴依卡·凯力迪别克的身子。官兵们顺着牦牛走过的路下来，找到了晕过去的巴依卡·凯力迪别克，卫生员给他打了针，不一会儿他醒过来了。

掉下沟壑的牦牛无法找到，这时天已黑了，巴依卡·凯力迪别克被大家扶着，望着黑夜里的沟壑，泪水涌满了眼眶。

官兵们摸着黑走了一段路才到了山下，大雪一直在下……

又一个夜幕降临，他们无法前进了。

第二天一早，他们顶风冒雪，赶往冰河。冰河的两岸被厚厚的雪覆盖着，根本找不到渡河的河口。河水咆哮湍急，他们只有望河叹气。

3天后，他们渡过了冰河。

回到家的巴依卡·凯力迪别克开始埋怨起父亲。

"我不当这个向导了！"巴依卡·凯力迪别克说着说着哭了，"爸爸你疯了,让我去当这个向导,天天提心吊胆,要照顾边防官兵不出事,还要巡逻。我的一头牦牛已经摔死了。你这是把我往火坑里推,我不干了。"

凯力迪别克·迪力达尔没有想到儿子会冲他发火,他气得浑身发抖,走上前狠狠扇了儿子一耳光。

"你打我?爸爸你打我?为啥打我?"巴依卡·凯力迪别克想不通。

"打你是轻的,我恨不得把你赶出家门,你不配做塔吉克族人的儿子!"凯力迪别克·迪力达尔说。

"难道是塔吉克族人就要去当向导吗?塔吉克族人多了,别人咋都不去?只有我们家的人去做向导。"巴依卡·凯力迪别克抹着眼泪说。

凯力迪别克·迪力达尔打了儿子心里很后悔,说:"儿子,塔什库尔干是我们祖祖辈辈生活的地方,你爷爷的爷爷就在这儿放羊放马放牛,可他们一直受外国人的欺负,受牧主的欺负。是解放军让我们塔吉克族老百姓过上了好日子,是解放军让我们塔吉克族牧民的安全有了保障。"他喘了口气,继续说,"这些解放军都是离开了亲人从很远的地方来保卫国家边防,保卫我们老百姓过安稳的日子。我们当地人是不是应该给解放军做向导?雪山、草原、界碑、边境线是不是应该由我们守护?"

"爸爸,别说了,我明白了。"巴依卡·凯力迪别克说。

"不,我要说,出发前我已经告诉你当向导的重要性,你走了一趟回来还对我发火,你根本不明白。你都20岁了,该明白道理了。如果你觉得是我推你进了火坑,你可以不去,我去!"

"爸爸,你不能再去了,你的身体不好,还是我去。"

"你要是心甘情愿去,以后就不能有怨言;如果是不情愿去,就不要去了。"

"我是心甘情愿去。"巴依卡·凯力迪别克表示。

"好!那你记住,边防线在哪里,你人就在哪里,一定要守好,不能让界碑移动一毫米！听到没有？"凯力迪别克·迪力达尔说。

"爸爸，放心吧！"

"你要明白，做向导就是一件辛苦的事，不但辛苦，还会有生命危险。"凯力迪别克·迪力达尔语重心长地说。

"明白了，爸爸，以后遇到事多问问你。"巴依卡·凯力迪别克诚恳地说。

"你一直要和解放军守边，直到你跑不动为止。"

"我会做到的。"巴依卡·凯力迪别克暗暗下了决心。

凯力迪别克·迪力达尔用慈祥的目光看着儿子说："这我就放心了。"

曲曼说："儿子，给边防军做向导是你爸爸最喜欢做的事，不能到你这里就停了，再说，守住边防也是在守我们自己的家，你应该明白这个道理。"

巴依卡·凯力迪别克低下脑袋说："妈妈，你不用说了，我懂了，爸爸那一耳光已经把我打清醒了，让我明白为啥要做向导、为啥要巡边的道理。"

曲曼说："儿子，希望你不要忘了这一耳光，你要永远做一个合格的向导。"

这时，边防连官兵们走进了凯力迪别克·迪力达尔家。

凯力迪别克·迪力达尔担心边防连对儿子做向导不满意，他主动开口说："兰连长，这次巴依卡表现不好，我已经教育他了。"

兰建国说："大叔，巴依卡表现得很好，为了我们的安全，他的一头牦牛摔死了。牦牛死了，我们很难受，今天来是赔牦牛钱的。另外，让我们的医生再给您检查一下身体。"

凯力迪别克·迪力达尔说："兰连长，你们要赔牦牛钱，那就和巴依卡商量吧。"

兰建国问巴依卡·凯力迪别克需要多少钱，巴依卡·凯力迪别克坚定地说："赔什么钱？巡逻是国家的事情，也是我们牧民的责任。没有国家的安全，哪有我们的好生活？！"

凯力迪别克·迪力达尔听到这里一下子高兴了："这才是我的儿子！对，兰连长，不用赔！你们巡逻为了谁？"

兰建国很感动："大叔，不管怎么样，这钱我们必须赔。"

"那你们从今天开始不用给我检查身体了。算算你们之前的领导给我盖房子、打针吃药要多少钱？兰连长，你能算得清吗？"

凯力迪别克·迪力达尔的话如此诚恳，兰建国还能说什么呢？

这就是塔吉克族牧民和边防连军人水乳交融的关系，这种关系超越金钱，是用生命和鲜血凝聚起来筑成的坚不可摧的千里边防线的钢铁屏障。

二

从此，巴依卡·凯力迪别克成为一只守护帕米尔高原的"雄鹰"。最让他难忘的是1977年的一次巡边。

其实这是一次中国与巴基斯坦重新勘探划定边界线的工作，巴依卡·凯力迪别克作为这次巡边的向导，见证了两国有关部门从测量到最后树立界碑的全过程。

这次出行的中巴双方人员共计95人，出动牦牛170头，其中巴基斯坦租用20头，中方有75人骑牦牛，还有70头驮运物资，5头是路上用来吃的。

这是一支浩浩荡荡的队伍，排成"一"字形后见首不见尾。

为了测量土地距离，国家外办专门购进了一台设备，巴依卡·凯力迪别克至今都不知道这台设备叫什么名称。这台设备驮在巴依卡·凯力迪别克的一头牦牛上。一路还算顺利，但距第一个目的地还剩15公里时，在过一个达坂险道时发生了意外，两头牦牛先后摔进了深沟里，其中一头是巴依卡·凯力迪别克的驮着仪器设备的牦牛。

所有人的心都凉了，如果测量土地距离的设备没有了，测量数据就缺少了精确度，会影响两国勘探边界的大事。

巴依卡·凯力迪别克知道这件事的严重性，他决定到沟里去找，一名战士坚决要和巴依卡·凯力迪别克一起下去。

就这样，两个人抓着石头从缝隙中一点儿一点儿往下走，每走一步，双手都抠紧石头，双脚试着去踩能蹬住的石头。有几次刚踩上去还能撑住，可真到用力时石头又掉下去了，紧抠石头的双手不能放松，双脚再去寻找能蹬住的石头。

两个人的双手已经磨出了血，额头上直冒汗水，他们小心翼翼，极其紧张，他们明白，稍不留神就会掉下去，掉下去肯定会粉身碎骨。

这条深沟究竟有多深？巴依卡·凯力迪别克说不清。说不清是正常的，谁也没去测量过。站在沟边看不见沟底，深不可测是实际存在的。

巴依卡·凯力迪别克和战士所有的力量都集中在了双手和双脚上，他们全神贯注，精神高度紧张，心跳加速。他们敢于爬下去，就是有一种非凡的勇气。他们就这么一点儿一点儿往下挪着……

天擦黑时，他们到了沟底，寻找到了巴依卡·凯力迪别克的那头牦牛。牦牛闭着双眼，卧躺在草丛中。看到自己精心喂养大的牦牛就这样离开了，巴依卡·凯力迪别克的泪水直流。

巴依卡·凯力迪别克和战士看到了牦牛背上的那台设备。设备完好无损，真是奇迹。

"这头牦牛是保护这台设备的功臣。你看它身上的毛都被刮掉不少，在摔下来的过程中应该是努力保持肚子朝下。要是背部朝下了，设备肯定得摔坏。"战士分析道。

巴依卡·凯力迪别克和战士在附近找了些草盖在了牦牛身上。

这时候远处有一队战士朝他们走来……

原来，他们下深沟时，部队领导和十几名战士也去寻找下深沟的路，他们走出很远很远，见到了一条峡谷，顺峡谷走下去就见到了一条河，这条河正巧与深沟平行，他们就顺河而来。

部队领导看到了那名战士背着三脚架，巴依卡·凯力迪别克背着设备，上前紧紧地抱着巴依卡·凯力迪别克哭了。

"5个小时啊，从你们下沟到现在已经5个小时了，真替你们担心啊！你们是好样的！"部队领导激动地说。

看到巴依卡·凯力迪别克和那名战士身上、手上都是伤口，部队领导让随队医生给他们包扎伤口。

当他们安全回到沟上时，东边天空已经露出了霞光。

一天，他们到达12号界碑，这里海拔7500米，空气极度稀薄，心脏仿佛被榔头重重地锤击，可以听到"嗵嗵嗵"的声音，只有大口喘气才能舒服些。整个队伍里有些人反应非常强烈，脸色发乌，走路像喝醉酒似的东倒西歪。测量工作照常进行，挖坑、打桩、立碑，正立碑时，暴风雪来了，队伍中有人建议下山，但中巴双方领队都不同意。好不容易上来了，岂能下去？一旦下去了，这么一支庞大的队伍还能再上来吗？重新勘探边界线，牵涉方方面面，包括各类人员，不是说来就能来的。

肆虐的暴风雪越来越大，吹得人都站立不稳，中巴双方领队商量，已经完成工作的人员先下山，有工作的继续工作。

石碑又一次树起来了，却让暴风雪吹歪了。重新立，用钢丝固定住石碑再添石块泥土，还是固定不住。一次又一次，大家都快冻僵了，明明穿着厚厚的棉大衣，却被寒风吹得像没穿衣服一样通体寒冷。

这样下去不行，要不顾一切地抓紧时间完成树碑工作，否则所有的人员会冻死在这里。

国家外办的负责人急了，他背朝着风雪大声喊："我们齐心协力再来一次，这次再树不起来，只能下山躲躲了，大家鼓起干劲加油吧。"

在口号声中，石碑终于树立在中巴边境线上。这项工作一结束，所有人员就迅速往山下撤。

由于暴风雪太猛烈，一些物资被风吹跑了，所幸人员无一伤亡。

在3个月里，中巴双方工作人员在360多公里的边界线上重新树立了12块界碑。在树立界碑的过程中，他们经历了山洪、雪崩、泥石流，可以说是历经了种种磨难，让所有参与者终生难忘。

在18号、28号两个地方立碑时，都遇上了山峰太陡的情况，牦牛根本上不去，所有立碑的物资都是人拉肩扛上去的，光一个点的物资就运送了2天。沉重的山石无法立在山峰的陡坡上。不知道是谁提议立木头碑，幸亏来时带了几块木碑，这才立在了18号和28号两座山峰上。

最后一块碑要立在一个叫新夏勒的界址上。队伍在肖尔布拉克界址点上树碑很顺利。从肖尔布拉克到新夏勒界址点，必须经过叶尔羌河。

这让巴依卡·凯力迪别克又担忧起来。他出发时就了解到，中巴双方95个人中，有些人根本不会骑牦牛。出发前，巴依卡·凯力迪别克用了一点儿时间大概教了一下。一路上，有不少人出过洋相，不是跨不上牦牛背，就是上得去下不来，要不就是牦牛走得稍快一点儿就被颠下来。要过叶尔羌河了，他不能不担心有人会从牦牛背上掉进河里，一颗心不由得揪紧了。

庞大的队伍蜿蜒前行到了叶尔羌河边，河水湍急，咆哮着，不时把水花拍在河中的石头上……

巴依卡·凯力迪别克让所有人卸掉牦牛身上的鞍子，这样即使过河时有人从牦牛背上掉进河里，也不至于两只脚抽不出来，从而威胁生命。这个建议是非常好的。

一行的负责人对巴依卡·凯力迪别克说，先护送巴基斯坦工作人员过河，同时把他们驮物资的牦牛也护送过去。

巴依卡·凯力迪别克挑选了几名塔吉克族小伙子负责牵引驮货物的牦牛，巴方人员由他护送。

问题出现在货物上。巴方人员带的干粮袋是直的，打不了弯，他们只好用绳子把干粮袋捆在牦牛背上。由于没有捆紧，过河时有两头牦牛背上的干粮袋掉进河里，被水冲走了。

已经护送所有人过了河的巴依卡·凯力迪别克站在对岸看到这一幕，嘴里一个劲儿地说："幸亏不是人掉进了河里，幸亏……"可巴基斯坦工作人员急了："干粮被水冲走了，我们吃什么？"负责人回答："不用慌，你们可以吃我们的粮食。"这才安抚住对方慌乱的情绪。

在新夏勒边界线上，大家心情很是激动，经过测量后确定了界址点。由于是此次工作立的最后一块界碑，众人一起动手挖了一个 2 米深的坑。中巴双方负责人在协定上签字盖章，证明边界勘定，将协定放进了一个不锈钢的箱子里，把箱子埋进了那个 2 米深的坑里，再树立起一块山石碑，填埋好。

一切工作做完之后，近百人欢呼雀跃，庆祝中巴两国边界重新勘定，这一日子将记入史册。

经过几年来与边防官兵们的护边守边，巴依卡·凯力迪别克越来越明白自己肩负的使命是多么崇高。即使是一个人走在边境线上，但站在神圣的界碑前，他就不会感到孤单，因为他是祖国的护边员，他的身后就是祖国。

巴依卡·凯力迪别克内心越来越理解父亲为什么那么喜欢给边防连官兵

们当向导了，这是一份责任感和使命感。作为一个中国人，这是一种荣耀！

巴依卡·凯力迪别克今天终于明白父亲为什么非要让他接这个班，当一名向导，当一名守边护边人员。他决心一生追寻父亲的足迹，成为一名优秀的护边守边人员。

三

这又是一次出征，是中国与巴基斯坦重新勘探划定新边界线的第二年，也就是 1978 年的秋季。

新疆军区、喀什军分区有关部门的领导，边防连 12 名官兵，巴依卡·凯力迪别克，1 名牧工及 35 头牦牛出发了。

与往年一样，先从吾甫浪沟进去，没走多远后是成片成片的灌木丛，再往前是没有植被的戈壁滩，进了戈壁滩就是两座山夹着的一条河。两座山之间约 40 米宽，从这里一直延伸到铁干里克达坂，道路就变窄了。翻越达坂之后，是绿草茵茵的平地，有潺潺小溪日夜不停地流淌，有各种鸟在欢唱，一直往前走是乱石滩，又是一座达坂……

当他们走出 60 公里后下起了暴雨。巴依卡·凯力迪别克抬头看天，雨水打在他的脸上，他几乎睁不开眼，雨水很快淋湿了他的上身。巴依卡·凯力迪别克用一只手不停地抹去雨水，双眼向西边看去。西边黑了半边天，预示着要有更大的暴雨，他立即对营长刘国庆说不能往前走了，否则大家的生命会受到威胁。

刘国庆对巴依卡·凯力迪别克的建议置之不理，用不容置疑的口气说："上级有命令，必须走！"

巴依卡·凯力迪别克坚持说："命令是命令，也要看实际情况啊。"

刘国庆一脸严肃地说："不管什么实际情况，我只管执行命令。"

巴依卡·凯力迪别克用双眼瞪着他："那战士的生命你也可以不管吗？"

刘国庆回击道："服从命令是军人的天职，你懂吗？"

巴依卡·凯力迪别克气愤地说："你执行的是狗屁命令！"

刘国庆想不到巴依卡·凯力迪别克会这么蔑视他，生气地说："你太过分了！"

巴依卡·凯力迪别克感到刘国庆太死板，好言劝道："刘营长，真的不能往前走了，你听我的不会错，暴雨大了，山上的石头会砸下来的。"

"为什么要听你的？你要是害怕可以回去，不要影响我们执行任务。"刘国庆说。

巴依卡·凯力迪别克听了刘国庆这些话，头也不回地往回走，那个牧工也跟着走。

巴依卡·凯力迪别克说："你留下，给他们看牦牛。"

他走了……

暴雨更大了，他的心揪得更紧了。走着走着，想起了每次出门前父亲说的话，边防官兵们的生命比什么都重要，自己不能因为刘国庆的话而赌气离开，这是拿官兵们的命当儿戏。

已经走出去1公里路的巴依卡·凯力迪别克又折返回来。

"咋又回来了？你不是走了吗？"刘国庆拿话噎巴依卡·凯力迪别克。

"如果就你一个人，我不会管的，可还有这么多官兵，我不能不管！"巴依卡·凯力迪别克毫不客气回敬道。

"你管得了吗？"刘国庆一点儿都不让步，"我们要继续前进了，看他们听谁的？"

队伍又行进了，暴雨继续下着。

走了5公里之后，从山上飞下来一块石头，把一个跨在牦牛背上的战士的腿砸出血了，飞石又砸在巴依卡·凯力迪别克的后脑勺上，他两眼一黑，从牦牛背上掉了下来。

这时，喀什军分区的部门领导狠狠批评了刘国庆，指责他不听巴依卡·凯力迪别克的规劝。巴依卡·凯力迪别克怒火中烧，倔强、彪悍的性格充分展现出来，他站起来冲到刘国庆面前，狠狠抽了他两巴掌，边抽边说："看到了吧，战士被砸伤了。一句劝都不听，就会执行死命令，如果有战士被砸死怎么办？！"

话音刚落，山上的石头不停地砸下来，官兵们来回躲着。

卫生员给那个受伤的战士和巴依卡·凯力迪别克包扎好伤口。巴依卡·凯力迪别克问刘国庆撤不撤，刘国庆依然不下撤退令。喀什军分区领导毫不犹豫地说："往回走！"

大腿流血的战士骑不了牦牛了。巴依卡·凯力迪别克到灌木丛里砍下不少灌木，扎成一个担架，垫上枕头，把受伤战士抬到担架上，盖上大衣，几个战士抬起担架撤退。

队伍在一块平地上停了下来。那个受伤的战士一直在呻吟。

巴依卡·凯力迪别克说："这个战士必须送下山，否则会有生命危险。"新疆军区、喀什军分区部门领导对巴依卡·凯力迪别克的意见很重视，但在让谁送受伤战士下山的问题上产生了分歧。

大家一致认为巴依卡·凯力迪别克不能去，因为他也受伤了，怕路上有危险，他又是向导，而在场的人都是第一次巡逻，不熟悉地形。巴依卡·凯力迪别克坚持由他送，他的理由是下山的路没有人熟悉，只有他认路，不熟悉路的人走错路的话，不但救不了受伤的战士，还会让送的人面临危险。

巴依卡·凯力迪别克和领导们反复交涉，他们很为难。巴依卡·凯力迪别克急红了眼："再争下去，耽误受伤战士治疗咋办？"

这时，受伤战士的呻吟变成了大声喊疼。

"你们听听,再不送就来不及了,还商量啥呀!"巴依卡·凯力迪别克已经忍无可忍了。

领导们终于决定由营长刘国庆率2名战士和巴依卡·凯力迪别克一起抬着受伤战士下山。这时候已经是下午4点,他们抬着担架,一路小心翼翼地急速往边防连营地赶。

傍晚时,终于到达营地。军医立即给受伤战士动了手术,说再晚送1个小时腿就保不住了。

在营地的团长要求送人的4个人连夜返回,因为军区、军分区来的领导和战士都是第一次上边境,怕遇到危险没有处置能力。

军医却拉住巴依卡·凯力迪别克说:"你的伤也必须手术,不能走。"

团长为难了,不知道该让巴依卡·凯力迪别克留下还是让他走。巴依卡·凯力迪别克说自己的伤不用手术,重新上些药包扎一下就行,再带些吃的药就可以走。

军医说会留下后遗症的。巴依卡·凯力迪别克也顾不得什么后遗症,急着要赶回边境线。

团长被巴依卡·凯力迪别克的决定感动得流下了眼泪,多么好的向导啊!团长上前抱住巴依卡·凯力迪别克。巴依卡·凯力迪别克也哭了,他说:"我不管是军区来的人还是军分区来的人,我想到的全是一条条生命。"

后来每当阴天,巴依卡·凯力迪别克就会因头疼而痛不欲生,当时没有及时手术的脑伤给他留下了终生的后遗症。

而那个战士由于送得及时,转危为安。伤好后回到了部队,从班长一路升迁,先后担任排长、连长、营长,直至转业。

那天,他们连夜返回宿营地时,军区、军分区的部门领导高兴坏了,看到巴依卡·凯力迪别克后他们就觉得有了主心骨。巴依卡·凯力迪别克发现官兵们一个个冻得浑身发抖，马上收拢些牛粪，浇上柴油，点燃火堆。

边境线上的官兵们也安排妥当了，巴依卡·凯力迪别克想想自己白天太冲动了，就走到刘国庆面前诚恳道歉："刘营长，今天我错了，不该打你。"

"巴依卡，是我错了，我不该固执己见。"刘国庆怕巴依卡·凯力迪别克听不懂，又说，"我不应该太教条、太死板，不知道灵活掌握上级的命令。"

"固执己见。"巴依卡·凯力迪别克默默地重复着这个词，"刘营长，你说的固执己见，我听得懂。我上过小学六年级，这些年，和边防官兵们在一起时间长了，也学了不少文化知识，你别怕我听不懂。"

刘国庆有些尴尬，说："我又错了，你是个聪明人。你今天那两巴掌打得好，一路上我都在想自己的错误，以后遇到事我们多商量。"

"我是个急脾气，以后遇到事我们应该多商量。"巴依卡·凯力迪别克觉得话说开了，心里没有了负疚感。

自从中巴边界线重新勘定后，9号界碑和13号界碑之间的30公里有水有草，这30公里让牦牛和马的食草和饮水都得到了补充。

巡边是守护国界，绝不是走走路而已。国界之内，就是家园，容不得一丝侵犯，更不能有一点儿闪失，再高再险的路也要用脚步一步步去丈量，一步步去守卫，守好了边境就是守好了家园。

这是他们所有人的信念。

他们做出一个决定，将骑不了的牦牛和物资全部放在13号界碑处，留下两名战士和一位牧民守在这里。

其余的官兵于早晨8点出发，向14号到18号界碑出发（后面的界碑要交给和田十三团的一个连）。这段路共70公里，被称为新夏勒，其中有30公里路两边是悬崖峭壁，最后8公里是最危险的路段。

巴依卡·凯力迪别克还是走在最前面，不时照应着身后的队伍，不断提醒大家跟紧。

越往上走，积雪越厚，牦牛的腿插进雪窝里，再抽出来显得很费力，这一段路走得很慢很慢，牦牛走不动了。巴依卡·凯力迪别克跳下牛背，牵着缰绳往前走。后面的官兵跟得很紧，有个战士走着走着跌倒在雪地上，巴依卡·凯力迪别克从前面走过来，扶起战士，让战士一手抓着他的牦牛尾巴，一手抓紧自己牦牛的缰绳。队伍很快要到那段最险峻的地方了，巴依卡·凯力迪别克侧身贴着崖壁挪着步子，后面一位战士无意中向悬崖下看了一眼，吓得一声惊呼，把巴依卡·凯力迪别克吓坏了，以为有人摔下去了。他无法转身，只好大声问："人有事没事？"那个喊叫的战士不好意思了，连说没事没事。

当他们站在最高的18号界碑前时，感到了山的雄伟、壮美，人则更伟大，在这里，他们扫清了被大雪覆盖住的界碑，让界碑重新露出红色字迹，他们插上一面五星红旗，向这面鲜艳的红旗敬礼。

之后，边防官兵们站在界碑前，在营长刘国庆的率领下，重温了入伍誓词："我是中国人民解放军军人，我宣誓：服从中国共产党的领导，全心全意为人民服务，服从命令，忠于职守，严守纪律，保守秘密，英勇顽强，不怕牺牲，苦练杀敌本领，时刻准备战斗，绝不叛离军队，誓死保卫祖国。"

铿锵有力的声音在帕米尔高原上久久回荡……

这誓词，发自每个军人的肺腑，也是他们要用热血和生命捍卫大好河山、捍卫美丽家园的决心，他们要守护这里的每一寸土地，守护好祖国的西部边陲。

又一个晨曦抹红地平线的早晨，队伍在13号界碑处正准备吃早餐时，巴依卡·凯力迪别克发现一头牦牛跑了。他去找牦牛的时候，发现了两个人正蹲在小溪边洗脸。他悄悄往前挪了几步，发现是两个巴基斯坦人。巴依卡·凯力迪别克赶紧往回走，他把这一消息报告给了刘国庆，刘国庆立即提上枪率领几名战士包抄过去。那两个越境者发现情况异常，也端起枪警惕地四处张望，寻找目标。刘国庆朝空中开了两枪，在他开枪的同时，几个战士冲了过去，两个越境者正准备射击时，被战士们俘虏了。

从他们身上搜出了地图、手榴弹和匕首。

几天后，两个人被押送到塔什库尔干塔吉克自治县公安局。

在巴依卡·凯力迪别克巡边的 32 年间，经他发现、抓获的越境者有 50 多个。

为了表彰他的高度警惕性与捍卫国土的高度责任感，喀什军分区授予他"优秀民兵"的称号，鼓励他继续为守好边防做出贡献。

父亲凯力迪别克·迪力达尔也曾经在巡边中抓获过间谍，荣获过"自治区先进个人"称号。

荣誉称号和奖品只能代表过去的岁月，而身上巡边守边的责任一直都在。

四

1991 年的一天，巴依卡·凯力迪别克又带着边防连官兵去巡逻了。

走到一个达坂，牦牛载着人依次向上走。突然队伍里一个战士骑的牦牛掉头往下跑，跑得很快，战士在牦牛背上惊叫。跑着跑着，鞍子松了，战士就从牦牛背上滑了下来，但他的脚还在脚蹬上。牦牛拖着战士一直往下跑，巴依卡·凯力迪别克和几个战士去追。

战士被牦牛拖着，背擦着地，一路都是石头，再拖下去会被拖死的。巴巴依卡·凯力迪别克扔掉手中的缰绳，一路狂奔，多次摔倒，爬起来还是往下冲，好几次眼看着要抓住那头牦牛的缰绳却失败了。战士被拖得已经喊不出声，巴依卡·凯力迪别克再次冲到牦牛身边，恰巧牦牛被一块大石头挡住了去路，巴依卡·凯力迪别克一把抓住缰绳。那个战士的衣服被沿途的石头磨烂了，浑身是血，当另外几个战士冲下来时，那个战士已经昏迷了。

随队军医来了，一点儿一点儿擦去战士脸上、手上、背上的血，抹上药，用纱布包扎好，几个人抬着受伤的战士往山上走。

巴依卡·凯力迪别克身上也有不少伤，膝盖都磕破了，军医也给他处理了伤口。

到了山上，连长秦祖刚问军医那个战士有没有生命危险，军医说最好能送回营地，怕有内伤。

秦祖刚皱着眉头说："送！"

"谁送？"军医问。

"当然是你去送。"连长秦祖刚说。

"就我一个人？"军医又问。

"你一个人咋行，让我想想，向导巴依卡大哥算一个，他认路。"秦祖刚边说边思考，"再带3个战士，你们5个人一起去送。"

"那你们怎么办？要好几天呢。"军医问。

"我们下山后找个地方宿营等你们。"秦祖刚说。

就这样，巴依卡·凯力迪别克与4个官兵带着受伤的战士往营地返回。

返程的路也极其艰难，他们把受伤的战士放在巴依卡·凯力迪别克骑的牦牛上，翻山越岭时巴依卡·凯力迪别克就跳下牦牛背，怕牦牛负荷太重在崎岖山路上甩人。

这天，他们刚要出发时，战士王朝刚说要去方便。

这里到处都是灌木林，王朝刚往林深处走去。

巴依卡·凯力迪别克大声叫着："别走远喽——"

大伙儿左等右等不见王朝刚回来，巴依卡·凯力迪别克带着另一个战士朝刚才王朝刚走的方向去找。

战士大声叫着："王朝刚，王朝刚，你在哪儿？"

巴依卡·凯力迪别克他们俩在灌木林中走进去很远，不见王朝刚的踪影，又横向往回走，还是没有找到。巴依卡·凯力迪别克心里一阵紧张，这个王朝刚就在眼皮底下失踪了？

他们走出灌木林，向其他人报告了情况。

受伤的战士生死未卜，王朝刚又失踪了，此时他们一筹莫展。

他们坐下来商量，却没有一个好办法。

把4个人分成2组，一组送伤员，一组继续搜救，大家都觉得不妥，主要原因是怕迷路。有巴依卡·凯力迪别克在就不怕迷路，可巴依卡·凯力迪别克就一个，分身乏术。

天色开始发黑了，他们决定就地宿营，天亮后再继续寻找王朝刚。没想到第二天一早，受伤的战士发起了高烧，不及时送回营地是不行了。经过一番商量，由军医和一个战士送受伤的战士回营地。巴依卡·凯力迪别克和战士吴欢留下。

军医他们回营地，巴依卡·凯力迪别克很不放心，他一再嘱咐他们遇事要冷静，三思后行，遇到危险要想办法摆脱。

军医他们走后，巴依卡·凯力迪别克和吴欢检查了枪支。吴欢的是一杆三八式的长枪，巴依卡·凯力迪别克的是一把手枪，这是边防连破例给他配的，因为如果遇到野兽他的那支猎枪作用不是太大。

他们又检查了剩下的粮食和其他物品的数量，坚持两天应该没有问题。

一切收拾停当后，他们再次进入灌木林。巴依卡·凯力迪别克骑的是一头牦牛，吴欢骑的是一匹枣红色的马，灌木林里除不时有各种鸟扑棱棱地飞起，再没有其他动静了。

"王朝刚——"

"王——朝——刚——"

他们不停地喊着，却一点儿回音都没有。

这片灌木林的面积很大，一直延伸到山脚下，山脚下有一条河，有些地方还有积水，他们顺着昨天的方向寻找着。

巴依卡·凯力迪别克顺着脚印仔细辨认是王朝刚的脚印还是他们几个人昨天的脚印，王朝刚会到哪儿去呢？

就一眨眼的工夫，难道被狼或熊叼走了？不可能，昨天他们几个人都在灌木林外面，应该不算远，就是野兽来了，也应该有声音，至少是搏斗的声音。

两个人一边寻找一边猜测，决定从灌木林里的最边缘走到山脚下，一定要走一遍，怎么也要找到王朝刚。

他们就这么一直走一直喊着，饿了啃口干粮，渴了就地喝口水，一天就这么过去了。

傍晚，两人找了一块平地，撑起了帐篷，点起篝火，边吃干粮边商量。吴欢担忧地说："巴依卡大叔，如果找不见怎么办？"巴依卡·凯力迪别克说："是啊，给连队不好交代，给他家里人咋交代呢？"

吴欢说："我和王朝刚是一个地方人，还是一个村的。"巴依卡·凯力迪别克很吃惊："哪有这么巧的事，还是一个村的？"

那时候征兵征到一个部队的人很多。吴欢和王朝刚都是山东郓城人，他们在一个村长大，一起报名参军进了同一个部队，想不到的是一起上了帕米尔高原，成了边防士兵。

吴欢说："村子里还有一个姑娘，等他过两年复员回去结婚呢。人要是不在了，人家姑娘可咋办呀！"

巴依卡·凯力迪别克说："你说得对，明天我们把找王朝刚的重点放在山脚下。"

"为什么？"吴欢不明白。

"你想啊，王朝刚肯定不在灌木林，因为他走进来时不会走一条直路，肯定要转个弯儿，为的是不让臭气跑到我们站的地方，站起来后应该拐一下出来，而他迷路了，朝着反方向去找我们，越走越远。他没带干粮和水，饿了没有办法，渴了就会朝有水的地方去，山脚下有一条河，他肯定会去那里喝水。"

"听着是有道理，可河边我们也去了，没有见到他呀。"吴欢说。

"我们是去河边了，但这条河很长，王朝刚会不会顺着河边往前走呢？他饿了还要找吃的呢。"

"那我们现在就去找找他吧。"吴欢听了巴依卡·凯力迪别克的话坐不住了。

"天这么黑，咋找？到河边路也不近，明天吧，先睡觉吧。"巴依卡·凯力迪别克说。

第二天他们顺着河边走了10多公里，还是找不到王朝刚的踪影，吴欢绝望地哭了。

"别哭，别哭。"巴依卡·凯力迪别克劝慰着，"河还长着呢，我们明天继续找。"

"巴依卡大叔，两天了，没有被野兽叼走，饿也饿死了，王朝刚肯定已经不在人世了。"吴欢哭着说。

巴依卡·凯力迪别克说："放心吧，王朝刚不会有事的，明天我们会见到他的。"

这天夜晚，他们是在河边搭的帐篷。夜色笼罩了大地，大地一片寂静，

第三章 接力巡边

这里是在喀喇昆仑山的边缘。喀喇昆仑山藏有数不尽的危险，这些危险都在山的褶皱里，野兽也都潜伏在褶皱里。

巴依卡·凯力迪别克在多年边防巡逻的岁月里，经历了暴风雪、泥石流、塌方、洪水，多次与死神擦肩而过，都化险为夷，可谓九死一生。此时的他并不知道，他、吴欢、牦牛以及马将有一次与狼搏斗的经历。

深夜，躺在帐篷里的巴依卡·凯力迪别克睡不着。他想着王朝刚会去哪里，是不是已经遇到麻烦了？明天再找不见就凶多吉少了。他想去帐篷外看看牛粪是否在燃烧。

拴在帐篷外的牦牛突然暴躁起来，不停地刨蹶子，马也在嘶鸣。

巴依卡·凯力迪别克紧张起来，他知道十有八九有狼来了。他把枪上了膛，打开保险，悄悄掀开帐篷的门帘。果然远处有一双绿莹莹的眼睛盯着这里。

巴依卡·凯力迪别克要叫醒吴欢，吴欢有三八大盖枪，可以跟他一起对付狼的攻击。

他悄悄返身摸到吴欢睡觉的地方，轻轻推他，在他耳边说："有狼。"

"狼在哪里？"吴欢问，"噢，我忘了添牛粪了，否则狼不会来的。"

巴依卡·凯力迪别克压着嗓子说："说什么都晚了，现在千万别出声，狼可能就在帐篷外。"

吴欢立即起身，拿起了三八大盖枪，和巴依卡·凯力迪别克一起朝帐篷外看。外面的牦牛越来越暴躁，马也在惊恐地嘶叫。巴依卡·凯力迪别克决定去外面看看，他让吴欢先待在帐篷里，吴欢坚持要和他一起出去。

一轮月亮已经西斜，悬挂在空中，却被乌云遮住，地面几乎还是黑的，只是透过云的缝隙洒下斑驳的月色。

巴依卡·凯力迪别克和吴欢看见了一匹狼，高大健壮，正慢慢地靠近牦牛和马。牦牛不停地蹦跶，马打着响鼻，因为都被拴着，牦牛无法按照自己的想法和狼搏斗。

巴依卡·凯力迪别克看出了牦牛的想法,也知道马始终想躲避狼的袭击。他对吴欢说,想办法去把牦牛和马的绳子解开,让牦牛和狼去搏斗,把马藏起来。

这只狼是只大灰狼,它对那匹马毫无兴趣,它的目标就是这头牦牛,这牦牛体形庞大,无疑是一顿美餐。它试着靠近牦牛,但它判断错误,牦牛恰恰是它的天敌。牦牛力大无比,棕熊、雪豹、老虎等猛兽袭击时,它会不顾一切地与之搏斗,甚至保护主人不受伤。

有些微风,微风中有一个沉重的喘息声,好像是狼的声音。牦牛站立着,耸动着鼻翼使劲闻了闻,果然闻到了狼身上的骚臭味。这只狼距离牦牛很近了。狼很聪明,探着脑袋看周围的情况,怕有攻击它的人,它窥视着牦牛,恨不得一口吃掉它。牦牛和它对峙着。

巴依卡·凯力迪别克也闻到了大灰狼的骚臭味。

四周突然安静起来,巴依卡·凯力迪别克明白这是大灰狼占领了有利地形,要向牦牛进攻了。

他必须赶紧解开牦牛和马的绳子,他要和牦牛并肩战斗。

巴依卡·凯力迪别克悄悄地对吴欢说:"你朝狼开一枪,这一枪很重要,关系到我们能不能够战胜大灰狼。"

"啪"的一声,吴欢朝大灰狼射出了一颗子弹。巴依卡·凯力迪别克迅速跑到牦牛身边,解开了拴着牦牛的绳子,牦牛获得了自由。他把马的绳子也解开了,马撒开四蹄跑了。

吴欢的一枪并没有击中狼的要害部位,它只是躲闪了一下,跑远了一些路,待反应过来后又折身跑过来。

大灰狼发出一声低嚎,目光聚焦在了牦牛身上,一会儿又转向巴依卡·凯力迪别克和吴欢。

大灰狼的腹部吊着两排乳房，饱满得就像是秋天树枝上成熟的野果子。看样子它正在哺乳期，幼狼嗷嗷待哺，焦急地等待着它觅食回去。

大灰狼一声低嚎，狼尾耸立，狼腿绷直，这是要发动攻击前的准备。

牦牛鼻子里喷着粗气，不时抬起它坚硬的牛蹄，准备迎战。

大灰狼和牦牛对视着，它们心里明白，这是大战爆发前的沉默，它们之间不可避免地要进行一场血战。

巴依卡·凯力迪别克和吴欢也各自找好了射击的最佳角度，目标是大灰狼。

为了吓唬对方，大灰狼嚎叫了一声，阴森恐怖。随着这一叫声，大灰狼扑向牦牛，用狼爪撕抓着坚硬的牛角，牦牛不为所动，抬起牛蹄踢向大灰狼的肚子，大灰狼只得来回躲闪。

巴依卡·凯力迪别克和吴欢同时射击，巴依卡·凯力迪别克的子弹打在大灰狼的肚子上，吴欢的子弹从大灰狼的耳边擦了过去，他们立即再次瞄准大灰狼。大灰狼和牦牛在搏斗，它们来回跑动，子弹无法射出。几次刚瞄准好，正要扣动扳机时，不是牦牛出现在了射程里，就是大灰狼又跳开了，他们只有寻找机会扣动扳机。

大灰狼一次次靠近牦牛，牦牛一次次用牛蹄踢大灰狼的肚子，它实际想去踢大灰狼的腰，但始终踢不上。

大灰狼左冲右突。牦牛除了用蹄子踢，还用它尖利的牛角狠狠还击，让大灰狼近不了身。

据动物学家研究得出的结论，狼是大自然的优秀猎手，拥有尖牙利齿，但狼的颌骨远不如狮、虎、豹的颌骨有力量。换句话说，狼面对大中型的猎物时，不可能像狮子一样扑在猎物身上，张开血盆大口一口咬住猎物的脖颈，猛地一拧将猎物的脖颈拧断。狼没有那样的本领，狼扑到猎物身上，首先是咬猎物的颈侧，将其动脉咬断，这对猎物来说是致命的。

由于具备这样的打猎本领和噬咬习惯，狼在日常生活中特别注意保护自己的脖颈。与其他犬科动物相比，狼脖子上的毛特别厚密，就像套着狼毛项圈。同类之间发生争斗时，狼总是会正面相向，绝不轻易暴露自己的颈侧。

天空飘起了雪花，北风卷起雪尘，雪尘沾到了牛毛上，把牛染得雪白雪白的。

大灰狼抖了抖身上的雪花，它张牙舞爪，厉声咆哮，再次冲到牦牛跟前，用利爪撕抓着牦牛的牛角。它采取了声东击西的办法，在牦牛不注意的时候跑向侧面。

枪响了，是巴依卡·凯力迪别克放的，这一枪打中了大灰狼的肚子，大灰狼放弃了牦牛，突然跃起，冲向巴依卡·凯力迪别克，瞬间扑到了巴依卡·凯力迪别克跟前。

这一刻，吴欢打了一枪，子弹打偏了。

在大灰狼扑向巴依卡·凯力迪别克的一瞬间，牦牛冲了过来，巴依卡·凯力迪别克赶紧将子弹上膛，急急忙忙地开了一枪，大灰狼腿上挨了一枪，打了一个趔趄，站起来后又扑向巴依卡·凯力迪别克，慌忙中，巴依卡·凯力迪别克的子弹又打偏了。

大灰狼腾空两只利爪搭在巴依卡·凯力迪别克的双肩上，张开利齿咬向他的脖颈。这一瞬间，牦牛的牛蹄用力踩在了大灰狼的屁股上，大灰狼受到了攻击，只好放弃了巴依卡·凯力迪别克，又一次和牦牛撕咬在一起。牦牛用牛蹄不停地踢大灰狼的腿，用它的牛角去顶狼肚子。大灰狼一边躲闪一边寻找着牦牛的脖颈，想趁机咬断牦牛的动脉，牦牛躲闪着，大灰狼紧紧地纠缠着。又一声枪响，是吴欢射出的，这一枪射中了大灰狼的左腿。它舔了一下流出的血，一声凄凉的嚎叫后，猛地冲向吴欢。20岁的吴欢哪见过这种阵势，转身就跑了起来，大灰狼紧追不舍。

巴依卡·凯力迪别克也惊呆了,心里一个劲儿地说:"沉住气,沉住气,这一枪一定要打中狼的腿,叫它跑不动。"瞄准,再瞄,巴依卡·凯力迪别克满怀信心地扣动了扳机,大灰狼的左腿又挨了一枪,倒地嚎叫。牦牛看到大灰狼倒地,冲了上去,牛蹄如疾风暴雨般地踩着大灰狼的全身,它憋了一肚子火,把火气聚集在牛蹄上不停地踩着,恨不得把大灰狼踩死。

巴依卡·凯力迪别克忍着肩膀的疼痛,慢慢走向大灰狼。大灰狼感觉到危险正威胁着它,它强忍着剧痛,猛地站立起来,但左腿在流血,站立不住。它悲愤地嚎叫一声,逃离牦牛,腿部的血越流越多,殷红的血流在雪地上,红得耀眼。它不敢恋战,再战下去这里就是它的死亡之地。它恨恨地看了看牦牛,看了看巴依卡·凯力迪别克,无奈地一瘸一拐地逃跑了。

巴依卡·凯力迪别克的双肩被大灰狼的利爪抓伤了,出了不少血。吴欢没有受伤,但被吓坏了。牦牛耗尽了力气,疲惫地卧在地上休息。

吴欢看到巴依卡·凯力迪别克受伤的肩膀,赶紧用急救包给他包扎。和大灰狼搏斗了半夜,现在天都亮了。

乳白色的云朵挂在湛蓝的天空,金色的阳光洒满了高原。远处传来一声马的嘶鸣声,蹄声越来越近,吴欢的那匹枣红马在朝霞中奔腾而来。

巴依卡·凯力迪别克和大灰狼搏斗之后,感觉特别疲惫,但寻找王朝刚的任务让他们不能停下脚步。

他们又出发了,顺着河岸继续寻找王朝刚。

"如果今天再找不见怎么办?"吴欢说。

"真要是找不见,就只能去营地求救,让官兵们一起来找。"巴依卡·凯力迪别克说。

"这是咱们最后一次找王朝刚了。3天了,他还能去哪儿呢?"

巴依卡·凯力迪别克牵着牦牛,吴欢牵着马往前走。这里山路不平,时有奇形怪状的巨石,他们只能步行。

"巴依卡大叔，前面有个黑影，你看到没有？"吴欢指向很远的地方。

"快去看看。"巴依卡·凯力迪别克加快了步子。

正是他们找了3天的王朝刚。

他们看到王朝刚时，他脸色苍白，衣服被撕成了条状，倒在河边。

他们把他扶起来，王朝刚站不住，只好把他放到牦牛背上。

"巴依卡大叔，我们现在怎么办？"吴欢问。

"先找个地方让他吃些干粮，然后送回营地。"

他们就地找了块平坦的地方，放下王朝刚，点了一堆火，烧水。高原上的水永远烧不到沸点，有温度就已经不错了，吴欢把水端到王朝刚嘴边慢慢顺下去。不一会儿王朝刚醒了，睁开眼睛后说："我……还……活……着？"

"活着。"吴欢说，"你看看我是谁？"

"你……们……是……谁？"王朝刚神志不清，身上都是伤。

巴依卡·凯力迪别克跟吴欢说必须要送王朝刚回营地治疗。当然，他自己被大灰狼抓的伤口也不能耽误。

他们整理好行囊，朝着营地出发了。

第三天，在吾甫浪沟口他们和军医及那个送伤员的战士相遇了。军医和战士要返回边境线，和留在那儿的人会合。

"你们先去，我们把王朝刚送到后就返回去找你们。"巴依卡·凯力迪别克说。

军医知道巴依卡·凯力迪别克被大灰狼的利爪抓伤了，仔细查看后说："巴依卡大叔，被狼抓的伤口千万不能大意，一定要回营地好好治疗。"

"没那么严重。"巴依卡·凯力迪别克满不在乎，说，"我回营地，谁带队？"

军医说："我们靠指南针吧。"

巴依卡·凯力迪别克说："指南针还不如我清楚呢。"

他们分别时约好了等巴依卡·凯力迪别克返回后继续巡逻。

王朝刚被安全送回营地，巴依卡·凯力迪别克把肩上的伤包扎了一下，就和吴欢出发了。

王朝刚的失踪一直是个谜，连长秦祖刚听说后也好生奇怪：方便一下就迷路了？

后来王朝刚讲述了他失踪的经过。

正如巴依卡·凯力迪别克给吴欢分析的，那天王朝刚走进灌木林后，怕熏着大家，就往纵深处多走了一段路，然后拐了个弯。解决完后，他站起身来，应该朝正方向返回，走一段拐弯朝左走，顺来路一直走出去。

王朝刚却朝反方向走了，越走越远，他感觉不对，慌了神，又返回来，感觉也不对，又折回去，灌木林就像一座迷宫，他越来越心慌，越来越觉得走不出灌木林，不禁大声呼喊，喊吴欢的名字，喊巴依卡·凯力迪别克的名字，但无人回应他。

他的脑子里一片混乱，知道迷路了，心里又慌又急，越慌越急，又开始盲目地在灌木林里乱走。他的目标是走出灌木林，可越走越觉得灌木林无边无际，像原始森林，走不出去。

巴依卡·凯力迪别克和吴欢找他的时候，王朝刚和他们的方向正相反，互相在拉长距离。

月朗星稀的夜色里，王朝刚走出灌木林，来到了山脚下的河边，他努力回忆，他们从山上下来时，没有经过这里，他知道现在彻底迷路了，彻底脱离了队伍，只有自己一个人了。后面的路怎么走？在没有干粮、没有武器、没有牦牛和马的情况下，能够生存下来吗？能找到队伍吗？他越想越害怕，才20岁，不会死到这里吧？

这时候他想起了爷爷、奶奶、爸爸、妈妈，还有姐姐，包括定过亲的未来媳妇。他在家里受宠惯了，从来没有吃过苦，当兵是爷爷要求的，必须到部队锻炼几年才能百炼成钢。让爷爷没有想到的是，他当兵进了新疆军区，到了最边远的塔什库尔干，到了帕米尔高原。起初看到新疆的景色很是激动和高兴，还让边防连的一个会照相的战士照了张相片寄回了老家，家里人看到他穿着军装戴着军帽端着枪，神采奕奕的，很为他骄傲和自豪。尤其是爷爷，拿着照片从村子里显摆到县城，逢人就说孙子在守边境线，大家问是哪里的边境线，老人保密意识很强，不透露具体地方。有心人一看背景有雪山就猜到不是新疆就是西藏。照片传到未婚妻手里，那农村小姑娘脸上绽开了笑花，心里为他高兴！

想到家里，王朝刚就想无论如何要活着出去，活着回家。

这晚，他坐在河边，吃起了压缩饼干。半块压缩饼干是他白天吃剩下的，当时巴依卡·凯力迪别克大叔还硬给他塞了半个馕，本来应该装包里的，他当时随手装到裤子口袋里，这下好了，关键时刻不会饿肚子了。他没有多吃一口，他预计两天到三天应该能找到队伍，或者队伍能找到他，他心里明白，见不到他，战友们肯定会派人找他。

他吃了干粮，就到处找干柴，为的是点火，既能取暖又能让野兽有恐惧感，这都是巴依卡·凯力迪别克大叔教的常识。

这一夜，王朝刚睡得香甜，还做了一个回家娶媳妇的美梦。

第二天，王朝刚辨认了一下方向，往回走全是灌木林，进去也找不到路。灌木林里无路可走，但顺着河走会有路的。他决定顺着河边往前走。

太阳出来了，高原上的太阳到中午时晒得人很难受，王朝刚决定先去河边洗洗脸，凉快凉快。

走到河边，看着河水清澈见底，他真想脱了衣服跳下去游泳。在家乡时，经常去河里游泳摸鱼，但这里的河水冰凉刺骨，他不敢下去，一旦脚抽筋就麻烦了。蹲在河边，双手捧水洗着脸很是舒服，他索性脱掉外衣，把外衣往地上一扔,认真洗起来。他突然看到倒映在水中的雪山,让流动的水切割成了碎片,一会儿是蓝天白雪,一会儿是山和水在走动。看着看着他以为山真的在移动,忘了是流动的水在将雪山"移动",过了很长时间他才站起来,腿脚蹲麻了。他该走了,拿起外衣,发现衣服让涌上来的河水打湿了,要命的是口袋里的一盒火柴也湿了。没有了火柴就等于要了命,点不了火晚上野兽来了怎么办?他吓出一身冷汗,知道自己犯了个致命的错误。他四处找棍子,终于找了根一米多长带刺的木棍。有了这根木棍他安心些,但愿不要碰到野兽,否则真完了。

一天很快过去,夜幕笼罩大地,他随便吃点干馕,就躺在草滩上迷迷糊糊地睡着了。

这个时候,巴依卡·凯力迪别克和吴欢也到达河边,但距离有2公里左右。王朝刚入睡的时候,正是吴欢哭着说王朝刚肯定不在人世的那一刻。

睡到半夜,王朝刚忽然醒了,是被一阵打斗声吵醒的,他睁眼一看,吓得差点儿昏死过去。一只母狼带着一只幼狼在攻击一群野牦牛,母狼不停地大声嚎叫,野牦牛被突如其来的袭击吓蒙了,惊恐万状,哞哞哀叫,扭头逃窜。

它们距王朝刚有五六十米远,王朝刚吓得不敢出一口大气。他趴在地上一动不动,如果狼奔跑过来,不出5分钟就会把他吞噬的。他手里除了一根木棍什么武器都没有,他的头发都竖起来了,默默地希望野牦牛和狼能够一直搏斗下去。

母狼看到野牦牛逃进了一处凹地,冲上去跳到一头黑牦牛背上,张嘴想去咬牦牛的脖颈,黑牦牛突然跳起来,母狼被甩了下来。母狼再想跳上去的时候,一头更加高大的野牦牛的牛蹄踩踩在母狼的右脚上,一阵钻心的疼使得母狼反过来想和这头野牦牛一拼高低,左跳右跳,想用它灵巧的身子绕晕野牦牛,野牦牛任凭这只母狼表演,只想瞅准机会收拾这只母狼。

这头野牦牛看到了站在不远处的幼狼，嘴里发出"哞——哞——"的响亮吼叫，远处的两头野牦牛听到了这头野牦牛发出的救援信号，直奔幼狼并围住了它。这是"围魏救赵"的战术。母狼看穿了那两头野牦牛的企图，想去救幼狼，但高大威猛的野牦牛挡住了它的救援之路。那两头野牦牛玩耍、戏弄般地整治那只幼狼，用它们的牛蹄踩踩幼狼，幼狼哀号着，没有还击能力，肠子都被踩出来了。母狼冲破封锁线，奔向那两头野牦牛。高大威猛的野牦牛冲了过来，之后又来了两头野牦牛，把母狼围到了圈子里。母狼明白了自己已处于劣势，几头野牦牛一起亮出了它们的牛蹄，在一阵阵"哞——哞——"声中将母狼踩踢得浑身出血，母狼从一个空隙处逃出了包围圈。

王朝刚远远地看到这一幕，知道这群野牦牛无意中救了他的命，正想睡一觉时，一座山似的黑色家伙堵在了他面前，他不由得发出"啊——"的一声。

一头棕熊站在了他面前，他灵机一动，从口袋里掏出一块馕扔出去，熊低头闻了闻又抬起头。他想迅速跑开，但熊用它的掌轻轻一拍，王朝刚就晕了过去。这时，那群野牦牛跑过来，和棕熊搏斗起来……

王朝刚醒来时已经天亮了，他看到一头野牦牛正在舔伤腿，其他几头野牦牛围着发出"哞——哞——"声。

王朝刚心里感激这群野牦牛，一晚上救了他两次。他慢慢站起来，发现自己的双肩被熊掌抓伤了，浑身是血，他怀着感激之情坚持着去不远的河边给牦牛拔了些草来，之后便一头栽倒，直到巴依卡·凯力迪别克和吴欢找到他。

第三章　接力巡边

五

高原的秋天是一年中最美的季节。金黄色的麦浪婆娑起舞，洁白的羊群在夕阳下像舞动的绸带逶迤而去，牦牛连绵不断行走在千年古道上……

巴依卡·凯力迪别克看着这一切，心潮澎湃。

32个秋冬里，他行走了3万多公里，足迹踏遍了边境线上的角角落落。

32个秋冬里，他奉献了青春和健康，也承受了许多悲伤和痛苦，他失去的太多太多……

1998年"八一"建军节前夕，县领导到他家探望慰问。当问到他有什么困难和要求时，他几次欲言又止，县领导看出了他的心思，鼓励他大胆说出来。

他鼓足勇气大声说："我想入党。"说完，他的脸先红了。他觉得共产党员要求太高了，他还远远达不到一名共产党员的标准，他做得远远不够……

他说出的话让在场的县领导眼睛湿润了："是我们对您关心不够，您做的早已经达到了一名共产党员的标准和要求。"

第二年，巴依卡·凯力迪别克站在党旗下，举起了右手，成为一名中国共产党党员。

32年里，他先后失去了3位亲人，巡逻途中他自己家的10头牦牛分别摔死、累死在悬崖下、冰河里、雪崩中，有9头牦牛摔伤失去了劳动能力，边防连多次要给他赔偿，他一再拒绝。

时光流逝，巴依卡·凯力迪别克的腰一年比一年弯，头发一年比一年白。他患有高原性心脏病，在新疆医学院做全面检查时，医生再三嘱咐他不能再上高原了。

他的心脏先后搭过3个支架，身体彻底垮了。

2009年1月，巴依卡·凯力迪别克被国务院授予"全国民族团结进步模范个人"荣誉称号，受到胡锦涛总书记的亲切接见。

一个来自帕米尔高原的塔吉克族牧民，能够受到总书记的亲切接见，无疑是一种莫大的鼓舞和无上的荣光。

那天，当着胡锦涛总书记的面，他流泪了……

第四章　雄鹰展翼

南湖红色的光照亮帕米尔高原,
在晨曦中,我祖父凯力迪别克露出笑颜。
他对祖国安危怀着一颗雄鹰般警惕的心,
他视巡边为自己义不容辞的职责和担当……
祖父和父亲的精神鼓舞着我像雄鹰般飞翔,
我以钢铁般的意志,日夜巡逻在冰峰雪岭间。

一

每年从9月开始,到寒冷的冬季,是巴依卡·凯力迪别克巡边工作的开始。他翻山越岭,穿行于冰峰峭壁、茫茫雪原,用脚步丈量漫漫边防线……

春夏之际,巴依卡·凯力迪别克穿梭于牛、羊、马和田地、草原之间,大自然张扬着生命活力,牧人们向大自然的索取生生不息……

蓝天、白云和绿色草原勾勒出塔什库尔干壮阔的高原风光。

1979年4月10日,巴依卡·凯力迪别克在山上放羊,悠然地唱着《古丽毕泰》。好朋友卡巴尔·克里木从远远的地方向他跑过来,大声喊着:"生了,生了,你老婆生了,给你生了个儿子,快回去吧。"卡巴尔·克里木高兴得好像是他有了儿子一样。

"真的吗？"巴依卡·凯力迪别克半信半疑。

"真的。"卡巴尔·克里木不像是开玩笑。

巴依卡·凯力迪别克一下子蹦得很高，说："卡巴尔，我的好兄弟，谢谢你告诉我这个天大的喜事，你从羊群里挑只最肥的，我送给你吧。"

卡巴尔·克里木说："你快回去，羊我不要，我帮你放，你快回去！"

巴依卡·凯力迪别克飞身上马，一路狂奔……

巴依卡·凯力迪别克于1973年7月结婚，1975年大女儿降生，今天终于有了儿子。他一直盼望着自己能有一个儿子，以后接过牧鞭，做他的接班人，没想到愿望成真了。他激动极了，羊都顾不上，骑着马飞奔回家。

巴依卡·凯力迪别克心里对妻子阿达莱提·卡拉木一直是有愧的。

他们的婚礼是隆重的，双方父母都很高兴。婚后两个月，是巴依卡·凯力迪别克和边防官兵们进山的时候，新婚妻子阿达莱提·卡拉木阻止不了巴依卡·凯力迪别克进山这个行动，哭天抹泪也没有让丈夫回心转意。

他带着干粮、骑着牦牛，扔下新婚妻子出发了。

独守空房的妻子怎么也想不开，一气之下，向双方父母告状。

巴依卡·凯力迪别克的父母不会责怪儿子，他们知道儿子干的是正儿八经的事，是大事。对于儿媳妇的委屈，他们好言相劝。

可阿达莱提·卡拉木的父母找巴依卡·凯力迪别克的父母理论来了。

巴依卡·凯力迪别克的父母讲了巡边的重要意义和巡边的必要性，可阿达莱提·卡拉木的父母根本听不进去，认为新婚丈夫不该抛下新婚妻子去巡边，这是对他们女儿的不负责任。

巴依卡·凯力迪别克的父母怎么劝都不能让亲家消气，便用沉默来对抗，反而激起阿达莱提·卡拉木父母更猛烈的出言不逊，巴依卡·凯力迪别克的父母终于忍无可忍，双方吵得不可开交。

第四章 雄鹰展翼

怒不可遏的凯力迪别克·迪力达尔说:"你们只关心自己的女儿,为什么不关心女婿去巡边会不会遇到危险?巡边路上经常发生雪崩、泥石流、洪水,儿子每次出门,我们做父母的整天提心吊胆。你们倒好,认为他去大城市里享受去了。他是为了边境安全,为了所有人有安宁的生活巡逻去了。你们还好意思来这里大吵大闹吗?"

阿达莱提·卡拉木从没有想到巡边会有这么大的危险,她也担心起丈夫的安全了。

3个月后,巴依卡·凯力迪别克回来了,他主动去岳父母家赔礼道歉,但每年巡边的事情任何人都不能阻止他。

岳父母知道女婿对女儿非常不错,对女婿巡边的事就不闻不问不闹了,阿达莱提·卡拉木也慢慢理解了丈夫的巡边工作。

当巴依卡·凯力迪别克风风火火跳下马背推门进家后,看到边防连的军医也在。他们听说巴依卡·凯力迪别克的妻子生了儿子,专门来给她做产后检查,检查结果是身体各项指标正常。巴依卡·凯力迪别克很受感动。

抱起儿子的那一刻,巴依卡·凯力迪别克觉着再也没有比此时更幸福的时刻了,今生他再也没有任何缺憾了。这个睡在襁褓中的小家伙,粉色的小脸皱皱巴巴的,蓝色的大眼睛却炯炯有神地张望着。他抱起孩子看了又看,又在屋子里举起孩子转了好几个圈,直到孩子受到惊吓哇哇大哭,他才大笑着把孩子交给了妻子。

他挑了最肥的一只羊宰了,邀请全村的人来做客,和大家载歌载舞直到深夜。

第二天,当他抱着孩子去让父亲给这个孩子取名字的时候,父亲胸有成竹地说:"巴依卡,你的儿子的名字我早已经想好了,就叫拉齐尼·巴依卡。"

在塔吉克语里，"拉齐尼·巴依卡"是"鹰隼"的意思，他也喜欢这个名字，他能感受到父亲对这个孩子的喜爱。父亲同他一样，也渴盼有人可以继承他们的事业，接下他们手中护边的牧鞭，因而对这个孩子也寄予了莫大的期望，希望他能如雄鹰一样振翅翱翔，像隼一样行动敏捷。

隼是一种比鹰体量小一些的猛禽，它的翅膀比鹰的翅膀稍窄，翅膀尖长，适合冲刺。鹰喜欢在盘旋中发现目标，而隼总是闪电般快速飞行。凯力迪别克·迪力达尔似乎具有预言的能力，拉齐尼·巴依卡长大后一直瘦小精干，行动敏捷，勇敢而富有力量，确实兼具鹰和隼的特点。

拉齐尼·巴依卡一天天长大了，凯力迪别克·迪力达尔总是事事依着他。巴依卡·凯力迪别克曾向父亲抗议过："您这样会把拉齐尼惯坏的，以后他会变得一事无成。"凯力迪别克·迪力达尔总是不置可否，反而自信无比地说："我的孙子我了解，这个孩子肯定不会变坏的，肯定会有出息。"

一切如凯力迪别克·迪力达尔所说，拉齐尼·巴依卡慢慢长大，没有变坏，而是变得太好，有时连巴依卡·凯力迪别克也有点儿不适应他的善良与无私。

邻居缺什么了，拉齐尼·巴依卡总是缠着巴依卡·凯力迪别克送一些给邻居，自己有的东西也从来不吝啬分享。放牧季节，自己家的牛羊顾不上放，先跑去帮乡邻放牧。巴依卡·凯力迪别克常常感慨："这个孩子实在善良无私，我自愧不如。"

拉齐尼·巴依卡7岁那年，家里发生了一件大事，结束了他童年的欢乐。

1986年5月，高原上牧草返青的时候，凯力迪别克·迪力达尔准备返回红其拉甫附近的塔合曼牧场，每年入夏的时候，都是凯力迪别克·迪力达尔返回牧场的时间。

巴依卡·凯力迪别克多次劝父亲别去牧场生活了，年纪大了，生活不方便。凯力迪别克·迪力达尔每次都说，在牧场生活了一辈子，已经离不开那里了，等你老了就理解了。

巴依卡·凯力迪别克感觉父亲的身体明显不如往年，不放心他一个人搬到牧场去。

父亲天天催巴依卡·凯力迪别克送他去，巴依卡·凯力迪别克找各种理由就是拖着不愿动。

这天，他刚刚放牧归来，一个战士急匆匆跑来，告诉他喀什军分区来了一个医疗队，边防连想让他们给父亲全面检查一下。

凯力迪别克·迪力达尔拒绝检查，认为自己根本没有病。巴依卡·凯力迪别克做父亲的工作，边防连领导来做工作，亲朋好友们也来做工作，凯力迪别克·迪力达尔最终同意了。

医疗队来家里给凯力迪别克·迪力达尔做了全面检查。

拍 X 光片没有电，边防连就把发电机拉来一边发电一边拍片。

医生给凯力迪别克·迪力达尔抽了积水，凯力迪别克·迪力达尔就回牧场去了，他不知道自己得了肺积水。

8 月，凯力迪别克·迪力达尔的病情加重了，边防连让巴依卡·凯力迪别克赶紧把父亲拉回来，还专门派车派人去了牧区。

倔强的凯力迪别克·迪力达尔还是不愿意去医院，巴依卡·凯力迪别克说："你不去医院，我就不去巡边。"巡边的日子快到了，他有些威胁父亲的意思。

巴依卡·凯力迪别克对于这次巡边内心极其矛盾。不去，边防连的官兵们怎么走过悬崖峭壁，应对各种自然灾害？可是他去了，家里只剩下母亲和妻子，两个女人能照顾得了吗？万一父亲有个三长两短怎么办？

他进退两难。

凯力迪别克·迪力达尔一眼看出了儿子的心事,说:"你必须去巡边,你要不去的话,我的病是不会好的。"

"我去可以,但我对您也有一个要求,您必须去医院。"

凯力迪别克·迪力达尔想了想说:"行,我去医院治病。"

巴依卡·凯力迪别克还是放心不下父亲,他准备好了生活用品,又千叮咛万嘱咐,之后含着泪水离开了父亲。

巴依卡·凯力迪别克去巡边了。这是一条新的巡边路,从哈拉渠库尔到木吉,这条边防线与巴基斯坦、阿富汗接壤。这次任务是沿边界线拉上铁丝网,树立界碑用三脚架支撑,再插上红旗。

队伍到达木吉已经是一个月以后的事了,上级又下达命令,到热斯卡木再转向库古西热克。这条路很难走,乱石、陡坡、悬崖……他们在这里竖了两面国旗。

然后,他们要从山坎去乔戈里峰。

"乔戈里"在塔吉克语中意为"高大雄伟"。乔戈里峰是喀喇昆仑山脉的主峰,海拔8611米,横跨中国和克什米尔巴控区边界线,是世界第二高峰。乔戈里峰顶呈金字塔状,山势险峻,地形复杂,滚石、冰崩、雪崩频繁发生,被许多登山者视为世界上最难攀登的山峰之一。

乔戈里峰是全球最具挑战性的山峰之一,100多年来,这里吸引了来自世界各地的众多登山家前来攀登。

巴依卡·凯力迪别克和边防连官兵们一步一步登上了乔戈里峰的谷尔峰,谷尔峰已经达到海拔7200米的高度。

喀喇昆仑山脉的积雪在阳光之下永世不消且熠熠生辉,它们簇拥着乔戈里峰伟岸的身躯钻出云层,傲立于天地之间。有时候浓雾会笼罩眼前的一切,让乔戈里峰隐身在云层之上,充满了魔幻感。

第四章 雄鹰展翼

巴依卡·凯力迪别克和边防官兵们每走一步都小心翼翼、战战兢兢。这里每一处都充满凶险，一阵大风刮来就可能把人直接刮到悬崖下去了；也可能走着走着，一脚踩空，跌入万丈深渊……

空气稀薄到了呼吸困难、肺似乎要炸了的程度。他们忍受着高原反应强烈的痛苦，在高耸入云的山峰上竖起界碑，让五星红旗在雪域高原上永远飘扬！

当他们回到热斯卡木，到了13号界碑时，电台收到了一份写满数字的电文。随队的参谋长看着电文一个劲儿地叹气。

连长贾双宏顺手拿过电文，看完后他朝巴依卡·凯力迪别克投去悲伤的目光。

在返回红其拉甫的路上，贾双宏告诉巴依卡·凯力迪别克，他父亲凯力迪别克·迪力达尔去世了。电文上还说，原本是要把凯力迪别克·迪力达尔送到提孜那甫乡的，但老人临终前交代把他送到生他养他的红其拉甫附近的塔合曼牧场，他要每天面对国门看着日出日落，看着庄严的、高高飘扬的五星红旗。

在凯力迪别克·迪力达尔的墓前，边防连全体官兵列队，胸戴白花，向这位老共产党员、老巡边员默哀、敬礼！

面对父亲的墓，巴依卡·凯力迪别克心如刀割，遗憾自己在父亲临终前没有尽孝，但是他从心底又油然升起对父亲的钦佩，在家事与国事之间，父亲不愧是一名共产党员、一个老边防战士。

他在心里告慰父亲，这次巡边，他又一次圆满完成了任务。他对父亲说，如果要在家事与国事之间选择，父亲还是会毫不犹豫地让他选择国事，国事高于一切。

他相信，父亲一定不会责怪他，因为他的双脚一直在追寻父亲巡边的足迹……

爷爷的突然去世，让拉齐尼·巴依卡一下子懂事许多，他变得有些沉默寡言。

更让拉齐尼·巴依卡意外的是，爷爷去世后的第二年，家里又发生了一件大事。

那是巴依卡·凯力迪别克又一次去巡边的时候。

走之前，巴依卡·凯力迪别克知道妻子的预产期快到了，他怀着一颗忐忑不安的心出发了。

几天之后，帕米尔高原突降一场罕见的大雪，巴依卡·凯力迪别克和边防连巡逻官兵正在一个偏远点位巡逻，被风雪围困了半个月。一天又一天，望着铺天盖地的风雪，他牵挂着即将临产的妻子……

那一刻，巴依卡·凯力迪别克不知道妻子正用生命顽强搏斗着。腹中的胎儿要提前降临了，她被疼痛折磨得要昏厥过去。营地的边防连官兵得知这一情况后，找来了拖拉机在前面推雪，汽车拉着巴依卡·凯力迪别克的妻子在后面行进。

雪太厚太厚，像一堵墙似的难以推开，拖拉机手头上冒汗，手握方向盘用力往前推，想尽快推开一条生命通道。

躺在汽车里的巴依卡·凯力迪别克的妻子的脸上，豆大的汗珠直往下淌，嘴里不停地喊着丈夫的名字……

两天才推出了一条通往县城的路。当汽车火急火燎地到达医院时，巴依卡·凯力迪别克的妻子已经停止了呼吸。

走到生命尽头的妻子不知道在她停止呼吸的那一刻，丈夫巴依卡·凯力迪别克和巡逻官兵们正与风雪、饥饿搏斗着。

由于突降大雪，艰难的行程延误了巡逻时间，带的食品所剩无几，沿途存放的食物被大雪覆盖。他有计划地安排战士们的食物，自己却吃得很少，带着战士们用仅有的10块压缩饼干和5个馕支撑了三天三夜。当剩下最后一块压缩饼干时，战士们互相推让着不肯吃，最后那块饼干放到了巴依卡·凯力迪别克手里。

"巴依卡大叔，你就吃了吧，我们年轻，扛饿。"

"吃了吧，你的生命比我们的生命都重要，你倒下了我们就走不出去了。"

……

官兵们劝着巴依卡·凯力迪别克吃下那块饼干。他听到这一句句暖心窝的话，泪水禁不住往下流，他决心要把官兵们从风雪中安全带出去，哪怕丢掉自己的性命，也不能让任何一个官兵受到伤害。

压缩饼干被他悄悄装进了口袋，他想在最困难的时候这块饼干或许可以救人，他将这块饼干视为救命饼干。

巴依卡·凯力迪别克带着8岁的儿子拉齐尼·巴依卡站在妻子的墓前时，他的心都碎了。他和妻子结婚14年，没有给她幸福的日子，却让她操持着家务，伺候着公婆，种地养畜，每次巡边还整天为他提心吊胆……

有一次，在他应该回来的那些天，妻子天天守在门口，望着通向红其拉甫的路，却见不到他的人影，为此整夜整夜失眠，当他终于回来后，妻子悬着的心才放下。

如果这次守在妻子身边，也许她不会死，因为他可以提前送妻子去县医院待产。

可是在妻子最最需要他的时候，他去了边防线上……

他对妻子有愧啊！这种愧疚是永远无法弥补的。

站在妻子墓前，他想了很多很多，唯一能告慰妻子在天之灵的是把儿子抚养大，让他成为一个善良勇敢无私的孩子。

两年内相继失去爷爷和妈妈的拉齐尼·巴依卡的心灵受到了冲击，在他最需要母爱时，为他洗衣服做饭的妈妈不在了；每当他顽皮时，只是温柔地责备他几句的妈妈不在了。想到以后再也不会见到亲爱的妈妈时，他放声大哭起来。

二

清晨的雪花触摸着帕米尔高原的山峰，朝阳把山巅的云朵染得通红通红。

巴依卡·凯力迪别克又要和边防连官兵们去巡逻了，不知道什么时候拉齐尼·巴依卡已经骑到了牦牛背上。无论巴依卡·凯力迪别克怎么劝都劝不下来，无奈的巴依卡·凯力迪别克只好牵着牦牛先去边防连集合。

一到边防连，拉齐尼·巴依卡立刻跳下牦牛背，跑到连长面前，让连长带上他。连长不答应，他迅速地骑到牦牛背上，抱着牦牛脖子不下来。巴依卡·凯力迪别克说："你现在好好上学，过两年我会带你去的。"

连长也说："拉齐尼，听你爸爸的话，你是一个聪明勇敢的孩子，我相信你长大后也会成为一个优秀的巡边员。"

拉齐尼·巴依卡噙着泪水无奈地下了牦牛背，背着书包去了学校。

"巴依卡大哥，你的儿子是个好苗子，要好好培养他。"连长说。

这次巡边，经历了一件惊心动魄的事情。

这次出行，除了10头牦牛外，按照上级领导要求，边防连专门牵了3匹军马，要试试军马到底能不能走边防线。如果能走，以后就骑军马巡逻，可以大大缩短巡逻时间。

官兵们让马跟在巴依卡·凯力迪别克的后面。一开始马走得很顺利也很

第四章 雄鹰展翼

快,没有任何问题,随队的一位叫白万里的团长高兴地说:"谁说马不能走边防线,这不走得好好的吗?而且比牦牛速度快多了。"巴依卡·凯力迪别克知道白团长高兴得过早了,他也不想让白团长扫兴,军马能走完这条边防线是再好不过了,不过塔吉克族祖祖辈辈都说只有牦牛才能在高原上行走,没有听说马也能走。白团长说,这一趟下来就知道了。

刚到9号界碑,有一匹马的一只脚卡进了两块大石头间的缝隙里。

白团长和官兵们帮助那匹马把腿从缝隙里抽出来,马腿是出来了,但往上抽时被卡断了,断了腿的马走不了路。巴依卡·凯力迪别克给白团长说,把3匹马都留在这里,等返回的时候再牵回去。

白团长说不行啊,上级要求必须让马走,马走到哪儿算哪儿,断腿马留下,那两匹马还要走。

高原上气候变化无常,在12号到13号界碑之间有一条险道,往年也能走过去,当队伍要过这条险道时,路被洪水冲断了,一时无法行走,水中有一溜石头浮出水面。巴依卡·凯力迪别克只好从牦牛背上卸下货物,让牦牛从一块大石头上过去了。有一个战士牵着一匹马试着让马像牦牛一样踩着石头走,他忘了马的脚掌与牦牛的脚掌有很大区别,马的脚掌小,而牦牛的脚掌大,走路稳。战士牵着的这匹马打着响鼻踩上了石头,不料脚下一滑,惊了一下,战士手一松,缰绳掉了,马脚重新踩上石头又一滑,前半身伏进了水里,湍急的水便将这匹马冲下了悬崖。

牵马的战士吓傻了,如果他不松手,那他会和这匹马一起冲下悬崖。牦牛一头一头按顺序有惊无险地过了那段路,最后一匹马过时两条后腿被卡在石头里了,怎么也站不起来,几个战士把它拖到了一块草坪上,它只能卧着……

3匹军马终究没有走完这条边境线,两伤一死。巴依卡·凯力迪别克领着几个战士拔了不少草放在马嘴边。几天后回来想牵马回去时,发现马已经死了，而最早断腿的那匹马也闭上了双眼。第二年路过时，地上只剩马骨头架子了。

前面的路还长着呢，而且也险。巴依卡·凯力迪别克对连长说："驮货物的牦牛和烈性牦牛留下，身上的大衣也留下，留下两名战士和一个牧工守在这里。因为13号界碑前面有一条60米宽的湍急的河流。"

下河前，巴依卡·凯力迪别克再三交代，一个一个过河，不要一起下河。不知道是他的话大家没有听明白还是都想急于过河，当巴依卡·凯力迪别克骑着牦牛下河时，白团长和随队军医也跟着下到了河里。

湍急的河水被几头牦牛一搅，四周掀起了水浪。河水没过了牦牛的脖子，牦牛仰起头走着，巴依卡·凯力迪别克听到身后和河岸上有呼叫声，回头一看，军医骑的牦牛已经四脚朝天，被水浪冲出去300多米，湍急的河水冲得牦牛起起落落，却不见了军医。巴依卡·凯力迪别克立即冲了过去，一路追赶，到了一个河口，那牦牛被挡在了一根掉在河里的树杈上，只见牦牛不见人，再仔细一看，有一只手还拉着缰绳。巴依卡·凯力迪别克马上感觉有希望了，跳下牦牛，跑到军医身边，见他的整个身子泡在水里，缰绳在手上绕了几圈，巴依卡·凯力迪别克马上把缰绳拉开，把军医从河里抱上了岸。官兵们都冲过来开始抢救。

在抢救军医的时候，那头牦牛自己爬上了岸。

军医的脸色发黄，人已失去知觉。这时候有个战士从远处走过来，他冻得直打哆嗦，只穿着短裤。那位战士在长江边长大，水性极好。军医被水冲走的那一刻，他几乎和巴依卡·凯力迪别克一起跳进急流中。湍急的河水拍打着这位战士，他凭着娴熟的游泳技能没有让河水冲走，在急流中抓住石头后，才慢慢地爬上了岸。

在军医被水冲走的那一刻，哈萨克族战士哈米提立即开始脱衣服，也要下去救人，被连长拦住了。

第四章 雄鹰展翼

"你会游泳吗？"连长问。

"不会。"哈米提如实回答。

"不会你下去有什么用？让大家救你还是救军医？巴依卡大哥已经去救了，肯定能救上来。"

这位军医犯了两个错误：一是应该把脚从脚镫子里抽出来，防止牦牛涉水时，后脚游不动；二是应该脱掉羊皮大衣，那羊皮大衣沾水后，3个小伙子也抬不动。

几个人把军医倒过来拍打他的背，把水控出来，直到他慢慢睁开眼。

"这样下去不行，必须送军医回营地抢救。"巴依卡·凯力迪别克对连长说。

"这可是5天的路程啊。"有人说。

"军医应该没事了吧？"

"送人的路上出现危险怎么办？"

白团长和连长一商量，军医一定要送回去，决定由连长和巴依卡·凯力迪别克送，剩下的人留在原地。

连长和巴依卡·凯力迪别克出发了，他们骑着牦牛，跋山涉水，急着赶路，5天的路程3天就到了。送到医院的时候，经检查，军医的肺里还有水。

因为巡边任务没有完成，他们立刻又返回了宿营地。等他们巡完边返回的时候，军医已经出院了。他一见到巴依卡·凯力迪别克就哭了："谢谢巴依卡大哥，我还有一个女儿，如果不是你救了我，我的女儿可怎么办啊？！"

其实巴依卡·凯力迪别克想想也很后怕，那天如果军医牺牲在河水里，他这一生都不会安宁的。

回到家的巴依卡·凯力迪别克给儿子拉齐尼·巴依卡讲了这个故事，在以后的岁月里他多次给拉齐尼·巴依卡重复过这个故事，以此告诉儿子边境巡逻的危险性。

拉齐尼·巴依卡慢慢明白了父亲的用意，在后来巡边的日子里也多次遇到过类似的危险情况。

就在这次巡边回来的一个傍晚，新入伍的哈萨克族士兵巴特尔在巡逻时走失，边防连队向巴依卡·凯力迪别克求援，请他帮助搜救。

巴依卡·凯力迪别克带好必备的救援工具，牵着马正要出门，拉齐尼·巴依卡要求一起去。

"我这是去救人，不是去玩，你跟着干啥？"巴依卡·凯力迪别克觉得这个时候都火烧眉毛了，儿子还要捣乱。

"让我去嘛，我知道巴特尔叔叔从哪里走丢的，还是我去报告给边防连的。"拉齐尼·巴依卡堵着门不让父亲走。

"真是你报告给边防连的？"巴依卡·凯力迪别克有些半信半疑。

"不信你可以去问。"拉齐尼·巴依卡对父亲的质问很生气。

"那你是咋知道的？"巴依卡·凯力迪别克有点儿相信了。

"我和夏克尔、麦富吐力骑牦牛看到的，巴特尔叔叔从马上下来，到另一个山谷去了。"

"知道了，你在家待着，我走了。"巴依卡·凯力迪别克还是不想让小拉齐尼·巴依卡跟着他。

"你不让我去，你们谁也不知道巴特尔叔叔去了哪个山谷。"拉齐尼·巴依卡说。

"你才8岁，天又黑了，不能去。"巴依卡·凯力迪别克急着要出门，这个小家伙缠得他都着急了。

"8岁也知道好多事了，你就让我跟你去吧，我还可以给你带路。"拉齐尼·巴依卡耍赖,"你要是不让我去,我就去找边防连的叔叔。"说着,迈开双腿朝门外走。

"唉,真拿你没办法,走吧。到了那儿要听话。"巴依卡·凯力迪别克说。

拉齐尼·巴依卡高高兴兴地和父亲巴依卡·凯力迪别克出发了。

搜救的队伍在山口集合。然后分两路沿着山谷往里面去找,山谷里什么也看不到,越往里走越瘆人,远处还不时传来猛兽的声音。

夜晚的帕米尔高原特别寒冷,风吹到脸上像刀子割般生疼生疼的,寻找的人都大声喊着巴特尔的名字,声音在空旷的山谷里回响……

这时候,寻找的人开始焦急了。气温越来越低,白天20℃,夜晚就有可能降到-20℃,还有那神出鬼没的野兽,一旦遇上,他一个18岁的新士兵怎么对付得了。

巴依卡·凯力迪别克的心揪作一团,若是再找不到巴特尔,什么意外都有可能发生。

他低下头又问儿子拉齐尼·巴依卡:"这里是一个山谷,那里还有一个山谷,你记得是哪个山谷?"

拉齐尼·巴依卡已经六神无主了,他当时看得清清楚楚是从这个山谷口进去的,怎么会没有人呢,他怯怯地说:"好像,好像就是这个山谷。"

"你肯定?"巴依卡·凯力迪别克又问了一遍。

"好像就是这个地方。"

"走,继续往里去。"巴依卡·凯力迪别克下决心要找到巴特尔。

他们边走边继续大声喊着,手里握着的手电筒射出去一道亮的光,划开沉沉夜幕。

手电筒的光"唰"地又划开夜幕,他们同时看到了左边有一条深深的沟壑,沟壑的一边是峡谷,峡谷里有一条不宽的河流,巴依卡·凯力迪别克看着这个地方感觉来过,是什么时候来过?他迅速思索,噢,想起来了。

"大家听着,再往里走有一个山洞,看看巴特尔在不在那里。"巴依卡·凯力迪别克说。

顺河水走了2公里左右找到了那个山洞,这个山洞隐蔽性很好,洞口长满茂密的树叶,不仔细看看不出这是一个洞口,他们朝洞里大声喊,终于听到了回音,这声音有些微弱,但大家都听出来了,是巴特尔的声音。

原来巴特尔白天巡逻时有了高原反应,胸口疼,头疼,呼吸困难,想返回营地,却不知道自己怎么从马上下来了,晕晕沉沉走进了山谷,走了很长时间,天黑的时候他更找不到出去的路,稀里糊涂躲进了这个山洞。

大家连夜把巴特尔送到了团里进行治疗。

三

牧民们转场的日子到了。

由于家里缺少人手,夏克尔·加尼丁希望拉齐尼·巴依卡帮他们转场。

拉齐尼·巴依卡给父亲巴依卡·凯力迪别克说了这件事。

巴依卡·凯力迪别克很支持,让他正好学学转场的经验。

转场这天,拉齐尼·巴依卡牵上自己家里的一头牦牛去了夏克尔·加尼丁家。上百只羊在他们的驱赶下走上了宽阔的牧道。

沿途都是转场的牧民,有骑牦牛的,也有骑马的。成群成群的羊向山上走去,牧人们的甩鞭声、吆喝声、口哨声汇成了一首交响乐。蓝蓝的天,白白的云,晶莹剔透的冰峰白雪,交相辉映出一幅帕米尔高原上的自然画卷。

队伍中不时有人唱起了塔吉克族歌曲:

你是雄鹰我是鸽子啊,我的情人,

> 你要飞向远方我却该如何是好。
> 当阳光初照时乌云却遮住了天空，
> 我为你陶醉啊我美丽的月亮。
> 我悲伤地哭泣，眼泪流成了河，
> 在异乡漂泊我为你变成了流浪儿。

这是一首情歌，这首歌抒情、高亢、激越，让人如痴如醉。

转场途中，拉齐尼·巴依卡看到了山川的壮美、地域的辽阔……

经过一天的长途跋涉，牧人们要宿营了。

傍晚，当一轮太阳在西边渐渐下沉时，牧人们开始搭帐篷。

过夜都选择在有草有水的地方。夜幕降临后，他们不顾疲劳地点起篝火，围火而坐，在火堆上烤上肉，随手摸出带的干馕，待肉熟了，喝酒吃肉。

不时有人唱歌，有人吹奏起鹰笛……

在一个牧人的手鼓伴奏下，鹰笛音色优美，在寂静的夜晚里，格外清脆、响亮。

篝火依然在星星点点地燃烧。

一连几天的转场，每晚牧人们的相聚，让两个小孩子听到了许多故事、笑话、歌谣和传说。

这些民间的文化艺术给两个孩子推开了一扇窗户，让他们感受到了塔吉克族文化艺术的魅力。

这天晚上，拉齐尼·巴依卡和夏克尔·加尼丁也被音乐和舞蹈点燃，跟着大人的动作和节奏跳起了鹰舞。

悠扬的鹰笛声醉了帕米尔高原。

在夏牧场的几个月里，拉齐尼·巴依卡和夏克尔·加尼丁白天放牧，夜晚跳舞奏乐，尤其是拉齐尼·巴依卡，一直热爱鹰舞和热瓦普。

四

"八一"建军节快到了,巴依卡·凯力迪别克提前做着准备,他和往年一样,想给边防连送只羊,再打点馕、做些酥油奶疙瘩。

村子里的人在巴依卡·凯力迪别克的带动下,家家都在准备给边防连战士送的食物。

馕打得差不多时,巴依卡·凯力迪别克喊着儿子拉齐尼·巴依卡。这时候母亲曲曼过来了,说:"你忘了,拉齐尼今天去学校扫地、擦桌子了。"

"学校不是放假了吗?"巴依卡·凯力迪别克很奇怪地问。

"升学和放假的时候,拉齐尼都去打扫卫生。"

"噢,知道了。"

巴依卡·凯力迪别克继续打着馕。不一会儿,拉齐尼·巴依卡回来了,巴依卡·凯力迪别克让儿子给村里的孤寡老人买丽卡·吐尔地送几个馕去。

"爸爸,还有吐拉洪爷爷呢,你忘了?"儿子提醒。

"哎哟,我差点儿忘了。我的事情太多了,忘记的事情也就多了。"巴依卡·凯力迪别克拍着自己的脑门儿说。

"如果爷爷在的话,他会骂你的。"儿子说。

"是,是,你爷爷去世4年了,你都11岁了。"巴依卡·凯力迪别克感叹时间过得真是太快了。

吐拉洪·卡玛斯身有残疾,凯力迪别克·迪力达尔一直在照顾他,每次去送吃的都带着孙子拉齐尼·巴依卡。拉齐尼·巴依卡也记住了这个爷爷。

小拉齐尼·巴依卡拿着馕和牛奶走出家门。

"赶紧送完回来吃饭。"巴依卡·凯力迪别克嘱咐道。

"好。"

塔合曼牧场距边防连不远，这里人烟稀少，拉齐尼·巴依卡和他爷爷一样喜欢这里。后来他们一家搬到了距县城才5公里的提孜那甫乡，提孜那甫乡环境条件比这里好多了，但拉齐尼·巴依卡还是每年来到这里。

吐拉洪·卡玛斯由于残疾，一直没有结婚，一个人过了大半辈子。

"是拉齐尼吗？"听到推门声，吐拉洪·卡玛斯问。

"是，吐拉洪爷爷。我爸爸让我给你送馕送牛奶来了。"拉齐尼·巴依卡进门看到地上一片狼藉，放下牛奶和馕就开始收拾。

"拉齐尼，不用扫了，就我一个人，一个破房子扫不扫都是这样。"

"爷爷，我现在忙得很，以后我会经常来帮你打扫房子的。"拉齐尼·巴依卡一边打扫一边说。

他扫完地，洗了一堆用过的碗筷，之后又归置好。

"爷爷，你的腿好些没有？"拉齐尼·巴依卡关切地问，"上次拿来的药吃了没有？"

"以后不用送药了，边防连军医也来过好多次了，我这个腿生下来就是残疾的，治不好了。"吐拉洪·卡玛斯说的是实情。

"那我背你出去晒会儿太阳。"拉齐尼·巴依卡蹲下身子。

"不用了，不用了，你人太小背不动我。"吐拉洪·卡玛斯坚决不让拉齐尼·巴依卡背。

拉齐尼·巴依卡硬是背起吐拉洪·卡玛斯，脸都涨红了，气喘吁吁，一步一步挪出了房子，把老人放在了墙根边。

吐拉洪·卡玛斯说："你这个娃娃呀，让我好心疼啊！下次来就不用背我了，边防连的官兵说要给我送一辆轮椅。"

"真的？"拉齐尼·巴依卡兴奋地说，"有了轮椅我可以推你去村子里转了。"

夏日高原上的太阳格外温暖，吐拉洪·卡玛斯多日不见太阳了，他眺望着不远的雪峰,在阳光的照射下更加晶莹剔透,蓝天上一只鹰在盘旋,俯视着苍茫辽阔的大地,不时俯冲下来,时而又展开它那巨大的双翅冲向云霄……

蓝天下,羊群逶迤而去,与绿色的草原交相辉映,勾勒出一道蓝、白、绿相间的美丽风景线。

吐拉洪·卡玛斯陶醉了。

拉齐尼·巴依卡把吐拉洪·卡玛斯送回房子,拎着馕和牛奶走向买丽卡·吐尔地奶奶家。

当他路过阿巴斯·沙依克家门口时,看到了阿巴斯·沙依克的儿子夏地曼·布力比克在馕坑边玩耍。刚走过,只听到"咚"的一声,夏地曼·布力比克掉进了馕坑里,随后传来一声惨叫。

拉齐尼·巴依卡扔掉了馕和牛奶,迅速跳上馕坑台,一股灼热的气浪扑面而来,他有些不知所措。夏地曼·布力比克在馕坑里嗷嗷叫,拉齐尼·巴依卡不顾一切地弯下身子,用双手把夏地曼·布力比克拉了上来。

夏地曼·布力比克不停地哭,拉齐尼·巴依卡不知道该怎么办了。这时,夏地曼·布力比克的爸爸阿巴斯·沙依克和妈妈骑着马回来了。一见这情景,抱着夏地曼·布力比克上了马,狂奔而去……

拉齐尼·巴依卡往家跑去,刚到家门口,巴依卡·凯力迪别克就问道:"送个馕和牛奶这么长时间?"

拉齐尼·巴依卡喘着气说:"快牵马,快牵马。"

巴依卡·凯力迪别克很奇怪:"牵马干啥?"

"夏地曼被烫伤了。"拉齐尼·巴依卡上气不接下气地说。

"走!我和你一起去。"巴依卡·凯力迪别克边说边奔向马厩,牵出一匹马。父子俩翻身上马,向县城奔去……

到了县医院，阿巴斯·沙依克和妻子在抢救室门外相拥哭泣。阿巴斯·沙依克说，打馕的时候，儿子跑到别人家去玩了，他们打完馕熄了火就去给边防连送馕了，没想到儿子会掉进馕坑里，幸亏拉齐尼·巴依卡救得及时，否则儿子的小命就可能没有了。

医生从抢救室里出来，说孩子烫伤面积不是很大，但治疗起来很麻烦，先住院治疗。

巴依卡·凯力迪别克和拉齐尼·巴依卡父子俩在医院陪护了一晚上。第二天走之前，巴依卡·凯力迪别克给阿巴斯·沙依克留了一些钱。

"八一"建军节这天，边防连的官兵们天蒙蒙亮就在军号声中起床了，在朝霞中升起了国旗，然后出操、洗漱、吃早餐、进行革命传统教育学习……

上午，附近的村民们牵着羊、带着馕和农产品，成群结队地来到边防连营地慰问亲人解放军。

边防连的官兵们在营地门口迎接一拨又一拨的乡亲们。

会议室里已经摆放好了香蕉、苹果、梨、瓜子、花生、香烟……

这些物品都是节前上级领导派人送来的慰问品，今天他们都洗净摆好，官兵们和乡亲们在互致问候中进入会议室，一一落座。

指导员孙进辉首先代表边防连向乡亲们表示感谢，热情洋溢地说："中华人民共和国成立以来，边防的安宁、稳定是与塔吉克族乡亲们的大力支持是分不开的。在漫长的边境线上，每座毡房就是一个固定的哨所，每个牧民就是一个流动的哨兵，这么多的哨所和哨兵筑起了一道坚不可摧的边防线。"

巴依卡·凯力迪别克代表乡亲们说："边防官兵们日夜巡逻是为了保家卫国，也保护了我们牧民的家和牛羊，共产党和解放军让我们牧民过上了好日子，我们要感谢共产党和解放军，我们是土生土长的牧民，给边防官兵带路是我们应该做的事情。你们远离家乡、远离亲人，解放军的节日嘛，我们一起热闹一下。"

巴依卡·凯力迪别克的话音刚落，全场都笑了。

连长秦祖刚宣布开饭。

这天数炊事班的炊事员们最忙了，他们一早起来炖上肉，准备了各种蔬菜，乡亲们来的时候他们还在忙着做饭，一些牧民妇女主动到厨房帮忙。

午餐开始了，一桌桌丰盛的饭菜让官兵们和乡亲们有了说不完的话题，气氛十分热烈……

饭后，所有人都去了一块平坦的地方，要举行刁羊比赛。

比赛要在草地上进行。

在草场东西方向相距100米的位置上，分别挖了两个直径60多厘米、深50多厘米的坑。

刁羊是一项勇敢者的运动，它既是力量的较量，又是智慧的竞赛，既比勇敢，又赛骑术。

可以说，刁羊不仅是一项扣人心弦的马上游戏，而且是一种力量和勇气的较量。

这时，比赛场地的周围站满了围观者。

几十匹骏马已在数百米外列队站好，骑手们一个个整装待发，随时准备出击，击败对方。

只听一声哨响，骑手们像离弦的箭一样冲向一只羊羔。先抢到羊只的，把羊从草地上抓起，用手压在马鞍上，催马快跑，对方急忙催马追赶，赶到跟前抓住羊的前腿用力拽拉，于是在人力和马力的配合下，激烈的拼抢争夺开始了。赛场上群雄跃马扬鞭，一会儿前后追逐，一会儿并马竞争，争夺异常激烈，尘土飞扬，群马奔腾……

围观的人群中发出了山呼海啸般的助威声。巴依卡·凯力迪别克从一个骑手手里抢走了那只羊羔，十几个人护送着巴依卡·凯力迪别克朝着挖好的那两个坑急驰而去……

在这十几个人的护送队伍里，拉齐尼·巴依卡那瘦小的身影也在其中，他一会儿奔向前面，一会儿阻挡住前来争夺羊只的竞争对手。

巴依卡·凯力迪别克策马飞奔，手里抱着小羊羔终于冲到了坑边，把羊羔扔进了坑里。他获胜了，赢得了一片喝彩声。

"巴依卡，你是草原上真正的雄鹰。"有人大声喊着。

叼羊比赛进行了整整一下午，巴依卡·凯力迪别克获得了砖茶、香皂、毛巾等小礼品。

之后举行鹰舞表演，上百个男女站在了"舞台"中央。

女人们穿着红色、黄色连衣裙，头戴库勒塔帽，帽子上罩着白色纱巾。男人们戴着用白布缝制并有刺绣的谢伊达小圆帽，上身穿着套头衬衣，外罩黑色对襟长外套，系着绣花腰带。

在主持人的号令下，上百人在鹰笛和手鼓声中跳起了鹰舞。场面极其壮观，围观者不时吹口哨助威。

男人们仿佛一只只雄鹰，飞翔，盘旋，俯冲……

女人们双手挥舞，双臂上下摆动……

一会儿，男女成双成对翩翩起舞，"鹰"的巨大翅膀在飞翔、飞翔……

这是塔吉克族人模仿自己所崇拜的鹰的动作，用舞蹈来表达他们虔诚的敬意，表达了自己与鹰之间的神秘关系，更表现出塔吉克族人如鹰一样的勇敢、忠诚、善良、正义。

五

蓝天、白云、大山、牦牛……这些景色映入拉齐尼·巴依卡的眼帘。

这次巡边，巴依卡·凯力迪别克带上了拉齐尼·巴依卡。

当拉齐尼·巴依卡得知父亲要带他去巡边时，兴奋得几天没有睡好觉，一直处于亢奋状态。拉齐尼·巴依卡骑在一头健壮的黑牦牛身上，这头牦牛是他自己养大的。巴依卡·凯力迪别克走在队伍最前面，拉齐尼·巴依卡紧紧跟在父亲身后。12岁的他还是个孩子，一双清澈的眼睛，稚嫩的不算很红的脸庞，手里拿着一把短柄铁镐，两只大狗跟着他的牦牛来回撒欢儿。

一路上，巴依卡·凯力迪别克不停地向儿子介绍沿途的地形、地貌、河流……

"前面那道山沟不能走，那里山顶都是风化了的石块，遇到大风就会刮下来。"巴依卡·凯力迪别克给儿子指点着，"这里只有一条小路可以通过，但必须尽快通过，你看这条路夹在两山之间，遇到山洪就没有地方躲了。"

"另外，从吾甫浪沟进来以后千万别走右面那座山，翻过那座山就是悬崖峭壁，我第一次独自做向导时带边防连官兵走过一次又返回来了。"

"一路走过，要记路的特点。你看前面两条河流向两个方向，你可以记住左右或者看河绕着哪座山走，记住了。"巴依卡·凯力迪别克不停地讲着路线。

"你再往前看，有一条沟，这条沟进去不到50米就有大概30米长的险段。这条险段坡陡，路难走，都是石块路。奇形怪状的石块很尖利，不小心就扎破鞋。"

夜晚，他们在一个有水流的草地边宿营，这是一块高山上的平地，边防官兵们开始搭帐篷。

"现在条件好多了，你爷爷那时候巡边哪有帐篷住啊，都是随地一躺。"巴依卡·凯力迪别克沉浸在回忆中。

"晚上睡觉注意不能让野兽袭击，最好的办法是点火。野兽都怕火，尤其是狼。"

"哪有这么多柴啊？"拉齐尼·巴依卡问。

"带柴主要是做饭用，点牛粪就行。"

大家围坐在一起吃饭，高原上做饭不容易熟，只能喝稀饭吃干粮。

拉齐尼·巴依卡躺进帐篷时已经很晚了，他久久不能入睡，想到爷爷做向导的时候条件比这艰苦多了，爷爷经常给他说共产党好、解放军好，还说他长大后也应该当一名向导，想着想着就进入了梦乡……

六

天欲破晓，东方渐渐露出了淡淡的红晕。淡红色的光线照射着黑黝黝连绵起伏的山峦，浮云犹如棉絮般布满天空。那淡淡的红晕逐渐变红，天边一片灿烂。一轮火红的太阳从山的那边冉冉升起……

拉齐尼·巴依卡把绳子放到牦牛背上，拿上干馕和一壶水，阿尔库和阿尔法两只狗跑前跑后，它们知道拉齐尼·巴依卡今天要带它们出去了，亢奋地撒欢儿跳跃着……

巴依卡·凯力迪别克走出房门，看到儿子拉齐尼·巴依卡牵着牦牛要出发，问："你干啥去？"

"抓野山羊。"拉齐尼·巴依卡一本正经地回答。

巴依卡·凯力迪别克看着儿子这副模样，忍不住笑了："你才13岁，个子又矮，能抓得住野山羊吗？"

"一定能抓住，今天我一定抓一只野山羊回来让你看看。"拉齐尼·巴依卡充满了信心。

他和一头牦牛、两只大狗出门向山里走去。

巴依卡·凯力迪别克悄悄跟着儿子，一是要看看儿子有没有能力抓回来一只野山羊，二是有保护儿子的想法。

　　高原的早晨还有寒意，天空却很明净，大地充满了生机。儿子在前面走着，巴依卡·凯力迪别克远远地在后面跟着，一前一后进了大山。

　　"汪——汪——汪——"跑在前面的阿尔库和阿尔法发现了什么，否则不会这么狂叫。拉齐尼·巴依卡骑着牦牛急速过去。

　　是野山羊，一只棕灰色的野山羊，雄性的。拉齐尼·巴依卡发现了野山羊有胡须和一对微微弯着的角，脊背有许多隆起，像连绵的山脉一样。

　　两只大狗还在狂叫，野山羊从一块岩石跳到另一块岩石上。它双眼一会儿盯着两只大狗，一会儿看看拉齐尼·巴依卡，感到了危险。野山羊寻找着逃跑的路线，趁着两只大狗跳下山体的间隙，野山羊在岩石上一路奔跑。拉齐尼·巴依卡也紧紧跟着。野山羊跑到一个山头上俯视着两只大狗和拉齐尼·巴依卡。两只大狗分开了，居然形成了包围圈向野山羊靠近。两只大狗跑得比人快。还有2米左右距离时，野山羊又跑了，专拣石块尖利的地方跑，两只大狗的脚几乎都被锋利的石块割破了。阿尔库在爬一块陡峭的岩石时，四脚打滑，一次次爬一次次退下来，阿尔法向阿尔库"汪汪汪"了几声，阿尔库闪到一边，阿尔法站在离这块岩石较远的地方，以百米冲刺的速度攀上了岩石，它转过身来招呼阿尔库效仿它，阿尔库学着阿尔法的步法，一个跳跃攀上了岩石。

　　行走山岩对于野山羊来说，如履平地；对两条大狗来说就有些吃力了；而对拉齐尼·巴依卡来说，确实非常困难了。

　　野山羊又一次等待，崎岖的山路、岩石、悬崖，它轻轻一跃，随时可以攀上去，两只大狗一路追赶，拉齐尼·巴依卡使出浑身的力气攀登还是有些费劲。当又一次靠近野山羊时，野山羊跳起，攀上了更高的岩石。两只大狗尾追不放，拉齐尼·巴依卡累得气喘吁吁，他汗流浃背，但还是一路在追赶，他今天无论如何要抓住这只野山羊。

两只大狗好不容易上了岩石，野山羊又翻下岩石，跳到一块像半个篮球场那么大的平台上。两只大狗几乎是和野山羊一起跳下去的，它们立刻在平台上围住了野山羊，让它无路可走。野山羊看到自己无路可退，转过身来，准备背水一战。它用双角去顶阿尔法的头，阿尔库从侧面去咬野山羊的腿，野山羊很聪明，眼见要被咬到腿了，放弃了阿尔法，跳到了一侧。阿尔法调头去咬野山羊的脖颈，野山羊把头一抬，阿尔法咬空了。阿尔库咬住了野山羊的一条左腿，却用不上力，野山羊一使劲就摆脱了阿尔库的嘴。阿尔法又一次冲上前，跳起来咬野山羊的脖颈，被野山羊的双角顶了一下嘴。野山羊的双角太尖利了，把阿尔法的嘴顶出了血。阿尔库一看到阿尔法受伤了，冲上去要咬野山羊的脖颈。这时拉齐尼·巴依卡赶到了，喝住了阿尔库，拿起绳套目测着距离，准备用绳套套住野山羊。野山羊看出了拉齐尼·巴依卡的企图，朝拉齐尼·巴依卡叫了几声，低下头将双角倾斜地冲向拉齐尼·巴依卡，它想用锋利的双角冲撞拉齐尼·巴依卡。那两角犹如锋利的刀刃，如果被它们顶进肚子，不死也会被顶伤。

　　敏捷的拉齐尼·巴依卡一闪身，野山羊顶空了，一下子收不住脚步，身子整个翻下了平台，它跌落后没有受伤，立即站立起来，迅速跑向右面的悬崖，决定把战场摆在悬崖上，以灵巧的身体战胜两只大狗和拉齐尼·巴依卡。

　　拉齐尼·巴依卡给阿尔库和阿尔法发出了信号，要擒一只活的野山羊，尽量不让它流血。双方拉开了架势。两只大狗一左一右，拉齐尼·巴依卡站在正前方。拉齐尼·巴依卡有些失算，以为野山羊在这里已经没有退路。野山羊之所以把战场放在这里有它的目的，虽然这里不是悬崖的最高峰，但它可以顺着崖壁上的小路继续攀登。野山羊的双眼来回看，想找到某个弱点，攻其不备猛冲过去。它看好了阿尔法，阿尔法比阿尔库小，一看就是经历的战役不多，缺乏战斗经验，它已准备攻击阿尔法。它屏住呼吸，装模作样地看着阿尔库，又看看拉齐尼·巴依卡。阿尔库和拉齐尼·巴依卡误认为野山羊会冲他们来，不料它一扭头直往右边的阿尔法冲去，拉齐尼·巴依卡甩套绳已经套不住野山羊的脖颈，他只好转向阿尔法，阿尔库一看，战术被打乱了，它只能去救援阿尔法。可是已经来不及了，野山羊头上的双角顶住了阿尔法的肚子，阿尔法疼得嗷嗷叫。拉齐尼·巴依卡急忙用绳子去套野山羊的头，套偏了。再想套时，野山羊开始往更高的悬崖上攀登。阿尔库沿崖壁往上走，速度也不比野山羊慢，但野山羊领先一步。

悬崖的空气稀薄，寒流滚滚，阿尔法、阿尔库上来了，拉齐尼·巴依卡也上来了，野山羊被步步紧逼站在了悬崖峭壁上，峭壁的下面是垂直的山体。只有上来的路可以下山，但退路被两只大狗和拉齐尼·巴依卡占据着，野山羊准备最后的一搏。阿尔法已经受伤，最容易被制服，或许这是个突破口。它这次直接宣战，从阿尔法这面攻过去。

阿尔法已经做好迎战准备，当野山羊冲向它时，它把身子一闪，野山羊扑了个空，眼看着连翻带滚地要掉下山了，拉齐尼·巴依卡用身子挡住了野山羊，旋即用绳索套住它的脖颈。

巴依卡·凯力迪别克没有跟到悬崖上来，他已经猜测到儿子这次没有说大话，确实能抓一只野山羊回去。

拉齐尼·巴依卡牵着野山羊，率领着阿尔库、阿尔法兴高采烈地下山了。

儿子长大了，犹如一只鹰，经历了残酷的考验，铸就了超强的力量。

儿子成熟了，像一只被摔打过的雏鹰，经过淬火，浴火涅槃的雄鹰可以展翅高飞了。

这注定了他的一生不会平凡，或许还会更加残酷和艰辛。

13岁的拉齐尼·巴依卡在两只大狗的协助下，捕获了一只野山羊，让牧民们对他赞不绝口，他们说拉齐尼·巴依卡是帕米尔高原上的一只雄鹰，会飞得更高更远。

在牧民们的围观下，13岁的拉齐尼·巴依卡用锋利的刀利落地剥开了这只四五十公斤的野山羊的皮，炖了一锅香喷喷的肉，让大家饱餐了一顿。

正当牧人们饮酒吃肉的时候，山下的牧民满苏尔·加马力丁12岁的儿子巴扎力·满苏尔来报信，他家的几十只羊被狼洗劫一空，希望乡邻们帮助去寻找活着的羊。

这一消息让在场的所有人震惊！狼也太胆大妄为了，敢到牧人家的羊圈里来吃羊，不收拾收拾这些狼，这里的羊就失去了安全感。

巴依卡·凯力迪别克说："必须找到吃了羊的狼，否则我们不配做高原上的牧民！"

巴依卡·凯力迪别克立即组织了15个人，分为3个组，每组5个人，从3个方向向山里进军。

巴依卡·凯力迪别克特意把儿子拉齐尼·巴依卡安排在自己这个组。

狼经过的地方会留下气味，让阿尔库、阿尔法一路嗅着这种气味寻找最为有效。

进山的路颠簸不平，两只大狗由拉齐尼·巴依卡带着走在最前面。一路上滴落的血，无疑就是羊流下的血。

据满苏尔·加马力丁和他家邻居判断，应该是四只老狼和一只幼狼袭击了羊群。它们趁主人家没有人，陆续潜进羊圈，先是把一只只羊喉咙咬断，然后挑最肥的羊吃，吃得肚子都胀了，才把那些吃不完的羊慢慢往狼窝里拖。

嗅觉敏锐的两只大狗从前面跑回拉齐尼·巴依卡的身边，"汪——汪——汪——"叫了几声，然后摇着尾巴带路。

两只大狗是拉齐尼·巴依卡养大的，他和它们有默契。

拉齐尼·巴依卡小声说:"爸爸,阿尔库和阿尔法已经找到了狼窝的方向,我们路上要小心了。"

巴依卡·凯力迪别克说:"对,让牦牛跟着两只狗。"

进山之后,寒气逼人,雪地上有了隐隐约约的狼爪印。走着走着,看到了一只气息奄奄的羊,它被咬得遍体鳞伤,几只狼在运输途中不小心丢下了这只羊。满苏尔·加马力丁和儿子巴扎力·满苏尔看着这只羊都流泪了,巴扎力·满苏尔抱起这只小羊,用手抚摸着羊的肚子。小羊睁开眼看了看巴扎力·满苏尔,又闭上了眼睛,它就这样死了。巴扎力·满苏尔哭得更伤心了。

巴依卡·凯力迪别克让他别哭了,说要找到狼窝替这些羊报仇。

阿尔库和阿尔法从前面跑过来,都悄无声息地竖起耳朵,摇着尾巴,用舌头舔拉齐尼·巴依卡的脚。

他们3个大人、2个孩子跳下牦牛背,向前走去。

他们几人都听到了一只狼发出的一声长嚎,一只豺叼着一只幼狼走过来,它是来展示战绩的,同时用挑衅的眼神告诉老狼,不把羊分一半给它,这只幼狼就是它的美食。

老狼被激怒了,扑向豺,豺叼着幼狼夺路而逃。豺的牙不如狼的牙尖利,力量也不如狼,一只狼和一只豺开打,豺肯定战胜不了狼。

老狼准备复仇,它再次冲向豺。豺腿比狼腿短,豺没狼跑得快,再加上它又叼着一只幼狼,速度大受影响。刚跑出去几十米远,它想拐弯甩掉老狼,老狼的嘴就碰到了豺的屁股,豺害怕了,赶紧松开幼狼逃了。

老狼气呼呼地瞪着跑了的豺,它把幼狼送进洞口,撒开腿扑向剩下的一只豺。豺跑着跑着被老狼追上了,老狼发出了一声毛骨悚然的嚎声,豺吓成一团,老狼毫不犹豫地咬断豺的脖颈,它也不去吃这只豺的肉,它要让活着的豺看到什么叫杀一儆百,让它们不敢再来狼口夺食。

老狼以胜利者的步伐走向洞口。

巴依卡·凯力迪别克给几头牦牛发出了信号，几头牦牛突然围上了这只老狼，老狼吓傻了，但它马上反应过来，它不怕牦牛。它盯住一头牦牛跳到牦牛背上，这头牦牛使劲把老狼甩了下来。阿尔法趁机用两只爪去撕老狼的脸，老狼气得要发疯，狗都敢来欺负它，它一下子跳起来。另一头牦牛抬起牛蹄踩上了老狼的肚子，使劲踩，老狼又一次跳起来，忍着剧烈的疼痛扑向踩它的牦牛。又一头牦牛亮出了两只足有半米长、如短剑般的犄角，顶住了老狼的腹部，把它顶到一棵树身上，直到它不动了。

巴依卡·凯力迪别克、拉齐尼·巴依卡和满苏尔·加马力丁、巴扎力·满苏尔正和一只母狼搏斗，它是来救刚才让牦牛顶死的那只老狼的。它冲过来的时候，几头牦牛全身心地在收拾那只老狼，这只母狼想偷袭一头凶猛的牦牛，巴依卡·凯力迪别克他们发现了它的阴谋，立刻围了上去。巴依卡·凯力迪别克握着枪瞄准母狼。这只母狼立刻冲出包围它的人群，奋力跳上一头牦牛的背，跃过两只犀利的牛角，努力去咬牦牛脖子。这头牦牛左右摆动，母狼咬不上脖子，死咬着牦牛的背不松口，牦牛突然卧倒，另一头牦牛抬起蹄子疾风暴雨般不停踩着，还有一头牦牛不停地踩着母狼，不一会儿，母狼的嘴里喷出一口鲜血，瞪着眼睛死去。

阿尔库和阿尔法又扑向那个洞口，它们先后冲进去。只听到搏斗和撕扯声，一会儿一只半死不活的幼狼被拖出了洞口。

拉齐尼·巴依卡在周围寻找剩下的两只狼，却不见踪迹。那两只狼去了哪里呢？……

七

巴依卡·凯力迪别克的母亲曲曼病了，这是1994年9月初，正是巴依卡·凯力迪别克和边防连官兵要去边防线巡逻的日子。

母亲突然病倒，让巴依卡·凯力迪别克的心里很难过，他决定这次不去巡逻了，把想法告诉了母亲曲曼。

母亲一听急了，告诉儿子说："巡逻是大事，你必须去，这是你父亲生前最大的愿望。"

巴依卡·凯力迪别克说："8年前父亲去世我就不在身边，7年前妻子去世我也不在跟前，我有愧于家人，连外人都骂我不孝，不是一个好儿子，也不是一个好丈夫。母亲您病了，让我尽尽孝吧。"

母亲说："不要在乎别人怎么说你。你的父亲、妻子去世前你都在巡逻，不能说你不孝。只要你在边防线上，就是一个好儿子、好丈夫，没有什么可责怪的。只要家里人知道你在做正事就不会责怪你，别人的议论你可以左耳朵进右耳朵出。你活着是为国家、为边防、为我们高原上的百姓，这就是对我们最大的孝。"

父亲去世后，村子里的人都在骂他拎不清轻重，是妈妈和舅舅四处替他辩解。他知道后心里是酸楚的，为家里人这么理解他而流下了泪水。

"妈妈，我怕……我怕……"巴依卡·凯力迪别克不能说出他的担忧，只想这次留下来照顾母亲。

母亲一下子发火了："你要是留下来就不是我儿子，我没有你这个儿子！"

母亲背过脸去再不理他。

舅舅劝他："听你妈妈的。她有病我会照顾的，你就放心去巡逻吧。"

巴依卡·凯力迪别克忍不住哭了："妈妈，儿子走了，您保重！"说完，他给母亲跪下了。他为有这么伟大的母亲而自豪！

母亲转过了脸："儿子，扶我起来。"巴依卡·凯力迪别克扶起母亲，母亲坚持要送他到门口。

第四章 雄鹰展翼

舅舅扶着母亲，母亲那头银丝随微风轻轻飘着，一双慈祥的眼睛看着他，他忍不住再次流下了泪水。

拉齐尼·巴依卡也是哭着和奶奶告别的，他还小，不知道奶奶的病有多么严重。

巴依卡·凯力迪别克这次又带上了拉齐尼·巴依卡，他们和边防连的官兵们踏上了巡逻之路。

过了吾甫浪沟，刚上达坂就下起了鹅毛大雪。呼啸的寒风裹着大雪扑面而来，瞬间遮住了苍茫大地，雪随着大地有起有伏，分不清哪里是路，哪里是河，哪里是乱石，哪里是悬崖，只能凭印象小心翼翼地摸索前行。

这是一场几十年来罕见的暴风雪。

牦牛四散奔跑，巴依卡·凯力迪别克对连长胡晓军说："赶紧把牦牛牵到一起，不能让它们乱跑，不小心掉下悬崖就麻烦了。"

连长胡晓军在风雪中大声给战士们下达了找牦牛的命令。

顶着鹅毛般的大雪，在呼啸的寒风中，官兵们分头去找被风雪刮得四散逃走的牦牛。

战士周海顺着一道凸起的雪峰去找牦牛，风雪打在脸上睁不开眼，他眯着眼，一手搭在额头上往远处看，看到了一个黑点在移动。他看清楚了，是一头牦牛。有了目标，他兴奋地往前走。雪没过了膝盖，从雪窝里抬起一条腿往前几乎迈不动，眼看着黑点越来越小，他恨不得插翅飞到牦牛身边。雪太厚了，他两条腿根本迈不开步子，就趴在雪上匍匐前行，大口喘着粗气，一张嘴雪就飞进嘴里，他就这样爬呀爬……

巴依卡·凯力迪别克带着儿子拉齐尼·巴依卡已经和队伍离得很远了，两头牦牛往前走着，他们在后面跟着，就是走不到牦牛跟前。拉齐尼·巴依卡的脸冻得红红的，巴依卡·凯力迪别克这时候有些担心儿子，毕竟他还是个孩子。他再三问儿子能不能坚持，如果坚持不住就返回去找连长胡晓军。

"爸爸，没事，我可以和你一起去把前面两头牦牛牵回来。"拉齐尼·巴依卡的口气很是坚定。

"走不动的时候一定要告诉我，千万不能硬撑着。"巴依卡·凯力迪别克嘱咐道。

"好！"拉齐尼·巴依卡就在父亲的身后紧紧跟着。

巴依卡·凯力迪别克往四处瞭望了一下，四处都是官兵们找牦牛的身影，有的战士不时跌倒爬起，有的干脆趴在雪地上往前爬……

巴依卡·凯力迪别克毕竟是高原上长大的，在风雪中行走比官兵们多些经验，他的双脚要比官兵们快些，儿子却比他慢多了，他转过身鼓励儿子加快步子。

巴依卡·凯力迪别克和儿子拉齐尼·巴依卡一个劲儿地往前走着，踩出的脚印被风雪不断覆盖，但他们在风雪中坚持往前走着。拉齐尼·巴依卡有些走不动了，巴依卡·凯力迪别克转回来拽着他走，没有走出几步路，拉齐尼·巴依卡甩掉父亲的手，要自己走。

在一处低凹的地方，他们看到掉进冰河里的战士周海，父子俩费了很大的劲儿才把周海从冰河中拽出来，冰水浸透了周海的大衣，他冻得瑟瑟发抖，巴依卡·凯力迪别克立即脱下皮大衣给他穿上。

看到父亲脱下大衣给了周海，拉齐尼·巴依卡也脱下大衣要给父亲，父亲说："别脱了，快穿上，别冻病了。"

巴依卡·凯力迪别克让拉齐尼·巴依卡在这里照顾周海，但拉齐尼·巴依卡坚持要随父亲去牵牦牛，周海也坚持要随他们一起走。

巴依卡·凯力迪别克思索了一下，觉得留下他们很难说会不会被风雪埋了，那就一起走吧。

经过几个小时的努力，终于找齐了牦牛。队伍集合后，清点了一下人数和牦牛数，一个都不少。

第四章　雄鹰展翼

巴依卡·凯力迪别克对连长胡晓军说:"现在已经是下午了,要快些下山,留在山上很危险。"

胡晓军立即组织队伍下山。

下山后,胡晓军决定在一块平地上宿营。山下的风雪小多了。

站在队伍中的巴依卡·凯力迪别克一下子晕倒了。官兵们七手八脚地扶起了他,他疼得忍不住喊出了声。

巴依卡·凯力迪别克冻伤了,他把皮大衣给周海后,风雪的袭击让他觉得身上就像没有穿衣服一样,左腿几乎冻僵,掐一下没有任何反应。

"巴依卡大叔,你回营地抓紧治疗吧。"胡晓军说。

巴依卡·凯力迪别克故作轻松地说:"牧民的身体没有这么娇气,给我打一针止痛针吧。"

"打了针我派人送你回去。"胡晓军说。

"爸爸,我送你回去。"拉齐尼·巴依卡说。

"巴依卡大叔,就听我们的吧,连你儿子都要送你回去,你就回去治疗好了再来。"胡晓军说。

巴依卡·凯力迪别克却说:"胡连长,你还是听我的吧,巡逻是大事,我的腿是小事,等巡逻完了再去治疗嘛。"

胡晓军还是想让巴依卡·凯力迪别克先回营地:"大叔,不及时治疗会留下后遗症的。"

听了胡晓军的话,巴依卡·凯力迪别克动情地说:"胡连长,我不能回去,回去了巡逻就进行不下去了。你们都是第一次上边境线,不知道哪条路有危险。我坚持坚持,下山后一定去治疗。"

"爸爸,你回去,我做向导,跟着你巡逻好几次了,我已经认路了。"拉齐尼·巴依卡说。

"巴依卡大叔,有拉齐尼给我们做向导就行,你应该放心。"胡晓军说。

巴依卡·凯力迪别克说:"拉齐尼是跟我巡逻了几次,但他一个孩子能让我放心吗?"

"爸爸,我已经15岁了,已经长大了,有啥不放心的。"拉齐尼·巴依卡说。

"好了,胡连长,什么也别说了,我不走,明天咱们继续往前走。"巴依卡·凯力迪别克说。

胡晓军看巴依卡·凯力迪别克这么坚决,也不再说什么了。

巴依卡·凯力迪别克坚持不提前返回营地治疗,15天后,他拖着几乎残疾的腿回到了营地,边防连要送他去南疆军区医院治疗,他不同意。连队军医用刀子割开拳头般大的脓包,才保住了他的腿,但是留下了后遗症,每到雨雪天气腿就疼得站不起来,严重影响了他后来的生活。

巴依卡·凯力迪别克不走,队伍继续巡逻。

这天,在经过一条峡谷时,巴依卡·凯力迪别克先看了看两边的山,山在风雪中有随时崩塌的感觉。他让队伍停在峡谷这边,说他先走过去,没有危险队伍再过。

胡晓军不同意,他不能让巴依卡·凯力迪别克一个人去冒险,他想和巴依卡·凯力迪别克走在前边。

"你是连长,一旦出了危险,队伍没有了连长能行吗?"巴依卡·凯力迪别克打消了胡晓军的想法。

"那你一定要小心。"胡晓军对巴依卡·凯力迪别克说。

"放心吧,这条路我都走了不知道多少次了。"巴依卡·凯力迪别克说着走进了峡谷。

峡谷里满地都是一片片有着锋利棱角的碎石,他一步一步踩着过去。快

第四章 雄鹰展翼

走出峡谷的时候，突然山崩地裂，大块大块的石头夹带着雪块不断飞落下来，巴依卡·凯力迪别克迅速往峡谷口跑去，一块大的石头砸中他的脑袋，他当即昏死过去。

峡谷这边的官兵们吓蒙了，他们这是第一次见到山体滑坡，峡谷的路被山石堵住了，官兵们无法去救巴依卡·凯力迪别克，不知道巴依卡·凯力迪别克是死是活，急得干跺脚。

拉齐尼·巴依卡看到父亲被石头击倒了，恨不能飞过峡谷去救父亲。他寻找着能过去的路。

山体滑坡很快过去了，但已无路可走。拉齐尼·巴依卡踩着山石寻找着能走过峡谷的路，他终于找到了一条不到一米宽的在峡谷中弯弯曲曲的羊肠小道。他告诉胡晓军，让队伍跟着他。他一会儿攀上大块的山石，一会儿在两块石头夹缝中通过，不是碰了石头，就是踩上了锋利的尖石，他顾不得多想，一个劲儿地往前赶。

当他们走到峡谷口时，被石头砸晕的巴依卡·凯力迪别克仍然躺在地上，随队医生紧张地抢救。

巴依卡·凯力迪别克苏醒过来。胡晓军说什么也要送他先回营地，巴依卡·凯力迪别克说："只剩下最后一个巡逻点了，两天后就往回走，就两天还不行吗？"

"在战场上别说两天了，就是两个小时也耽误不起，你就回去吧。"胡晓军说。

"最后一个巡逻点很难找到，那个地方的路又高又陡。一定要去，不去，等于我们没有完成任务。"

"好吧。"胡晓军再次让步，他提了个条件，"巴依卡大叔，你必须按时吃药换药，否则你就回去。"

巴依卡·凯力迪别克一听不用提前走了，很高兴，说："我完全接受你的条件。"

一路上，巴依卡·凯力迪别克对儿子拉齐尼·巴依卡不断地讲解怎么查看地形，要他记住有险段的沟、坡度、冰河的温度等注意事项，又说："还有些界碑和边境点在山沟里，那些地方不容易发现，但很容易被人入侵，那些地方我都做了标记。"

"记住，儿子，作为一个向导，这些一定要死死记在心里，因为每一次巡逻，不仅仅是巡逻，也是对生命的考验。"巴依卡·凯力迪别克对拉齐尼·巴依卡说。

"巡逻路上，山体滑坡、雪崩、洪水都是正常的，看怎么去应对，关键要长期观察这些灾难发生前都会有什么变化，摸清灾害发生前的规律，明白了吗？"巴依卡·凯力迪别克用巡逻多年的丰富经验嘱咐儿子。

这是巴依卡·凯力迪别克一路上给儿子讲怎么做向导最多的一次，他确实感到儿子长大了。

"爸爸，孜亚白克叔叔肚子疼。"拉齐尼·巴依卡走过来告诉巴依卡·凯力迪别克。

孜亚白克是这次一起出来巡逻的牧工。牧工在巡逻途中只负责管理和喂养所有牦牛，其他的事一概不管。

"啥时候开始疼的？"巴依卡·凯力迪别克问道。

"说有一阵子了。"拉齐尼·巴依卡说，"我刚才去牵牦牛看到孜亚白克叔叔正蹲在地上喊疼。"

"走，去看看。"巴依卡·凯力迪别克和拉齐尼·巴依卡朝孜亚白克走去。

"兄弟，你的肚子疼是咋回事？"巴依卡·凯力迪别克关切地问。

"大哥，可能是一路上吃凉馕喝凉水让肚子不舒服了。"孜亚白克回答。

"拉齐尼，去把连长叫过来。"巴依卡·凯力迪别克对儿子说。

胡晓军走过来问了情况，让随队医生给他喂了几片药。

巴依卡·凯力迪别克把胡晓军拉到一边悄悄说："咋办，按计划队伍应该走了，孜亚白克可能走不动。"

"这样吧，我让医生留些药，我陪他晚些时候走，去追你们。"胡晓军说。

"这样行不行啊？"巴依卡·凯力迪别克担心他们追不上队伍。

"大叔，你放心，没有问题。"胡晓军说。

这是从肖尔布拉克回红其拉甫的最后一段路程。

大部队出发了，留下了孜亚白克和胡晓军。胡晓军按照医生的交代，间隔6小时给孜亚白克喂一次药。孜亚白克稍好一些，就坚持着骑上牦牛走一段，他心里很过意不去，认为是他拖累了胡晓军。

开拉阿甫河是巡逻队必经的一条河，巴依卡·凯力迪别克骑着牦牛走在最前面，河水突然暴涨起来，他知道要出现危险了，大声朝身后喊："小心河水，注意拉紧牦牛缰绳，抓紧时间过河。"

暴涨的河水发出了巨大的响声，接着掀起了一个大浪，朝巴依卡·凯力迪别克打来。大浪把他从牦牛背上打下来，又把他冲到一块石头上，整个身子被狠狠地摔在了石头上。那条才被冻伤过的腿"咔嚓"一声骨折了，疼得他几乎晕过去。大浪还在一次一次打过来。

官兵们看到巴依卡·凯力迪别克被冲到石头上，都往他这边赶来，想救他，但他们驾驭牦牛的骑术还不过硬，牦牛不听使唤，怎么也到不了巴依卡·凯力迪别克的身边。

这时又一件意想不到的事发生了，战士王君骑的牦牛鞍子肚带断裂，人一下子摔进河里，掉进河里的王君又被洪水卷了进去，在洪水中不断挣扎。巴依卡·凯力迪别克忍着剧疼，从石头上站起来跳进了河水里，他扑腾了好一阵，眼看就要抓住王君时，一个大浪又把王君推走了。他心急如焚，王君一旦被洪水卷走，他会悔恨一辈子的。他睁开双眼，看到王君被大浪推到了离他不远的地方，他奋力划动双臂却怎么也划不动，是被身上的衣服影响了。他不顾一切地往前游去，终于抓住了王君，在拖着王君往对岸游去时，没想到拉齐尼·巴依卡过来了，他跳进了河里，硬是把父亲和王君扶到了牦牛背上。

上了牦牛背，巴依卡·凯力迪别克突然想起了他骑的那头牦牛，也想起了王君骑的那头牦牛，看到两头牦牛在河水中挣扎，大浪一个接一个把牦牛卷走了，巴依卡·凯力迪别克心疼得流下了泪水。

伤腿上钻心的疼痛让他又晕了过去。

当连长胡晓军和孜亚白克追赶上队伍时，已经是两天以后的事了。

看到一直昏迷不醒的巴依卡·凯力迪别克，胡晓军命令队伍赶回红其拉甫。

回到营地后，军医给巴依卡·凯力迪别克包扎好伤口后，直接把他送到了喀什地区疏勒县的南疆军区医院。

一个月后，当巴依卡·凯力迪别克从南疆军区医院回到家时，母亲因肺水肿已经去世，去世时间距他离开家不到一个月。

又一个亲人去世时他不在身边，巴依卡·凯力迪别克的心都碎了，他立在母亲的墓前泪水长流。

这是一个星期天的早晨，天上飘着雪花，天空乌云低垂，巴依卡·凯力

第四章　雄鹰展翼

迪别克和拉齐尼·巴依卡带着各种食物来祭奠亲爱的母亲。

是母亲带他来到这个世界，是母亲给了他生命，是母亲给了他战胜各种困难的力量，又是母亲在重病的情况下逼着他去巡逻……

这一走，成了永别。

从此，他没有了母亲，没有了疼他爱他的母亲。

他永远不会忘记，还是在他七八岁的时候，有一次他放羊回来，双脚几乎冻僵，是母亲解开棉衣扣子，把他的双脚捂在了胸前。

他永远不会忘记，十几岁时，他的饭量特别大，吃饭老是感觉吃不饱，是母亲把自己那份饭硬扣到他的碗里。

他永远不会忘记，当新婚的他去巡边时，岳父岳母上门来吵架，是母亲忍着委屈替他挨骂。

他永远不会忘记，当他的父亲和妻子相继去世后，村里的人不理解他的时候，是母亲一家一家上门替儿子解释。

他永远不会忘记！

母亲就这样走了，永远离开了他。他出门前还给母亲许愿，回来后一定带她去 100 公里外的塔什库尔干塔吉克自治县医院看病……

然而，这个承诺成了他一生的遗憾！

母亲，遵照您的愿望，巡逻守边的路我会一直走下去的，直到我走不动的那一天！

一只雄鹰展开双翼，滑过慕士塔格的脊梁，在母亲的墓的上空盘旋。巴依卡·凯力迪别克告诉母亲，他会化作一只雄鹰，永远守住边境线，守住国门，守住这片家园。

他会像雄鹰一样，永远展翅高飞在帕米尔高原。

八

拉齐尼·巴依卡从小有个愿望，长大了去当兵。

拉齐尼·巴依卡想要当兵的傻样子，巴依卡·凯力迪别克也一直记得。拉齐尼·巴依卡满头大汗地跑回家，对巴依卡·凯力迪别克说："爸爸，我要去当兵。你跟部队熟，能不能跟部队说一下，让我去参军啊？"巴依卡·凯力迪别克不置可否地应了一声。

拉齐尼·巴依卡隔几天就会问巴依卡·凯力迪别克一遍："爸爸，你跟部队说了没有？我什么时候可以去参军呢？"

巴依卡·凯力迪别克实在被拉齐尼·巴依卡缠得没办法，跑去部队，跟部队首长说了拉齐尼·巴依卡的心愿。部队首长对他家的情况一清二楚，一听是拉齐尼·巴依卡想要参军，很高兴，也很支持。就像当时部队的白团长所说的："拉齐尼这孩子品质没问题，勇敢，又能吃苦，参军一定会是棵好苗子。"

第二年冬天，拉齐尼·巴依卡接到通知，要他去体检，体检过了就可以参军，他激动得一夜未睡。拿到入伍通知书的时候，他一口气跑到对面的山坡上，对着喀喇昆仑山大吼："我要参军了，我马上就是解放军战士了。"群山回响，从四面八方传来回声，一遍遍在说：是解放军战士了，是解放军战士了……

2001年12月，拉齐尼·巴依卡在中国人民武装警察部队喀什地区边防支队红其拉甫边防检查站做了一名边防武警。巴依卡·凯力迪别克很久未见他，想去看看他。到了营区门口，正好看到拉齐尼·巴依卡在执勤，那孩子站得笔直，眼睛都不眨一下，直到巴依卡·凯力迪别克说要去营区见部队首长，他才严肃地说："营区重地，没有通行证禁止进入。"

第四章　雄鹰展翼

巴依卡·凯力迪别克差点儿被气笑了，骂他："臭小子，你看好了，我可是你爸爸啊。"但是拉齐尼·巴依卡铁面无私全然不为所动，坚持必须要部队首长批准才能进去。巴依卡·凯力迪别克没办法，站在门口把部队首长喊出来。首长看到巴依卡·凯力迪别克喜出望外，他们俩很早之前就认识，拉着他的手就往营区走，这时候拉齐尼·巴依卡才没阻拦。

那天，部队首长给了拉齐尼·巴依卡两个小时假，让他跟父亲好好聊一聊。巴依卡·凯力迪别克本来还想跟拉齐尼·巴依卡多聊一阵子，可是一到时间，拉齐尼·巴依卡立刻站起来说："爸爸您回吧，我还得执勤呢。"

新兵训练时拉齐尼·巴依卡出了一些洋相。比如队列训练，训练口令不仅是"稍息""立正""向右向左看齐"，还有"齐步换正步走""起步换跑步"这样复杂的口令，拉齐尼·巴依卡几乎听不懂教官的口令，出错的概率很高。军事器械训练时做引体向上，拉齐尼·巴依卡的个儿不高，手臂也不长，单杠都够不着，更别说上杠训练。在战友的帮助下他终于上杠了，却不知道该怎么办，他从没有玩过单杠，手臂不知道如何用力。跑步也落在后面，但他一点儿也不气馁，利用点滴的时间给自己开小灶：早晨练跑步，中午练列队，晚上练器械。上不了单杠怎么办？拉齐尼·巴依卡有办法，他走路时腿上捆上沙袋，有空就练习原地跳高。两周后他能自己上杠了，引体向上一练就是几个小时。

新兵训练第一个月他的成绩很靠后，一个月以后他的成绩就冲上来了，训练结束时，他的成绩跑到全连队前列了。

拉齐尼·巴依卡在部队第一次得奖是 2002 年。那次拉齐尼·巴依卡听说部队要派他去参加全军越野比赛，每天都坚持练习到很晚。拉齐尼·巴依卡跑起来真像一只勇猛的隼，那次全军比赛他得了第二名。

巴依卡·凯力迪别克故意问他："儿子，你为什么不得第一名呢？"

拉齐尼·巴依卡脸涨得通红，憋了半天才说："爸爸您不知道，我到了平原就头晕,而且部队上全国各地的人都有,人才那么多,有很多非常厉害的人。"

巴依卡·凯力迪别克知道他说的是醉氧,那是常年在高原生活的人到了平原后的正常反应。其实,巴依卡·凯力迪别克知道第二名的成绩已经非常好了,自己一直以来都以儿子为荣,只是故意逗逗他。

我在高原温暖的黄昏里整理有关"帕米尔雄鹰"拉齐尼·巴依卡的采访录音,房门被叩响了,进来一位塔吉克族男子,他高大挺拔,相貌英俊,举手投足间尽显军人英姿飒爽的气质,他说他叫艾力买买提·沙拉别克,与拉齐尼·巴依卡是同年兵,2001年12月至2003年12月的两年间,他们亲密无间、同甘共苦、共同奋斗、一起进步。

"作家同志,拉齐尼·巴依卡是非常优秀的军人,请写写他当兵的故事吧。"艾力买买提·沙拉别克真诚地说。我点头答应,以下便是他的叙述。

我和拉齐尼·巴依卡第一次见面是在大巴车上,我记得很清楚。2001年12月6日,阳光特别好,塔什库尔干塔吉克自治县到喀什新兵训练营的大巴车即将出发,我先上车了。当兵是我的梦想,终于实现了,我的心情特别愉快。拉齐尼·巴依卡上车了,说实话,当时我的眼光一点儿也没停留在拉齐尼·巴依卡身上,他那么瘦小,个头儿还没到我肩膀,目测不到1.7米,而我是大高个,1.85米。

教官指定拉齐尼·巴依卡坐到我身边的空位上。他向我伸出手:"你好,我是拉齐尼·巴依卡,以后我们就是战友了。"我注意到他的眼睛非常明亮,散发着兴奋的光彩。我想可能当兵也是他的梦想,我对他有了一些好感,毕竟我们在同一天实现了梦想。

在新兵连,我们被分配到同一个班,我站排头,他站排尾。

第四章 雄鹰展翼

最初一周，拉齐尼·巴依卡出了一些洋相，但他一点儿都不气馁，反而很幽默。他常常对我说："你这个大骆驼，你步子那么大，我这个小步子能跟上吗？你就不懂得照顾我。"或者说："兄弟，你个子这么高，跟大骆驼一样，你一步顶我两步，我咋能跟上？你步子小一点儿，让我也跟上。"

功夫不负有心人，新兵训练结束的时候，拉齐尼·巴依卡的成绩已经跑到全连前列去了。

是什么使他超越自己、超越我们？这一点我最清楚。

新兵训练不讲究循序渐进，直接高强度、超负荷。午休时间就显得很宝贵，晚上也一样，只要听到熄灯号，我们就立马睡觉。

拉齐尼·巴依卡似乎不用睡觉，他利用点滴的时间给自己开小灶，中午练列队，晚上练器械，引体向上一练就是几个小时。早晨，我们起床的时候，他已把被子叠成了豆腐块，去操场练习跑步了。

我忍不住问他："你是铁人吗？从来不休息。"他特别腼腆，不说话就是笑。

一天，我们一起吃午饭。他说："班长的口令我听不懂，也不敢问，你给我下口令。"我就给他发口令，练习队列。我用塔吉克语发口令，他不干，说："我得记住这些口令，班长发口令时，我就能做对了。"

一周之后，我受不了了。我说："上午4个小时训练，下午还有4个小时训练，中午好不容易休息一会儿，你自己练去。"他也不勉强我，说："你陪我这么多天，非常感谢你。口令我差不多记住了，可以自己练。"

2002年3月，他去了昌吉，代表机动队参加了新疆边防总队举办的军事大比武。他拿到了10公里越野赛全疆第二名的好成绩，到现在我还记得他当时受团部嘉奖的情形，他戴着大红花，非常光荣。我当时还不知道他的爷爷和爸爸的故事，他的爷爷和爸爸因为守边护边受到国家领导人的接见，他家摆着很多奖状和绶带。那天，我看到了一个塔吉克族男人的荣耀，为了这份荣耀他付出了很多。

3个月以后,新兵训练结束了,我们一起被分配到塔什库尔干塔吉克自治县边防大队机动队,又被分到了一个班。他给我的感觉是特别勤快,简直没有一刻闲着。一天,我外出执勤回到部队,我的迷彩服找不到了。他笑着说:"不用找了,脏成那样,我洗了,晒到太阳下了。"

那时候,连队的伙食不好,但训练强度非常大,拉齐尼·巴依卡经常把自己的馒头给别的战士,分的一个鸡蛋他也给其他战友吃。他总是说:"我的饭量小,吃不了这么多。"

每个人都明白训练强度有多大,吃都吃不饱。他宁愿自己少吃一点儿,把食物留给战友。他的心地特别善良。

下一批新兵来了,我们成了老兵。他对这些新兵就像大哥哥一样,手把手教队列、教军事器械。他是很有耐心的一个人,不嫌烦,不急躁,不抛弃、不放弃。

有一个甘肃来的新兵,应该在家从没干过家务。拉齐尼·巴依卡看他洗过的衣服上有香皂印子,就说:"来,我教你怎么样洗衣服。"怎么打肥皂,怎么揉,怎么搓,怎么晾,他都手把手地教。两三次后,新兵知道怎么洗衣服了。

他的组织纪律性特别强。我们所在的塔什库尔干塔吉克自治县边防大队机动队离他家不太远,他从来没有请过假回家看看,始终以一个边防军人的高标准来要求自己。

2003年12月,拉齐尼·巴依卡服役期满离开了部队,他特别舍不得。欢送大会上,他把领章帽徽摘下来的时候,流了很多眼泪。他对我说:"骆驼,你好好在部队干,好好守护祖国的边防,我复员回去后就和我爷爷、我爸爸一样,为边防连当向导,当一个不穿军装的军人。"

拉齐尼·巴依卡退伍回家后,巴依卡·凯力迪别克的身体也越来越差。他把拉齐尼·巴依卡叫到面前,希望拉齐尼·巴依卡能代替自己巡边。

看着父亲日渐佝偻的身躯,传承父亲的事业、沿着父亲巡边的足迹前行是拉齐尼·巴依卡唯一的选择。拉齐尼·巴依卡想都没想就答应了。

2004年的一天,举行了一个交接仪式。

县民政局的领导来了,边防连的官兵来了,巴依卡·凯力迪别克把接力棒交给拉齐尼·巴依卡,在接棒的那一瞬间,拉齐尼·巴依卡从父亲的眼神里看出了依依不舍,父亲那难以言说的表情,仿佛是他从父亲手里拿走了最心爱的东西一样。

拉齐尼·巴依卡从父亲的眼神里读懂了一切,他暗暗下了决心,自己巡边的路要沿着爷爷、父亲的足迹一直走下去⋯⋯

九

前阵子接到边防连去吾甫浪沟巡逻的通知,拉齐尼·巴依卡开始忙碌起来,挑选牦牛,准备物资,都是琐碎的事情。

牦牛们还在红其拉甫夏牧场吃草,它们的生活简单且固定。在高原清冷的夏风中,它们或三五成群,或怡然独处,在高山草甸上悠闲地将那些挂着露水的牧草吞咽下去。

虽然它们也会经历漫长的冬季,在冰雪覆盖的山坡上四处寻找啃食那些被雪掩埋的瘦硬的草茎,但这对它们来说并不算什么,它们的嘴巴与舌头天生就是为应付这样的环境而生的。

它们中一些健壮聪颖温驯的会被挑选出来,进入更加严酷的环境中去熟悉冰河与深雪,然后作为边防官兵们"不会说话的战友",驮着物资,和红其拉甫边防连的官兵们一起,踏上穿越吾甫浪沟的护边之路。

挑选牦牛至关重要。吾甫浪沟凶险难行，对于牦牛来说也是极大的挑战，需要骨架高大健硕、双角锋利、头大额宽、眼圆有神、温驯聪颖那一类的。牦牛被称为"高原之舟"，常年生活在高海拔地区，耐苦、耐寒、耐饥、耐渴，粗长毛发根部生长着密而厚实的绒毛，保障了它们即使在极其寒冷的环境下也能生存。但是牦牛粗暴、性野、倔强、易惊，完整地保留了特有的牛脾气，一旦受惊或者牛脾气发作，便会六亲不认，唯有经验丰富的牧人才能驯服它。

巴依卡·凯力迪别克虽然教导过拉齐尼·巴依卡如何挑选牦牛，但是这一次还是不大放心，特意陪他一起来挑选。

父子俩骑着马在红其拉甫夏牧场的山谷间四处奔波。这个季节，牦牛们被主人赶到牧场之后，几乎就不再看管。它们体格健硕，结伴而行，即使红其拉甫的狼群也不敢明目张胆攻击它们。每隔几天，牧民会上山寻找查看一番，然后又留下它们继续悠闲地游荡。所以挑选牦牛是个费时费力的活。

被挑选出的牦牛会被带回村子，单独圈起来，然后提前送到边防连，让参与巡逻的官兵们与它们熟悉熟悉，练习驾驭牦牛的技巧。

牦牛背宽腰壮又不服管，比骑马难多了。骑牦牛是一项需要技巧和经验的高难度活，通常骑一天牦牛下来，腿麻腰酸都是正常的。

每年进吾甫浪沟之前的骑牦牛训练，各种状况层出不穷。有用力过猛从这边跨上牦牛背又从那边摔下来的；有因没抓稳，没走几步就从牦牛背上掉下来的；还有无论怎么吆喝，牦牛就是不肯迈步向前走的；更有牛脾气犯了撒蹄狂奔的……若是在吾甫浪沟出现这种状况，轻则受伤，重则致残乃至丧命。这就需要从小跟牦牛打交道、熟悉牦牛脾性的护边员手把手来教战士们如何驾驭牦牛了。

忙了两天，第二天就要出发了，拉齐尼·巴依卡既兴奋又紧张，毕竟是第一次单独做向导，虽然心里对自己有信心，但是没有父亲的陪伴，多多少

第四章 雄鹰展翼

少有些不适应。

这一夜，拉齐尼·巴依卡总是在做奇怪的梦。他梦到自己长出了翅膀，从喀喇昆仑山上飞过。他用力拍打着翅膀，振翅凌风，呼啸的大风从他的双翼下穿过，眼睛几乎睁不开。他努力瞪圆眼睛，平展开双翼，在激荡的空气中急速滑翔。向下俯视，雪山历历在目，吾甫浪沟冰封幽壑近在眼前，那些跟父亲一起走过的路，像是一轴画卷在他面前徐徐打开。他顺着画卷上标注的山峰河流的方向，不断向前飞翔，飞了很久，感觉累了，慢慢降下速度，驻足在一座雪山的峰顶。那是群山之巅最高的雪峰乔戈里峰。在塔吉克语里，乔戈里是"高大雄伟"的意思。他站在乔戈里峰顶，抖动翅膀，尽力让翅膀张成巨大的羽扇，迎接着密集的雪粒与猛烈的大风的拍打。随着山风的呼啸，他觉得自己的翅膀越长越大，越来越有力，像一面展开的旗子，铺天盖地，在风中猎猎作响，长久憋在胸腔里的呐喊声也在同一时间喷薄而出，化成一声雄壮的鹰唳。

伴随着梦中的一声呼啸，他在黎明的晨曦中惊醒。看看时间已经不早，拉齐尼·巴依卡立即爬了起来。揉着惺忪的睡眼下了炕，他看到父亲已经起床，在帮他收拾东西。巴依卡·凯力迪别克把毡子、小刀、绳子、哈克斯（塔吉克族特色食品）装好，想了想又把一对羊皮护膝塞进了行囊。

巴依卡·凯力迪别克怜爱地看了他一眼。拉齐尼·巴依卡看起来不是很健壮，虽然从小就跟着自己巡边，历经磨炼，可是看上去依然格外瘦削。巴依卡·凯力迪别克有些担忧，毕竟这次巡边只有儿子去，千万要平平安安的，可别出什么事。

巴依卡·凯力迪别克原本计划送拉齐尼·巴依卡去连队，可是拉齐尼·巴依卡坚持自己一个人去。父亲年纪大了，既然把这份责任交给了他，他就得扛起来。告别了父亲，拉齐尼·巴依卡牵着牦牛，踏着稀疏的晨光向边防连走去。走出去很远了，他回头，看到父亲高大的身影仍站立在路的尽头。

牦牛不急不慌地向前走着。高原的星辰总是迟迟不肯退去，像是在留恋什么。抬头远眺，还有几颗星星牢牢占据着天幕。

清晨的风吹在脸上略带寒意，却透着一股山野的清新，拉齐尼·巴依卡挺直后背，使劲吸了几口。清冽的风混合着稀薄的氧气涌入肺叶里，他的精神为之一振，不由得打出一声呼哨，并加快了脚步。身后的牦牛听到了他的呼哨声，善解人意地抖抖身子，像是回应似的"吧嗒吧嗒"小跑起来，清脆的蹄音像是铿锵分明的鼓点。

在迎风的疾行中，拉齐尼·巴依卡昨夜还有些忧虑不安的心渐渐平复下来。他偷偷摸摸腋下，那里平坦如故。他摇摇头笑了。梦里的情景又怎么能当真呢？人又怎么会真的生出翅膀？虽然他从小就渴望自己能长出翅膀，振翅而起，一飞冲天，翱翔天空，可是，人类只有手，只有雄鹰才会有翅膀。

他忆起自己小时候，带着加尼丁·居马江他们一起从六七米高的山隘上往下跳的情景。其他孩子探头探脑看一看，推搡着不敢跳，唯有他敢。即使此刻，他依然能清晰记得身体快速下落时，手臂穿过空气的感觉。"多像飞翔啊。"他有些遗憾地想，"如果那是一对翅膀就好了，拍打几下，就会向高处飞去，一口气飞到喀喇昆仑山的山顶上，那样巡边就省事多了，每天都可以飞上去看一看，想飞到哪里就能飞到哪里。"

胡思乱想的时候，时间过得最快，已经能看到边防连的训练场，那里聚集了一群人，拉齐尼·巴依卡的步子迈得更快了。当他分辨出训练场上的人的时候，心情雀跃起来。从小他就对部队有说不清道不明的感情，尤其是当了两年兵之后，看到部队就愉悦踏实得像回到家一样，好像他天生就是当兵的，天生就是部队的一部分。

连队离拉齐尼·巴依卡红其拉甫夏牧场的家并不远。就在通往吾甫浪沟的那条简易公路旁，简朴方正的营房像是雪原中停驻的一块规整的青灰色磐石，营房旁边就是训练场。这两处地方有一个共同点，没有一棵树，连灌木也没有。营房与训练场都是光秃秃的，只有白的雪和褐色的砂石。站在训练场上，可以影影绰绰看到吾甫浪沟的第一座达坂——吾甫浪达坂。"达坂"是西藏、新疆等地对山顶隘口独有的称谓，有时也指一整座山岭。平日即使不去巡逻，拉齐尼·巴依卡也会隔一阵子来连队晃悠一圈，帮连队干点活，跟战友们说说话。

看到拉齐尼·巴依卡赶过来，人群中有人向他招手。等他抵达后，官兵们纷纷跟他打招呼，特别熟悉的人笑着上前向他行吻手礼。吻手礼是塔吉克族人特有的见面方式，代表了亲密与信任。官兵们已经把物资都搬运到一起了，拉齐尼·巴依卡迅速检查了一遍，然后按照行程把每日要用的物资分配好，分别捆绑在不同的牦牛背上，这样用的时候就不会混乱。指导员景海滨走过来，跟他一起捆绑。

捆绑物资也有技巧。牦牛背宽且短，捆得太紧牦牛不舒服，会影响行进速度，捆得太松又容易从牦牛身上滑落。两个人捆绑得很仔细。捆绑完了，拉齐尼·巴依卡又逐个检查了一遍，包括预备骑着的十来头牦牛的鞍子，也用手抻了抻松紧。检查完后，他冲着指导员肯定地点了点头。30头牦牛，10名官兵，2名向导，来回物资都已准备妥当。

全连的战士列队等待，预备一起进沟的团首长和指导员景海滨站在队伍前面，向即将进沟的战士强调注意事项，并反复叮嘱一些细节，随后进行了简短而又庄严的启程仪式。这是连队的习惯，当巡逻队平安归来的时候，全连战士也会在此列队，为他们举行隆重的欢迎仪式。官兵指战员们用这样一种方式，为即将踏上艰险征途的战友们壮行。

临出发前，指导员景海滨表情严肃地又反复强调了安全后，忧心地看了看天色，然后斩钉截铁地发出了出发的指令。

大家纷纷跨上牦牛，挺直背脊，集体行了一个庄严的军礼。在越来越明亮的晨光中，十几个人和一群牦牛在雪山的映衬下，逆着光，犹如一串行进的剪影，踏上前往吾甫浪沟的巡逻之路。

拉齐尼·巴依卡照例走在最前面，另一名向导跟在后面，伴着牦牛踢踏的脚步，队伍在戈壁滩上稳健穿行。

连队的官兵们站在原地，目睹着巡逻队逐渐远去，所有人的表情严肃且神圣。每一次进出吾甫浪沟都是一次生死的考验，因而，每一次送别都充满祝福，充满崇敬之情。

平安归来啊，战友们！

连队距离吾甫浪达坂大约十来公里，穿过一片乱石纵横的开阔的戈壁滩，再越过几道坎，吾甫浪沟就在眼前了。海拔5200米的吾甫浪达坂像是竖立在吾甫浪沟前面的一扇大门。

越接近达坂，气温越低，刚开始还有说有笑互相打趣的巡逻队放慢了速度，空气也随之沉闷起来。

在经历了几日晴好的高温之后，最近几天气温骤然降低。吾甫浪沟上空笼罩着一团团浓云，在清晨的阳光下，随着风像羊群一样肆意奔跑翻卷。

夏日山洪的痕迹还未完全消除。河道里，塔敦巴什河水流咆哮湍急，脚下的路与头顶诡谲的天空都让人担心不已。

吾甫浪达坂一面是山峰，另一面是冰达坂，中间是一条河滩。虽然路上堆满覆雪的乱石，走起来还算轻快，但是天气情况实在令人担忧。

天上大团大团的云一路跟着他们，越积越厚。快要翻过吾甫浪达坂到达乱石滩的时候，滚滚乌云像是随时要从天上掉下来。拉齐尼·巴依卡忧心忡忡地抬头看了看天色。为了赶在天黑前到达铁干里克达坂前面的宿营地，路上不能耽误太久。队伍不敢停顿，在奇形怪状落脚都难的乱石滩上谨慎行进着。

这里的乱石滩是山峰风化后形成，不知道什么时候，山体突然崩塌，形成了一大片纵横的乱石。这一路上，最多的就是这些乱石滩。那些始于洪荒的石头像是一群终于摆脱束缚的孩子，迫不及待地翻滚着，找到自己喜欢的位置，然后默默等待着，等到有人经过，它们就会探出身子故意捣乱，做一些偷偷伏击的小恶作剧。那些大大小小的石块在崩塌的瞬间，曾被巨大的力量削成边缘锋利的不规则形状。它们有时故意将锋利的一面向上，候着牦牛踩上去之时，划伤它的蹄子；或者故意虚悬着，等有人踩到，就立刻左右摇晃，让人立足不稳猛地跌倒。

牦牛若是伤到蹄子，会因为受惊瞬间暴走，后果不堪设想；如果失足跌倒，后果也很严重。棱角分明的石头，每一块都是狡黠的利器，人若从牦牛背上跌落下去，非死即伤。拉齐尼·巴依卡的父亲巴依卡·凯力迪别克就曾经在乱石滩受过伤，如今腿上还留有一块伤疤。拉齐尼·巴依卡带领巡逻队在乱石滩转来绕去，他小心翼翼地注视着脚下，因为太过专注紧张，身上竟然起了一层细汗。当穿过乱石滩，山风吹过来的时候，他猛地打了一个寒战。

海拔4254米的铁干里克达坂就在眼前，可是天上的云似乎也跌到了眼前，风更加暴虐，开始飘起了细碎的雪花。拉齐尼·巴依卡焦急地看看天色，判断会有暴风雪，因而愈发急切地想要带着巡逻队在风雪来临之前翻过达坂。

越往上走，寒意越浓，凛冽的大风呼啸着卷起雪花，刀子一样从脸上刮过。天上起了白毛风，身上厚厚的棉衣和外面的皮衣变得像是纸糊的一样，完全挡不住刺骨的严寒。

雪花越来越密集，在午后逐渐形成来势凶猛的暴风雪，天地间像是垂下一面白色的帘子，雪花在眼前不断旋转，人像是被装进了一个盛满雪的滚筒里。除了雪，一切都模模糊糊难以分辨。暴风雪似乎把时空都冻得静止了。所有人紧跟向导，凭借向导的经验来保障安全，走出风雪的围困。

拉齐尼·巴依卡紧张地牵着牦牛。此刻，他多么希望父亲就在自己身边，父亲在，一切危险都不足为惧，父亲总有办法解决一切困难。

越走雪越大，路况也越来越差。牦牛的脚踩下去，每一步都深陷雪中，鼻孔因吃力而喷出浓重的白色水汽，又迅速在鬃毛上凝结成冰。

拉齐尼·巴依卡牵着牦牛吃力地蹚着雪领路。随着海拔的提升，他的心脏在缺氧状态下跳得越来越吃力，胸口像是被撕裂一样疼痛，他不得不迎着雪努力张开嘴来辅助呼吸。

最后，好不容易摸索到一片背风处。他知道无法再前行了，向团首长和指导员汇报后，便和大家挤在一起暂时躲避，心里暗暗祈祷暴风雪能早点过去。

山风呼啸，大雪弥漫。12个人和30头牦牛停顿在雪原中，像是白色大地上几个不起眼的小黑点。彻骨的严寒中，能清晰听到身边的人被冻得牙齿打战的声音。大家冻得缩成一团，即使紧紧挤在一起，所有人的热量依然快要透支到极限。

拉齐尼·巴依卡觉着自己快要被冻僵了，耳朵鼻子像是不存在了一般。他用手悄悄摸了一下，哦，还好，还在。不过，得赶紧想办法才行。他有责任和义务保障巡逻官兵的安全，如果继续这样下去，大家都会冻死在这里，那样他至死都不会原谅自己。

气氛越来越紧张，待在这里进退两难，所有人都焦急万分，但是面对冰雪的合围却又束手无策。拉齐尼·巴依卡不断提醒自己冷静下来，并一再问自己：如果父亲遇到这种情况，他会怎么办？

突然，仿佛灵光乍现，他暗骂自己一声：怎么这么笨！他大声喊着另外一位塔吉克族向导，向他发出指令。很快，两个人牵起所有的牦牛，将它们一头挨着一头聚拢集合起来，围成一圈又一圈的厚厚的挡风的"墙壁"。官兵们站在厚实的"墙壁"中间彼此紧挨着，紧贴着牦牛的身子挤在一起挡风取暖，才不再觉着那么冷了。拉齐尼·巴依卡默默地在旁边守护着，睁大眼睛密切关注着天气状况。

不知过了多久，风雪的幕布终于被揭开，露出风雪外的天地。天边露出一抹亮光，刚才混沌一片的风雪似乎成了一场大地冬日的幻梦。所有人都长出了一口气。

到达宿营地的时候，天已经黑透，比原先预计的晚了好几个小时。取了河水，大家开始生火做饭。当熊熊的火光在漆黑的雪原中燃起，一天跋涉的疲惫似乎也渐渐消失，笑声与歌声在宿营地上响起，沸腾着高原寂静的夜空。

漆黑的天幕下，永恒屹立的群山大河似乎都在侧耳倾听着许久未听见的人类的语言，连呼啸的风声也变小了。直到火光减弱，宿营地上响起此起彼伏的鼾声，风声才重新小心翼翼地响了起来。

拉齐尼·巴依卡躺在睡袋中，用外套盖住头，却怎么也睡不着。回首苍茫来路，他依然觉得后怕。如果在暴风雪中迷了路，误入风暴中心，后果不堪设想。虽然这次巡逻队化险为夷，安然度过了恐怖的暴风雪，却也给他结结实实上了一课，让他知道，山高路险，情况复杂多变，一切尚需小心更小心、谨慎更谨慎。

当高原的晨曦夹带着露水落在睡袋上的时候，巡逻队在冷冽的晨光中醒来。拉齐尼·巴依卡爬起来，用冰冷的河水擦了一把脸，昏沉沉的脑袋瞬时变得清醒起来。他抬起头，眺望前方陡峭险峻的一步崖，心情复杂沉重。

刚下完雪，一步崖上面的那条小路差不多都被雪掩埋，只留下淡淡的一抹细若游丝的印痕。这是牦牛在山腰上踩出的一条宽20厘米左右的小路，只能放下一只脚。路的一边是接近90度、高达五六十米的悬崖，另一边是落差七八米的山体。因为山体滑坡，山体上都是细碎的石子。脚踩上去，窸窸窣窣作响的石子就会随着前进的脚步不时滚落下来，看起来十分吓人。

雪让山体变得斑斓奇异，像是一幅充满诗情画意的黑白版画，但是，走在上面，只有涉险而行的心惊肉跳。

在踏上一步崖之前，拉齐尼·巴依卡把牦牛鬃毛上的冰敲掉，又仔细检查了一遍牦牛鞍子和捆绑物资的绳子。走一步崖容不得半点儿闪失，稍有不慎，失足跌落下去，便牛毁人亡。从他爷爷巡边开始，他家好几头牦牛就是从这里掉下去的。检查完，他向着带队的团首长点点头，团首长又向大家强调了一遍注意事项，然后发出前进的指令。

拉齐尼·巴依卡牵着牦牛走在队伍的最前面。走一步崖有诀窍，除了死死抓紧牦牛，还必须身子侧向山体那一面。万一有什么状况，倒向山体那一面，生存的概率就会大很多。

所有人都谨慎又紧张，紧抓牦牛，身子微倾。这不光考验人的心理，也很考验牦牛。牦牛认路，走熟的路，不用驱赶也知道怎么走。牦牛也认头牛，领头的牦牛带路，牦牛们就会秩序井然地跟着。

牦牛的蹄子有着厚厚肉垫子，稳稳地踩在小路上，它们低头向前走着，空气静得像是要凝固一样，只有偶尔踩落的石子簌簌往下掉落，发出让人心惊肉跳的异响，翻滚着跌入悬崖下的冰河中。所有人神经紧绷着，紧张地注视着前面的路。

拉齐尼·巴依卡是第一个通过的，他习惯走在最前面领路。通过后，他长舒一口气，转头看向后面的牦牛队。牦牛一个挨着一个鱼贯而过，只剩下最后几头牦牛了。一步崖上最前面的牦牛突然停住了，后面的牦牛有些心急，脑袋撞到了前面牦牛的屁股上，前面的牦牛愣了一下，突然发起疯来，扬起蹄子就向前冲。所有人都吓坏了，拉齐尼·巴依卡眼疾手快，把前面挡路的牦牛拍开，刚让出一条路来，就看见那头牦牛带着风声猛冲了过来。拉齐尼·巴依卡伸手去抓缰绳，没有抓住，于是跟着牦牛追了上去，一边跑一边大声呼喝着牦牛，跑出去几十米，才一把抓住了缰绳，将发疯的牦牛拦了下来。牦牛背上的战士惊魂未定，脸色发白，他刚才一直试图操控牦牛，可是牦牛完全不听他的。从牦牛背上跳下来，战士回头看了一眼，后怕地拍拍胸口。

所有的牦牛全部通过，在原地稍事休整，预备进入峡谷。在穿过四五百米的一道斜坡后，逼仄幽深的峡谷像一条蜿蜒的巨蟒横在面前。两侧的喀喇昆仑山高耸入云，谷中冰河纵横交织，巡逻队必须顺着谷底的冰河来来回回涉水而行。穿过峡谷，就会看到勒阿甫达坂，而8号、9号界碑就在它左右两侧。

牦牛队沿着塔敦巴什河慢慢进入谷中。抬头仰望，两座山在半空中几乎挤在了一起，像是两只手合掌试图撑起天空，未曾掬紧的天光只露出窄窄的一线。河水已过汛期，水势减了下来，依然气势逼人，裹挟着冰凌的冰川融水冲刷着岸边的积雪，不断翻滚着奔涌向前。

谷中气温极低，每个人都是在棉衣外又加了一层大衣，但是还是被寒气浸得手脚僵硬。塔敦巴什河从谷底流过，因地形与塌方不断改道，河随山走，山随河转，蜿蜒曲折，纵横交错。有战士统计过，在这条谷底走一趟下来，来来回回要蹚过80多条冰河。

每蹚一道冰河之前，巡逻队员都要高高抬起腿，或者把脚镫子甩到牦牛背上，防止牦牛涉水过河的时候，蹄子不小心踢到脚镫子里。牦牛可是体重达四五百公斤的大块头，一旦跌倒在冰河，很是骇人，被牦牛压住自然极其危险，被甩进河里、被急速奔涌的河水卷走则更可怕。水流速度快又加极寒，会让游泳健将也手足无措。

过河的时候，脚也得高高抬起来，这样才能避免裤子、鞋子被河水打湿。即使如此，依然没有办法彻底保持干燥。冰河有的地方浅，仅没膝，有的地方则深可及腰，再加水流湍急，纵然牦牛会游泳，也难免水花飞溅。

这条谷差不多要走大半天才能走出去。越往里走，气温越低，湿了的鞋子和衣服不一会儿就会冻得硬邦邦的，那种滋味实在难以用言语表述。

拉齐尼·巴依卡骑着牦牛，警惕地观察着。这道峡谷，不仅冰河中危机四伏，落石和塌方更是防不胜防。山上蹦跳的黄羊全然不会顾及是否有人经过，它们在高处蹦跳，不时把山石踩落下来。那些看似高耸坚固的山峰，在重力作用下危如累卵，不知什么时候什么情况下，就会瞬间打破它们脆弱的平衡，分崩离析，形成令人惊心动魄的山崩。

这时，头顶上高耸的山峰在内力作用下，似乎在不停摇晃，岩石间互相挤压摩擦，发出奇怪又恐怖的响声，在山谷中荡起震耳欲聋的回鸣。

在谷中，所有人说话都小心翼翼，不敢大声，许多时候只能依靠手势或者眼神、口型来交流，若是回声巨大，声波在回荡中非常容易引起塌方或者山崩、雪崩。但是，尽管大家已经极力保持安静，仍不时能听到山峰"咔嚓咔嚓"垮掉的声音，亿万年的风蚀和冰霜侵蚀，即使坚硬如磐石也会朽烂。帕米尔高原自海洋中崛起，沧海桑田，也注定会在时光中慢慢消磨损毁直至倾颓。

比起在亿万年时光中自然界那些巨大的存在所显现的衰弱无力，倒是人类与其他生命体呈现出一种远胜于大山大泽的坚韧固执的力量。生命在崛起、发展、消亡中不断再度崛起，历经轮回，却从不轻言撤退，而是永不放弃、永不停歇、永不中断地坚韧地成长进化。精神的力量在日复一日年复一年的斗争中，从肉体的禁锢中跃然其上，激荡昂扬。

因此在谷中行进，必须十二万分小心，得保持高度警惕，随时留意并观察山峰的情况。当观察到山体或者岩石松动，就要赶紧迅速通过或者及时停顿。

因为经常塌方的缘故，河流也会常常改道。谷底湿度大，有时正好好走着，突然大雾弥漫，能见度减低，只能摸索着行进；有时突然风雪交加，大片大片的雪花旋转着从天空落下来，像是有一只手在往下抛撒飞花琼屑。

第四章 雄鹰展翼

拉齐尼·巴依卡一边走一边仔细观察着，不时引导着暂停或者快速通过。这条峡谷全长近 18 公里，队伍必须赶在下午前到达谷口，否则被困在山谷里，无论是河水上涨还是山体垮塌，都将让队伍面临灭顶之灾。

前些日子的高温天气让雪山融水增加，塔敦巴什河水流更加湍急汹涌。这一路如同闯关，拉齐尼·巴依卡无疑是那个引导队伍闯关的人。这条路他之前跟父亲走过，但是在瞬息万变的自然面前，一切经验都会因无常与意外清零，只能靠仔细、认真、果敢来越过重重难关，抵达胜利的终点。

拉齐尼·巴依卡依然清晰地记得第一次跟父亲走这条沟的情形，那种窒息般的压抑和心脏剧烈跳动的感觉让他记忆深刻。他深吸一口气，在心里为自己打气："稳住，拉齐尼·巴依卡，虽然你是第一次独自做向导，但是一定会平安顺利通过的。"

意外还是发生了。

在蹚过一道冰河的时候，有一名战士骑的牦牛在往岸上爬的时候踩在岸边的冰盖上，脚下一个趔趄，将背上的战士甩了下去，战士很快被冲向下游。拉齐尼·巴依卡看到了，赶紧从牦牛背上跳下来紧追过去。在一块石头跟前，那名战士伸手紧紧抱住石头，稳住了身子。拉齐尼·巴依卡跳进河里将他拉了起来。这时其他战士也赶过来，将两人拉到岸上。大家赶紧替他们把湿鞋子和衣服换下来，又尽可能把一些可取暖的东西搭在两人身上。拉齐尼·巴依卡脸色发青，忍着寒冷，看看头顶的一线天，催促大家快些前进。

后面的路程有惊无险，大家全部通过之后，看到眼前勒阿甫达坂上的高台，都如释重负，瞬间松了一口气。

在勒阿甫达坂右侧是矗立在距地面大约 80 米高、呈 45 度的高台上的 9 号主界碑，在它的左侧 1 公里处则是一半是石质一半是水泥的 8 号界碑。80 米高的高台是一道风化石和巨石混合着的陡峭斜坡，需要有人先爬上去把绳子放下来，将其余的人一个一个拉上去。如果一起攀爬，前面的人极易将石头碰落,伤到后面跟着的人。

拉齐尼·巴依卡自告奋勇先上去,获得批准后,他像灵巧的盘羊一样,用手紧紧抠着石块,顺着斜坡奋力向上爬着。爬到一半的时候,在他换脚的间隙,左脚踩着的一块石头突然松动,带着沙土向下滚去。拉齐尼·巴依卡赶紧收回脚,吓出一身冷汗。他将注意力全部集中在手脚上,不敢再有丝毫大意,手脚并用,不一会儿便登上了高台顶端。

那是一片开阔的达坂顶,像是被平整过一般,9号主界碑就稳稳地矗立在高台中央。

拉齐尼·巴依卡顾不上多想,将身上背着的绳索取下来,一端绑在巨石上用手拽着,然后将另一端抛了下去,下面的战友们顺着绳索爬了上来。

所有人都到齐了,大家簇拥在9号主界碑前,抬头仰望。

9号界碑是吾甫浪沟尽头的国界碑,沿着9号界碑再往前,一直顺着克里满河到达布拉尔杜河与克勒青河,会到达16号界碑。巴依卡·凯力迪别克做向导的时候,因为巡逻任务没有划分,巡逻队通常要走到16号界碑才算完成任务。随着连队巡逻任务的变更,9号界碑成为红其拉甫边防连巡逻的终点,到达这里,吾甫浪沟的巡逻任务就基本算完成了。

已近黄昏,9号主界碑威严地耸立在巡逻队面前。这是中华人民共和国成立后按照《中巴边界协定》里的标准制作的大型界桩,高4米,露出地面部分的高度为2.7米,长宽各为0.6米。

帕米尔高原澄澈的蓝天之下,铅灰色厚重的界碑威严庄重,据守着祖国的边境线,上面镌刻的红色大字鲜艳耀目,昭示着国家的主权。

离这块界碑不远的地方,可以望见另外一块界碑,那是石头和水泥混合浇筑的8号界碑。数十年前,拉齐尼·巴依卡的爷爷凯力迪别克·迪力达尔和边防战士们一起克服重重困难搭建了这块石刻界碑。在那块简易界碑上面有手刻的"中国"两个字,那是靠铁镐一点儿一点儿刻上去的,字体粗糙,却清晰无比。在中华人民共和国成立初期极其困难的情况下，依靠有限的资源修建起来的这座界碑，虽然粗糙简陋，却见证着一段火红的岁月。

在这片高原上，像这样刻着"中国"两字的石头随处可见，那是塔吉克族牧民在放牧途中留下的护边印记。他们将对祖国的热爱与守护凝聚成两个简单的方块字，拓印在帕米尔高原上，也拓印在塔吉克族人热血激荡的拳拳爱国心中。

拉齐尼·巴依卡依然记得爷爷和父亲对他说过的往事。当年爷爷是孤儿，给牧主家放牧，上无片瓦，下无寸土。是解放军的到来让他过上了好日子，娶到了媳妇，有了后代。爷爷是老党员，也是塔吉克族人中第一个主动为解放军义务带路做向导的人。正是在他的影响和感召下，后来陆陆续续有许多塔吉克族人义务护边成为护边员。爷爷凯力迪别克·迪力达尔在世时常说："没有共产党让我们翻身做主人，就没有我们现在的一切。守好边境，保家卫国，是我们的本分。"

爷爷老了走不动了，就把护边的这份责任交给了父亲巴依卡·凯力迪别克，后来父亲又交给了他。父亲和爷爷共同守边50多年，父亲曾一遍遍对他说："没有祖国的界碑，哪有我们的牛和羊？儿子，你一定要好好守护这片边境线。"

这不仅是爷爷与父亲的嘱托，更是他从小到大的信念与梦想。他的脚下有厚重的土地，他的身后有血脉相连的人民，他曾经无数次暗暗发誓：这一生，要尽心竭力守护脚下的土地，绝不辜负身后的人民。他相信自己一定会做到。

除了那两块界碑，还有一块木头刻的界碑立在山峰顶上。那是一座高而陡峭的山峰。当年在没有任何登山装备的情况下，不知前辈们是怎么费尽千辛万苦爬上去的，又是怎么立起那块界碑的？

历经数十年岁月侵袭，按照常理更容易损毁的那块木质界碑却挺立如故，像是已经将根深深扎进了山顶。

若干年后，曾有战士专门带了无人机近距离观察那块耸立在峰顶的界碑，在无人机360度观察拍摄下，那块界碑栉风沐雨，字迹却宛然如新，像是有人时时拂拭清扫一般。

这三块界碑共同构成了祖国边境线的一部分，虽有不同，却并肩而立，稳如华鼎。

拉齐尼·巴依卡虔诚地绕着界碑转了一圈，进行检查。检查完毕，跟战士们细心清理打扫，并将界碑上的字重新描红。描红完毕，所有人都庄重地站在主界碑前，行庄严的军礼。

猎猎风声中，这一幕似乎凝固在时空中。

那些长眠于巡边路上的战友，那些手握钢枪卫国戍边的战友，此刻，你们可以放心了。你们以生命守护的大好河山安然无恙，人民幸福。你们的无私奉献与牺牲，换来脚下这片土地的稳固繁荣。你们留下的重任，如今有人继续在扛，保家卫国的事业会一代代传承下去，直到永远。

拉齐尼·巴依卡默默凝视着界碑，心中热血激荡。

他想起8月自己入党的情景，想起自己站在鲜红的党旗下宣誓的情景，那一刻似乎跟此刻融为一体。

"我志愿加入中国共产党，拥护党的纲领，遵守党的章程，履行党员义务，执行党的决定，严守党的纪律，保守党的秘密，对党忠诚，积极工作，为共产主义奋斗终身，随时准备为党和人民牺牲一切，永不叛党。"

入党誓词在他的心中默诵过千万遍，加入中国共产党是他自小渴望的荣光，是爷爷与父亲传给他的"党员之家""红色之家""爱国之家"称号的骄傲，是他家祖孙三代人的红色基因传承。

作为一名党员，作为家族三代相传的护边员，于国于家，他都会扛起这份责任，更加严格要求自己，让自己永不辜负血脉中的基因与心中的信仰。

黄昏来临的时候，巡逻队在 9 号界碑旁边的宿营地点燃了篝火，此刻拉齐尼·巴依卡才坐下来，和那名落水的战士一起在篝火边彻底烘干衣服和鞋子。

比起过去，巡逻队的生活条件已经得到了极大改善，单兵食品也越来越丰富，除了压缩食品、速热食品，各类罐头品种也越来越齐全。拉齐尼·巴依卡抱着饭盒，坐在篝火边大口大口地吃着饭。身子暖和过来以后，他需要补充更多的热量。

吃完饭，大家坐在一起，围着那团熊熊燃烧的篝火，气氛慢慢热烈起来。有战士提议说："拉齐尼·巴依卡，给大家弹一段热瓦普吧。"其他战士纷纷附和。拉齐尼笑着答应了。他走向自己骑的牦牛，从牦牛背上解下那把用了多年的热瓦普。

帕米尔高原之夜深邃静谧，头顶的星空似乎近在咫尺。繁星如一颗颗水晶般剔透晶莹，在刚散去霞光的幽蓝天幕上璀璨闪烁。微风拂动夜空中的万千星辰，不时有流星从天空的一隅滑落。此刻的帕米尔高原美得令人窒息，若非周围雪山反射出耀目银光，又不时传来狼的嚎叫声，这一切完美得如创世之初。

深情悦耳的琴声在帕米尔高原的夜空下骤然响起，所有的疲惫与艰难险阻此刻都随音符飘然而去，只有热瓦普的琴音伴随着拉齐尼·巴依卡深情的歌声在夜空中阵阵回荡。

这一夜时间过得飞快，拉齐尼·巴依卡被两个战友夹在中间，睡了一个温暖的长觉。这是长年累月巡逻总结出的经验，如果有人掉进冰河里了，晚上被夹在中间睡上一觉，能快速驱散寒气回暖过来。

当曙光为雪山镶嵌上一层耀目的金边，帕米尔高原在晨曦中逐渐醒来。巡逻队已经收拾好一切，准备返回。

牦牛踢踏的足音叩响着大地，也唤醒了黎明时分的群山，红其拉甫正在等待着他们返回。

　　见证这一段历史的，有时任边防连指导员的景海滨和当时的边防战士们，因为人事变动等诸多原因，他们有些人已经离开了红其拉甫。我没有联系到景海滨，只能从边防老兵、当年跟拉齐尼·巴依卡一起当向导的护边员和巴依卡·凯力迪别克老人的口述中还原当年的往事，并忠实地记录下来。

　　在记录的过程中，我常常为他们所描述的那些惊险曲折的往事所震撼。在当事人的亲历与感受中，"酷寒"不是一个词语，而是肉体所经历的常人难以忍受的极限考验和挑战的过程。它是形容词，亦是量词，来简单概括那些九死一生的瞬间。巡逻不是一时一事的涉险，而是长年累月、年复一年持之以恒、无怨无悔地坚守和跋涉。

　　第一次单独做向导，拉齐尼·巴依卡不辱使命，带着边防巡逻队如期完成任务，所有人平安返回。即使是这样相对来说比较顺利的一次巡边任务，其中所经历与忍受的，亦非我们所能想象，而这一切只是一段恢宏壮阔岁月的开端，等待着拉齐尼·巴依卡的还有更多的考验。

第五章　高原恋歌

> 花儿为什么这样红？
> 为什么这样红？
> 哎，红得好像，
> 红得好像燃烧的火。
> 它象征着纯洁的友谊和爱情……

又是春光烂漫的季节，苍褐色的群山有了稀疏的绿意，煦暖的阳光让塔什库尔干河水欢腾跳跃起来。在高原湛蓝无垠的天空映衬下，河水清冽澄澈，奔腾翻卷着小小的浪花，拍打着河中青灰色的岩石，一路轻歌而去。

岸边的草场开始泛出新绿，淡紫色的细叶鸢尾和蓟花正在抽枝，似乎一起蓄谋给沧桑焦枯的大地披上一件斑斓的新衣。高原柳熬过了冬天，柳芽由鹅黄渐渐变成淡绿。沟沟坎坎里，杏花开得肆无忌惮，将憋闷了一冬天的红粉妆容尽情地展示出来。旱獭也从巢穴里钻了出来，抬起身子站在洞口翘首张望。还有高原雪鸡，它们拖着绚丽的羽毛，昂首阔步，四处寻找配偶。

这是帕米尔高原最为温情的季节。暖季开始了，意味着冬春交替，万物勃发。

拉齐尼·巴依卡一大早就赶着羊群去放羊了。巴依卡·凯力迪别克在屋子里来回转了转，最后在屋子门口的大石头上坐下来，燃起一根烟。

拉齐尼·巴依卡已经26岁，在塔吉克族中算是大龄青年了。巴依卡·凯力迪别克暗自为他担忧着，觉着自己有些对不起儿子。拉齐尼·巴依卡的母亲过世早，拉齐尼·巴依卡由他一手带大，自小跟着他进山巡逻、放牧，吃了不少苦。长大后又去当兵，当兵回来又接过他的班做了护边向导，整天忙前忙后，几乎不着家，把终身大事都耽搁了。

巴依卡·凯力迪别克想到这里，深深叹了一口气。

他把身边所有认识的姑娘都在心中仔仔细细过了一遍。当烟头快要烧到手指的时候，巴依卡·凯力迪别克的手抖动了一下，把烟蒂丢在地上，用脚踩灭，又坐着沉思了片刻，心里打定了主意，站起身向远处看了看。天色向晚，拉齐尼·巴依卡应该快要放牧回来了吧？

拉齐尼·巴依卡回到家的时候，天已经擦黑。今天他跟边防连负责喂羊和喂军马的哈萨克族士兵哈尼提约好一起去放牧，哈尼提今天似乎特别高兴，骑着马在草场上跑来跑去，跑累了，丢下马，平躺在草地上，仰头望着蓝天，语气神秘地跟他说："拉齐尼，告诉你一件事，你可千万别告诉别人。我恋爱了。"

哈尼提一脸梦幻地继续说道："恋爱的感觉真好，我觉着自己像是在云端上飘，实在是太幸福了。你不知道，当她看我的时候，我觉着整个世界都变漂亮了。"

看着哈尼提一脸幸福的表情，拉齐尼·巴依卡为他高兴。他俩无话不谈，情同手足，没想到这个性格桀骜不驯、外表看起来像莽汉的兄弟也有了心上人。

哈尼提突然转向拉齐尼·巴依卡，问："拉齐尼，你有没有喜欢的姑娘呢？"

拉齐尼·巴依卡有些不好意思起来。之前，他似乎从未认真想过这个问题，但是他的眼前恍惚飘过一道纤细的身影。他们同年同月同日出生，小时候，彼此像是对方的影子一样经常在一起玩耍，她的性格腼腆，像一只容易受惊的小羊。有一次他淘气从大石头上往下跳，没落稳，摔在了碎石上，膝盖划破了。她大惊失色，赶紧跑过来，用自己的花手绢包住他渗血的膝盖，眼泪汪汪地望着他，轻轻地问他疼不疼，他满不在乎地用力摇摇头。男子汉大丈夫，受伤流血是正常的，怎么可能会像女孩子一样娇里娇气？他绑着她的花手绢，像膝盖上挂着一只蝴蝶，一瘸一拐地跑着。她在后面一脸担忧地追着，朝着他大喊："拉齐尼，你当心点，慢点儿跑。"

还有一次，他们玩过家家，他是新郎，她是新娘。她羞涩地坐在马车上，他扬着鞭子，假装赶着马车向前飞奔。他回过头去看她，见她眉眼弯弯，害羞地低着头，一张小脸涨得通红，不由得哈哈大笑。她幼时的样子渐渐从眼前飘远，渐渐成为一个亭亭玉立的少女模样，不再像小时候一样跟在他屁股后面疯玩，也不再跟他亲近了；而他也忙着跟父亲去巡逻，忙着放羊，忙着当兵，渐渐与她疏远了。拉齐尼·巴依卡心里突然动了一下，涌出一抹说不清道不明的惆怅。

吃完晚饭，拉齐尼·巴依卡和父亲盘腿坐在土炕上喝奶茶。父子二人拉了会儿家常，巴依卡·凯力迪别克突然话锋一转，问儿子："你年纪也不小了，心里有没有喜欢的姑娘？"

拉齐尼·巴依卡愣住了，在父亲的催促下，才不好意思吞吞吐吐地说："我喜欢阿米娜·阿力甫夏。"

巴依卡·凯力迪别克一听就笑了，儿子想的果然和自己想的一样，想来一切应该都能如愿。巴依卡·凯力迪别克满怀信心与期待说："儿子，早点儿睡，明天爸爸就去给你提亲。"

那天是个好天气，帕米尔高原的蓝天经过大半年风雪的漂洗，如水晶般干净湛蓝。大朵大朵的白云棉花糖般飘在半空中，似乎伸手就可以抓到。

一大早，巴依卡·凯力迪别克就收拾停当，来到了阿米娜·阿力甫夏的家里。阿米娜·阿力甫夏的父亲阿力甫夏·然库里正在院子里收拾马鞍子,看到巴依卡·凯力迪别克,立刻热情地迎上去。两人行了吻手礼之后,阿力甫夏·然库里将巴依卡·凯力迪别克让进屋里。

土房子虽然小,但收拾得干净整齐,墙上围着一圈羊毛毯,土炕上也铺着厚厚的羊毛毡子,松软的手工靠垫上绣着别致的花朵与菱形几何图案,墙上挂着一个橘红色的绣花包,看样子应该是阿米娜·阿力甫夏的。天光从头顶的天井里漏下来,落在正在冒着蒸汽的土灶上,将正在汩汩升腾的蒸汽打成烟蓝色的光柱。看到巴依卡·凯力迪别克来了,阿米娜·阿力甫夏的母亲冲好奶茶端过来,跟巴依卡·凯力迪别克打了声招呼,就退出去了。

巴依卡·凯力迪别克和阿力甫夏·然库里坐在土炕上,一边喝奶茶一边拉家常,巴依卡·凯力迪别克试探地问:"我们的阿米娜长成大姑娘了,找到婆家了没有?"

阿力甫夏·然库里叹了口气说:"这孩子,介绍了好几个都看不上,到现在还没有找到合适的对象。"

巴依卡·凯力迪别克望着阿力甫夏·然库里真诚地说:"阿力甫夏大哥,我的儿子拉齐尼和阿米娜同年同月同日生,小时候村里人都开玩笑说他们俩是上天注定好的一对。我们两家的关系早已胜过亲戚,拉齐尼这孩子是您看着长大的,也像您的孩子一样,现在他已经长大该成家了,您是否愿意让他们俩成就一段佳话,把我们的阿米娜嫁给他呢?"

阿力甫夏·然库里端着奶茶停顿了片刻,他的思绪被拉回了往日时光。拉齐尼·巴依卡这孩子是他看着长大的。这孩子从小就喜欢帮助人,善良勤劳,勇敢正直,塔吉克族人的优点都具备,实在挑不出一丝毛病,他实在是打心眼里喜欢这孩子,只是……唉!他叹了一口气,郑重地点了点头,对巴依卡·凯力迪别克说:"巴依卡兄弟,我很喜欢拉齐尼这孩子,不过我还是得先问过丫头的意思才能回复你。"

第五章 高原恋歌

巴依卡·凯力迪别克喜出望外，连声说："好的，好的，阿力甫夏大哥，那我等您的好消息。"

两人又坐着聊了聊牧场的情况及牛羊的价格，巴依卡·凯力迪别克就起身告辞了。

送走巴依卡·凯力迪别克，阿力甫夏·然库里回到屋里，倒了一碗奶茶，然后坐了下来，心里说不清是喜还是忧。阿米娜·阿力甫夏是他最钟爱的小女儿，拉齐尼·巴依卡也是他最喜欢的孩子，他们俩实在是天造地设的一对。他是父亲，清楚自己女儿的心思，虽然她从来没有在他的面前提过拉齐尼·巴依卡，但是他知道，在她的心中一直有拉齐尼·巴依卡的影子。可是，拉齐尼·巴依卡做边防连的向导，走的是最危险的巡边路，可千万别遇到什么危险，希望两个孩子可以幸福平安、白头偕老度过一生。阿力甫夏·然库里抬头看向屋外。远山上，雪线开始消退，露出苍褐色劲挺的山峰，夏天快要来了。

见到妻子进来，阿力甫夏·然库里说："巴依卡兄弟给拉齐尼提亲来了，你去问问咱们女儿的意思，我好给巴依卡兄弟回话。"

当阿米娜·阿力甫夏挂着汗珠从外面回来，看到母亲正在打馕，立刻手脚麻利地去帮母亲擀面团。母亲温柔地看了她一眼，一边把一个擀好的面饼拍进馕坑里，一边问："孩子，巴依卡叔叔今天来给拉齐尼提亲了，你是否愿意嫁给拉齐尼呢？"

阿米娜·阿力甫夏的脸腾的一下变得通红，她害羞地低下头，轻轻咬着嘴唇，勇敢地点了点头，用几不可闻的声音"嗯"了一下，然后丢下馕跑向屋外。

一想到拉齐尼·巴依卡，阿米娜·阿力甫夏的心就狂跳不止，像要跳出来一样。她一口气跑到村子外面的小路上才停下脚步，但是依然能听到心脏剧烈跳动的声音。她用手按着心脏，但是怎么也按不住，"扑通扑通"的声音似乎在不断重复着:"拉齐尼、拉齐尼……"

很小的时候,她就无比崇拜拉齐尼·巴依卡。他们俩同年同月同日生,有时候拉齐尼·巴依卡像哥哥一样照顾自己,有时候自己又像姐姐一样关心拉齐尼·巴依卡。有一次她去放牦牛,两头牦牛不知怎么要打起来了,它们红着眼睛气势汹汹地瞪着对方,像是要把对方吞进肚子里。她拿着鞭子吓得手足无措。拉齐尼·巴依卡跑过来,发出呼喝声,甩动手中的皮鞭,三下两下就把两头牦牛分开了,还把它们管得服服帖帖的,实在是太厉害了。小时候她在河边洗衣服,衣服不小心被河水冲走了,也是拉齐尼·巴依卡帮她捞回来的。那时候两个人要好得难舍难分,过家家的时候,拉齐尼·巴依卡扮新郎,她扮新娘,小伙伴们欢天喜地地为他们举行婚礼。

小时候,阿米娜·阿力甫夏做什么事情都跟在拉齐尼·巴依卡屁股后面。在阿米娜·阿力甫夏的童年记忆中,拉齐尼·巴依卡是一个勇敢的人,最喜欢攀登,只要看见有稍高一点儿的山,拉齐尼·巴依卡就会说:"我要登上这座山。"然后就朝着那座山出发,登上峰顶才肯罢休。

他们10岁的那一年,阿米娜·阿力甫夏记得是8月,4个小伙伴们一起去山里采野果。拉齐尼·巴依卡指着远山说:"你们看,半山腰上有座房子,我们去看看谁住在那里。"阿米娜·阿力甫夏努力地看向拉齐尼·巴依卡指的方向,哪有什么房子?只是一个小黑点。小伙伴们都知道拉齐尼·巴依卡的眼力好,他看到是房子,那肯定没错。

翻过一座山,还有一座山,渐渐地阿米娜·阿力甫夏也能看清楚半山腰上有座石头房子了。可是石头房子高高地挂在半山腰,不知道啥时候才能走到。

半下午的时候,小伙伴们吃了点干粮,躺在一块大石头上休息。他们看着天空中的云一会儿变成绵羊,一会儿变成棉花,一会儿又变成狼狗,被风吹得漫天乱舞。阿米娜·阿力甫夏偷眼看看旁边的拉齐尼·巴依卡,想让他也看云。可拉齐尼·巴依卡的眼睛只盯着半山腰那座石头房子，一个劲儿地催促大家快走。

又翻过了两座山，石头房子依然远远地挂在半山腰。阿米娜·阿力甫夏很累，而且怕，她问："拉齐尼哥哥，你知道现在是哪里吗？我们是不是出国了？"拉齐尼·巴依卡有点儿犹豫，说："是呀，要是那座房子不在中国，我们就越界了。"

小伙伴们坐了下来，商量着要不要继续前进。最后，拉齐尼·巴依卡说："如果房子不在中国，这里就是边境线，可我的爷爷、爸爸经常和解放军一起去边境线巡边，他们说的边境线不是这样的。"

孩子们继续前进、攀登。半山腰其实是一个山间平台，一条夏季河流蜿蜒流淌，几头牦牛在吃草。石头房子前，一位塔吉克族大妈在晾晒衣服。夕阳照在大妈身上，特别美丽。

孩子们受到了热情的接待，在中国的土地上。

这件事情给阿米娜·阿力甫夏的印象很深，她认为拉齐尼·巴依卡是一个勇敢的人。

后来长大了，家里给她介绍过几个对象，条件都不错，可她就是不喜欢，脑海中不时浮现出拉齐尼·巴依卡的影子。连她也不知道何时她的心中已经装满了拉齐尼·巴依卡，再也装不下其他人了。现在拉齐尼·巴依卡来家里提亲了，当他的名字进入她的耳朵里，她的心脏跳动得那么厉害，也是那会儿她才蓦然发现，原来自己已经偷偷喜欢他那么久、那么深。

巴依卡·凯力迪别克接到阿力甫夏·然库里的回话，欣然地笑了。一切如他所愿，他暗自替儿子高兴。这孩子，母亲早早就过世了，生命中一直缺少女性的疼爱，以后会有一个女人用生命去爱他陪伴他了。他迫不及待地想把这个好消息告诉拉齐尼·巴依卡，好看看那个不谙情事的傻小子脸上会是什么表情。

下午，父子俩坐着喝奶茶的时候，巴依卡·凯力迪别克假装漫不经心地把这个消息告诉了拉齐尼·巴依卡，拉齐尼·巴依卡愣了一下，然后满脸狂喜，转身向外跑去。巴依卡·凯力迪别克深深叹了口气，心想：唉，这个孩子，莫非高兴傻了？

拉齐尼·巴依卡一口气跑到牧场，找到正在放牧的阿米娜·阿力甫夏。他局促地望着她，想说什么，嘴巴张了半天，终于冒出一句："阿、阿米娜，你是真心愿意嫁给我，不是被逼的吧？"

望着一脸紧张、话也说不清楚的拉齐尼·巴依卡，阿米娜·阿力甫夏笑了。她大胆抬起头，直视着拉齐尼·巴依卡碧蓝清澈的眼睛，认真地说："拉齐尼，没有人逼我。我喜欢你，一直喜欢你，愿意嫁给你。"

拉齐尼·巴依卡猛然跳了起来，张开手臂，像是张开翅膀的鹰一般，上下拍打着，迎着风奔跑着，向着眼前的喀喇昆仑山大喊："阿米娜要嫁给我啦！阿米娜要嫁给我啦！"

阿米娜·阿力甫夏抬起头看着眼前孩子气十足的拉齐尼·巴依卡，心里充满了难以言表的幸福与甜蜜。

送过定亲礼后，婚礼计划在 10 月 10 日举行。按照塔吉克族的传统，婚礼大多会放在 8 月或者 9 月温暖的季节举行，但是 9 月拉齐尼·巴依卡要去巡边，只能推后到 10 月了。

那些日子，拉齐尼·巴依卡总是开心地笑个不停。出发巡边那天，看到他兴高采烈的样子，战士们打趣地问："拉齐尼你最近怎么这么高兴，难道是要娶媳妇了？"

拉齐尼·巴依卡一本正经地说："对啊，是要娶媳妇了。你们怎么知道？"

立刻群情振奋，大家七嘴八舌地纷纷祝贺他。

"拉齐尼你可不能娶了媳妇忘了兄弟，还是得陪着我们一起巡边

第五章　高原恋歌

才行。"

"拉齐尼，你媳妇漂亮吗？有没有照片？给大家看看。"

"恭喜拉齐尼。你娶媳妇的时候，我们边防连必须全体参加。"

……

听着大家的调侃，拉齐尼·巴依卡开心地笑着一一回应。在大家的打趣声里，他踏上了巡逻的征途。

或者是为了配合大家灿烂的心情，今年吾甫浪沟风平浪静，没有往年常见的暴风暴雪，也没有塌方、雪崩、洪水之类的自然灾害。如此顺利，大家都很高兴，检查完界碑，清理完界碑周围杂物并给界碑上的字描红后，在那里宿营了一晚上，第二天就预备返回了。

那天晚上，大家的心情格外轻松，吃过晚饭后，纷纷钻入睡袋准备入睡。帕米尔高原静寂的夜色里只有风声，晚上点燃的篝火越来越小，渐渐要熄灭了，巡逻的战士也有些犯困。突然，牦牛躁动不安地乱挤乱动起来。

听到牦牛的动静，刚躺下的拉齐尼·巴依卡警觉地坐了起来，立刻跑出去查看。在雪山的映衬下，远远的，像萤火虫一样的，是几十双闪着绿光的饥饿的眼睛。

是狼！不止一只，而是一群狼，几十只，已经包围了巡逻队。拉齐尼·巴依卡立刻把官兵们都喊了起来。大家看清楚周围状况之后，顿时陷入沉默，气氛紧张到极点。

这里靠近边境线，不能随便开枪，但是那么多狼，如果对他们发动攻击怎么办？高原雪山中的狼可不比别处的狼，它们在冰天雪地里经常找不到食物，连续饿上几天之后，就是名副其实的饿狼，遇到猎物穷凶极恶，不撕成碎片誓不罢休。看今天狼群的规模，一定是闻到了人的气味后集结起来的，想进行有预谋的大规模的围捕。

第一次见到这么大一群狼，拉齐尼·巴依卡也很紧张，紧张又有什么用呢？得赶紧想办法才行。拉齐尼·巴依卡把从小听到的对付狼的方法都想了一遍，安慰自己要镇定，并立刻跑去抱来巡逻队带的柴火，把篝火先烧旺一些，随后向带队首长做了汇报，然后所有人背靠背围着篝火，用力拉动枪栓，并不断敲打石头，制造出各种刺耳的声音，排布疑阵，以恐吓狼群。

一时间，各种敲击的声音在寂静的夜空中惊心动魄地回荡。狼群远远地看着，搞不清楚状况，不安地徘徊观望，却迟迟不敢发动攻击。就这样，一直僵持到黎明时分。太阳冉冉升起，围着巡逻队一整夜的狼群眼看围猎无望，在头狼的几声撕心裂肺的长嗥声中，心不甘情不愿地缓慢退去。

狼群散尽之后，众人才松了一口气。拉齐尼·巴依卡拍着胸脯后怕地说："这次多亏只是狼群，它们畏惧火光，而且谨慎多疑，所以不敢贸然发动攻击。如果是遇到大狗熊就惨了，它们可是不管不顾的，看到猎物就天不怕地不怕直接冲过来攻击。"

当时拉齐尼·巴依卡也不能确定是否能吓退狼群，万般无奈之下，只能各种法子都试试。万一不行，就只能人狼对垒，看牙齿硬还是拳头硬了。父亲给他的那把小刀，他一直紧紧攥在手里，片刻没有松开。

返回红其拉甫已经是9月中旬了，良辰佳期似乎说到就到。阿米娜·阿力甫夏在飞逝的时光中准备着嫁妆，拉齐尼·巴依卡也在筹备着婚礼的一切。好在在他离家的日子里，父亲已经替他打理得差不多了，而阿米娜·阿力甫夏那边也不用他操心，一切都已经准备妥当，只等举行婚礼了。

拉齐尼·巴依卡结婚的消息随着秋天的云朵一路飘向远方，当这一天来到的时候，拉齐尼·巴依卡的朋友和部队上的战友们早早就聚集在拉齐尼·巴依卡家里，准备帮他迎亲。

塔吉克族人非常重视友谊。他们认为，没有财产不一定是穷人，但没有朋友绝对是穷人。他们对朋友看得很重，也从不吝惜把最好的东西拿出来招待朋友。

第五章　高原恋歌

　　传统的塔吉克族婚礼盛大且隆重，一般持续3到5天。婚礼当天，男方身着塔吉克族传统服装，帽子上缠绕着红白相间的丝带。红色丝带象征着喜庆和幸福，白色丝带象征着纯洁和纯净。

　　身着盛装的拉齐尼·巴依卡被朋友簇拥着观看刁羊比赛，获胜者将作为迎亲队伍中的一员，第二天陪伴拉齐尼·巴依卡去迎娶阿米娜·阿力甫夏。

　　巴依卡·凯力迪别克从前几天开始就笑得合不拢嘴，他挑了几只最肥美的羊宰了来招待客人。大铁锅里"咕嘟咕嘟"冒着热气，将羊肉鲜美的味道远远地送来。他站在一圈年轻人的外围，看着他们举行刁羊比赛。通常的刁羊比赛获胜者总是拉齐尼·巴依卡，他的骑术好，身手敏捷矫健，是最优秀勇敢的牧人，可是今天他只能做观众。此刻，他的脸上带着灿烂的笑意，不断接受着赶来的客人的祝福。

　　刁羊比赛结束后的年轻人陷入了狂欢，鹰笛的旋律伴随着手鼓的鼓点在空中飞旋，他们模仿着雄鹰的姿态跳起了鹰舞，拉齐尼·巴依卡被簇拥着加入了跳鹰舞的行列。年轻人一前一后舒展手臂，做出飞翔的姿态，时而前后移动，两肩微微上下抖动，时而盘旋俯仰，鹰起隼落，模仿捕猎……精彩的舞蹈将狂欢的气氛推向了高潮。

　　第二天一早，拉齐尼·巴依卡带着迎亲的队伍向阿力甫夏·然库里家进发。迎亲队伍所到之处，热情的乡邻端出奶茶并向他们抛撒面粉。这是塔吉克族古老的祝福方式，洁白的面粉象征着纯洁和幸福，被当作最美好的祝愿撒向新人。

　　拉齐尼·巴依卡的吐马克帽上缠着红白丝带，身穿传统的绣花衬衣和外套，腰上系着红色绣花腰带，脸上画着一排白点以示吉祥。他接受着祝福，带着迎亲队伍来到了阿米娜·阿力甫夏的家里。

　　被伴娘挡在屋外的迎亲队伍，跟姑娘们一来一往地"讨价还价"，最终被放行。拉齐尼·巴依卡迈着轻快的步伐朝着他的新娘走去。在屋子中央的土炕上，阿米娜·阿力甫夏穿着传统绣花嫁衣，外套大红色袷袢，头戴绣花小帽，帽子上垂挂着斯力斯拉，戴着母亲送给她的家传的精美绝伦的头饰、项链和胸饰，安静地坐在那里，宛如仙子。

拉齐尼·巴依卡不由得看呆了，他静静地站在那里，周围的一切似乎都消失不见，眼前只有他的爱人。不知过去多久，在众人的起哄声中，拉齐尼·巴依卡才反应过来，看着阿米娜·阿力甫夏，脸上露出深情的微笑。

众人纷纷向一对新人抛撒洁白的面粉。在纷扬的面粉中，金色的秋天拉开了崭新饱满的帷幕，等待着一对新人进入婚姻的殿堂，从此相濡以沫、琴瑟和鸣。

辞别了阿米娜·阿力甫夏的父母、兄弟、亲朋好友，拉齐尼·巴依卡牵着阿米娜·阿力甫夏的手，将她带到自己的马前，他先跨上去，又俯下身，用手紧紧牵住她的手，猛一用力，将她拉到马上，与她共乘一骑。两个人第一次离得这么近，可以听到彼此的心跳。拉齐尼·巴依卡握着缰绳，让马儿缓步向前走着，接受着亲朋的祝福。此刻他觉着身后充满温暖与踏实的幸福，似乎以后无论他怎样、去哪里、做些什么，背后都会有一道目光深情地牵绊着他。他轻轻地喊着她的名字，脸上的笑容更加浓烈。

回到家，部队的首长已经来了，为他们送上祝福。婚礼仪式举行完，送走亲朋好友，持续了几天的热闹终于安静下来。房间里，两人四目相对，拉齐尼·巴依卡似有无限的话要说，最后却变成了唯一的一句："谢谢你，阿米娜。"

拉齐尼·巴依卡的心中充满万千柔情。他的母亲早逝，父亲整天在外忙碌，奶奶和爷爷代替了母亲和父亲的角色，纵然是隔代亲，但他们能给予他的温柔是有限的。他感激阿米娜·阿力甫夏不在意自己向导工作的危险性，也不在意自己家境贫寒，感激她对自己持久而坚韧的爱与信赖。她悄悄地等了他这么多年，从未表露过只言片语，却将心中的爱化成了一往情深。如今，这个善良美丽的女孩终于成为自己的妻子，此后他一定要善待她，让她幸福才行。

当帕米尔高原的曙光从天井上倾泻而下，薄薄的晨曦落下柔和的光芒，轻柔地落在拉齐尼·巴依卡的眼睑上，他的眼睫颤动，慢慢睁开眼睛。瞬间的恍惚之后，幸福的感觉沿着光影慢慢浸入他的心中，他的心底升起一股暖流。从此，自己的生命中多了一个生死相依的伴侣，无论去哪里，无论什么时候回来，都会有一个身影为自己守候，有一盏灯为自己点亮，他再也不会是一个人了。自己肩上的责任也更重了，他得守护好这片土地，守护好自己的家人，让他们能够永远平安幸福地生活在这片高原净土上。

他披衣起床，刚踏出家门，就看到阿米娜·阿力甫夏拎着铁皮桶朝这边走过来。她纤瘦的身影被光晕笼罩着，轻柔宁静，神情动人。巨大的山峰如同一面屏风矗立在她的身后，她踩着露水与晨光轻快地向他走来，像是一只带着淡蓝色云雾的麋鹿从林中跑出。她脸上挂着柔和的微笑，一直走到他的面前才止住脚步，抬头望着他。拉齐尼·巴依卡目不转睛地看着妻子，心底像是被最轻柔的山风拂过，拂向他坚强而孤独的生命深处。他伸手接过铁皮桶，轻轻握住她的手，一起向屋里走去。

阿米娜·阿力甫夏把煮好的奶茶、备好的哈克斯和馕都摆在了桌上。他在土炕上坐下来，捧起奶茶喝了一口，又掰下一块馕。这是阿米娜·阿力甫夏亲手打的馕。在塔吉克族的传统中，馕打得好的媳妇才是好媳妇。馕坑就在天井下，阿米娜·阿力甫夏将发酵好的面粉擀成薄饼，在上面均匀地拓上花纹，手脚麻利地将面饼拍到馕坑里。不一会儿，烘焙的香味飘出来，似乎连云朵都被吸引住了，停在他们家的屋顶上，久久不去。

阿米娜·阿力甫夏肯定是最好的媳妇了，拉齐尼·巴依卡嚼着酥脆的烤馕，脸上不自觉地露出一抹笑：媳妇是自己的好，饭是自家的香，阿米娜一定是祖先赐给他的惊喜。

两个人边吃边聊。阿米娜·阿力甫夏话不多，大多数时候只侧头仔细地听，偶尔插上几句。当拉齐尼·巴依卡讲起自己跟随边防连巡逻遇险的场景，阿米娜·阿力甫夏的大眼睛里盈满了怜惜，不时问几句。听到拉齐尼·巴依卡讲到他们终于化险为夷的时候，她低头轻笑，清澈的眼睛里盛满水波一样动人的光芒。

拉齐尼·巴依卡是个特别幽默的人。他看到令自己不太满意的事情，不会说不好，而是很幽默地表达出来。有一天，阿米娜·阿力甫夏把抓饭做煳了，吃起来有些焦苦味。拉齐尼·巴依卡说："你今天受累了，把天上的一朵云彩摘下来煮到抓饭里了，不过这朵云彩有一点儿苦，下次你摘一朵甜云彩来煮饭吧。"一家人都笑了，快乐地一起吃有些焦苦味的抓饭。

拉齐尼·巴依卡跑得很快，跑步是他当兵时训练出来的。结婚头几年，他们住在红其拉甫牧场，邻居之间住得比较远。有一次，来了很多客人，吃饭的时候盘子不够用了。阿米娜·阿力甫夏说："拉齐尼，你跑一趟吧，到邻居家借几个盘子去。"拉齐尼·巴依卡跑得飞快，几分钟后就把盘子借回来了。

拉齐尼·巴依卡还是一个好女婿。阿米娜·阿力甫夏的父亲总会这样通知拉齐尼·巴依卡："明天家里要来客人，你过来宰羊吧。"拉齐尼·巴依卡宰羊的技术特别娴熟，用1个小时就能把一只羊收拾好，连羊肠子羊肚子都收拾得干干净净。羊肉煮上之后，拉齐尼·巴依卡就进屋接待客人，他很会讲笑话，客人们常常被他逗得哈哈大笑。这一点，阿米娜·阿力甫夏的父亲很满意，觉得这个女婿很称心。

村里的人经常夸奖拉齐尼·巴依卡，说他人特别好，刚毅勇敢、心地善良，特别爱帮助人。

第五章 高原恋歌

有年春天,牧民在转场途中遇到湍急的河流,其他牧民都担心水深不敢过河。拉齐尼·巴依卡骑着牦牛就过去了,阿米娜·阿力甫夏的心都提到嗓子眼儿上了,站在岸边一个劲儿地喊:"水这么深这么急,你快回来!"拉齐尼·巴依卡一点儿也不听,把所有的牦牛都引领着渡过了湍急的河流。

阿米娜·阿力甫夏觉得拉齐尼·巴依卡太鲁莽了,后来听说拉齐尼·巴依卡每次去吾甫浪沟巡边,遇到危险时,不管是冰河还是悬崖他都敢跳,心里更是七上八下乱成一团。阿米娜·阿力甫夏说:"以后遇到冰河、遇到悬崖不要跳了,那样很危险,我很担心你。"

拉齐尼·巴依卡立刻反驳她:"遇到冰河、遇到悬崖,这些本来就是紧急情况,你不跳他不跳,谁来跳?难道任凭解放军发生危险不去救吗?"说完又觉得自己的话重了,握住阿米娜·阿力甫夏的手说:"你放心,不会有事情的,我是在牦牛背上长大的。"

刚翻过年,阿米娜·阿力甫夏怀孕的消息通过拉齐尼·巴依卡之口很快传到了巴依卡·凯力迪别克的耳朵里,他喜出望外,甚至比拉齐尼·巴依卡还要高兴。巴依卡·凯力迪别克立刻让拉齐尼·巴依卡挑选一只最肥美的羊,好好庆贺一下。

拉齐尼·巴依卡也很高兴。将为人父,让他感受到内心不一样的激动,自己的生命通过阿米娜·阿力甫夏腹中的胎儿有了延续,从此将绵绵不绝地在这片土地上扎根繁衍下去。他像一只老鹰一样小心翼翼地呵护着阿米娜·阿力甫夏,期盼着她十月怀胎一朝分娩,生出一个健康可爱的孩子。

7月的帕米尔重新回到喧闹的顶点。一大早拉齐尼·巴依卡就在家门前点起一堆火。这是塔吉克族的传统,以火光迎接新生命的到来。

一声微弱的婴儿啼哭为帕米尔高原的夏日增添了几分生动的气息。生了生了,终于生了,是个千金。拉齐尼·巴依卡一脸惊喜地奔向阿米娜·阿力甫夏，抱起在她旁边放着的柔弱的小婴儿。

那是一个满脸皱巴巴的小家伙，因为早产，比一般孩子羸弱一些，看起来只有巴掌大小。拉齐尼·巴依卡小心翼翼地将她抱起来，挪到阳光下。她有一张粉色的小脸，薄薄的皮肤覆盖在淡蓝色的毛细血管上，如同透明的一般，小嘴张着，紧皱着眉头，像是在思考什么。他将自己的手指靠近她的嘴，看到她摸索着尝试吮吸，不由得笑了。

按照传统，要将一把扫帚放在婴儿的头下，祝福她将来成为一个勤劳能干的好女子。这一切做完，拉齐尼·巴依卡抱着孩子去找父亲，请他给孩子取个名字。巴依卡·凯力迪别克沉思片刻，说："叫都尔汗·拉齐尼吧。"拉齐尼·巴依卡连连点头。都尔汗在塔吉克语里是"吉祥平安"的意思，与"拉齐尼"连起来就是"吉祥平安的雄鹰"之意。这个孩子实在太过羸弱，希望她能如她的名字一般，一生都吉祥、平安、勇敢。

3天之后小都尔汗·拉齐尼的命名礼正式举行。命名礼结束，就意味着小都尔汗·拉齐尼有了自己正式的名字。等她长到一两岁的时候还会有剪发礼，之后她就可以留长辫子了。

巴依卡·凯力迪别克对这个孙女充满了疼爱，没事就会抱着她，将她捂在自己的胸前。拉齐尼·巴依卡更是喜欢，虽然之前他一直渴望有个儿子，未来可以承担起家族护边的责任，也能成为一名护边员，但是看到可爱的都尔汗·拉齐尼的那一刻，他觉着有个女儿也不错，长大了一定像阿米娜·阿力甫夏一样美丽。

到了8月收获的季节，每天下地干完活回到家，拉齐尼·巴依卡第一件事就是跑到小都尔汗·拉齐尼的小床前看看她，摸摸她的小手和小脸，抱上一会儿才心满意足地去吃饭。

日子快乐忙碌，时间就会过得飞快。吃完饭，拉齐尼·巴依卡把羊赶了出去，回到屋里，趁机跟阿米娜·阿力甫夏商量何时动身去夏牧场。按照惯例，进吾甫浪沟巡逻的日子快要到了，在9月来临之前，他都会准时去夏牧场那里等待通知，这样不仅去部队方便，也方便在夏牧场挑选牦牛。

阿米娜·阿力甫夏望着他说："我跟你一起去夏牧场，不要担心，我会安顿好一切的。"似乎怕拉齐尼·巴依卡拒绝，阿米娜·阿力甫夏又用不容置疑的口气说："我带着都尔汗在夏牧场等你。"

看着阿米娜·阿力甫夏坚定的眼神，拉齐尼·巴依卡同意了。不久后，拉齐尼·巴依卡告别父亲，带着阿米娜·阿力甫夏和小都尔汗·拉齐尼一起动身前往红其拉甫夏牧场。要跟小都尔汗·拉齐尼分别，巴依卡·凯力迪别克抱着她，恋恋不舍地交给阿米娜·阿力甫夏，然后目送着他们离去。

离开大家庭，回到儿时生活过的地方，阿米娜·阿力甫夏似乎变得更加开朗活泼。她每天忙着照顾孩子，料理家务，然后做好饭等拉齐尼·巴依卡回家。平时她寡言羞涩，单独跟拉齐尼·巴依卡在一起却总有说不完的话。拉齐尼·巴依卡藏了一肚子的笑话，似乎就是为阿米娜·阿力甫夏准备的，他总有法子把她逗得哈哈大笑，让她的脸上阳光灿烂。

日出而作，日落而息，放牧牛羊，管理庄稼，此时正是豌豆、青稞和牧草的收获季。庄稼和牧草还没收完，就到了拉齐尼·巴依卡出发去巡边的日子。

其实一个月前拉齐尼·巴依卡就接到了部队的通知，他没有立刻跟阿米娜·阿力甫夏说，还是如往常一样，一边手脚麻利地把收割好的牧草运回家，一边四处奔走挑选合适的牦牛。阿米娜·阿力甫夏似乎总是在担心他，让她迟一刻知道也好。

终究，离家的日子到了。晚上忙完回到家里，拉齐尼·巴依卡望着阿米娜·阿力甫夏，心中有千言万语要说，又不知如何说起。他不知道的是，他这几天在做准备的时候，阿米娜·阿力甫夏早已看在眼里，她知道他接到了通知，很快就要去执行巡逻任务。

看到拉齐尼·巴依卡欲言又止的忐忑表情，阿米娜·阿力甫夏笑了。她把一碗奶茶递给他，然后抱着小都尔汗·拉齐尼在他的旁边坐下来，怜惜地望着他说："我知道你要去带边防连巡边了。放心去吧，家里有我呢。"

拉齐尼·巴依卡的心中瞬间升起一股暖流。收割完豌豆、青稞，还要收拾土地，家里的羊和牦牛也得放牧，这些都是重体力活。过去他去巡边，这些都是父亲打理，有时亲朋好友也会来帮忙，现在阿米娜·阿力甫夏生完孩子不久，就要操持家务、干农活，他的心中充满愧疚和感激。

清晨，拉齐尼·巴依卡起了个大早。他尽量轻手轻脚，担心惊醒阿米娜·阿力甫夏和小都尔汗·拉齐尼。他刚起身，阿米娜·阿力甫夏就起来了。这一夜阿米娜·阿力甫夏一直没有睡着。离别就在眼前，进吾甫浪沟巡逻山高路险、危机四伏，虽然拉齐尼·巴依卡对那里的地形熟悉，但是谁知道会不会发生意外呢？她越想越睡不着，这是她有生以来第一次失眠。看到拉齐尼·巴依卡起身，她立刻爬了起来。

阿米娜·阿力甫夏默默地为拉齐尼·巴依卡备好早饭，看着他吃完，又把准备好的一些吃的用的帮他整理好，再把小都尔汗·拉齐尼安顿好，默默地把拉齐尼·巴依卡送到门口。夏日高原的凌晨依然清冷无比，拉齐尼·巴依卡催她回去，她却不肯，非要陪着拉齐尼·巴依卡走一段路。

去往红其拉甫边防连的简易公路上空旷无人，只有他们两个和牦牛的脚步声。远山静寂如磐，高原四季永不停歇的风此刻拉响离别的琴弦，将两个人的心绪拉扯纠缠着。

在拉齐尼·巴依卡的强烈要求下，阿米娜·阿力甫夏停下脚步，站在空荡荡的路中间，抬头看向拉齐尼·巴依卡。她的眼睛清澈之极，里面满满的都是拉齐尼·巴依卡的影子。她看着他，一字一句地说："你要平安地去，平安地回，我会和都尔汗在家里一直等你，你要记得我们的约定。"说完，眼泪滚落下来。她抬起手摸了摸拉齐尼·巴依卡的脸，亲吻了一下，转身向

第五章 高原恋歌

家跑去。

拉齐尼·巴依卡静静地站着,看着阿米娜·阿力甫夏的背影渐渐远去,消失在拐弯处,才跨上牦牛。他的心中像是被什么搅动着,回旋着激荡的热流。

当牦牛的脚步声重新在公路上响起,摇晃着他继续向前行进的时候,他心中的热流变成父亲对他说过的话:"这块土地像冰糖一样,甜得要命。儿子,你一定要守护好它。"

此刻,已经身为人父的他忽然明白了父亲对祖国的这块土地的那种浓烈的依恋和热爱,也更明白了自己肩上所背负的责任。他在心里说:"放心吧父亲,我一定会守护好我们的界碑、我们的边境线、我们的土地的,守护好你们。我发誓会用生命来守护好这一切。"一阵山风吹过,似乎将他许下的誓言高高扬起,扬向群山之巅。那里,洁白的雪山在黎明的晨曦中泛出耀目的光芒,一只雄鹰正拍打着翅膀奋力向山顶飞去,融入炙热阳光的烈焰。

当我的视线从13年前的9月缓缓收回来的时候,似乎还能感受到随着阳光的升起,眼前的连绵雪山逐渐由纯白变成淡青,再变成乳白,变成明黄,最后变成赤金色燃烧的熊熊火焰。一只金色的雄鹰振翅而出,"击雪翻昆岳,抟风透赤霄",它拍打着翅膀,向着碧空扶摇而上,在黎明的晴空下划出一道明亮的闪电般的光芒。

雄鹰是塔吉克族的图腾,是英雄和正义的化身,更是世代戍边的忠勇之士生生不息的英魂象征,忠于祖国、忠于人民、无私奉献的一腔忠勇热血被倾注于这片土地,使这片冰封雪裹的土地散发出淳厚炽热的浩然之气,在大山大川之间,不息不泯,永世流传。

拉齐尼·巴依卡携带着雄鹰的精神特质与遗传基因,将自己还未完全坚硬的翅膀在群山间摔打磨砺。直到有一天,他的翅膀变得越来越坚硬,成为雄鹰中最坚强、最勇敢、最无畏的那只，方能背负皇天厚土。他无疑是铁汉，怀揣赤子情怀，可他又有温情的一面，侠骨柔肠。他将去往吾甫浪沟，再次执行每年9月份的巡边任务，在生死历练中不断成长，与战友与伙伴们一起，共同迎接雪山与冰河的挑战。

　　我目送着他的背影离去，如同站在小路尽头翘首等待的阿米娜·阿力甫夏一样，渴望他早日平安归来。

第六章　死亡之谷

在这里,
来不得一星半点的迟疑、怠慢、马虎;
在这里,
轻率、懦弱、自以为是,全都行不通;
在这里,
一切经验都会因无常与意外清零;
在这里,
勇敢、沉着、机智、果断才是通行证。

一

从八连草场也就是如今拉齐尼·巴依卡的执勤点往上是空盖沟,从空盖沟再往上是八道班,八道班上面是九道班,九道班上面是前哨班,前哨班再往前就是国门。

由塔什库尔干塔吉克自治县县城往南100多公里,这些地方分散在中巴友谊公路两侧。一年四季,这里皆是白雪皑皑的雪山与永无休止的北风。这里的一切大部分时间都被积雪深深掩埋,连旱獭这样生命力顽强的动物都经常隐匿不见,只有散养的牦牛在山坡上漫无目的地游荡,从雪下搜索啃食残留的草根，渴了啜几口雪水。能到这里来的大部分都是本地的塔吉克族牧民，也会有少量游客匆匆而来，前往红其拉甫国门处参观7号界碑，然后又匆匆离去。

这几个地方都属于拉齐尼·巴依卡所在的提孜那甫村护边执勤范围，与巴基斯坦相邻的地区，环境最艰苦、地形最复杂，但恰因艰苦，对这片土地的爱更炽烈真纯。无论是边防官兵，还是塔吉克族牧民，他们忠诚地守护着这片贫瘠的土地，以汗水、鲜血与信念浇灌它的每一粒沙、每一株草。或许因爱得纯粹，这里的天空特别澄澈干净。天空晴朗的时候，蓝天如同塔吉克族人的心灵一般透亮明净。

在这里，因为地形使然，一般很少会说东南西北，而是习惯说上或者下，上即是往南至红其拉甫国门，下则是进塔什库尔干塔吉克自治县县城。

中巴友谊公路像一根铁丝将这些地方串在了一起。边防连距离红其拉甫夏牧场所在的八连草场大约1.5公里左右，也在塔敦巴什河边。吾甫浪沟位于边防连东南侧。站在连队的训练场，远远望去，可以看到吾甫浪达坂起伏的雪峰。

由边防连去吾甫浪沟，先要向东南方向跋涉一段茫茫雪原。夏季的时候，那片雪原的雪会稍微变薄一些，裸露出石雪交错的斑驳的戈壁滩。其他的季节则被厚厚的大雪完全覆盖，远远望过去，像是一片连绵不绝的白色毛毡，没有一点儿杂色，从眼前一直铺展到群山尽头。那是自然的屏障与威严，视线可以顺着雪原一扫而过，人却难以靠近。那里寒隐深壑，冰裂长河，动辄 −30℃，积雪达半米多厚，连牦牛行走都很困难，人在那样的雪中几乎寸步难行。

这条巡边路实在太艰苦了，尤其在基础设施还未建起来的过去，只能靠牦牛进出，而且巡逻路线最初长达300多公里，一走就是一个多月。沿途没有可以住宿的营房或者遮风挡雨的洞穴，只能随遇而安，找靠近水源又不会

第六章 死亡之谷

被洪水淹没的高台，或者略微平坦的山坡露营。

巴依卡·凯力迪别克在 32 年的巡边历程中，在这条路上留下了无数伤痕，擦伤碰伤都是小事情，还有冻伤、骨折和无处不在的意外与死亡的威胁。支撑他一路走下来的，不仅有父亲的重托，更有自己坚定的信念和意志。父亲凯力迪别克·迪力达尔是全县最早的一批党员，他也是一名党员。作为党员，他觉着自己有责任戍边，也一直将戍边当作自己终生的使命。

在拉齐尼·巴依卡很小的时候，巴依卡·凯力迪别克就带着他一起走这条最为凶险的巡边路，仔仔细细地把路上的标志指给他，督促他记下来，又教给儿子应对突发状况的经验和方法。这些经验和方法在若干年后被整理装订成册，成为新入职的护边员和战士们专门用于训练学习的必修课程教材，是名副其实的"巡逻宝典"。他还教给儿子野外求生的各种技能，期望他以后不论遇到什么危险都能化险为夷。拉齐尼·巴依卡是他唯一的儿子，他毅然决然地将重任交给儿子，却又时时刻刻担心着他。在家与国之间，他别无选择，国为重，家为轻。塔吉克族人有一句谚语："祖国是家，高原是床。"他又有什么理由不去尽心守护呢？

拉齐尼·巴依卡也从未让他失望过。作为家族第三代巡逻向导，拉齐尼·巴依卡接过鞭子之后，每年都会带着边防部队进入吾甫浪沟巡逻。虽然随着时间的推移，吾甫浪沟的巡逻路线被边防部队重新划分，红其拉甫边防连的巡逻路线逐渐缩短至 90 多公里，但这却是最艰险的 90 多公里，需要翻过 8 座达坂，蹚过 80 多条冰河才能抵达目的地。

拉齐尼·巴依卡比他父亲所期望的还要勇敢无畏，他像是一只雄鹰，从小心怀壮志，不断用坚持和历练打磨自己的翅膀。巴依卡·凯力迪别克看着儿子由小雏鹰一步步长大，终于长成意志如铁的矫健雄鹰，担负起家族戍边的使命，在帕米尔高原的群山之上翱翔。可是，巴依卡·凯力迪别克也为儿子担心。尽管他一再教导儿子必须无条件保证边防官兵的安全，哪怕牺牲自己，但是，他唯一的儿子若有什么危险，他又怎么能不揪心呢？

拉齐尼·巴依卡这时正走在前往吾甫浪沟巡逻的路上，多年巡边的历练，让他愈发沉稳笃定。

检查完牦牛鞍子，拉齐尼·巴依卡又仔仔细细检查了一遍捆扎的物品，才松了一口气。为了让官兵能坐得舒服一些，他特意给鞍子上加了层软垫。出发前，他再次提醒巡逻官兵，在骑牦牛行进的过程中一定要时刻保持警惕，注意周围情况，发现有异常状况，立刻跳下牦牛，以防止意外发生。

拉齐尼·巴依卡牵着牦牛走在最前面，边防连指导员王烈紧跟在他的身后。从调入边防连做连指导员一直到今年，7个年头过去，王烈已经成为营教导员。这是王烈第六次踏进吾甫浪沟执行巡边任务。每次进去，他都不敢有丝毫大意，处处留心，时时在意，因为难以预测的状况随时有可能发生。

这年的气温似乎要比往年低一些，天气也不太好，飘飘洒洒的雪没完没了地下，喀喇昆仑山巨大的褶皱间银装素裹，一路上几乎看不到任何植被。随着海拔的抬升，抬眼所见，只有大大小小的石头、层层叠叠的山峰和高高低低的冰川。一踏上吾甫浪达坂，凛冽的寒意迎面袭来。

拉齐尼·巴依卡穿着一件护边员迷彩服。他对军装有偏爱，一年四季大部分时候都会穿着军装。多年的磨炼使他的青涩渐渐褪尽，脸颊沧桑黝黑，深蓝色的眼睛沉静、深邃。跟边防连巡逻的途中，他沉默寡言，全部注意力集中于脚下，随时预备应对危机。

每次巡逻的情形，王烈都记得清清楚楚。那些场景不仅被他印刻在心里，更停留在他拍摄的一张张照片中。他是亲历者，也是见证者。

2008年，是王烈调到边防二连的第二年，也是他第一次带领边防巡逻队跟拉齐尼·巴依卡去吾甫浪沟巡边。关于吾甫浪沟的传说，在军营中广为流传，大家耳熟能详。在这之前，王烈早已做好思想准备，但是那次行军的艰难依然远远超出他的想象。

第六章 死亡之谷

那天，吾甫浪沟的天气跟这一次有些相似，也是下着小雪。当翻越海拔5200多米的吾甫浪达坂的时候，开始起薄雾。雪雾交织在一起，像是一道纱帐，在空中缥缈拂动着，让队员们的视线无法清晰。雪雾一路裹挟着巡逻队，将深深的寒意毫不留情地注入每个人的体内，人的睫毛与牦牛鼻子周围的鬃毛上渐渐结了冰霜，随着前进的节奏一闪一闪摇晃着。路况也很差，牦牛和人顶着雪雾顺着山坡走势蜿蜒前行，不时躲避着脚下大大小小形状各异的石头。

行进了一个多小时快抵达吾甫浪达坂顶端的时候，雪雾开始加重。雪雾是高原特有的一种极端自然现象。在超低温状态下，从高空下落的雪花与近地面悬浮在空气中的微小冰晶同时存在，一起飘浮弥漫在空气中，就会形成雪雾。每当雪雾发生的时候，纷纷扬扬的雪粒中因为夹杂大量雾气，宛如一道浓重的雪幕。唐代韦应物在诗中曾写到这种情形："道骑全不分，郊树都如失。霏微误嘘吸，肤腠生寒栗。"

拉齐尼·巴依卡边走边留心观察着天气，脸色有些凝重。走到一处相对避风的区域之后，拉齐尼·巴依卡停了下来，建议队伍在这里避雪。有人提出反对意见，觉着拉齐尼·巴依卡有些小题大做。正常情况下翻越吾甫浪达坂大概3个多小时就能通过，如果全速行进，再有1个多小时就能翻过去了，没必要在这里多耽搁。拉齐尼·巴依卡固执地坚持自己的意见，看似商量的语气中有着不可动摇的执拗。

他牵着自己的白牦牛挡在巡逻队前面，像一堵不可逾越的墙，表情严肃地据理力争。最后大家不得不妥协，原地停下来避雪。避雪的过程中，拉齐尼·巴依卡给大家讲述了他之前遇见雪雾的经历。这种天气变化莫测，随时会起大雾，若是起了大雾，牦牛很容易走散迷路，再加上暴风雪，会更加危险。几个小时后，雪雾终于小了一些，能见度有所提高，拉齐尼·巴依卡看看天色，才再一次经过请示引导着队伍踏上征程。

走出一段路后，大家发现，尽管现在雪雾慢慢消散，天气状况有了很大的改善，可是未曾退尽的雪雾依然如一道帷幔遮挡着视线，而且路况极差，所有人不由得一阵后怕。吾甫浪达坂左右两侧有多条岔道，若是不小心走进去了，很容易迷路，按照目前的天气状况，估计就再也出不来了。在吾甫浪沟迷路，或者在帕米尔高原迷路，后果都极其严重。帕米尔高原雄浑壮阔，星罗棋布的高山幽壑足以吞噬千军万马，更何况只是十来人的小分队。

队伍继续向前走着，更多的考验也在前面等着他们。在这里，大自然残暴狂虐、喜怒无常。一路上不仅雪下个不停，各种险情也是不断发生，似乎想要给每一个踏进吾甫浪沟的人以威慑。

一步崖是前往9号界碑的必经之路，也是最危险最容易出事故的路段之一。巡逻队翻越一步崖的时候，因为下雪，积雪混合着碎石的道路让行进变得格外艰难缓慢。脚下是悬崖和冰河，头顶是不停往下跌落的落石碎砂，稍不注意就有可能被砸伤，更有可能失足坠崖。

牦牛似乎也觉察出危机，放慢了脚步，有些迟疑地小心翼翼向前挪动着。快要通过一步崖的时候，战士裴涛骑的牦牛一只蹄子踩空，闪了一下，脚下的雪和石头纷纷向下坠落。牦牛受到惊吓，猛地抬腿跳了起来，险些将裴涛从牛背上掀下去。其他牦牛受到影响，开始躁动不安起来，惊慌失措地互相顶着。拉齐尼·巴依卡在前面看到险情，一边大喊着："快点下牦牛，趴在岩壁上不要动。"一边死死地抓住身后领头冲撞的牦牛，发出牧民独有的音节奇特的呼喝声安抚牛群。

牦牛看似分散、倔强，其实它们也会有小圈子，一家的牦牛往往因为熟悉而互相跟随，别家的牦牛就很难说了。当前面的牦牛安静下来之后，后面仍有几头牦牛试图掉头离开，拉齐尼·巴依卡紧贴着悬崖边努力挤过去，挤到那几头牦牛的身边，将最近的一头一把拉住。过了一会儿，那头牦牛逐渐安静下来，其他的牦牛有样学样，不再闹腾。等牦牛情绪慢慢缓和下来，整个队伍才彻底恢复了平静。这时,大家紧靠岩壁,看向脚下的悬崖,心中一阵后怕。

从铁干里克达坂前往 9 号界碑,巡逻队需要穿过接近 20 公里的一道峡谷。峡谷里,巡逻队要顺着蜿蜒的冰河前行,需要不断跨越冰河。这些冰河在夏日因冰川融水的大量注入而经常泛滥,即使在 9 月,依然难免会有突然暴涨的情形。即使没有暴涨,蹚过冰河也是一重又一重的考验。河床巨石密布不说,湍急的河水更是冰冷刺骨。有时遇到水深流急的河段,牦牛也会有所畏惧,死活不肯下水。这时不仅考验牦牛,更考验骑手和牦牛向导,他们需要不断驱赶牦牛,引导牦牛通过。有时牦牛不肯下水,拉齐尼·巴依卡就会脱掉鞋子,牵着牦牛过河。

2010 年,王烈跟拉齐尼·巴依卡再次进吾甫浪沟巡逻。当巡逻队翻越吾甫浪达坂的时候,走到了一处斜坡前。那道斜坡的坡度接近 60 度,覆盖着厚厚一层积雪,特别滑。王烈骑的牦牛试了几次都没有上去,不肯再试。王烈有些着急,用鞭子抽打牦牛,牦牛受到刺激,愤怒得猛地向上冲去,将背上的王烈甩了下来,王烈向一侧的陡坡滚落下去。脑中一片空白的王烈紧紧趴在陡坡上,稍微一动就会向下滑。没等别人反应过来,拉齐尼·巴依卡已经顺着陡坡爬到王烈身边,拉住了他。战友们甩下救援绳,拉齐尼·巴依卡抓住绳子,将两个人缠在一起,战友们把他们拉了上去。

这件事对王烈来说印象深刻。他感慨地说:"巴依卡·凯力迪别克跟连队相处 30 多年,所有人都对他非常熟悉,也信任他做向导。跟拉齐尼·巴依卡虽然一起巡逻过几次,但是不算太了解。随着巡逻次数的增加,每次共同巡逻,都会让人对这个个子不高、瘦瘦小小的拉齐尼·巴依卡加深一层印象。在他瘦削的身体里似乎蕴藏着极大的能量,只要有他在,总能化险为夷,平安顺利完成任务。每次官兵遇险,拉齐尼·巴依卡总是第一个冲出来施救保护,从不会先考虑个人安危。虎父无犬子,拉齐尼·巴依卡不愧是巴依卡·凯力迪别克的儿子。"

2011年,拉齐尼·巴依卡跟随巡逻队巡边的时候,队伍遭遇了暴风雪袭击。当时雪又大又急,没过多久,积雪厚度几乎将牦牛掩埋。

翻越冰达坂的时候,战士裴涛突然从牦牛背上摔下去,掉进了雪下的暗河里。周围的冰雪受到震动,不断垮塌,裴涛的生命危在旦夕。拉齐尼·巴依卡一边高喊着让大家千万不要动,防止垮塌面积加大;一边趴下来,增加受力面积,慢慢爬向裴涛所在的位置。裴涛跌入的雪洞离地面有一段距离,想要把他拉上来,得爬回去找绳子,但是那样极有可能继续增加垮塌面积,增加救援难度,必须就地想办法。

他抬眼看了看四周,除了雪还是雪,白茫茫一片。雪把一切都收走了,雪地上干净得连一粒灰尘都看不到。他的脑子飞转,还是无计可施,于是咬咬牙,脱下自己的衣服,打成结,做成绳子。他爬向雪洞,把绳子甩下去让裴涛抓住。可是,一用力,周围的雪又不断垮塌。他急得冷汗都冒了出来,只能一遍遍调整力度和角度。他的身子长久地趴在雪地上,上面已经覆了一层雪,远远看上去,像是跟雪原冻在了一起。冰雪的寒意顺着他的身体不断蔓延,像是在慢慢将他变成一座冰雕,他的手指几乎失去了知觉。他咬着牙,心里默默给自己打气,极力稳住发抖的手臂,努力尝试着,最终将裴涛救了上来。

裴涛得救了,可是拉齐尼·巴依卡却因冻伤昏迷过去。

2012年,时任边防团副团长的胡智鹏带领王烈、连长张国亮、军医罗辉、班长姬文志、下士王少帅、护边员加尼丁和拉齐尼·巴依卡等10人,踏上了赴吾甫浪沟巡逻的征程。

队伍蹚过红其拉甫河后,几只牦牛开始不安分起来。那几只牦牛彼此不相识,而且身体壮硕,都有些桀骜不驯。它们作为"新兵"第一次进沟,还没有完全适应,刚过了河就顺着山坡、河道乱跑,有几头驮运物资的牦牛一眨眼就跑远了，拉齐尼·巴依卡和加尼丁追出去将近3公里才将它们追了回来。

下午时分，巡逻分队来到吾甫浪达坂，前行穿过一个小峡谷时，遭遇到了大风。风将山上的流沙和碎石吹了下来，人的眼睛都快睁不开了，拉齐尼·巴依卡在前面不停提醒大家注意落石。好不容易通过了吾甫浪达坂，傍晚时分，巡逻队找到一处避风的地方。那是一片大石头堆起来的山坡，有数米高，背风的一面形成三角区，能够躲避风雪。他们在一片大石头后面搭建起了帐篷。

第二天一大早，巡逻队继续赶路。走到海拔4639米的一处达坂的时候，路越来越险，山坡坡度由原先的三四十度陡增到了七八十度。牦牛每迈出一步，都能听到脚下的石头"唰唰唰"下落的声音。左侧是三四百米深的悬崖，稍有不慎就会跌落下去尸骨无存。突然，下士王少帅的牦牛不安分起来，引得其他牦牛直向悬崖冲去。拉齐尼·巴依卡见状，再次冲上去稳住牦牛，缓解了危机。

接下来的路，因为坡道越来越陡峭，大家只能牵着牦牛在坡度七八十度的半山腰上艰难行进。这时，班长姬文志牵的牦牛突然斜着跨出去，缰绳将姬文志带了一下，姬文志跌倒之后，身子顺着山坡径直向山底滚去，滚了十几米后，幸好被一块大石头挡住，才没坠入深渊，他的左腿却被撞伤。拉齐尼·巴依卡抓着救援绳将姬文志救了上来。随后巡逻队又屡次经历险情，一头牦牛的脚被石头划伤，又有两人险些滑入悬崖。跟拉齐尼·巴依卡一起做向导的护边员加尼丁也因为牦牛肚带断开掉进了冰河里，好在冰河并不深，才有惊无险。

2013年，有次巡逻走到海拔4098米的塔敦巴什河时，河床边已结了冰，河道中间的水流卷着浮冰起伏奔涌。牦牛们畏惧地收住脚，赶了好几次，怎么也不愿意再向前走。拉齐尼·巴依卡反复尝试，好不容易才赶着自己骑的白牦牛先下了水,后面的牦牛看到了,也一个跟着一个开始过河。轮到班长王刚的时候,他骑的牦牛在湍急的冰河中间突然像发疯般上蹿下跳,怎么也控制不住。眼看王刚就要被牦牛从牛背上甩下来了,河里全都是边角锋利的山石和碎冰,甩下去后果不堪设想。这时,拉齐尼·巴依卡飞身跳下牦牛,在齐腰深的冰河中死死拽住了王刚骑的那头牦牛的缰绳,拉着牦牛一步一步蹚过去。上岸后,大家才发现,王刚骑的牦牛被冰河里锋利的石头划破了蹄子,鲜血直流。如果不是拉齐尼·巴依卡及时出手,就会有险情发生。

不过事后大家也为拉齐尼·巴依卡担心,那种情形下,一个不慎,他不仅极有可能被牦牛撞倒,更有可能被冰河冲走。要知道,一头成年牦牛的体重通常有四五百公斤,如果被踩,后果不堪设想。冰河中更是凶险无比,难以预料会发生什么。可是每次遇到危险,拉齐尼·巴依卡始终不管不顾率先迎上去,实在像极了拼命三郎。

在吾甫浪沟经常能遇到山体滑坡。在雨雪的冲击下,坚如磐石的喀喇昆仑山在岁月中慢慢被腐蚀风化,在外力和内力双重作用下,耸拔的山体经常会发生大规模山体滑坡。有时是一整座山垮塌,有时是半边山崖垮塌下来,将原来的道路彻底掩埋。

2013年,进吾甫浪沟巡逻时,拉齐尼·巴依卡就遇到过一次大型山体滑坡。那是巡逻的必经之路,两山夹峙,垮塌的山体把峡谷中可以通行的小路彻底堵塞。巴依卡·凯力迪别克曾经留下的标记也被彻底抹去。

巡逻队走到垮塌的山前,仰望着那一道废墟堆成的"天堑",忧心不已:"这样险峻的陡坡,碎石块还在不停往下滑落,怎样才能过去呢?"

拉齐尼·巴依卡来回仔细察看地形。乱石堆砌成几乎呈直角的绝壁,直走肯定不行,如果从一侧迂回找到路,就有希望过去。于是他对大家说:"放心吧!我一定会找到路,一定会带大家过去。"

他让战士们在安全的地方原地休息,自己沿着布满乱石的垮塌的山体在绝壁间仔细寻找道路,垮塌的山体如积木般松散叠加,不时有岩石坠落下来。就在他专注地往一侧的山上攀登的时候,突然一块掉下来的小石头击中了他的头部,顿时鲜血直流。他忍着头部的剧痛,扯出随身带的急救包,简单包扎了一下伤口,又继续寻找。

两个多小时之后,他终于在石壁间找到了一条可以通行的小路,高兴得手舞足蹈起来,立刻转身跑回去通知大家。到了队伍休息的地方,大家发现他的头部受伤,让随队的军医检查包扎。伤口不大,但是需要缝合。大家纷纷劝他沿原路返回去处理伤口然后好好休养几天,他却坚定地说:"任务没完成,我怎么能休息呢?不能因为我受了点小伤就耽误了巡逻。"

山连着山,路连着路,河连着河,崇山峻岭绵密交织,似乎永无尽头。年复一年、日复一日地巡边,旧伤好了,又添新伤,新伤好了,又会再添新伤。拉齐尼·巴依卡觉着身上的伤也像道路一样永无止境,而自己的皮肉似乎也在这条巡边路上磨砺捶打得越来越皮实。

不到100公里的吾甫浪沟,每一段路都暗藏凶险,每一段路上都有无数生死陷阱。向导不仅是巡逻队的眼睛,也是巡逻队的识途老马,唯有自己多小心,才能带领巡逻队安全完成任务。

流转的岁月,不变的守护。在拉齐尼·巴依卡的护边生涯里,他和父亲巴依卡·凯力迪别克一样,留下了无数传奇故事。类似这样涉险救人的事不计其数,他像是巡逻队的守护神,在关键时刻舍身救险,护佑官兵们的安全。他的身上有各种因磕碰或冻伤留下的疤痕,每一块疤痕都像是他舍生忘死的一个注脚。正是这些散发荣光的印记,诠释着一个普通人由平凡成长为英雄的历程。

岁月淬炼着他的沉稳与忠诚。每一次危急时刻,他都能处变不惊,选择用最妥当的方式帮助大家涉险过关,保证巡逻官兵的安全和任务的顺利完成。这也让他在这条巡逻线上获得了"活地图"与"帕米尔雄鹰"的美誉。

在他参与巡逻的16年岁月中，同行的战友从未有过牺牲，唯有一头白牦牛的离去成为他心中永远无法释怀的遗憾与哀痛。

在吾甫浪沟这条巡逻线上，为边防连当向导是极其艰苦的事情，跋山涉水，饮冰卧雪，时时刻刻面临生死考验。和向导一起参加边防巡逻队的牦牛，不仅是官兵们的坐骑，更是巡逻队中的一员，它们也面临同样的考验，同样要做好随时牺牲的准备。

为了巡逻需要，拉齐尼·巴依卡家里只养了少量的羊，大部分都是牦牛。他养牦牛比别家养得用心，在牦牛很小的时候，就会被带到雪山上进行相应的负重跋涉训练，并熟悉牧人的口令。在拉齐尼·巴依卡饲养的牦牛中，有一头白色的牦牛最为出色。每次训练，这头牦牛都比别的牦牛负重多，且懂事乖巧，与拉齐尼·巴依卡配合默契，好像完全能听懂他的话。拉齐尼·巴依卡第一次参加巡逻时，它就经过重重筛选加入了巡逻队，几乎每年都会陪着他走一趟吾甫浪沟。

拉齐尼·巴依卡非常喜欢它，将它当作自己最亲密的战友和伙伴。巡逻的时候，白牦牛驮着拉齐尼·巴依卡。有时拉齐尼·巴依卡担心白牦牛太累，会下来陪它走一阵子，白牦牛也懂事地配合着拉齐尼·巴依卡的步伐，总是跟拉齐尼·巴依卡保持相同的速度，亲密地跟他走在一起。闲下来的时候，拉齐尼·巴依卡会带白牦牛去红其拉甫河边放牧。白云悠悠，山川壮阔，蓝天与白雪辉映，在河水中留下斑斓的倒影。白牦牛吃草，拉齐尼·巴依卡就坐在旁边看着它吃草，并给它讲一些有趣的事情。天青如盖，广袤天际间，拉齐尼·巴依卡仰躺着，一人一牛，一个说一个听，如同手足相伴。每次拉齐尼·巴依卡说到高兴的地方，白牦牛都像是完全能听懂一样，对拉齐尼·巴依卡报以热烈的回应："哞——"

2014年秋天，拉齐尼·巴依卡和白牦牛再次踏上了巡边的征途，因为

第六章　死亡之谷

白牦牛经验丰富，认识路且体格强壮，拉齐尼·巴依卡把大部分给养都放在了它的身上。

经过连续跋涉，再有不到一天的路程就可以到达目的地了，大家都有些兴奋，打起精神，加快了速度。

在过最后一条冰河的时候，走到一半，白牦牛突然不走了。拉齐尼·巴依卡没有意识到白牦牛的异常，见它不走就用力扯缰绳，催它快点跟上队伍。白牦牛抬头看了拉齐尼·巴依卡一眼，想听从他的指令，于是弓着身子，梗着脖子，使劲用力，拼命向前，却一头跌倒在河里。拉齐尼·巴依卡吓坏了，丢下缰绳，赶紧过去查看，才发现白牦牛的后腿被河底的石头死死卡住了，沉甸甸的物资压在它身上，让它无法动弹。

拉齐尼·巴依卡跟几个战士赶忙把白牦牛背上的给养取下来，然后一起把白牦牛连拖带抬移到了岸边，这才发现，跌倒的时候，重物把白牦牛的腰椎压断了。受伤的白牦牛虚弱地躺着，大眼睛充满歉意地看着拉齐尼·巴依卡，似乎在说："对不起啊拉齐尼，我没能按照你的指令完成任务。"

拉齐尼·巴依卡抱着白牦牛，又心疼又自责，眼泪直流，官兵们也难过地流下了眼泪。白牦牛的大脑袋紧挨着拉齐尼·巴依卡，大眼睛温柔地看着拉齐尼·巴依卡，像是在安抚他。

眼看天就要黑了，队伍还得继续出发，拉齐尼·巴依卡没有办法继续陪白牦牛了，只能和战友们给它拔了一堆草。随队的卫生员给白牦牛打了一针，希望它能快点好起来。

巡逻队继续出发巡查界碑。回返的时候，白牦牛还在原地无法起身。

巡逻队得按照计划如期返回，否则不光补给跟不上，气温下降后大雪封山，就会面临生命危险。拉齐尼·巴依卡呆呆地看着白牦牛，不知如何是好。他不能为了一头牦牛耽误了任务，让战士们陷入危险之中。可是，白牦牛在他心里又岂是一头牦牛那么简单？他的心像被什么紧紧揪着一般疼痛，抱着白牦牛,想要把它抱起来,却怎么也抱不动,不由得号啕大哭。官兵们也都哭了,白牦牛陪伴大家这么多年,早已经是亲密的战友,他们也同样不舍得。

白牦牛像是懂得他的心事,用脑袋轻轻蹭着拉齐尼·巴依卡,然后用嘴将他往远处拱开一些,像是在对他说:"快走吧,拉齐尼,快带着战友们回吧,别再耽误了。"拉齐尼·巴依卡心如刀割,他含着泪和战士们尽量多拔了一些草,放在白牦牛面前,最后一次抱紧白牦牛的大脑袋,将脸颊贴了上去,抵着它宽阔的额头,依依不舍地对它说:"你一定要快快好起来,自己走回家,我在家里等你。"

在回去后的一年里,拉齐尼·巴依卡不断跟父亲说起他的白牦牛,也一直盼着白牦牛能自己好起来,找到回家的路,突然出现在他面前。每次外出放牧的时候,他总是会不自觉地向吾甫浪沟的方向张望一会儿,希望那里能出现白牦牛熟悉的身影,但他的白牦牛始终没有出现。

第二年去巡逻的时候,走到白牦牛受伤的地方,那里只剩下了一堆白骨。大家再次陷入悲痛中,拉齐尼·巴依卡泪如泉涌,难过得说不出话来。他和战友们将白牦牛的头骨摆正,采来一束野花,小心翼翼地摆在前面。

拉齐尼·巴依卡的心中充满了自责和懊悔,他多希望他的白牦牛依然神气活现地走在队伍前面,多希望自己能及时发现它的异常情况,帮它脱困,多希望它此刻就在他的面前,伸出舌头舔舐着他的手掌,用大脑袋蹭蹭他啊。

在吾甫浪沟,多了一块为白牦牛立的墓碑。从此以后,牺牲的白牦牛被官兵们称为"白英雄"。每次连队官兵巡逻经过这里,都会为白英雄举行一个简短的祭奠仪式,为它献一把青草、掬一捧雪水、敬一个军礼,以表达对它的思念与敬意。所有为戍边献出生命的,都是值得被缅怀敬仰的英雄。

吾甫浪沟像是一条难以降服的巨蟒,吞噬着从它面前经过的生命。这条沟里，拉齐尼·巴依卡家先后有 10 头牦牛累死在巡逻路上，有 9 头牦牛摔伤失去了劳动能力。

从拉齐尼·巴依卡开始做向导，吾甫浪沟就成为他每年必去的巡逻路线。吾甫浪达坂、乱石滩、铁干里克达坂、一步崖、峡谷、冰河……这些有名称和更多没有名称地貌交织混合，见证了他的护边岁月。时光的记忆中留下些许零散镜头，更多更令人震撼的镜头在人们心中永存。

在高原上生活过的人，肤色黝黑，沉默腼腆，简单真诚。他们不善言辞，擅长行动。群山将人的孤独放大，语言变成了点缀。他们在群山间护边、放牧，长久一个人独处，他们对于陌生的朋友都极尽热忱，无论做什么都一心一意。

他们中的每一个人都跟拉齐尼·巴依卡有或深或浅的交情，见证过他日常生活中的样子，也见证过他雄姿英发的样子。拉齐尼·巴依卡是他们记忆与日常中的一部分，一个自然而然的存在，如同呼吸一样正常，但是他们常常无法倾诉出来，他们似乎无法将他的一生当成一个故事绘声绘色地讲出，也无法将他当成一个故事中的人物讲出。

拉齐尼·巴依卡与他们朝夕相伴生死与共，一直如此。我们以为的壮举，于他们而言是司空见惯的日常。无论是拉齐尼·巴依卡人生中那些成长的片段，抑或参军、入党、做护边员等等，都只是他尽心尽力做着自己认为应该做且必须做的事情。他像是一泓深流的静水，无声浸润四周的田畴，从未强调过自身的独特。即使那些光环加诸他的身上，他依然只是静静流淌的河，无意名利，纯属本真。

他做人做事一直都是如此。每次去吾甫浪沟或者去别处巡逻，遇到考验与险情时，他每次的反应也都是一样的。在年复一年的重复中，这些已成为一种最平常不过、最司空见惯的自然反应。

二

若不是穿着军装，邰禹阳还是个脸上带着稚气的大男孩，但是他已经是一名老兵了，有超乎年龄的稳重和成熟。当一群人面对着他的时候，他略有些局促，交握着双手，讲述着自己第一次进吾甫浪沟的情形。

那是2019年7月下旬，是邰禹阳入伍的第二年。因为接到紧急任务，边防连和护边员共同组成巡逻队，前往吾甫浪沟执勤点执行任务。

任务来得急，拉齐尼·巴依卡接到通知后，立刻带着几名护边员四处去挑选牦牛，终于在出发的前一天晚上把所有要用的牦牛配备到位。

与连队约好在吾甫浪达坂会合。那天天色尚早，拉齐尼·巴依卡和其他5名护边员牵着牦牛，早早在吾甫浪达坂下面等着边防连的官兵们。邰禹阳他们是坐着军车赶去那里会合的，老远就看到了他们等待的身影。那天，高原上起了薄雾，雾并不大，像一道轻柔的薄纱，影影绰绰地萦绕在雪山脚下。拉齐尼·巴依卡他们牵着牦牛静静地站在薄雾中，像一幅水润的油画。他们看到军车，远远地就招手。

队伍会合后，拉齐尼·巴依卡带领护边员有条不紊地迅速分拣、捆绑物资。一切都熟谙于胸，井然有序。整理好物资后，又进行了核对检查。在带队队长的命令下，一行人踏着晨曦向吾甫浪达坂进发。

清晨的吾甫浪达坂，在薄雾的包裹下，巍然神秘如同幻境。经年不化的雪峰直上凌霄，拄地撑天。云朵如白色的巨浪般绵延不断，层层叠叠涌向天边。

出发没多久，当薄雾随着海拔的提升渐渐变成浓雾的时候，天气也开始骤变。几乎是一眨眼的工夫，"万山之祖"帕米尔高原展示出它至为冷酷、残暴的一面，云阴衔日、山川失色、风凄雪厉。奔涌的风声夹杂着雪粒疾扑而来,将人与牦牛挟裹其中,不辨东西。

雪雾与疾风形成了高原独有的白毛雪,云雾相连,飞雪蔽日。风酷烈地吹着,像是把雪一把把抓起来再猛地丢出去。大雾弥漫,遮天蔽日,瞬间让所有参与巡逻的人都迷失了方向。宋代的苏舜钦曾有一首诗写到大雾,其中有两句最能形象地描绘此时情景:"化为大雾塞白昼,咫尺不辨人与牛。"

受惊的牦牛在短暂的停顿之后,开始在雪雾中像无头苍蝇一样乱撞,任凭牦牛背上的官兵拉缰绳也不肯听话。渐渐地,随着雪雾越来越浓,在雪雾中走散的官兵越来越多。邰禹阳被他的牦牛带着茫然地向前走着,他使劲想拉住骑着的牦牛,可是那家伙对他的指令置若罔闻。这是他第一次巡逻,虽然之前也学习过驾驭牦牛,可还不太熟练,尤其这会儿,他越想用力拉住随意乱跑的牦牛,牦牛跑得越快。风雪越来越大,他身边渐渐不再有人声人影,放眼看去,四周白茫茫一片,似乎只有他一个人。牦牛还在漫无目的地瞎跑,他担心极了,可是又束手无策,只能听天由命,双手紧紧抓住鞍子,任由牦牛把他带着走。

拉齐尼·巴依卡也被困在雪雾中,他焦急万分,周围全是不断飘拂的雪花,他也在风雪中迷失了方向。就在他焦急不已的时候,听到风声中隐隐约约响起了哨声。他竖起耳朵听了一会儿,确定不是自己的幻听,高兴地一拍牦牛,向着哨声的方向赶了过去。

风声呼啸,哨声时断时续,他走一会儿就得停下来,仔细分辨片刻,然后又继续跟着哨声向前走。就这样,哨声似乎越来越清晰,终于在风雪中看到前面隐约有几个模模糊糊的影子,他走到近前,看到是队长,不安的心瞬间安静了下来。

每次行动,队长和几个组长都会携带号令旗和哨子。多亏有哨子,才让迷途的人循声找到队伍,会合在一起。拉齐尼·巴依卡和队长会合后,队长继续吹响哨子。渐渐地,周围响起几声若有若无的哨声的呼应,队长更用力地吹响口哨。他们身边聚拢的人越来越多，可是人还是不齐。

拉齐尼·巴依卡四处看了看，要求去寻找其他走失的人。队长看了看天色，雪雾似乎小了一些了，就同意了拉齐尼·巴依卡的请求。拉齐尼·巴依卡立刻出发，按照地形情况和牦牛的习性，顶着风雪冲了出去。

就这样，他顺着山侧慢慢摸索着向前走。走出去很远，隐隐约约看到一个身影，近前了才看清是邰禹阳。看到拉齐尼·巴依卡，这个大男孩满脸紧张的神情瞬间缓和下来，用带着哭腔的声音向拉齐尼·巴依卡喊道："队长他们在哪里呢？其他人呢？牦牛不肯听我的话，在风雪中乱跑。我找不到大家了。"

拉齐尼·巴依卡来到邰禹阳的身边，抚慰地拍了一下他，安慰道："别担心，我带你到队长那里会合。还有一些人走散了，我们正在慢慢找。"

拉齐尼·巴依卡调转牦牛，想要带邰禹阳向来时的方向折返，结果走了两步听到后面没动静，一转身，发现邰禹阳扯着他的牦牛缰绳想跟上来，那牦牛却倔强地梗着脖子死活不动。拉齐尼·巴依卡笑了，他跳下牦牛，走到邰禹阳的牦牛跟前，拍了拍它的大脑袋，又温柔地抚了抚它的毛，趴在它的耳边叽里咕噜说了一番话，结果那头倔牛神奇地转过身子，乖巧地跟在拉齐尼·巴依卡身后了。拉齐尼·巴依卡跨上自己的牦牛向前走去，那头牦牛亦步亦趋地跟着他，简直像个忠实的萌宠一样。邰禹阳不可思议地看着，心里充满惊讶。

雪雾越来越弱，周围的能见度越来越好，拉齐尼·巴依卡他们几个护边员把走散的人也都一一找了回来。队长清点了一下人数，发现人都聚齐了，天色也明亮了一些，再次发出前进的指令。为保证安全，由一名护边员、两到三名战士组成独立的小队，一行人沿着吾甫浪达坂继续前进。

走到铁干里克已经是黄昏，拉齐尼·巴依卡挑选了一处靠近水源的高地作为宿营地，官兵们七手八脚迅速搭起了帐篷，又打上河水开始做饭。当单兵自热食品开始在夜色中飘散出香味的时候，吾甫浪沟完全被夜色笼罩，官兵们边吃边聊，讨论着今天的遇险经历。第一天的跋涉终于结束。

第二天醒来，天气已经完全放晴。在高原夏日阳光的照耀下，昨日风雪的痕迹荡然无存，雪山融水从山上奔涌而下，哗哗流入纵横交错的冰河中。

队伍收拾好装备，继续进发。刚走出不久，迎面遇到一群野牦牛。乍然相遇，两队牦牛都停了下来，彼此怒视着对方。牦牛都会有自己的地盘，也许是野牦牛感觉自己的地盘被侵入了，而巡逻队的牦牛不以为然，双方都气势汹汹互不相让。拉齐尼·巴依卡看到情形不对，想赶紧把头牛赶走。要知道野牦牛通常一年四季在野外生活，壮硕高大，凶狠彪悍，家牦牛肯定不是对手。谁知道头牛就是不走，他还想再拉，不料野牦牛率先冲了过来，对巡逻队的牦牛发动了攻击。

巡逻队的牦牛都是经过精挑细选的健壮的牦牛，自然毫不示弱，看到对方发动攻击了，牛群群情振奋，摆开架势预备迎战。一看情况不对，拉齐尼·巴依卡赶紧喊战士们先从牦牛背上下来，站到安全地带。战士们下来后，牛群根本不受控制，任凭拉齐尼·巴依卡喊破嗓子，依然不顾一切迎向野牛群顶撞起来。

牦牛蛮力过人，牛角更是尖锐锋利，有的牦牛已经受了伤，牛角被撞断。看到情况危急，拉齐尼·巴依卡提着棍子不顾一切冲进牛群，一边大声呵斥，一边用棍子作势打向顶仗的牦牛，其他护边员也纷纷加入进来，合力阻止。巡逻队的牦牛毕竟是经过驯养的，看到主人生气，立刻蔫下来，开始克制地后退。野牦牛虽然野性未除，桀骜不驯，但是看到人类那么凶悍地站在旁边，也停下来，缓缓后退。

双方终于拉开一段距离。野牦牛有些不甘地瞪着对面，终究没敢再发动攻击。拉齐尼·巴依卡紧抓棍子，死死瞪着野牦牛，挥手指挥其他护边员带领牦牛通过。巡逻队终于通过了，拉齐尼·巴依卡才长出一口气。

其实他也很紧张，毕竟牦牛生性倔强，牛脾气上来，六亲不认，他也没有办法。这次实在是侥幸，总算没有太大损伤，平安化解了。

铁干里克往前有一段几乎成七八十度的陡坡，牦牛们开始往上爬。邰禹阳骑在牦牛背上有些紧张，他想拉紧缰绳让牦牛慢点走，哪知道牦牛鼻子受疼，瞬间暴躁起来，转身向下冲，一下把邰禹阳甩了下来。邰禹阳的一只脚还挂在脚镫里，没有办法挣脱，他只能尽力抬起头，让头部脱离地面的撞击。身体被牦牛拖着，他感觉自己的大脑一片空白，耳边传来一片惊呼声，他听到自己的心脏擂鼓一样剧烈响着，却无法摆脱困境。

拉齐尼·巴依卡看到了，猛冲过来，飞奔着追上邰禹阳的牦牛，一把抓住牦牛缰绳。牦牛被拉住缰绳，猛一仰头，一蹄子踩在拉齐尼·巴依卡的脚上，拉齐尼·巴依卡"哎哟"叫了一声，仍死死拉着缰绳不放。其他人冲了过来，接过拉齐尼·巴依卡手中的缰绳，并扶着他坐下来。军医过来帮他脱下鞋子，发现他的脚已经被牦牛踩伤，鲜血淋漓，便立刻替他清理了伤口。

虽然上了药，拉齐尼·巴依卡的整个脚背还是青紫肿胀起来。军医担心伤到了骨头，建议拉齐尼·巴依卡立刻返回连队。拉齐尼·巴依卡坚决不同意，他装作若无其事地说："没事，只是被轻轻踩了一下，不碍事的。你们看，我能走呢。"说着，挣扎着站起来，忍着疼在地上龇牙咧嘴地走了一圈。军医多次跟拉齐尼·巴依卡巡边，知道他的脚曾经多次受过伤，但他深知拉齐尼·巴依卡的性格，如果任务没完成，拉齐尼·巴依卡肯定不会下火线，只能无可奈何地叮嘱："那你一定要当心，不要碰水，也千万别碰到伤口。"拉齐尼·巴依卡点头同意了。这次他没有硬扛，乖乖地骑上了一头牦牛。

邰禹阳被吓得不轻，万幸的是，他戴着头盔，穿着厚厚的棉衣，而且有防护用品，除了有些不严重的擦伤外，并没有其他损伤，但是刚才的惊魂

20米把他吓坏了，他平静了很久，才稳定住情绪。

一路上，邰禹阳一直留意着拉齐尼·巴依卡的一举一动。拉齐尼·巴依卡因为救他而受伤，让他的心中充满愧疚。虽然拉齐尼·巴依卡的脚伤严重，但一路上他都尽力控制着自己，装作若无其事，该干的活一点儿没落下，他偶尔因为疼痛扯动嘴角的样子，深深地刻在邰禹阳的心中。

邰禹阳说："拉齐尼·巴依卡在那次巡逻中，始终没有因为脚伤表现出任何异样，回去后却在家里休养了一周。"

那次返回连队后，依照习惯，邰禹阳回去的第一件事就是洗澡。他说："我们有这样的传统，踏入吾甫浪沟是九死一生的事情，所以进去前要写遗书，万一有意外，好对家人有个交代。回来后先洗澡，将所有的坎坷惊吓恐惧洗得干干净净，人生就会无所畏惧，一路坦途。"

其实也不光是邰禹阳，还有另外一名战士，他因牦牛鞍子滑落摔了下来，也是拉齐尼·巴依卡帮他牵住牦牛的。每次巡逻，拉齐尼·巴依卡都像敏锐的雄鹰一样在队伍中不断地盘旋俯瞰，在发生危险的那一刻，总是迅速冲过去，排除险情。他是护边员，是牦牛向导，是战士，更像是巡逻队的守护者，用自己伸开的翅膀，守护着巡逻队官兵们的安全。

也是这一年的7月，就在邰禹阳他们出发前，拉齐尼·巴依卡跟随边防团政委沈新明和连长杨映伟踏上了吾甫浪沟巡逻之路。这是一次紧急任务，所以选择的时间段并不适宜进沟巡逻。

出发那天是7月2号。连续晴好的天气使得红其拉甫白天的气温飙升至20℃，积雪和冰川开始大量融化，冰山融水滔滔不绝地顺着山势奔涌而下，河床里涨满水，河水湍急咆哮。

正当巡逻队伍经过一处陡峭的山坡时，军医罗辉骑着的牦牛脚下一闪，一个趔趄，受惊后扭头发疯了一般向陡坡下冲去。其余的牦牛受到惊扰，纷纷预备扭头跟着跑，任凭大家怎么拉紧手中的缰绳都无济于事。拉齐尼·巴依卡一个箭步冲到罗辉面前，死死拽住缰绳，拼命勒住牛头才让牦牛急奔的脚步慢慢停了下来，而他自己的手掌被缰绳勒得血肉模糊。

这不过是他这些年巡逻途中的若干小插曲。每次遇到这样的事情，他都会本能地率先冲出去。多年巡边生涯，类似这样涉险的事情太多了，每年都会发生，已经成为他这些年巡逻途中的家常便饭。这样的画面一次又一次在这条巡逻路上重演。一遍又一遍，不同的时间，却总是那一道熟悉的身影。

有许多人问过拉齐尼·巴依卡同样一个问题："面对死亡的时候，你会害怕吗？"

他低下头，盯着脚下的土地，认真想了想，然后慢慢地回答道："我当然会害怕。巡逻的路上，沿途会经历暴风雪、泥石流、塌方、山洪、野兽攻击、饥饿，每天都像是踩在生死线上。我经历过死亡的考验，因而深深畏惧死亡，从而珍惜活着的每一秒，更珍惜与家人朋友在一起的时光。在帕米尔高原，生命艰难繁衍，生存不易，脆弱而珍贵，一切存在的事物都让人充满敬畏，包括树木、青草、包括旱獭。珍惜生命，好好活着，是我所知道的最重要的事情。"

拉齐尼·巴依卡说："巡逻的路上，所有人为了一个共同的目标而努力，大家经历生死，不分彼此，情同手足。有一次，在巡逻的路上，一头牦牛自行上山，将一块大石头踩了下来，如果不是旁边一名战士眼疾手快，一把将我拉到一边，我可能早就不在了。还有一次，我的鞋底磨烂了。连长把自己的鞋脱下来，让我穿上，他自己却光着脚。那一刻，我感觉特别温暖。"

经过三天三夜艰难跋涉，当队伍终于顺利抵达9号界碑的时候，所有人都激动地欢呼起来。为耸立的界碑描红之后，大家围绕着界碑。拉齐尼·巴依卡站在界碑前，眺望着头顶的万古青天，眼中慢慢涌满热泪。这壮美的河山是他的国，也是他的家，他的头顶有爷爷的英魂，他的脚下有厚重的土地,他的身后有血脉相连的人民。这一生,他要守好每一寸土地,绝不辜负身后的人民。

由红其拉甫夏牧场往上到九道班,那道两山间的沟壑叫水甫浪沟。这是红其拉甫群山间无数沟壑中的一条,谁也说不清在帕米尔高原上究竟有多少这样两山一谷一河的山沟。这些沟通常长短不一,它们错落交织,像一张网一样,连接着群山,也连接着边境线。凡是连接着边境线的地方,边防战士与护边员的脚步必会抵达。

水甫浪沟长度大约20公里,是一条无须骑牦牛全程徒步的巡逻路线。每个季度边防官兵都会进去查看一次,检查是否有陌生人出入,有无其他异常情况,里面的道路是否畅通。

早上9点,拉齐尼·巴依卡就跟着边防官兵踏入水甫浪沟,一行人鱼贯而行。虽然路不是特别难走,但是夏日高原强烈的紫外线辐射却让人的脸上火辣辣地疼。在这样强烈的紫外线下,任何防护措施都是无用的,足以在一天之内让人的脸上蜕一层皮。

真正危险的是高原反应。这里平均海拔4400米,战士们每人带20公斤装备,还要迎着刺眼的阳光在雪山上反射出的光芒。在这样的环境下,正常人能走几百米就很厉害了,走完全程则是莫大的考验。即使是红其拉甫边防连的老兵,走上两三公里,双腿也会像灌铅一样沉重无力。

提到水甫浪沟,红其拉甫边防连战士肖瑶说:"水甫浪沟更考验人的毅力,一般人觉着这样的常规巡逻只需要把一条沟走到头就可以了,但是只有走过的人才知道,负重并迎光而行,每走一步都是对肉体与意志的莫大挑战。"

这一路上不能停,谁能走动就先向前走,走不动的尽快赶上。巡逻途中大部分是河水和沼泽。河水不深,最深处也只有1米多深。沼泽是由冻土层在夏日融化后形成的,不小心踩进去,虽不至于有没顶之灾,但也会下陷至膝盖，半天才能拔出来。

　　走这些路段，需要熟悉路况的人领路，避开沼泽，踩在草甸上，而且还需要有向导断后，帮助发生高原反应或者体力不支的人。拉齐尼·巴依卡作为向导，始终走在最前面。他像一只灵巧的盘羊，在草甸上寻找着合适的落脚点，不停地跳来跳去。有战士跟不上了，他会抢过来一些装备帮着背起来。

　　一路上，拉齐尼·巴依卡是大家的"定心针"，这里没有波澜壮阔与跌宕起伏的故事，只有这样沉重而坚持的行走，脚步不停，目标明确。

　　在战士们看来，真的没什么故事，都是日常的巡逻，年复一年、日复一日都是如此，战士们和护边员大部分时间都是这么过的。虽然这两年随着边防建设的发展，装备越来越先进，基础设施越来越好，遇险的可能性越来越低，但是战士们在红其拉甫边防连，每一天的坚守都是对意志的考验，都有巨大的意义。拉齐尼·巴依卡虽然出生在这里，身体素质比战士们要好，但是他年复一年、日复一日做着巡边这件事，从来没有中断过，有他在，战士们会觉着踏实，他不断给予战士们一种稳定的力量。他的这份坚持与坚守比惊险的故事更有意义，也更能鼓舞人心。

第七章　冰雪线上

出生入死，
守望相助，
共同穿越风雪线。
那些战斗岁月，
像是一道深深的车辙，
不断从他的记忆中碾过，
历历在目……

边防连去木孜吉里阿巡逻的日子定在 6 月底，此时夏季已经来临，照耀在红其拉甫雪山之上的阳光终于有了热度，融雪化出清冽的冰水涨满了红其拉甫河和克里满河的河床，官兵们布满裂口与冻疮的手脚也获得了一丝温热的体恤。他们不用再穿着厚厚的棉袄和棉裤，不用再从头到脚裹得严严实实。但是即使夏季来临依然跟热无关，更跟夏季标志性的背心、短袖无关，红其拉甫的夏季，从来都如春日般短促且恍惚，随时随地会因一场突如其来的大雪就被迅速拉回到寒冬。

每年的 6 月到 10 月，是去木孜吉里阿巡逻的黄金季节，那里与巴基斯坦接壤，人迹罕至。积雪融化，就意味着可以坐车沿着帕日帕克河一直到木孜吉里阿达坂，不用再徒步穿越长达 40 多公里的雪原。

木孜吉里阿达坂位于兴都库什山深处。隆冬时节，那里的积雪可厚达1米多深，几乎可以将人掩埋，任何想要靠近它的现代交通工具和牦牛骡马都会被无情地阻隔在积雪之外。

巡逻队再次穿戴上厚厚的冬装，像一群铠甲勇士一样，站在训练场上列队待发。在未曾抵达木孜吉里阿之前，他们的装束在这个月份实在有些不合时宜，阳光洒在厚棉袄、厚棉帽上，不一会儿就会捂出一身汗，但是上路之后，凉风扑面而来，一身汗倏忽就下去了，随之而来的则是阵阵清寒。

当踏上卡车，在卡车马达震天的巨大轰鸣声中前往木孜吉里阿的时候，排长梁超向送行的连长和指导员重重地挥了挥手。冰雪线上的巡逻，每次都是生死考验，每次道别也许就是永别，这是边防连所有官兵们都清楚的事情，可是每次执行任务，大家都抢着去，梁超也是好不容易才抢到的。

拉齐尼·巴依卡两手抓着栏杆，站在靠里的位置，车子颠簸得太厉害，他没办法坐下来，只能保持站立的姿势，准备就这样一直站到驻地。他的胃已经被摇晃得有些不舒服，有人开始出现晕车反应，他也觉着头晕目眩。

木孜吉里阿达坂海拔5283米，酷寒陡峭，雪深冰滑，只能徒步攀登，极其考验人的体力与意志力。这条通往木孜吉里阿达坂的40多公里的崎岖山路，是当地牧民在漫长岁月中踩踏出的一条小路，最初只一米来宽，后经人工修整，成为勉强可以通车的简易便道。它由碎石泥土构成，是唯一可以通往木孜吉里阿的道路。路依山势而建，狭窄险峻，随着兴都库什山的走势与帕日帕克河的流向而上下盘旋，有时紧靠悬崖，有时紧挨着湍流奔涌的帕日帕克河。卡车一路上不断上坡下坡，翻山越岭，不断急转弯，车上的人感觉像是坐云霄飞车一样。因为路况太差，马力十足的大卡车常常在攀爬一段太过陡峭的大坡的时候突然熄火，不得不猛地停顿一下，然后再重新启动，蓄足势再一口气冲上去。有时从坡顶俯冲向下的时候，车子会在凹凸不平的碎石路面上猛地弹起，短暂地失重后再重重地砸到地上，将人猛地向下一惯。拐弯的时候，车上的人会因为惯性而像被风吹动的稻谷一样甩向一边，然后在下一个弯道又甩向另一边。

沿途几乎见不到任何树木，只有稀疏坚韧的高原植被，被不辞艰辛四处觅食的放养牦牛奋力啃食着。站在山坡上发呆的旱獭，只有在这个季节才能偶尔见到人。它们太久没有见到人类了，见到车子也不惧怕，只是大张着好奇的眼睛忘记移动，呆呆地看着车子靠近然后再走远。

结着红色锈斑与苍苔的石头被横七竖八撒在大地上，像是洪荒之初便是如此。偶尔可以见到一些废弃的老房子，土石结构，残破荒凉，那是早已搬离的牧民们在过去的放牧时代留下的，它们见证着时光的变迁。被雪压了一整个冬天的山体与大地，在阳光的照耀下显出短暂而又温暖的底色。

40多公里，是平原地区大约只需半小时的车程，在这里却长得似乎没有尽头。路况差，只能慢慢开。即使车速已经尽量放慢，车子在崎岖不平的沟壑间迂回行进，上下颠簸，越过数不清的弯道，依然让人眩晕呕吐。还有一大段路要走，但是大部分人已经吐得直不起腰，靠着车厢，脸色蜡黄。

拉齐尼·巴依卡也忍不住吐了，脸色比他还难看的梁超把自己的水壶递给他，他接过去，猛喝了几口，似乎好受了一点儿，抹了抹额头上的冷汗。

荒凉的大地呈现出原始的状态，板结的砂土被车轮带起，在后面掀起一长串灰尘，像是无需后期合成的史诗大片。所有人都灰头土脸的，像是刚从土里刨出。

沿途经过的帕日帕克河正是洪水季，宽阔的河床里，水流湍急。有一年，也是在这里，部队的一辆越野车想要尝试着过去，刚下到水里就被冲向下游。从那以后就一直使用这种重达数吨的笨重的卡车，它马力强劲，在湍急的河流中破浪前进，一往无前，一路颠簸蹦跳着前往木孜吉里阿。

就这样，40多公里的路，摇摇晃晃直到黄昏时分才到达兴都库什山脉深处的驻地。这是在一切顺利的情况下。有很多时候，遇到车子抛锚或者路段抢修，则会更晚。

巡逻队的驻地是当地塔吉克族牧民夏季放牧搭建的土房子，已经废弃。这种塔吉克族民居是用泥巴和石头砌成的，没有窗户，只有门，屋里除了一大土炕，空空荡荡。屋顶会开一个透光的天井，将天光漏下来。

将装备放好，老房子恢复了喧闹。若是有人细心一些，就会看到在屋子的墙壁上隐隐约约刻着一排排名字。那些陌生的名字，是历年参加过木孜吉里阿巡逻任务的边防战士留下的。他们有的在墙壁上、有的在石头上刻下自己的名字，以此作为纪念。那些字迹有一部分已经随着时光的逝去而模糊剥落，但是，残留的笔画像是永不消失的年轮，它们又被新写的名字继续接续，持续烙印在木孜吉里阿的天空下，成为戍边历史代代相传的写照。

我曾经暗自摹画这些名字背后的人的样子，想着他们写下自己名字时的状态和心情。他们应该年龄都不大，小一些的可能只有十八九岁，大的也只有二十几岁，眼神明亮，肤色黝黑，笑容真诚，用手里的简易工具一笔一画地在这里刻下自己的名字。那一刻，他们年轻的面容充满神圣，眼睛里有动人的光芒闪耀。

今晚，他们隐身在那些名字之后，似乎在等待一种仪式的交接，把手中的工具交给另一双年轻的手。然后他们的名字后面将添加上另一些崭新而又年轻的名字，一个挨着一个，连绵不断，如长城般坚实稳固。

吃过饭天已经黑透。稍微修整一下，第二天一大早就要开始冲刺木孜吉里阿达坂，最后到达达坂顶端海拔5283米的执勤点。经过一天的奔波再加晕车，大家已疲惫不堪，但是似乎依然有些兴奋。新兵再次向老兵打听木孜吉里阿的巡边故事，拉齐尼·巴依卡应大家的要求也讲了一段。夜色中，木孜吉里阿的雪峰清晰可见，渐渐地，周围响起了一片鼾声。

拉齐尼·巴依卡抬头仰望着天井上方那一小片星空，耳朵边除了呼噜声外，还有时隐时现的令人震撼的轰鸣。偶尔，屋子似乎也被那些猛烈的轰鸣震动，摇晃一下又安静下来。这些声音，有的是冰雪垮塌的声音，有的是山石坠落的声音，它们像是在远远地跟他打招呼，以雪山特有的方式向他传递消息："很久没见了，你好吗，拉齐尼·巴依卡？"

虽然一整天未走路，身体依然散架般疲惫不堪，他将身体尽量放平，感受着顺着骨节不断蔓延的酸痛。他脑海中闪过那些名字，那些陌生的又像是无比熟悉的名字，变成一个个鲜活的人，他们走过来，向他打着招呼。他望着他们，久久无法入睡。

高原夏日的夜晚寒冷依旧，屋子里的气温也在不断降低，身边战友的呼噜声此起彼伏。第二天还要早起，他拉紧睡袋，强迫自己合上眼睑，很快进入梦乡。

当星辰还未退去，曙色微露，第二日的任务就开始了。起床，吃早饭，收拾装备，检查随身携带的必备物资，把所有多余的东西留在驻地，最大可能减轻身体负荷，即使如此，这剩余的6公里依然令人望而生畏。

冰封雪裹的木孜吉里阿洁白如玉，肃穆端庄。去过的人都知道它暗藏凶险，冰雪之下危机四伏。剩余的6公里冰雪达坂就在眼前，拉齐尼·巴依卡默默仰望了一刻，检查了一下绑腿，将头上的帽子往下搋了搋，走向队伍前面。这是无法借助任何工具、必须完全仰赖自己的体能才能完成的一项任务，没有任何助力，他们必须徒步攀登上去。

因为从小生活在高原，开始行进之后，拉齐尼·巴依卡的体力要明显优于官兵们。他不断观察着前方，在前面谨慎带路，寻找着合适的落脚点。

木孜吉里阿达坂像是被厚厚的冰雪包裹的白色屋顶。眼前除了一望无际不染纤尘的白，没有其他颜色，像是童话世界一般洁净唯美。可是，童话只是远观者眼里的风景，而非征服者脚下的磨砺。在这里，每一步都是生死考验。冰雪的世界晶莹耀目，看得久了，眼睛就会刺痛难忍，视物模糊不清，产生雪盲症。

木孜吉里阿达坂是由亿万年沉积的冰雪一层层堆积起来的巨大冰盖，一层雪花融化了，会再覆盖上一层，层层累积，逐渐形成石头一般坚硬的冰川。但是它有时又像薄冰一般脆弱。那些压得实实在在的部分，能够与山体紧密结合，成为山体的一部分，而未曾压紧实的一部分，则虚浮于冰壳之上，稍微用力就会破碎，成为冰雪陷阱。许多时候，也许前面走过的人很顺利通过了，轮到后面的人通过的时候，冰壳突然因支撑不住而垮塌，露出下面掩藏着的深达数米的雪洞和参差不齐的石缝。无论掉进雪洞还是跌入石缝，都会受伤。有一年一名战士不小心掉了下去，摔断了腿，落下了残疾。走在前面的人至关重要，他必须找到坚实可靠的落脚点，规避开那些可能会有陷阱的区域，引导队伍向顶峰攀登。

至为糟糕的还是天气。高海拔区域的强对流天气莫名诡异，风说来就来，雪说下就下，比孩儿脸还变幻莫测，哪怕是经验最丰富的向导也没有办法判断这里的天气情况。大风更是无处不在，风大的时候，吹得人站也站不稳，必须俯低身子，贴近地面，爬行般顶着雪前进。风雪天里，雪花被风卷着，像是被大力摇落的洁白落花，急旋着迅疾落下，擦过人裸露的脸颊时，犹如刀锋划过面孔生出尖锐的刺痛。

高原反应更是无处不在。高原反应会随着海拔的提升逐渐增强，大脑无法得到足够的供氧，迟钝中，头痛恍惚，胸闷气短，没有力气再举步。在大风大雪的极寒天气中行进，时间稍微一久，五官都会被冻得疼痛麻木，直到完全失去知觉，嘴巴也无法完全张开。暴烈的风雪会把肉体的一切不适全部封印在每一步的行进中。此时，意识必须清醒，眼睛必须大睁，以便看清脚下，才能继续向前进。

拉齐尼·巴依卡深吸了一口气，又吸了一口气，才积攒够力气，将沉得快要抬不起来的脚努力抬起来迈出下一步。他觉着胸口像是被巨石压着，喘不上气来，耳朵像是被擂了一拳，嗡嗡轰鸣着。在海拔4000米以上地区，即使是徒手行进，也如同背负20公斤重物疾行，更何况他和所有战士还带着装备。哪怕之前已经减了又减，但是，国旗不能丢，枪不能丢，描红用的油漆也不能丢。

出发没多久，意料中的大雪就来临了。雪说下就下，铺天盖地，如同万朵梨花般眨眼间就落了一层。风也加入进来了，由开始压抑着的大风变成呜呜嘶鸣的狂风，不断撕扯着人的衣服，像是要把人从山上掀下去。

空气冷得像是要凝固一般。雪从靴子上部的缝隙里灌进去，让拉齐尼·巴依卡的双脚少了一层保护，变得冰凉。他听着自己喉咙发出"刺啦刺啦"的声音，快要炸裂的胸口像是被重锤一下一下敲着一般疼痛难忍。他不得不让步子更慢一点，每走一步都要停顿半分钟，在原地贪婪地呼吸，然后深深地喘气，以便让心肺能够补充上氧气，然后再努力抬起脚，继续迈出下一步。

缺氧越来越严重，他的双腿已经绵软无力，全身的力气似乎都被脚下的冰雪吸走了，几乎是完全依靠本能迈动双腿。跟在他后面的一名小战士实在受不了了，急促地喘着气，一屁股坐了下去。后面跟着的人一声惊呼，拉齐尼·巴依卡猛然转身，将他一把拉了起来。

"在这里千万不能停，哪怕走不动，挪也要尽量往前挪。坐下来只有死路一条。"拉齐尼·巴依卡大声说道。

那名战士嘴唇已经憋得青紫，拉齐尼·巴依卡心疼地叹了一口气，把他背上的枪一把抢过来，背在自己身上。在高寒缺氧中攀登冰达坂，哪怕精疲力竭，也不能坐下来休息，坐下来就意味着意志垮塌，再也没有勇气站起来。无论多慢，哪怕是爬也要向前移动，哪怕强迫自己咬碎牙，也要一直坚持走到终点。

这是一场人与大自然的角力，谁的意志力更强，谁就是最终的征服者。

此外，跟着风雪制造麻烦的，还有那些在地球诞生之初就形成的山体岩石。它们曾经是奥陶纪特提斯海海底的一部分，在巨大的地质作用下，逐渐抬升，裸露于外。它们屹立数亿年之后，在光阴的侵蚀下，逐渐腐朽风化，表皮如同朽木般不堪一击，层层剥落，但却依旧保留着石头的形体。它们在冰雪下密密簇簇地挤挨着，在一些路段形成覆满冰盖的白色阶梯，光滑得难以落脚。但是，必须从一块大石头上跨向另一块石头，跨越的同时还得面对它的风化与冰滑。还有缺氧状态下的迟钝，一切都会慢半拍，有时哪怕腿抬不起来，也得依靠意志力奋力抬起再跨越过去。

能与自然对抗的从来不是脆弱的肉体，而是强大的精神力量。依靠坚韧的意志力，许多奇迹才得以出现，许多的不可能才能成为可能，许多平凡的人由此成为英雄。这是对自然的挑战，更是对自我的挑战。纵然意志如铁，走到正午时分，陆续有人坚持不住了，跌倒后爬不起来，被战友们搀扶起来，重新跌跌撞撞地缓慢向前进。

拉齐尼·巴依卡也一样难受。他的身上背了两支枪，双腿像灌满了铅般沉重。他感觉两只脚已经失去知觉，不再是自己的了，全身虚弱得没有一点儿力气。缺氧让他的脸色铁青，嘴唇乌紫，脸颊几乎失去知觉，只有一双眼睛忽闪着，像澄澈湖面上闪动着的两小簇火焰。他竭力忍耐着，不断提醒自己打起精神。每当意志松懈，他都狠狠咬一下嘴唇，以此来让自己保持清醒。他一边跟大自然做着对抗，一边还在尽可能地帮助边防巡逻队的战友们，让大家能够跟上他的脚印，早日登上达坂。

时间在一分一秒流逝，似乎从来没有一段时间如此漫长。大自然对肉体的折磨将时间变得缓慢而清晰。几乎是数着步子，队伍终于来到了最后一道关卡：冰墙。这是一道高达数米的冰达坂，亿万年从未融化的积雪让它像一道无瑕的玉石般坚挺光滑，它像是被抛光了一样，在它的平面上，可以照见远山的影子。

大家站在冰墙下抬头仰望，他们中必须要有一个人先上去，在上面抛下绳索，再将其他的人拉上去。已经筋疲力尽的官兵们眼里闪着火花，默契而训练有素地聚集在一起，一只手臂搭着一只手臂，一个肩膀挨着一个肩膀，堆成一个"人"字形金字塔。拉齐尼·巴依卡把身上背的枪拿下来，向上看了看，紧了紧自己的腰带，来到战友们身后，踩着他们的身体向上爬去。他踩过第一层肩膀，又踩过第二层，紧抿着嘴，手脚并用，交替用力，不停向上攀登。他的四肢紧贴着冰面，让重心保持稳定和平衡，用尽全力一点点向上挪动。时光缓慢得像是要停顿，在这无垠的冰雪世界里，他的身影像是一只试图破冰而出的雄鹰。在最后还剩下半米多高的时候，他将手臂搭上去，深吸一口气，然后猛一用力，将自己提起来，猛地将双腿跨了上去。终于登上了冰墙顶端，终于站在了木孜吉里阿达坂的高处。

就在40年前，也有过同样的一幕场景。他的父亲巴依卡·凯力迪别克也曾带着边防官兵们徒手攀登世界第二大高峰乔戈里峰，将刻着"中国"字样的界碑立在了乔戈里峰顶。拉齐尼·巴依卡站在冰墙顶端，深深地吸了几口气，然后用力将手中的绳索甩了下去。官兵们抓着绳索，一个接着一个登上来，站在了一起。他们继续攀爬，一直登上海拔5283米的木孜吉里阿达坂之巅。拉齐尼·巴依卡和官兵们站成一排，站在达坂顶上。他们迎着风，身穿迷彩服的身体稳稳地站立，如同凝固的界桩，与边境线融为一体。那些年轻黝黑的面孔上闪动着自豪的光芒。太阳突然破开云层出现了，将万丈光芒洒落下来，洒落在他们的身上，为他们勾勒出一道耀目的金边。

短短的6公里路，一直不停歇地走了六七个小时才抵达巡逻点位。他们迅速完成巡逻任务，不敢耽搁太久，重新踏上返程之路。

下山的路比上山的路更加难走，山顶上从未融化过的积雪与冰盖光滑无比，难以落脚。他们一个挨着一个小心翼翼往下走着，遇到实在无法走的路段就蹲下来，慢慢往下滑。下山速度比上山速度快了一些，却更容易撞伤，更容易把腿卡在石头缝里。

虽然大家已经足够小心，但是下山的时候还是有个战士的一条腿在下滑过程中被卡入石缝中。在拉齐尼·巴依卡和战友的帮忙下，他的腿才拔了出来。还好，因为穿着靴子与厚厚的棉裤，并没有受太严重的伤。

随着海拔下降，高原反应也在慢慢减轻。有时遇到冰坚雪厚又相对平缓的地区，大家干脆坐成一排，一个挨着一个往下滑。在一片笑声与欢呼声中，他们年轻的身影带着风声迅速滑过，在冰面上留下一道白色的印痕。

就这样，一直到天黑透他们才平安返回驻地。终于可以坐下来歇息了，拉齐尼·巴依卡这才发现自己的靴子和袜子冻在了一起，在几个战友的合力帮助下，他才成功脱下靴子。任务顺利完成，大家都轻松了许多，一边做着总结，一边互相打趣。不久呼噜声回荡在天穹之下，奔波了一天的官兵们进入了梦乡。

在山腰的驻地修整一夜后，第二天巡逻队下山赶回边防连。

无论是在来的路上还是回去的路上，拉齐尼·巴依卡的话都不多，他的内心却一再被一股灼热的浪潮反复冲击。

他已经陪着边防连一起巡逻7个年头了。无论他陪着他们一起巡逻多少次，无论在哪里巡逻，每一次他都会被那些年轻的战士深深感动。

他生于斯长于斯，习惯高原苦寒缺氧的生活，但是每次执行任务的时候，也会被高原反应折磨，常常达到身体忍受的极限。他身边这些十八九岁的大男孩们，有的来自江南水乡，从未见过冰雪；有的来自中原，没有攀登过雪山；有的来自华东，没有上过高原。他们中的许多人都是家里的独生子，生活在城市，从小养尊处优，在父母的呵护下衣来伸手饭来张口，是父母亲的掌中宝。他们从未吃过这样的苦，受过这样的罪，但是在边防连，每次巡逻，他们从不叫苦叫累，总是咬紧牙关默默紧跟着向导的步伐。每次遇到危险，他们从不会退缩，更不会逃避，而是挺身而出，冲在前面，用年轻的身体来阻挡危险。他们来自不同的地方，却有着手足般的情谊，如一块铁板，共同承担一切。他们一遍遍经受着洗礼，热血也一次次沸腾。

他一定要跟他们一起，守卫好每一寸国土，守卫好边境线，让共同的热爱照亮界碑上永不褪色的鲜红的"中国"二字。

多年后，在采访已经成为连指导员的梁超时，他讲述完那次木孜吉里阿巡边任务后，对我说了一段话。我将这段话忠实记录了下来：

"每次执行任务，我们都需要互相帮助和协作才能完成，我们是一个整体，拉齐尼·巴依卡是我们中不可或缺的一员，是我们亲如手足的兄弟。我们将自己最真实的一面暴露在外，不加掩藏，放心地把后背交给战友。一起走过最难走的路，爬过最难爬的雪山的战友，会更加亲密无间，更加默契。我们获得的圆满是一样的圆满，体验到的甘苦也是一样的甘苦，我们凝聚在了一起，不分彼此。每次执行完任务，对于我们来说，都经历了一次肉体和灵魂的洗礼，除了强健体魄之外，我能明显感觉到自己和身边的战友在一点儿一点儿发生变化。我们之前有革命精神与红色基因的传承，有精忠报国的思想熏陶。我们在入伍之初从老兵嘴里听到的那些故事在完成任务过程中获得了真实的体验，我们看到了拉齐尼·巴依卡在用行动诠释忠诚和勇敢。一切都深刻难忘，我们对祖国、对部队的爱在巡逻过程中更加深沉，信念也更加坚定，精神也更加高尚。"

除了那座作为临时宿营地的老房子，在帕米尔高原深处的冰雪线上，还存留着一些大大小小的老营房，它们是从20世纪50年代开始一代代边防军人留下的戍边印记。

它们大多都很简陋，由石头和泥巴建成，孤零零地坐落在荒无人烟的茫茫雪原上。唯有天上飞翔的雄鹰和帕米尔高原四季不断的风雪陪伴且目睹着那些房子的逐渐老去。

随着时光的推移，它们中的一部分早已废弃不用，还有一部分依然在边境线上发挥着作用，被继续使用。但是无一例外，每座老营房都成为天然的爱国教育基地和历史展览馆。那些逝去的痕迹与戍边生活被完整地保留在了那里，在默默诉说着历史记忆：一代代边防军人，住着最简陋的营房，做着最无私的奉献，履行着最伟大的使命。

那些老房子的墙壁上，无一例外被许许多多的名字所占据，有曾经住在那里的人，也有后来踏入那里的边防军人和护边员。在那些重叠起来的名字里，有凯力迪别克·迪力达尔、巴依卡·凯力迪别克、拉齐尼·巴依卡，也有梁超、景海滨、李宏波、王烈、王立、裴涛……他们一直以来就是那些老房子的一部分，抵御亘古孤独，克服冰雪侵蚀，初心不变地默默伫立守护着我们的国土与国门，直到永远。

姬文志第一次见到拉齐尼·巴依卡是2009年"八一"建军节。边防连组织军民联欢活动，他跟战友们整齐地坐在操场上，等着活动开始。他看到一个身材瘦削矮小的塔吉克族男子牵着一头浑身雪白的牦牛走了进来。那男子看起来毫不起眼，穿着一件旧的迷彩服，戴着一顶旧军帽，脸型方正，肤色比旁人要黑一些。连长和指导员看到他以后，立刻走过去打招呼，他握手时开口一笑，露出两颗虎牙。

姬文志好奇地指了指他，问旁边的战友："那个牵牦牛的是谁啊？"

"拉齐尼·巴依卡呀，你不认识？"旁边的战友疑惑地反问他。

"啊，是拉齐尼·巴依卡？"他有点不好意思，心里还是不太相信，觉着那男人跟自己认知里的拉齐尼·巴依卡差距有些大。他又转身问另一位战友："那是拉齐尼·巴依卡吗？"当得到肯定的回答之后，他的心中升起一股惆怅。

拉齐尼·巴依卡实在跟他想象中的高大威猛的形象相差甚远。眼前这个牵着牦牛的男子，看起来又黑又瘦又矮，丢到人堆里绝对找不到，再普通不过。他怎么会是那个传说中的"帕米尔雄鹰"呢？他那么瘦小的身体，怎么可能蕴藏那么巨大的能量？姬文志怅惘地想着，很想跑过去亲口问一问，终究忍住了。

姬文志第一次听说拉齐尼·巴依卡还是3年以前。那是2006年12月，他参军入伍，被分配到托克满苏服役。在新兵教育课上，他从老班长的口中第一次听到了拉齐尼·巴依卡的名字。他现在还清清楚楚记得，当老班长讲到巴依卡·凯力迪别克和拉齐尼·巴依卡父子时的样子，一贯严肃矜持的老班长语气中充满了崇敬与赞赏，满脸都是"虽不能至，然心向往之"表情。老班长讲得太精彩，姬文志一时间听痴了。尤其当班长讲到拉齐尼·巴依卡祖孙三代在吾甫浪沟的护边经历，更是跌宕起伏、曲折传奇，姬文志便将拉齐尼·巴依卡这个名字与他的传奇故事牢牢记在了脑子里。

班长口中的拉齐尼·巴依卡，不仅胆气过人，而且是出了名的"帕米尔高原的活地图"。他犹如矫健的雄鹰一样，跟随边防部队官兵一起出生入死，守护边境线。在他的想象中，那一定是个高大健壮、彪悍威猛、充满力量的男子。

那次，为了庆祝建军节，边防连的官兵们和驻地的群众、护边员共同组织了一场骑牦牛刁羊比赛。参加的不仅有藏族，还有维吾尔族、汉族、塔吉克族、哈萨克族、柯尔克孜族，是名副其实的民族大联欢。大伙儿喜气洋洋地把牦牛赶到了边防连，拉齐尼·巴依卡在旁边细心地为牦牛绑上鞍子，神情专注，动作娴熟。随后，他跟一群骑牦牛的好手纷纷跨上牦牛背，开始争抢连队提供的一只肥硕的绵羊。

场上的赛况从开始就很激烈，姬文志紧张地观看着。拉齐尼·巴依卡看起来貌不惊人，驾驭牦牛的能力却极其高超。一跨上牦牛，他整个人立刻显得威风凛凛，牦牛粗壮的身体被他轻松驱使，人牛合一，矫健迅猛。他嘴里喊着："萨巴卡，萨巴卡！（塔吉克语'快点'的意思）"一手扯动缰绳，一手拍向牛胯。白牦牛默契地找准位置飞奔向前，速度极快地避开左右两边的追赶夹击，冲到了最前面，拉齐尼·巴依卡从容不迫地在几十个人的拼抢中抓到那只精疲力竭的绵羊，把它扔到筐里。胜负已分，失败的选手们有些沮丧，却又觉着理所应当。拉齐尼·巴依卡不仅是骑马高手，更是骑牦牛高手，他不获胜才是意料之外。

获胜的拉齐尼·巴依卡笑得格外灿烂，两颗虎牙在阳光下白得耀眼。在领取了奖状和纪念品之后，边防连官兵们和老乡们一起聚餐，姬文志找了个机会好奇地凑到拉齐尼·巴依卡跟前问："你是拉齐尼·巴依卡吗？"

拉齐尼·巴依卡饶有兴趣地看着他，露出两颗标志性的虎牙，点了点头说："是的，我是拉齐尼·巴依卡。"

姬文志有些激动地伸出手，跟拉齐尼·巴依卡用力地握了握，然后悄悄问："你多大了？"拉齐尼·巴依卡伸出3根手指在他眼前晃了晃说："30岁，你呢？"姬文志回答道："19岁。"拉齐尼·巴依卡又握着他的手晃了晃，说："那你还是个小巴郎嘛。"两个人都笑了，从此成为好朋友。

2011年年底，临近春节的时候，姬文志和拉齐尼·巴依卡第一次一起骑着牦牛去巡逻。当时气温-30℃，滴水成冰。拉齐尼·巴依卡路上负责看管牦牛。他一直步行，在队伍中忙前忙后地照管着。他的牦牛自觉地走在前面，老牦牛识途，不用他带路，只心无旁骛大踏步走着。天冷，路也不好，看他太辛苦，姬文志招呼他骑上牦牛一起走，他固执地摇摇头。平时也是如此，除非巡逻途中必须要骑牦牛，大多数时候他都不想让牦牛受累，坚持步行。天太冷，牦牛的鼻子喷出粗重的热气，遇见冷空气后迅速凝结，一会儿工夫就在缰绳和鼻子周围结出一串冰疙瘩，拉齐尼·巴依卡心疼地看了看，边走边用手中的棍子把冰疙瘩敲掉。

一起巡逻的还有班长刘卫国。他很壮实，也许是骑牦牛的姿势问题，也许是骑得太久，到下午的时候，裤裆被磨烂了，实在受不了就下了牦牛，龇牙咧嘴地撇着腿一瘸一拐地走。拉齐尼·巴依卡看到了主动靠近他，问他的情况。

刘卫国无比郁闷地说："为什么你无论骑多久都没事？有什么诀窍吗？"拉齐尼·巴依卡用手拍拍刘卫国骑的牦牛背，说："真没什么特殊诀窍。你骑牦牛的时候，要尽量挺直后背并将腿分开一些，这样不仅可以避免脊椎受损，而且可以避免跟牦牛背贴得太紧互相摩擦。到路况好一些的路段，你的两条腿可以轮流放到牦牛背上歇息一下。"说完这些，拉齐尼·巴依卡犹豫了一下，迟疑地说道，"如果身体可以适应高原环境，没有高原反应，能不骑牦牛就尽量步行，这样牦牛不会太辛苦。"说着，他伸手爱抚地摸了摸牦牛的后背。

群山万壑间，人与繁华疏离，与生灵相伴，便会有发自肺腑的体恤与怜悯，他们将自己放置于生命的低洼处，与万物和平共处，不摧毁，也不傲慢。年少时，牧民狩猎，拉齐尼·巴依卡也曾捉过野山羊，为此他一直自责不已。

每次巡逻，拉齐尼·巴依卡总是能步行就尽量步行，不骑牦牛。他对牦牛有着发自肺腑的亲近和爱护，视如手足。途中停下来休息的时候，他都会将牦牛拢在一起，一边喂它们草料，一边跟它们絮絮叨叨地说话，也许牦牛能听明白他在说什么，所以每次他说到眼睛发亮的时候，牦牛也会眼睛亮闪闪的，回应一声："哞——"

在拉齐尼·巴依卡的眼中，万物都是有灵性的，它们也会有喜怒哀乐，会表达自己的爱恨，尤其是牦牛。牦牛脾气倔强，却忠诚认主，从小养大的牦牛，不仅跟主人心意相通，更能忠诚护主。

2009年入伍的刘宗鑫记得特别清楚，有一年他跟拉齐尼·巴依卡一起进吾甫浪沟巡逻，那是他第一次进吾甫浪沟。出发前，他特意找到拉齐尼·巴依卡，让他帮忙选一头温驯一点儿的牦牛，拉齐尼·巴依卡一口答应了。

刘宗鑫跟拉齐尼·巴依卡是好朋友，他在连队负责跟护边员对接，拉齐尼·巴依卡是护边员队长，所以平时两个人经常打交道，常常交流看法，很谈得来，无论有什么事，两个人都会不约而同地想到对方。

关系这么好，而且刘宗鑫专门拜托了，拉齐尼·巴依卡自然极其用心。他挑来选去，别人家的牦牛他不放心，就把自己家那头黑白花的牦牛交给刘宗鑫骑。那头牦牛毛皮油亮、健壮魁梧、温驯聪慧，在牦牛群中很是醒目。在拉齐尼·巴依卡眼里，那头牦牛是一群牦牛中最好的，不仅听话，还善解人意，每次放牧，它都在离家不远的地方吃草，从不乱跑。有时拉齐尼·巴依卡带它一起出去，它看见他一直走路，不肯骑行，还会轻轻地用犄角拱拱他，提醒他骑上它走。

刘宗鑫一眼就爱上了那头黑白花牦牛，乐得合不拢嘴。那头牦牛完全符合好牦牛的标准。他兴奋地接过缰绳跨上去，在训练场跑了好几圈，满意地连连点头。下了牦牛后他眉开眼笑地对拉齐尼·巴依卡说："你挑的这头牛实在不错。"

9月去吾甫浪沟巡逻的时候，刘宗鑫却笑不出来了。那头牛开始表现良好，一直很神勇地走在巡逻队前面。穿过一片草滩，快走出吾甫浪达坂的时候，它突然停下来不走了。刘宗鑫以为它偷懒，用鞭子抽了几下，结果那头牦牛的脾气上来了，干脆就地卧下，直接趴窝了。

拉齐尼·巴依卡看见牦牛趴窝不肯走，过来牵起它，预备牵着走，那头牦牛梗着脖子死活不迈步。刘宗鑫没办法，从牦牛身上爬下来。他一下来，那头牦牛立刻向前走了。刘宗鑫一看牦牛走了，又爬上去，一上去牦牛立刻又不走了。这样折腾了好几次，最后他没办法，跳下牦牛，让拉齐尼·巴依卡骑上去试试。结果拉齐尼·巴依卡骑上牦牛之后，那头牦牛立刻精神抖擞，不待扬鞭自奋蹄，一路小跑着就走了。刘宗鑫气得脸都绿了，怒目瞪它，它却扭过脖子假装看不见，一副傲骄的样子，弄得拉齐尼·巴依卡很不好意思。

实在没办法，刘宗鑫只好跟着拉齐尼·巴依卡一起牵着牦牛走到了铁干里克。

在铁干里克休息了一晚上，第二天刘宗鑫强烈要求换一头牦牛。拉齐尼·巴依卡摸了摸黑白花牦牛的牛头跟刘宗鑫商量说："我昨天跟它沟通好了。要不你今天先试试？它不走再换。"

刘宗鑫瞪了一眼黑白花牦牛，很不情愿地接过缰绳，爬上了牛背。他没存任何指望地抖了抖缰绳，结果那头黑白花牦牛立刻乖巧地走了起来，弄得完全没有心理准备的刘宗鑫目瞪口呆。他骑在牦牛上哭笑不得，只能默默地在牛背上对拉齐尼·巴依卡竖了个大拇指，心里无声地吐槽着："这牦牛简直成精了，拉齐尼·巴依卡大哥，你家牦牛也太有个性了。"

还有一次，刘宗鑫也是跟拉齐尼·巴依卡去巡逻。那次把乖巧听话的老牦牛都让给了新来的战士，刘宗鑫挑了一头才参加巡逻的年纪小的牦牛。那头牦牛食量可不小，临出发前，别的牛都已经吃饱了，那头牛还在拿出全身力气拼命吃草料，结果把肚子吃得圆滚滚的，套上鞍子后，鞍子紧紧地卡在后背上。第一天在铁干里克宿营的时候，那头牦牛缺少经验，没有抢吃到多少饲料，半饥半饱地过了一晚上，第二天肚子立刻瘪了下来。一路上鞍子总是太松向后滑，拉齐尼·巴依卡只好一遍遍绑鞍子。

出了铁干里克，要经过一片1米多高的灌木<u>丛</u>，别的牦牛都大踏步过去了,可是这头小牛,顶开灌木丛,刚向前迈出一步,前面顶开的灌木丛就弹回来打在它身上,它立刻退后几步。反反复复试了很多次,它就是不敢走。

这时队伍已经走出去几百米远了,拉齐尼·巴依卡转身发现刘宗鑫不在,立刻找了回来。他看到刘宗鑫被困在灌木丛那头,就赶过来在小牛的屁股上抽了两下,催它快走。小牛看到拉齐尼·巴依卡赶他,立刻扬着蹄子奋勇地冲进了灌木丛。到了灌木丛以后,因为冲得有点猛,旁边的灌木纷纷弹到它身上,它以为这是在催它快跑,撒开四蹄拼命飞奔。

拉齐尼·巴依卡吓了一跳,赶紧追过去对着刘宗鑫大喊:"抱紧鞍子,身子趴低,别动……"然后大声呼喝着牦牛让它停下来。穿出灌木丛后,是一道大约50多米的斜坡。小牛朝着斜坡冲了过去,跑的速度太快,惯性太大,刘宗鑫的头狠狠地撞在牦牛头上,多亏戴了钢盔才没受伤。刘宗鑫吓坏了,死死抓着鞍子,把鞍子前面的护圈都扳平了。最后,在拉齐尼·巴依卡的呼喝声中,那头牦牛才停下来。

拉齐尼·巴依卡也被吓坏了,快速跑上前去问刘宗鑫是否受伤,看到他平安无事后,才放下心来。后半程路,拉齐尼·巴依卡一直牵着刘宗鑫的那头牦牛的缰绳,死活不撒手,怕再出什么事。

其实,没有多少人知道,拉齐尼·巴依卡不仅患有偏头疼、关节炎和高血压等高原病,腿脚也受过伤。有一年冬天,他跟着边防连去巡逻,在攀爬一道悬崖的时候,脚趾被一块锋利突出的尖石连鞋子带脚割了一道深深的口子。因为后面还有巡逻任务,他怕耽误,随便包扎了一下,跛着脚,忍着剧疼,继续参加巡逻。过了两天,伤口因为没有得到及时处理化了脓,脚肿得连鞋子都塞不进去,实在没有办法再继续走路了,他才不得不去医院治疗。结果医生看了他的伤口就痛骂:"你们护边员不要命了吗?都成这样了,也不知道爱惜自己的身体,连命都没了,还咋护边呢?"那天,医生给他缝了5针,又敷了药,打了消炎针,反复叮嘱他多休息。拉齐尼·巴依卡当着医生的面满口答应，结果回到家没几天，他就想偷偷跟着去参加巡逻，如果不是妻子阿米娜·阿力甫夏拦着，他大概又跛着伤脚去连队了。

王立在2015年到2019年期间担任边防连指导员，他是在2013年开始担任边防连排长时，在连队荣誉室的先进事迹照片中认识了拉齐尼·巴依卡。对着拉齐尼·巴依卡的照片，他看了半天，因此记忆格外深刻。第一次见到拉齐尼·巴依卡，他一眼就认出来了。拉齐尼·巴依卡正在准备巡逻的事情，忙忙碌碌，没有机会跟他攀谈。

2015年，王立成为边防连指导员之后，跟拉齐尼·巴依卡的交集越来越多。那时候，拉齐尼·巴依卡是护边员中唯一的党员，又当过兵，担任了护边员队长，负责护边员日常管理工作。每个月，他都会带领护边员去边防连领工资，每次去两个人都会聊上一阵子，渐渐成为无话不谈的朋友。

王立很喜欢这个比他大10岁的"帕米尔雄鹰"。连队离拉齐尼·巴依卡家所在的八连草场很近，有时候休息，王立会跑步到拉齐尼·巴依卡的家里喝一碗奶茶，再跟他聊会儿天。没有任务在身的拉齐尼·巴依卡要比执行任务时明显轻松开朗很多，话也变得滔滔不绝，经常讲一些塔吉克族流传的笑话，逗得大家哈哈大笑。夏天，连队有部队家属过来，王立也会专门带着他们去拉齐尼·巴依卡家做客，一是认识这位传奇的"护边雄鹰"，进行爱国教育；二是让一起来的小孩子在拉齐尼·巴依卡家住几天，跟拉齐尼·巴依卡的女儿都尔汗·拉齐尼和儿子拉迪尔·拉齐尼共同感受塔吉克族的日常生活。

2016年9月，又到了去吾甫浪沟巡逻的日子。这次巡逻是由王立带队，巡逻队由10名官兵、2名向导组成。那几天天气一直不太好，天上下着纷纷扬扬的鹅毛大雪。进沟之前，王立忧心忡忡地看了看天色，反复叮嘱大家多注意安全。

队伍早晨出发,一路上大家都很小心谨慎。翻过吾甫浪达坂,接近铁干里克达坂的时候,雪大路滑。队伍路过一处斜坡时,雪已经将道路完全覆盖。斜坡有70多度,下面是奔流不息的南其牙里克河。它从群山间斜插进来,在铁干里克汇入塔敦巴什河,继续向前奔涌而去。

纷飞的雪花落在河面上,瞬间被清冽的激流消融,化成滔滔白浪奔涌而去,只在河面上留下一片乳白色的寒雾。巡逻队的牦牛排成一列,一头踩着一头的脚印鱼贯而行,拉齐尼·巴依卡走在最前面,王立紧随其后。走出去不远,王立骑着的牦牛突然脚下一滑,猛闪了一下,将王立从牛背上甩了下去,顺着斜坡一路翻滚。

拉齐尼·巴依卡听到王立的惊呼声,看到王立已经滑到斜坡下面,马上要掉进河里了,赶紧从牦牛背上拿下绳子甩下去。绳子落到王立旁边,四肢紧紧趴在雪上的王立还在缓慢向下滑动,眼看绳子近在眼前却没有法子伸手去抓。

拉齐尼·巴依卡顾不上多想,二话不说就顺着斜坡滑下去,想把王立拉上来。当他到王立跟前想伸手抓住他时,王立已经支撑不住。两个人脚下打滑,一起跌进了冰冷的河里。河水四溅,两个人的衣服立刻全部湿透。还好河水并不深,两个人互相搀扶着站了起来,王立浑身哆嗦着,忍着寒意,让拉齐尼·巴依卡踩着他的肩膀抓住战士们丢下的绳子先爬上去,拉齐尼·巴依卡看着站在冰河里哆嗦成一团的王立,咬了咬牙,踩着王立先爬了上去,然后又和战士们一起将王立拉了上去。

气温实在太低,一离开水面,两个人的衣服迅速结成了冰壳,浑身打战。这种情况下,没有办法继续巡逻了,只能简单处理一下,尽快返回连队,第二天再进沟执行任务。这时有战士提议骑上牦牛快点赶回去,王立却不容置疑地坚持走路。他看了一眼拉齐尼·巴依卡,拉齐尼·巴依卡赞同地点了点头,于是两个人在战士们的搀扶下,开始往回返。

回去的路似乎永无尽头,两个人一步一步往回走。虽然大家把能保暖的衣物基本都给他们披挂上了,但他们依然周身寒彻,有好几次迈不开步差点儿跌倒,他们咬着牙坚持往前走。终于看到连队大门了,两个人松了一口气,晕倒在地。被战士们抬回连队之后,军医立刻为他们实施急救,两个多小时之后,两个人才苏醒过来。军医后怕地说:"多亏你们是走回来的,要是骑牦牛,浑身结冰,不死也会残疾。"

虽然走路可以产生一定热量,可是在零下十几摄氏度的严寒下,若非意志坚定、耐力过人,两个人是不可能一路支撑着回到连队的。

两人在连队休养了一夜。第二天一大早,军医替他们检查,发现除了冻伤,已无大碍,但还是要求他们继续休息,观察几天。两人说什么也不愿意继续躺着,他们害怕耽误既定巡逻任务,坚持按照原定计划带领巡逻队二进吾甫浪沟。

这一天的雪比昨日小了一些,但依然细碎绵密,看不到放晴的迹象。地上的积雪已是厚厚的一层,牦牛蹚雪而行,很是吃力。洁白的雪原上,一行人和牦牛缓慢地前行着。当队伍翻越吾甫浪达坂到达冰川附近的位置时,突然听到奇异的"砰砰"的声音,拉齐尼·巴依卡拽住牦牛停了下来,侧耳倾听了一会儿,又仰头眺望着前面的雪峰,脸色大变,立刻转过身焦急地对王立说:"指导员,马上要雪崩了,我们必须赶紧躲避,不能再往前走了。"

王立坐在牦牛背上,尽力向前面的雪峰看了看,一脸狐疑地说:"应该不会吧?雪正在下,按理春冬季容易发生雪崩啊?"拉齐尼·巴依卡认真望着他,一脸严肃地说:"相信我,指导员,我的判断不会有误的,我父亲告诉过我,雪崩前会有巨大的闷响,刚才我听到了雪峰那边有'砰砰'的声音。"

王立依然有些狐疑，刚才他也隐隐约约听到了响声，判断那是落石的声音，怎么可能雪崩呢？可是拉齐尼·巴依卡的判断应该不会错的，宁可信其有不可信其无。王立命令队伍暂停前进，找寻安全的地方躲避。

　　时间一分一秒地流逝，前面的雪峰依然稳如磐石，看不出有任何异常，大家纷纷把狐疑的目光投向拉齐尼·巴依卡。

　　拉齐尼·巴依卡紧张地盯着前面的雪峰，全神贯注，浑然不觉，直到有一个战士冒失地问："拉齐尼大哥，你不会是判断失误了吧？雪峰没有动静啊！"

　　拉齐尼·巴依卡收回目光，神情庄重地说："我给大家讲个真实的故事吧，这故事是我听村子里的老人说的。很久之前，有一年，我们村子有4个身体强健很有经验的牧人因为寻找牦牛进了吾甫浪沟，他们在吾甫浪沟遇到了雪崩。几乎是瞬间，整个雪峰垮了下来，将他们连人带牦牛一起埋在下面。村里人知道消息后，连夜派人去挖雪抢救，可是挖了很久也没有挖出来，最后只能放弃。来年的6月，夏天来了，雪崩形成的雪丘慢慢化开，才露出那4个牧人的遗体，表情惊恐异常。"拉齐尼·巴依卡说完，深深叹了一口气，声音低沉地说，"我也希望没有雪崩，我们能平安通过。无论如何，安全第一，作为向导，我必须保障大家的安全。"

　　话音刚落，就听见惊天动地的一声巨响，只见前面那座巍峨的雪峰峰顶上裂开了一道口子，像是有人用巨大的砍刀在雪面上划了一刀，那道裂口随着响声越扩越大，雪块慢慢向下滑着。突然间，像是被一只大手用力往下推，雪块下滑的速度逐渐加快，在空中突然分崩离析。巨大的雪团带着巨大的呼啸声，海啸般狂泻而来，冰雪四射飞溅，弥漫起遮天蔽日的雪海，地动山摇，气势惊人，不一会儿就将前面的沟壑填满。

　　许多人是第一次见到雪崩，被惊得目瞪口呆。自然的威力巨大如斯，若非亲眼所见，谁会相信刚才前面那道巨大的山谷和那些低矮的山峰会瞬间消失呢？

1个多小时后,雪崩越来越慢,渐渐平息下来,巨大的轰鸣声慢慢停止,雪岭幽壑间重新恢复了寂静。大家呆呆地仰望着,心中的震撼久久未能平息。

曾经有人质疑,科技在发展,导航设备越来越先进,是否有保留牦牛、向导和护边员的必要?

当然有必要。自然的威力总是远超出我们的想象,科技永远无法代替千百年人与自然做斗争的宝贵经验。不仅是雪崩,还有地震、洪水等,在面对自然灾害时那些保存在我们传统经验中的古老智慧一直在发挥着作用。更何况在塔什库尔干塔吉克自治县2.5万平方公里的土地上,塔吉克族牧民脚步所至之处,即是巡边所达之处,他们在漫长的边境线上自觉自愿地肩负起了守土护边的责任,他们是散布在这片雄奇高原上的星星点点的卫兵和前哨。

拉齐尼·巴依卡一家三代护边,始终传承着忠诚无私的爱国主义精神,已经成为一种标志与一种精神的象征,恰如塔吉克族人世代敬仰的雄鹰一样,这样的精神深植于信仰的至高处,如光般辉映。

许多东西可以丢弃,爱国精神的传承绝对不可以丢,家国情怀绝对不可以丢。巡边路是一条来来回回走的道路,更是一条来来回回走的爱国路。

2015年9月21日上午10点,在时任边防团团长张长青的带领下,红其拉甫边防连15名精挑细选出来的官兵和拉齐尼·巴依卡、加尼丁·居马江等护边员组成的巡逻队,再次踏上前往"死亡之谷"吾甫浪沟的征程,进行全线巡逻。

巡逻队出发不久,刚刚穿过连队门前的塔敦巴什河,官兵们骑着的牦牛和驮物资的牦牛就开始不安分起来,它们各自为政,挤来挤去寻找着自家的同伴。牦牛是认群的动物,生活在不同家庭的牦牛,平日吃喝、休息、迁徙都在一起，会结成稳固的关系，自觉排外。当它们处于自然环境中的时候，会本能地寻找同一个家庭共同生活的同伴，然后挤在一起，跟随自家的头牛活动。这次的牦牛因为来自多个家庭，而且大部分是第一次走吾甫浪沟，所以一到旷野，就迅速地分成了好几拨儿，跟着自家头牛开始乱跑。

卫生员马向前骑着的一头白色牦牛就是第一次进吾甫浪沟。它眼瞅着自己家的其他牛集结在了一起，开始焦躁不安地耍起性子，刚走进乱石堆，在嵯峨嶙峋的乱石里还没走几步，就猛地向前一跃，身体一抖，把马向前从背上甩了出去，撒腿就跑。马向前的一只脚还挂在脚镫子里。拉齐尼·巴依卡和加尼丁·居马江看到了，赶紧追上去。在他们的帮助下，被牦牛在乱石中拖着跑了十几米的马向前才终于抽出脚，侥幸脱险。

看着那些像没头苍蝇一样乱跑的牦牛，拉齐尼·巴依卡、加尼丁·居马江、阿三小他们只能把自己的牦牛安顿好，然后一起出发一头头去追，一直到正午12点，才将走散的牦牛全部找回来。

临出发前，在吾甫浪沟口，拉齐尼·巴依卡有些担心，挨个检查了一遍牦牛身上的腰带和鞍子，又再三叮嘱官兵们："第一天行走一定要注意牵着缰绳跟紧队伍，牦牛腰带要系适当，不能太松也不能太紧。腰带系得太紧，牦牛的胃受不了就会原地乱跳；系得太松，鞍子容易脱落。"直到确认一切都妥当了，队伍才再次踏上了前行的道路。

因为担心会遇到暴风雪，巡逻队在出发前特意多备了一些食物，每头牦牛的负重都在100公斤左右。中午时分，官兵们骑着牦牛到达了吾甫浪沟达坂，随着海拔的升高，牦牛变得疲惫不堪，呼吸沉重，不停地呼哧呼哧喘粗气，还哼哼着。拉齐尼·巴依卡他们一直牵着牦牛在走。看到牦牛不堪重负，官兵们为了减轻牦牛的负担，也纷纷下了牦牛，牵着牦牛前进。

16时15分，官兵们终于翻过吾甫浪沟达坂，找到一处避风的地方，人与牦牛暂时休息。这里有一大片湿地，其他牦牛都在乖乖吃草，营长张亚军骑的牦牛却站在原地一动不动。张亚军担心牦牛病了，于是找到了拉齐尼·巴依卡："你快看看我的牦牛是不是生病了？为什么其他牦牛都在吃草，唯独我的牦牛不吃呢？"拉齐尼·巴依卡跑过去仔细看了看，拍了拍牦牛肚子，笑着说道："营长，休息时要把牦牛的腰带松一下，腰带太紧它不舒服，就不想吃草。"张亚军一听恍然大悟，把牦牛腰带松了一截，果然牦牛低下头大口吃起草来。

一切恰如巡逻队所担心的，第二天巡逻队就遇到了恶劣天气。一路上雨水夹杂着雪花，将官兵们淋得湿透了，帐篷和睡袋也全被雨水打湿了。晚上，拉齐尼·巴依卡找到一处相对干燥的山脚宿营。晚饭过后，官兵们躺进了冰冷的帐篷。不知道天气是在考验官兵还是在捉弄官兵，傍晚一会儿下雪，一会儿下雨，水钻进了帐篷，把睡垫浸泡了，大家在风雨飘摇中过了一夜。所幸的是，这块地势稍高，没有被上涨的河水淹到。天蒙蒙亮，官兵们纷纷钻出帐篷。下士许鹏指着宿营地开玩笑说："感觉我们像是在海面上睡了一晚上。"

9月22日中午，天空纷纷扬扬下起了雪花，巡逻分队到达一步崖。这里一边是七八十度的陡坡，随时会滚落碎石；另一边是两三百米深的峡谷，稍不留神就会摔下去。这里被视为"牦牛坟场"，曾经有好几头牦牛从这里摔下悬崖，尸骨难觅。

走到这里，官兵们发现上年修好的道路已经被泥石流埋没，无法通行。张长青团长决定带着官兵们边修路边前进。官兵们在七八十度的陡坡上一边防止碎石滚落，一边开挖道路，慢慢推进。就在路快要修通的时候，四级军事长郭晓亮的缰绳不知什么时候从牦牛背上滑了下来，被牦牛踩在了脚下，而牦牛就停在悬崖边上，向前会被缰绳绊倒摔下悬崖，向后又没法后退，情况十分危急。郭晓亮手足无措，一时不知道如何解决。"千万不要动缰绳，不要惊动牦牛。"拉齐尼·巴依卡发现了这边的情况，一边喊着一边从队伍前面转过身子，尽力像壁虎一样将身子贴近山体，沿着山体右侧小心翼翼地往郭晓亮身边移动。

这时，山上的砂石因为挤压摩擦，雨点般落了下来。拉齐尼·巴依卡的身上落满了泥沙，他紧盯着前面，毫不理会，继续贴着山体挪动，终于挪到了郭晓亮跟前。

他停下来，先是轻轻摸了摸牦牛的大脑袋，然后又轻柔地抚摸着牦牛的后背。牦牛认出了拉齐尼·巴依卡，大眼睛里带着喜悦，安静地享受着拉齐尼·巴依卡的抚摸。这时，拉齐尼·巴依卡的手慢慢下移，轻柔无比地来回抚摸着牦牛踩缰绳的那只脚，趁那只脚轻轻抬起时，将牦牛缰绳缓慢地抽了出来。大家都捏着一把汗，紧张地注视着拉齐尼·巴依卡的一举一动。当拉齐尼·巴依卡成功地把缰绳从牦牛脚下抽出来时，大家才如释重负松了一口气。

当然，也有让拉齐尼·巴依卡分外感动的时刻。当巡逻队终于到达9号界碑的时候，要攀爬到80米的高台上面才能看到界碑。下过雨雪的高台有些湿滑，而且不断向下掉落着石头。当官兵们向上攀登的时候，下士田壮爬到40多米高的时候突然右脚一滑，瞬间随着碎石往谷底滑落。紧急关头，王刚在田壮身后把腿一伸，大声喊道："拽住我的腿，拽住我的腿！"田壮伸出手，一把抓住王刚的脚踝，才停止了下滑，脱离了危险。

短短的80米，官兵们爬了近半个多小时才爬了上去。大家浑身泥土，疲惫不堪，但是在看到界碑的那一刻，每个人的脸上都露出激动的笑容，都兴奋地冲了上去。大家抚摸着神圣的界碑，一张张被紫外线灼伤的脸上写满忠诚与感动。官兵们掏出已经调和好的油漆，认真地描绘着界碑上的"中国"二字。为界碑换上新装后，官兵们顾不上休息，便开始巡查国界线。巡查结束，所有人一起向界碑齐刷刷地敬礼，在界碑前展开预先准备的"祖国万岁，和平必胜"八个红色大字，一起向着群山高喊："祖国万岁，和平必胜。"激昂的喊声在山谷间久久回荡，当拉齐尼·巴依卡跟着官兵们一遍遍高喊着手里举着的这八个大字的时候，不知不觉间，泪水打湿了面颊。

这几个字如火焰般烧灼着他的内心，让他激动不已。在这片荒芜贫瘠的土地上，边防官兵们不畏严寒、无惧风雪、不怕艰难、不惧牺牲，用自己年轻的生命在雪域高原上筑起了一道钢铁长城。

去吾甫浪沟巡逻虽然艰苦，却是战士们心中的磨刀石与试金石。每一年连队官兵都争着抢着去，为了去吾甫浪沟巡逻，有的官兵已经写了好几次申请书。"没有进过吾甫浪沟，不算英雄"成为边防官兵们心中的共识。他们以苦为乐，在冰雪线上磨砺年华。

就像边防连连歌所唱的："红其拉甫很高很高，红其拉甫很远很远，我们这个地方叫边关，界碑树在云里面……"他们是云端上的守护者，几十年来，连队有100多名官兵在巡逻途中因山高路险而滚落冰河或者掉进山谷。在边防团附近的一座小山坡上有座烈士陵园，那里安葬着28位为戍边牺牲的边防军人，他们平均年龄不到23岁，最小的年仅17岁，最大的只有27岁。他们从来没有因为危险和困难而退缩，一代代忠诚戍边。仅仅这次最平常不过的巡逻，他们就遇险7次，有8名官兵从牦牛背上摔下来，所有人的面部都有被高原紫外线严重灼伤而留下的茧子一样厚厚的痂，每个人的手脚都有不同程度的冻伤。

拉齐尼·巴依卡看向界碑，又看向身侧的战友们，心中充满了坚定与自豪。他觉着自己的腋下似乎正在慢慢生出翅膀，而那对隐秘的翅膀正随着他年岁的增长在慢慢长大，越来越有力，越来越稳健。每当他悄悄扇动那双翅膀的时候，群山似乎都低矮下去，站在更高处的，是他那群可敬可爱的战友们和与他一起护边的朋友们。而他正在用力拍打着翅膀，不断向他们靠近，他确信自己也能像那些站在云端之上的英雄们一样，以阳光一样的高度，来守护与照耀自己的家园。

第八章　白云在天

没有风的时候，我们看云彩，
天上的云彩千姿百态，
一会儿飘成红纱巾，
一会儿变作杏花开。
看云彩，看云彩，
光秃秃的哨所也有乐趣在。
大雪能封住山能封住路，
封不住士兵多彩的情怀……

一

"白云在天，丘陵自出。道里悠远，山川间之。"

《白云谣》在我的眼里是迄今为止与帕米尔高原有关的最为优美的一首诗。塔什库尔干浸染在这首诗的绝美意境中，一如被群山拥紧的处子，让极端残酷的自然环境和与世隔绝的至纯至美在这里呈现出极为矛盾的对立与和谐。

站在帕米尔高原上，目光所至，蓝天清如琉璃，白云洁白无瑕，雪山亘古绵延。蓝天与白云铺缀成天上的坦途，跌落云端的则是山川河谷。在漫长的边境线上，冰峰错落，冰河交织，幽深嵯峨的群山之间，山河蜿蜒曲折，界碑散落其间。

从远古的歌声中缓步前行，历史风烟漫卷，总会在绵延的边境线上留下一些浓墨重彩的痕迹。自古将士戍边，百姓护边，方能安边，塔什库尔干塔吉克自治县的护边历史往前追溯可远至汉代。中华人民共和国成立后，生活在这里的塔吉克族牧民更是自觉自愿地承担起了护边重任。他们长年累月在大山中放牧，逐水草而居，再荒远的地方都能找到他们的身影，每座帐篷就是一个边防哨所，每个牧民就是一名边防哨兵。他们忠诚戍边，不求回报，不拿工资，日复一日年复一年地坚持着。直到近20年，他们才被正式纳入编制，有了统一的身份，成为领工资的护边员。

拉齐尼·巴依卡所在的提孜那甫村总共有731名护边员，分别在5个执勤点负责护边巡逻任务，每次为期15天，半月轮休一次。轮休期间，护边员除了处理家里积攒的农活和家事，还要在乡里接受统一的训练。

在提孜那甫村采访的时候，跟拉齐尼·巴依卡一起做护边员的阿尔肯·可热木江巴依听说要采访他，特意换了一身新衣服，是为护边员配备的统一制服，颜色是警蓝色——比海更深的蓝色，是把大海与蓝天压缩在一起的颜色，是海阔天空，也是澄天朗日，有警蓝色的地方，就会有执着的守护者。护边员制服左臂上的臂徽由麦穗、长城、五星和护边员标志组成，代表着守护领土。

我总觉着设计护边员制服的设计师是个天才，他把帕米尔高原最动人的一抹颜色放进了制服里，把各色兵种构成的混合元素也放进了护边员的制服设计里，他的设计对护边员这一职业带着深刻的了解与敬意。

对这身衣服，护边员们很是喜欢、爱惜，无论新旧，穿在身上都是干干净净整整齐齐的。阿尔肯·可热木江巴依在用这样一种方式表达对这份工作与护边员身份的骄傲与自豪。

在提孜那甫村的一户农家小院里，我们听阿尔肯·可热木江巴依说起护边的一些往事，极为琐碎，至为真切。

护边员们每天早上 10 点开始巡逻，每天走 30 公里，骑专门为护边员配发的摩托车。国旗被插在第一辆摩托车上，当摩托车在戈壁滩上奔跑的时候，风把旗子吹得猎猎作响，像一道笔直的红光。等骑到小路尽头的时候，他们开始下车步行，旗子被握在最前面那名护边员手中，也像是握着一束引领的光。拉齐尼·巴依卡通常站在那样的位置，他走在最前面，双手紧握红旗，脚步不停，一直朝前走去。

有时是早春。雪还未消融，脚下的靴子踩在雪上嘎吱嘎吱作响，最前面的那位护边员踩出脚印，后面的护边员跟上，遇山翻山，遇水涉水，从日出一直走到日落。

有时是初夏。阳光暖融融地照着，旱獭露出了毛茸茸的脑袋，远处可以看到奔跑的黄羊或者盘羊。有时会遇到狐狸，它们好奇地抻着脖子观望，用目光将这一行人迎过来然后目送向远方。

有时是深秋。曾经冒出的一层干瘪的草茎又缩进土里，枯黄而斑驳的一层，依然被牛羊奋力啃着。天空被山抬了起来，抬得更高、更远，回声也更加响亮、清晰。

有时是隆冬。雪把一切都遮挡了起来，天空之下，是无边无际的白色。路是白色的，风是白色的，山顶与河流也是白色的，人走过，身后的脚印也是白色的。白色的雪撑起了高原，把高原上的人垫高了几厘米。每一位护边员走在雪上，都像是出离尘世，比尘世要高。

如此春夏秋冬，日复一日，年复一年，像是在群山间勾勒年轮，把岁月撑得更加丰盈，也把边境线护佑得固若金汤。

常常是这样的一个清晨，当晨曦微露，拉齐尼·巴依卡就带上吃的和一些巡逻路上要用的简单装备，和他的大狗阿尔库踏上了巡逻之路。他独自沿

第八章 白云在天

着山谷前行排查，沿途仔细观察有没有可疑人员通过山谷，将边境线上越境至我方的一些外方边民留下的涂抹字迹擦掉，还要观察有没有泥石流、山体滑坡等情况。

荒野无人，草青草黄间，只有那些耐得住寂寞、不惧寒冷的小动物们与之相伴。偶尔也会遇见狼或者熊这样的猛兽。狼虽然多，但是并不算太可怕，它们生性多疑。巴依卡·凯力迪别克曾经教过拉齐尼·巴依卡，若是遇到狼了，千万不要怕也不要跑，必须跟它正面对峙，不能露怯，这样的话，狼常常会在坚持一会儿之后落荒而逃。每次拉齐尼·巴依卡遇见狼，都是照着父亲的嘱咐做的，每次也都能顺利过关。

可是熊不一样。有好几次，拉齐尼·巴依卡在巡逻路上与灰熊不期而遇。有一次，他刚刚转过一道山崖，就与一只大灰熊狭路相逢。那只熊距离他只有几十米，他站在那里，紧张得心脏都快要跳出来了。他想起父亲说过，熊通常不会主动攻击人类，除非是觉得遇到了危险。遇到熊，只要保持镇定，不要紧张，只要让它觉着没有危险，就不会有事。他屏住呼吸，稳住心神，保持自己的步调，淡定地从熊的身边走过去，安全脱险。

红其拉甫气候反复无常，尤其是在山里，刚才还是阳光灿烂，也许下一刻就会雨雪交加。遇到这样的天气，他只能找一处地来暂时躲避，再燃起一些枯草取暖，等到雨雪停了再继续走。很多时候，还没有来得及出谷已是深夜，他只能带着他的大狗在山谷中摸索前行。

除了面对各种无常，最难忍受的还有日复一日的寂寞与孤独。边境线附近人烟稀少，经常在山里走一天也遇不到一个人。在帕米尔，生命个体渺小如微尘，天地无垠，遗人类于亘古之中，踽踽独行。

2009年7月，拉迪尔·拉齐尼出生的时候，拉齐尼·巴依卡和巴依卡·凯力迪别克着实狂喜不已。儿子是塔吉克族牧民的期盼。山险水恶，放牧或者护边，男孩子都要更适合一些，他和父亲都在盼望家族的护边使命能够有人传承。

在拉迪尔·拉齐尼还很小的时候，拉齐尼·巴依卡就学父亲有意识地培养拉迪尔·拉齐尼，教他军体拳，教他锻炼，带他骑马、认路，教他鹰舞……不知不觉间，似乎巴依卡·凯力迪别克做过的一切又被拉齐尼·巴依卡重演，教导拉迪尔·拉齐尼的那份心情，与父亲教导自己的如出一辙。

阿米娜·阿力甫夏对此总是有些忧心。拉齐尼·巴依卡教导拉迪尔·拉齐尼的时候，她总是平静地在旁边观看着，脸上挂着平和的微笑，暗地里却总是担心不已。自从她和拉齐尼·巴依卡结婚之后，这种隐隐的担心从来没有消失过。

每次拉齐尼·巴依卡出去执行巡逻任务，她都会提心吊胆地等待消息，担心他会出什么意外。尤其有了手机之后，她常常为了等他报声平安，不停地看手机，除非他按时打来电话，跟她说几句话，她才能踏实下来，要不她会一直心神不宁，像是丢了魂儿。拉齐尼·巴依卡去吾甫浪沟巡逻的时候，之前有无线电台可以联系，但是因为不太方便，于她来说等于音讯全无。自从有了卫星电话，才好了很多，无论他走到哪里，都会给她报一声平安，她就立刻安心了。

这两年国防建设变化很大，不仅连队边防执勤信息化水平日益提升，而且直升机、无人机等工具也已经开始在边防巡逻中运用。随着边境管控手段不断升级换代，已经彻底改变了"巡边靠走、通信靠吼"的传统巡边方式。

过去拉齐尼·巴依卡他们出去只有普通的旅行帐篷，现在已经有了双层防寒帐篷和特制睡袋，无论是保暖还是防风防寒能力都有了极大改变。食物也是，过去拉齐尼·巴依卡出去巡逻，家人都会为他准备一些吃的，现在他几乎不再带馕，只是带一些杏干巧克力之类的零食。部队有品种丰富的单兵食品，不用生火也能吃上热饭喝上热水。

吾甫浪沟修建的边防公路，2021年年底就全线贯通了。以后吾甫浪沟的巡逻方式一定会由骑牦牛发展为现代化、信息化巡逻。最近几年，巡逻线上陆续建起了执勤点，政府为护边员配备了专业的巡逻车、卫星电话等装备，他们不再风餐露宿，工作条件得到极大改善。

夜晚，阿米娜·阿力甫夏注视着拉齐尼·巴依卡熟睡的侧脸，久久难眠。他与她同年同月同日生，又结为夫妻、生儿育女，他们的生命早已融为一体。她看着他被身上越来越多的病痛所折磨，严重的时候，关节红肿，膝盖不能弯曲，连弯腰都困难。为了不影响巡逻，有一次他用双层塑料膜把腿裹起来保温，以缓解关节炎发作引起的疼痛，坚持工作。

有许多次，她帮他脱下鞋子，看到他的双脚脚踝与骨节红肿变形，双脚因为水肿袜子几乎脱不下来，脚底与脚趾上布满一道道冻裂的口子，心疼得落下泪来。她替他揉搓那些红肿的部分，并为他上药，可是她知道，这样的作用并不大。关节炎发作的那种疼痛，像是有很多蚂蚁在啃着骨头。当她红着眼圈问他："疼吗？"他总是满不在乎地笑着摇摇头说："不疼，一点儿都不疼，没事。"

怎么会没事呢？那次，拉齐尼·巴依卡出去巡逻，过了两天一瘸一拐地回来，阿米娜·阿力甫夏急忙跑过去扶他。进到屋里，拉齐尼·巴依卡坐下来，阿米娜·阿力甫夏想要看看他的伤，他怕她担心，死活不让她看。虽然疼得冷汗直冒，可是他还故作轻松地跟阿米娜·阿力甫夏开玩笑说："都是小伤，没事的，过几天就好了。"在阿米娜·阿力甫夏的一再坚持下，她脱掉了他的袜子，看到他的脚趾甲完全掀了起来，脚背青紫瘀血。阿米娜·阿力甫夏问他是怎么回事，他不愿意告诉她。后来她还是从吐尔迪·卡比力口中听说，在过冰河的时候，体重超过300公斤又驮着100多公斤物资的牦牛踩到了他的脚上。他从河里蹦上岸，跌坐在岸边。战友们过来查看，发现他的脚被牦牛踩伤，鲜血把袜子浸透了，他疼得不停地冒着冷汗，边防官兵和护边员们想要背着他走，但他说什么也不肯。他忍着疼说："只是皮肉伤，没事的,哪有那么娇气。"休息了片刻,他跛着脚跟着队伍一瘸一拐地执行完任务。怎么会不疼呢?他的疼痛就像是她自己身上的伤口的疼。但是她了解他,知道他的性格,只能忍着泪,尽量温柔一些,跟他多说说话,给他多做一些好吃的,让他忘掉脚上和身上的伤痛。若是看到他还是疼得难受,她就主动帮他去买烟,让疼痛能够缓解。可是,天知道看着他抽烟,她有多么不愿意、有多难过。

拉齐尼·巴依卡过去并不吸烟。之前,护边员不仅要巡逻,还要协助看护一座物资库。那座物资库位于深山幽壑荒僻无人的中巴边境线附近,由2间条件异常简陋的地窝子组成,其中一间用来住人,另一间用来存放物资。当时由包括拉齐尼·巴依卡在内的5名护边员值班守护,他们5个人每个月只能轮流回家休息一天。如果遇到天气不好,大雪封山,不仅回不去,还有可能断粮断炊。每当这个时候,就只能把求助的纸条绑在与他们一起巡逻的大狗阿尔库的脖子上,让它回家报信。

有一年深冬,山上未曾下雪,却特别寒冷。地窝子里阴暗潮湿,生了火依然阴冷。连续值班很久的拉齐尼·巴依卡实在太想家了,他想着这么冷的天,应该不会有什么事情,于是和另外4个人商量了一下,留下一个人值班,自己带着其他3个护边员偷偷跑回家。没想到刚进家门,就被父亲巴依卡·凯力迪别克看到了,问清楚原因,把他一顿痛骂。

巴依卡·凯力迪别克气坏了,双眼喷火,怒视着他说:"你怎么敢把任务丢下就跑回来呢?你知不知道这样做是逃兵的行为?"

拉齐尼·巴依卡垂下头,不敢看巴依卡·凯力迪别克,他自知理亏,小声辩解着说:"山上实在太冷太苦了,我想家了。"

巴依卡·凯力迪别克狠狠地瞪着拉齐尼·巴依卡说:"即使想家,也不能做逃兵。我和你爷爷从来都是恪尽职守,再难我们也从来没有丢下任务跑掉过。"拉齐尼·巴依卡不敢吭声了,心中却有无限委屈,眼圈一红,眼泪一下掉了下来,像个孩子一样抽泣起来。巴依卡·凯力迪别克看着他,心中一酸,叹了一口气说:"儿子,觉着苦的时候,就抽两口烟吧,缓解一下。"拉齐尼·巴依卡用手抹了把泪,点了点头,从此学会了抽烟。

若干年后,巴依卡·凯力迪别克因为担心拉齐尼·巴依卡的身体想要劝他戒烟的时候,拉齐尼·巴依卡已经吸了多年的烟,根本无法戒掉。当巴依卡·凯力迪别克命令他的时候,拉齐尼·巴依卡委屈地看着巴依卡·凯力迪别克,眨巴着眼睛说:"爸爸,这么多年,我已经没法戒掉了。不过您别担心,我的身体健康着呢,无论多苦的环境我都能坚持下去。"

2009年,巴依卡·凯力迪别克被国务院授予"全国民族团结进步模范个人"荣誉称号,要去首都北京开会,拉齐尼·巴依卡听到这个好消息后,像个孩子一样在物资库门前又蹦又跳。

那天,他还要继续守护物资库,没办法离开,只能爬上一个高一点的山坡,站在山坡顶上,远远眺望北京的方向。山风呼啸着从大山间穿过,撩拨着他的衣襟。他站在那里久久未动,一直过了很久很久,他像是在风中捕捉到了什么声音,脸上露出灿烂开心的笑容,向着四野的群山发出一阵犹如鹰唳般的高亢呼啸。山鸣谷应,雪峰合唱,像是在与天地互答。高亢的啸声随着山风扶摇而上,想必远在北京的巴依卡·凯力迪别克也能感受到吧。

麦富吐力·坎加和拉齐尼·巴依卡是发小。他很小的时候,就喜欢跟着拉齐尼·巴依卡在山上疯跑,像拉齐尼·巴依卡的影子一样。他对拉齐尼·巴依卡充满了敬佩,从小和拉齐尼·巴依卡一起做着成为雄鹰的梦。

有一天,拉齐尼·巴依卡突然对他说:"麦富吐力,跟我一起去做护边员吧。咱们尽力为守卫国家多做一些力所能及的事吧。"

拉齐尼·巴依卡的话瞬间点燃了麦富吐力·坎加心里的火花,他跃跃欲试,说:"你觉着我能行吗?"拉齐尼·巴依卡郑重地点点头说:"你肯定行的,没问题。"

真正让麦富吐力·坎加做出加入护边员队伍决定的是发生在2011年冬天的一件事。

眼看要过春节了，可是却没完没了地下起了雪。大雪封山，造成雪灾，让物资运输完全瘫痪。当时海拔4700多米的边防哨所蔬菜全都吃完了，食用油也即将用尽，战士们的补给眼看跟不上了，官兵们无计可施，只能翘首盼望连队尽快送来补给。

去边防哨所需要走一段弯急坡陡的盘山路，落差达400米，加上当时极端恶劣的天气，雪把路遮挡得严严实实，车根本没法开上去。正当大家一筹莫展之际，拉齐尼·巴依卡牵着自家的3头牦牛出现在边防连，他自告奋勇要求去给边防哨所的战士们运送补给和年货。

那天山里下着鹅毛大雪，刮着白毛风，风大雪急，吹得人在路上摇摇晃晃。那条路拉齐尼·巴依卡走过无数次，可是看不清道路，根本无法知道哪里是被雪虚掩的深沟断崖。

拉齐尼·巴依卡全程把身子贴着靠近山体的一面，缓缓地摸索着前行。他一只手抓着缰绳，一只手扶着牛背上的物资，防止被大风刮掉。十几公里的山路，拉齐尼·巴依卡跌跌撞撞走了大半天，直到快要吃晚饭的时候，他才像个雪人般突然出现在边防哨所。战士们看见快要冻僵的拉齐尼·巴依卡时都惊呆了。看到他千辛万苦运来的物资，战士们冲过去紧紧地拥抱住已经筋疲力尽的拉齐尼·巴依卡，连声道谢。

麦富吐力·坎加听说这件事后，心中沉寂的热血被点燃。他找到拉齐尼·巴依卡，对他说："我听你的，我也要做护边员，和你一样。"从此，麦富吐力·坎加也成为护边员。

"这些年，拉齐尼仅重伤就有十几次。这些对一般人来说难以承受的伤，他总是轻描淡写，他永远不会因伤下'火线'，简直就像铁人、超人一般。"护边员吐尔迪·卡比力回忆起这位曾经朝夕相处的战友，感慨不已。

有一年，拉齐尼·巴依卡与吐尔迪·卡比力一同到吾甫浪沟巡逻。走到中途，吐尔迪·卡比力产生了严重高原反应，头痛难忍。他蹲在地上，双手抱着头，紧紧按着，觉着自己的脑袋正在被许多把榔头用力地敲，炸裂般痛苦。拉齐尼·巴依卡见状，立即帮他叫来随行军医为他诊治。打针吃药后，吐尔迪·卡比力的情况有所好转，但是依然难受。当天夜晚，他们一行人在铁干里克宿营，吃完药的吐尔迪·卡比力沉沉睡去。睡到半夜迷迷糊糊醒来时，他发现拉齐尼·巴依卡没有睡，一直守在他的身边。

看到他醒来，满脸疲倦的拉齐尼·巴依卡立刻关心地问是否好点了，又把药拿给他，看着他吃下去。吐尔迪·卡比力有些不好意思地问他："你一直在这守着吗？"拉齐尼·巴依卡点了点头说："嗯，不放心你嘛。"看着拉齐尼·巴依卡发黑的眼圈，吐尔迪·卡比力催促拉齐尼·巴依卡说："你赶紧去休息吧，我已经好了。白天走了那么远的路，晚上再熬夜不休息，身体会吃不消的。"拉齐尼·巴依卡还是不肯立即去睡，等他吃完药，又仔细地查看了一下他的情况，确认没有大碍了，又反复叮嘱了他几句，才去休息。

第二天启程后，由于两头牦牛跑散了，头一天卸下来的物资需要人力来背。拉齐尼·巴依卡二话不说选了其中最重的一个包袱，背起来就大踏步出发了。吐尔迪·卡比力一看，急忙上前抢着背，却被拉齐尼·巴依卡一把甩开了。"他一把把我的手甩开，一口气走出去200多米。"吐尔迪·卡比力回忆说，"只要走在巡边路上，他仿佛总有使不完的力气。"

2016年11月底，边防连接到上级命令，要在海拔5700米的阿克希腊克山口架设一道铁丝网，必须在1个月内建完。边防连人手有限，全连召开了紧急动员会，还是一筹莫展。正在发愁的时候，拉齐尼·巴依卡主动找到边防连说："听说你们要在山口上拉铁丝网，我已经和乡亲们商量好了，山口我们更熟悉，我们帮你们拉铁丝网。"

那天，拉齐尼·巴依卡带着阿米娜·阿力甫夏和提孜那甫村的300名群众浩浩荡荡到山上拉铁丝网。海拔5700米的山口上，碎石山坡又陡又滑，牦牛上不去，那些自发组成的工作队伍没有任何可供助力的工具，完全靠肩扛手抬，将铁桩子和铁丝网化整为零全部背上了山。

帕米尔高原10月就会进入冬季，11月正是天寒地冻的时候。被冻结的土地像石头一样坚硬，他们就用铁钎一点点凿冻土。在极寒、缺氧、大风、高紫外线的重重考验下，硬是靠人力和手工一点儿一点儿拉起了铁丝网。许多人老茧密布的手上裂满口子，拉齐尼·巴依卡的手最为严重，手磨破后又被严重冻伤，连握起来都很吃力，他悄悄多套了一双手套遮挡。就这样，硬是用了不到一个月的时间就完成了工作任务。

有时遇到孩子们放暑假，拉齐尼·巴依卡上山去执勤点的时候，会特意带上阿米娜·阿力甫夏给护边员们做饭。他们带着蔬菜和食物出发，赶到执勤点，正好可以为护边员们做晚饭。

对大家来说，每次阿米娜·阿力甫夏的到来都如同节日一样。阿米娜·阿力甫夏心灵手巧，勤劳贤惠，不仅饭做得好，而且她去了就会把执勤点里里外外打扫得干干净净、一尘不染。每次大家吃完晚饭后，就会自动聚集在大会议室里载歌载舞。男人们围成一圈跳鹰舞，在鹰笛与手鼓节奏分明的伴奏下，上下拍打手臂，模仿雄鹰的动作，互相追逐着。跳累了，大家就会喝着奶茶，听拉齐尼·巴依卡弹热瓦普唱歌，而《古丽碧塔》总是最后的压轴节目，最受大家欢迎。

第二天一大早，吃完阿米娜·阿力甫夏做的早餐，护边员们就去巡逻了，阿米娜·阿力甫夏则为下一餐饭做准备。

最让人开心的还有执勤点上举行的小型足球赛。没有球场，大家就把一块尚算平整的山坡当成足球场，用两个装菜的筐当球门。巨大的落日红灯笼般悬挂在西天，已经被踢得灰塌塌的旧足球在场上飞来飞去。足球比赛进行得如火如荼，所有人都激烈拼抢，跑得满头大汗。比赛只有阿米娜·阿力甫夏一个观众，可是她看得津津有味，紧盯着场上奔来跑去的拉齐尼·巴依卡，不时跟着大笑。场上的欢呼声和笑声点燃了高原之夜。

二

在帕米尔高原夏日温暖又明亮的晨光里，年轻的塔吉克族护边员多来提曼·开米克看到了一只鹰。吸引他目光的是鹰飞翔的样子，鹰的速度很快，呈直线型飞翔，一会儿飞到这个方向，一会儿飞到那个方向，仿佛天空中有无数个点位，一旦飞到一点，便立刻腾起向下一点飞去。

在塔什库尔干塔吉克自治县护边员服务管理中心，多来提曼·开米克正在操场上做军体操。一套军体操被他做得如行云流水般出神入化，一招一式显示出逼人的英气。

正要收姿势的时候，他听到一阵掌声，诧异地回头，只见一位塔吉克族中年男子站在晨光里，拍着巴掌。多来提曼·开米克的目光顺着男子的手掌、胳膊，移到男子的眼睛，看到他那幽深、锐利的眼神。

塔吉克族男子被笼罩在帕米尔特有的晨光里，看上去像一棵树，胸前一枚熠熠闪光的党徽是这棵树上最亮的色彩。多来提曼·开米克看着男子似曾相识，又想不起在哪里见过。这时，塔什库尔干塔吉克自治县委政法委副书记方强走了过来。

男子已成立正姿态，向方强敬军礼："报告领导，护边员拉齐尼·巴依卡前来报到。"

方强显然与拉齐尼·巴依卡非常熟悉，他笑道："要求22点之前报到，你来这么早干吗？"

拉齐尼·巴依卡又敬了一个礼，说话干脆有力，浑身充满激情斗志，很有军人的气魄和风度："报告！我作为护边员的代表，任何事情都应该走在前面，如果我不早早地来，怎么能够起模范带头作用？"

方强笑了："你是全国人大代表，又是一名老兵，就不要和普通护边员一起参加训练了。你来协助教导员工作，吃住都和教导员在一起。"

拉齐尼·巴依卡着急地说："正因为我是全国人大代表，'听取和反映人民群众的意见和要求，努力为人民服务'是我的工作，我一定要和护边员一起训练，一起吃住，无论什么事情都要和普通护边员在一起。"

方强没想到拉齐尼·巴依卡这样坚定，只好答应他："那好吧，接受你的要求，这次培训的护边员有320名，为期15天，任务特别重。你们村的其他护边员学员什么时候到？"

拉齐尼·巴依卡说："报告！我们村的22名护边员学员将按照规定时间之前来报到。我先过来，看看有没有可以帮忙的。"

方强指着旁边的多来提曼·开米克介绍说："多来提曼也是一名护边员，在中塔边境线上。虽然他只有26岁，但国通语说得很好，经过考核，我们调他来做护边员的培训教导员。你们村的22名护边员就编入他的中队。你是一位优秀的护边员，一定要配合做好多来提曼的工作。"

听说男子是拉齐尼·巴依卡，多来提曼·开米克赶快上前握手。在帕米尔高原，拉齐尼·巴依卡一家三代一诺千金接力护边的传奇故事家喻户晓，多来提曼·开米克听过一些先进事迹，看过一些影像资料，对拉齐尼·巴依卡本人也是非常景仰。

景仰的人物突然出现在眼前，而且是自己的学员，多来提曼·开米克感觉到了压力。当他握住拉齐尼·巴依卡的手、看着他的眼睛时，多来提曼·开米克又释然了。那眼睛里含着笑意，是邻家大哥宽容的笑，饱含关爱和温暖的笑。

2019年8月，一个阳光明媚的早晨，参加本次护边员培训的320名学员分为 8 个中队在操场列队。太阳照耀着护边员们，每个人的眼睛闪着光亮，笑容闪着光亮，心里也都闪着光亮。

多来提曼·开米克小跑至第五中队队列前，声音像钟锤敲击着铜钟，洪亮、铿锵，有穿透力："塔什库尔干塔吉克自治县护边员培训第十二期第五中队列队，成三排基准队列！稍息！立正！向右看齐！"

护边员们犹犹豫豫排成蛇形的三排，很多护边员排着队还不忘左顾右盼、交头接耳。他们全是农牧民，有的第一次参加护边员培训，对军姿队列没有概念；有的护边员年龄偏大，把多来提曼·开米克这样一个小年轻根本没放在眼里。

多来提曼·开米克的眉心拧成大大的绳结，声音更大了："全部注意，稍息！立正！向右看齐！"

队列稍稍有了改观，但依然有护边员左顾右盼、小声嘀咕。

这时，拉齐尼·巴依卡站出来了，严肃而认真，平时说话时的笑意一点儿也没有了，他说："同志们，这位是我们的教导员多来提曼·开米克。从今天开始，我们全体都要听从他的指挥，'一切行动听指挥'是军人的命令，也是我们护边员的命令。既然选择了当护边员，就是不穿军装的军人，要一切行动听指挥。现在听我口令：稍息！立正！向右看齐！"

队伍很快整齐划一了，护边员们个个屏声静气、目光直视前方。拉齐尼·巴依卡跑向多来提曼·开米克，敬了个军礼："报告教导员！塔什库尔干塔吉克自治县护边员培训第十二期第五中队集合完毕！"报告完毕，拉齐尼·巴依卡小跑入列。

拉齐尼·巴依卡站在护边员队伍的第一排倒数第三位。他个子不高、瘦削，论个子和体型是那种隐入人群很难找着的人，却在一群脸膛黑红、体形魁梧的塔吉克族护边员中异常突出。他的腰板挺得笔直，走路、跑步是标准的军姿；他的声音洪亮有力，动作迅速干练；他站立的时候直视前方，严肃、庄严,是随时听命令、即刻准备出发的军人姿态。

培训第一天,拉齐尼·巴依卡主动站出来帮忙列队,多来提曼·开米克的内心充满了感激之情,他觉得拉齐尼·巴依卡值得信赖、可以依靠。

上午训练解散,多来提曼·开米克伸出手:"拉齐尼大哥,谢谢你的帮忙。这次训练我们要一起努力!"

拉齐尼·巴依卡紧紧握住多来提曼·开米克的手,脸上的笑意从心底自然而然地生发,多来提曼·开米克感觉到拉齐尼·巴依卡似一只引领他高飞的雄鹰。

拉齐尼·巴依卡诚恳地说:"我这次来参加培训,要提高自己的国通语水平。"

多来提曼·开米克非常奇怪:"你的国通语很好呀,我见过你的一些采访,都是说国通语。"

拉齐尼·巴依卡说:"我的口语还算好,但是我写字不行,很多字不认识,也不会写。这次培训,我给自己定的任务是要熟记边境线每个地方的国通语标准名称。虽然整个边境线我都走过了,非常熟悉,但有些名称是我们自己起的,有些名称是用塔吉克语说的。我想知道边境线每个地方的国通语标准名称,进一步提高国通语水平。这样,我回家也可以向女儿炫耀一下,我可以对她说,小老师,我的国通语水平提高了。"

拉齐尼·巴依卡说着自己笑了起来,笑得很爽朗,是一种钢球在玻璃面上滚过的富有弹性的开怀大笑,是可以在女儿面前炫耀一下的父亲的大笑,也是与兄弟聊天时百无禁忌的有情有义的大笑。

多来提曼·开米克也笑了:"我是民考汉,国通语水平还可以,我可以帮助你。"

高原夜里风很大,声音在黑夜里传得很远:"没有共产党就没有新中国，没有共产党就没有新中国，共产党辛劳为民族，共产党他一心救中国……"

多来提曼·开米克等几名教导员开完会，谈笑风生地走出培训楼时，一下愣住了。

拉齐尼·巴依卡站在路灯下，像一棵笔直的雪岭云杉。多来提曼·开米克以为出了什么事情，快步走过去问："拉齐尼大哥，有什么事吗？"

拉齐尼·巴依卡说："报告教导员，这份学习资料有些字我不认识，有些话我不懂，想向你请教。"

多来提曼·开米克接过资料一看，是一份党的十九大报告学习资料。拉齐尼·巴依卡已经在上面画了许多红线、蓝线，有些地方用铅笔标注了汉语拼音。

两人重新回到培训教室，一个问一个回答，一边翻译一边写拼音，转眼已是深夜。

读完一份材料，多来提曼·开米克感觉很疲惫了，对拉齐尼·巴依卡说："你也回去睡觉吧，有不懂的地方明天再来问我。"

第二天，多来提曼·开米克起得非常早。他先到了培训教室，教室里没有人，他就站在三楼的窗口向下看。

训练场上，晨曦金黄，拉齐尼·巴依卡拿着那些材料边走边背。多来提曼·开米克心想："这应该是不折不扣的沐日而作吧。"

拉齐尼·巴依卡见到跑步而来的多来提曼·开米克，憨厚地说："教导员，我背会儿书，早上学的东西容易记在脑子里。"

吃早饭的时候，排队打饭，多来提曼·开米克看拉齐尼·巴依卡排在前头，就用手捅捅他。拉齐尼·巴依卡回头看时，嘴里还在念念有词。

多来提曼·开米克望着这位年近40岁的大哥，内心产生出一种无法言表的尊敬之情。他从来没有看到一个人如此好学，主动学习，热爱学习。多来提曼·开米克从小学习国通语，被抽调做护边员培训工作之前，又接受了一些短期国通语培训，学习《边境管理条例》、学习党的十九大精神等等。他知道，作为一名代表人民参政议政的全国人大代表，学习并掌握国家通用语言文字十分必要，他很能理解拉齐尼·巴依卡在学习方面的废寝忘食和勇往直前。

吃过早饭，他们一起走回教室，拉齐尼·巴依卡说："教导员，你有时间到我们提孜那甫乡来，到我家做客，我非常欢迎你，我们一起赛马、刁羊、唱歌、跳鹰舞。"

多来提曼·开米克愉快地答应着："好啊，好啊，我最喜欢赛马、刁羊比赛了。"

拉齐尼·巴依卡立即握住多来提曼·开米克的手一个劲儿地摇，塔吉克族的热情好客通过手与手的相握传递。拉齐尼·巴依卡说："太好了，我会唱《花儿为什么这样红》，你到我们村来，我弹热瓦普唱给你听。"

拉齐尼·巴依卡笑容满面、兴致勃勃地说着，说起自己的家，说起吹鹰笛、跳鹰舞、唱《花儿为什么这样红》……多来提曼·开米克感觉此时的拉齐尼·巴依卡与在阳光下队列训练的那个严肃认真的学员截然不同，与灯光下认真学习党的十九大精神的学生截然不同，此时，他是一个团结友爱的好兄弟。

拉齐尼·巴依卡说得高兴，情不自禁地跳起鹰舞来。

多来提曼·开米克看着拉齐尼·巴依卡跳鹰舞，想起了鹰飞翔的样子。

三

高原之上，塔什库尔干塔吉克自治县护边员服务管理中心是几栋新建的漂亮建筑。培训楼前是训练操场。宿舍楼有两幢，1号楼为女护边员培训宿舍，2号楼为男护边员培训宿舍。日升日落，护边员服务管理中心仿佛永远伫立在那里。

高原的阳光灿烂明媚。晨曦中，一个人从高低床上爬下来，是拉齐尼·巴依卡。他轻手轻脚整理被褥，另一个护边员睡眼蒙眬地看着他："你干什么，离训练还有两个小时。"

拉齐尼·巴依卡笑了笑说："我先出去跑步。"那个护边员又睡了。拉齐尼·巴依卡蹑手蹑脚地出去了。

高原的群山因为裸露着铁矿石呈现出黄褐色、赭褐色，在初升阳光的照耀下显得层次分明、庄严肃穆。

阳光照耀着远处的雪山，雪山之巅如同戴上一顶金色皇冠，苍茫而壮美。

一只鹰飞来，降落在操场的跑道上。拉齐尼·巴依卡一边晨跑一边与鹰对话："鹰呀，我们一起训练吧。""鹰呀，我想念爷爷了，鹰呀，你把我的想念带给爷爷吧！"

一个洪亮的声音打断了这场人与鹰的对话："谁在操场上跑步，不知道这里是高原吗？跑这么快，不要命了？"

拉齐尼·巴依卡循声望去，是多来提曼·开米克，他也出来早锻炼了。

拉齐尼·巴依卡放慢了脚步，笑着说："你信不信，我当兵那会儿，跑得比现在快多了。我代表我们边防连参加新疆边防总队举办的军事大比武，10公里越野赛取得新疆军区第二名的成绩。"

多来提曼·开米克相信拉齐尼·巴依卡说的每一句话。对眼前这位在高原上跑步很快的老兵，多来提曼·开米克有一种强烈的欲望：想知道更多，包括他爷爷的故事、他爸爸的故事，还有他的军旅生涯。

护边员的培训课程非常丰富：内务训练、列队训练、体能训练、野外生存训练、国通语学习等。

队列训练是第一步，而听懂口令对许多塔吉克族护边员来说相当困难。做护边员之前，他们极少离开祖祖辈辈生活的村子，国通语水平不高，护边员的训练偏偏要求全部使用国通语。听不懂口令的情形时有发生，教导员多来提曼·开米克很无奈，有时干脆偷懒，用大家都能听懂的塔吉克语发口令。拉齐尼·巴依卡却不同意，他站出来说："组织要求我们用国通语发口令，就应该用国通语。你这样用塔吉克语发口令，现在大家听懂了照着做了，考核时必须用国通语，那该怎么办？"

多来提曼·开米克说："拉齐尼大哥，你说怎么办？"

拉齐尼·巴依卡说："我刚入伍时也听不懂口令，我的办法就是多听多练。我们现在训练还是用国通语发口令，听不懂口令的，我利用午休时间给他们开小灶。"

多来提曼·开米克听说过拉齐尼·巴依卡在新兵训练时不分昼夜训练队列口令的事情，点头同意了。

第一天中午，跟拉齐尼·巴依卡训练列队的护边员有 5 人；第二天中午，又有七八个护边员加入了训练队伍；第三天，放弃午休时间来训练列队的护边员更多了。

多来提曼·开米克也忍不住去观摩，发现拉齐尼·巴依卡发口令很特别，容易让人执行并记住，但多来提曼·开米克又说不清楚哪里特别。他琢磨了很久，意识到这是一种刻苦钻研的特别，是经过长期训练自然而然形成的特别，是学员更容易接受的一种特别。

喊列队口令，多来提曼·开米克本来也是天天要做、张口即来、刻在骨头里的事情。看着拉齐尼·巴依卡喊口令，多来提曼·开米克想起这样一句话："坚持把简单的事情做好，就是不简单；坚持把平凡的事情做好，就是不平凡。"拉齐尼·巴依卡这个老兵，非但不平凡，更不简单。

第八章　白云在天

体能训练中,俯卧撑男子一分钟做 30 个算及格。护边员买提克里木·买达山只有 22 岁,很瘦弱,没一点儿力气,俯卧撑做不了几个。

一天晚上,拉齐尼·巴依卡把年轻人悄悄地叫到操场说:"我知道,人多的时候你不好意思练习,我刚当兵那会儿也一样,很怕人笑话。现在是晚上,没人看见,我们两个一起练习。"

年轻人看了拉齐尼·巴依卡一眼,心里很不情愿,说:"我不行,我没有力气。"

拉齐尼·巴依卡亲切地说:"我们塔吉克族的男人就像天上的雄鹰,总想要飞到云层上去;又像雪山下的牦牛,总想攀上最高的山峰。'不行'这两个字,在我们塔吉克族心里没有。"

年轻人只好做,做了 15 个,就趴在地上不动了。他说:"我没有力气了。"

拉齐尼·巴依卡说:"没有力气的人能这么轻松说话吗?起来再练习。"

他说着做起了示范,一口气做了 100 个姿势标准的俯卧撑。

年轻人只好继续,这回做了 27 个,这时有人走过来,年轻人又泄气地趴下了。

教导员多来提曼·开米克走过来,看到拉齐尼·巴依卡在陪人训练俯卧撑,也来了兴致,说:"拉齐尼大哥,我俩来比赛。"

多来提曼·开米克年轻气盛,觉得拉齐尼大哥应该赢不了他,大哥快 40 岁,而他只有 26 岁,无论体力还是耐力,自己都不输给大哥。

两人比赛的时候,更多的护边员围拢过来,鼓掌声、加油声、欢呼声响成一片。

多来提曼·开米克做了 480 个,趴下了;拉齐尼·巴依卡做了 550 个,也趴下了。

多来提曼·开米克躺在地上,心服口服,连说话的力气都快没有了:

"拉齐尼大哥,你赢了。"

拉齐尼·巴依卡气喘吁吁,长叹一声说:"其实我输了,我输给了自己,我当兵的时候,一口气能做1000个,现在不行了。那时候,我最佩服我们班长,俯卧撑能做2000个,他突破了极限,想做多少就做多少。他经常对我说,别去数,我们要搞定的不是那些数字,而是我们自己。我现在做不了1000个了,做500个就累得不行,我退步了很多。"

"别去数,我们要搞定的不是那些数字,而是我们自己。"多来提曼·开米克仔细琢磨拉齐尼·巴依卡的话,觉得很有道理。

每天早上,拉齐尼·巴依卡都比其他护边员早起近两个小时,他还保持着在部队养成的生活习惯,早起整理内务和跑步。

这一天,拉齐尼·巴依卡同宿舍的护边员们起来,发现屋子有一点儿变化。除了几个睡人的地方有一点儿凌乱,屋里被人收拾过,里倒外斜的桌椅被人收拾过,乱糟糟的学习资料被人收拾过。所有这些,只会是一个人干的。因为只有拉齐尼·巴依卡的被褥被叠成了豆腐一样的四方块,被缝也是有棱有角的。护边员们大多是农牧民,平常起床,从来都是随手把被子一丢,极少去折叠,更不知道软绵绵的被子如何能折出棱角来。

几位护边员站在拉齐尼·巴依卡的床前研究被子棱角的时候,本次护边员训练总指挥方强领着几位教导员进宿舍检查内务来了。

拉齐尼·巴依卡从操场跑步回来,满脸汗珠,头发一缕一缕贴在头皮上。拉齐尼·巴依卡说:"报告领导,我当过兵,知道怎么整理内务、叠被子。这次的护边员大多数是第一次接受训练,我能不能教大家叠被子、整理内务?"

方强高兴地说:"太好了,可是我们这次训练任务很多,白天可能没有时间整理内务。"

拉齐尼·巴依卡立即说:"没关系,不占用训练的时间,晚上学习结束后,我一间宿舍一间宿舍地去教。"

320名护边员,6个人一间宿舍。内务训练的内容包括如何将被子叠出棱角,毛巾、牙缸如何摆放,桌椅、书籍、学习资料如何摆放,多余的东西要及时清理,等等。

拉齐尼·巴依卡整理过的房间,整洁得超出想象,连床底下的鞋都朝着一个方向摆放。

一些从没进过军营、日常与牛羊土地打交道的护边员面面相觑,待在这样一间整洁的房间有点儿缩手缩脚。拉齐尼·巴依卡说:"房子是我们自己的生活环境,一定要整洁舒适,养成习惯就好了。"

几天之后,在餐厅吃早餐,一名护边员叫住拉齐尼·巴依卡说:"你什么时候来收拾我们宿舍?"另一位护边员说:"你是怎么弄的?被子能叠出角来?"拉齐尼·巴依卡说:"晚上国通语学习之后就晚了,一个晚上去不了几间宿舍,不能占用大家太多的休息时间。"

方强恰好听到他们的对话,他把拉齐尼·巴依卡叫到身边说:"内务培训的效果很好,但你太累了,今天晚上的国通语学习改为内务培训,你来给大家示范。"

培训教室的桌椅拼成一个大桌,拉齐尼·巴依卡给全体学员示范:被子怎么叠,衣服、裤子怎么放,牙膏怎么摆,毛巾挂在哪里……每一样都规范示范,详细讲解,一切都按军人的标准。

几天后,方强再次检查护边员宿舍内务,脸上笑开了花,说:"这届护边员培训班的内务是最好的,让我想起了我当兵时的军营。"

四

又一个清晨，拉齐尼·巴依卡在操场上跑步的时候，方强站在办公楼前喊他，他赶紧跑过去，向方强敬了一个军礼。对于敬军礼，拉齐尼·巴依卡有着超乎寻常的热爱，他愿意用行军礼的方式向人们问好，以证明自己是一名军人，至少曾经是一名军人。

方强回了一个军礼，说："拉齐尼同志，有个艰巨的任务。明天一个现场会要在我们护边员管理中心召开，要求一名护边员汇报发言。昨晚中心领导班子召开了会议，一致推举你来做现场汇报。发言稿我们已经写好了，不长，你看一下吧。"

拉齐尼·巴依卡回答的声音坚定、铿锵："保证完成任务！"

他接过发言稿又迟疑了："书记，要用国通语汇报吗？"

方强说："用国通语，而且要求脱稿汇报。只有一天时间准备，能完成任务吗？"

拉齐尼·巴依卡敬了一个军礼："保证完成任务！"

方强心里明白，这项任务相当艰巨。难度系数相当于攀登"冰山之父"慕士塔格峰。方强真希望自己下的这道命令是："拉齐尼同志，明天一早我们出发攀登慕士塔格峰。时间很紧迫，只有一天时间准备。"那样拉齐尼·巴依卡的心一定会乐开花，走路的脚步也会像踩在弹簧上。

登山是拉齐尼·巴依卡的强项，国通语不是。发言稿虽然只有800字，却有一部分字与拉齐尼·巴依卡互不相识，一天的时间，对他而言的确困难。

这时候，方强看到一只鹰掠过雪山直上云霄。他放心了，想："有什么高度是鹰飞不到的？有什么事情能难倒拉齐尼？"

多来提曼·开米克被派来帮助拉齐尼·巴依卡准备发言稿，不认识的字注上拼音，读不顺的句子反复读。

还好，其中的一些句子，拉齐尼·巴依卡在全国人大代表的工作中也有接触，比如"我们塔什库尔干塔吉克自治县地处高原，县城海拔3252米，我们执勤口岸海拔4733米，是世界上海拔最高的口岸"，比如"目前，我们全县有护边员7570名，在党和国家的关心下，每个人都有机会参加塔什库尔干塔吉克自治县委政法委组织的边防员培训"，再比如"我们塔吉克族自古以来就有爱国守边的光荣传统，一个帐篷就是一个哨所，一个边民就是一个哨兵。我们是神圣国土的守护者，守护祖国的安全是我们的职责"。

多来提曼·开米克明白这项工作给拉齐尼大哥带来的难度，他更明白没有什么事情能难倒大哥。晚饭之前，拉齐尼·巴依卡就把发言稿读明白了，只是有些句子读得缓慢，不是很流利。

多来提曼·开米克半夜醒来，看见培训教室的灯光还亮着，就跑去看。拉齐尼·巴依卡还在读发言稿，已经读得比较通顺了。

第二天，天刚蒙蒙亮，多来提曼·开米克在教室再次见到拉齐尼·巴依卡，他不想给拉齐尼·巴依卡太大的压力，就没问背稿的情况。他说："10点30分集合，11点汇报，你晚上没睡觉，赶快去睡一会儿，吃顿早餐。睡好了，吃饱了，才能发挥好。"

拉齐尼·巴依卡说："我半夜的时候趴在桌子上睡了一会儿，发言稿我还要再练习一会儿。"

现场会召开得很隆重。当会议主持人宣布"现在请全国人大代表拉齐尼·巴依卡代表全体护边员汇报"时，拉齐尼·巴依卡神采奕奕地走到主席台前。他特意刮了胡子，穿着参加全国人民代表大会时穿的那套塔吉克民族服饰，英俊威武又严肃庄重。

拉齐尼·巴依卡向大会全体人员深深鞠了一躬，开始汇报："各位领导、同志们上午好,我是一名护边员,我叫拉齐尼·巴依卡……"

会场响起热烈的掌声。

多来提曼·开米克坐在会场的第一排,手掌都拍红了。旁边的一名护边员教导员小声说:"听说拉齐尼只有初中文化,国通语水平不好,肯定是搞错了,他的国通语水平很好呀。"多来提曼·开米克也小声回答:"就是,肯定是搞错了,拉齐尼大哥的国通语水平相当高,国通语水平不高怎么能去北京人民大会堂代表我们参政议政呢?"那位教导员点点头。

多来提曼·开米克再次对他的拉齐尼大哥产生敬意,他也很好奇:"800字的发言稿虽然不长,但他有很多字不认识的,怎么能一下子说得那么好?他是怎么做到的?"

汇报会之后,方强特意走到拉齐尼·巴依卡身边说:"拉齐尼,你一夜没睡,现在赶快去休息一下。"

拉齐尼·巴依卡说:"没事,方书记,我身体可好了。"说完看着方强,迟疑了一下又说,"方书记,我有一个想法,不好意思说。"

方强说:"没关系,你说。"

拉齐尼·巴依卡说:"3月的时候,我去北京参加了全国人民代表大会,非常光荣。我能不能把大会的事情给大家宣传一下?"

方强猛拍一下自己的脑袋:"嗨!前几天中心还开了一个会,讨论请你宣讲的事情。这件事情一定要做,尽快安排。"

送走参加现场会的各位领导,方强立即着手安排拉齐尼·巴依卡宣讲会的事情。几个小时后,当他走到窗口向外看时,又看到拉齐尼·巴依卡与护边员学员们一起,正在精神饱满地训练。

方强小声嘀咕:"这个拉齐尼难道是铁人?"

第八章 白云在天

拉齐尼·巴依卡走进宣讲会现场之前，先在操场上站了一会儿。

阳光很明亮，给远处的雪山戴上了一顶金色皇冠。拉齐尼·巴依卡望着雪山的峰顶，突然很想爷爷凯力迪别克·迪力达尔。

拉齐尼·巴依卡很小的时候，爷爷经常对他说："巡逻是国家的事，也是牧民的事。没有国家的界碑，哪有我们的牛羊？"拉齐尼·巴依卡觉得，此时，爷爷正站在那雪峰之上，遥遥地凝望自己。

"亲爱的爷爷，这段时间特别忙，我一直没向你汇报，我当选为全国人民代表大会代表了，代表咱们塔吉克族去北京开会、参政议政。我见到了习近平总书记，把党和国家对咱们塔吉克族的关心关怀带回家乡了。现在，我要把党的富民政策，还有我在北京见到的事情，讲给每个人听。"

拉齐尼·巴依卡走进会议室，300多名护边员学员正等着他。他站在主席台前有无限的感慨。他开始宣讲：

"朋友们！我是一个普通的塔吉克族牧民，从小生活在帕米尔高原。我的爷爷，我的爸爸，他们也从小生活在帕米尔高原。高原是我们的家，我们热爱高原。刚才进来之前，我站在院子里向我爷爷汇报了。我对他说，我当选为全国人大代表，去了北京。我第一次去北京，特别感动。我见到了习近平总书记，特别激动。现在，我来向大家汇报我见到的事情。"

"我到北京，是带着任务的。把塔吉克族对党对祖国的热爱带到北京，这是第一个任务；让北京知道我们塔吉克族的生活情况，是第二个任务；代表我们塔吉克族参政议政，是最主要的任务。可是，在北京的时候，我非常担心我的国通语不行，有人来采访我，我要用国通语汇报，这让我非常紧张。我每天对自己说，一定要努力，一定要努力完成任务。国通语在我面前是一座比乔戈里峰还要高的山，我必须要特别努力攀登上去。"

"有人来采访我，我向他们汇报：塔吉克族自古以来就有爱国守边的光荣传统，一个帐篷就是一个哨所，一个边民就是一个哨兵。我们是神圣国土的守护者,守护祖国的安全是我们的职责。我还向他们汇报,我们塔什库尔干塔吉克自治县是一个边境县,我们祖祖辈辈在这里放牧。以前坏人总是来抢我们的牛羊,解放军来了以后,我们的生活越来越好了。作为塔吉克族,如何感恩?如何来报效国家?就是一代一代自觉自发地守好祖国的边境。祖国的边界线很长很长,要靠我们护边员来守护,及时发现及时报告,绝不会让敌人侵犯我国的领土。我们心中就要有这个信念。"

全体护边员学员都鼓掌,宣讲会气氛十分热烈。

拉齐尼·巴依卡的宣讲非常有感染力。当选为全国人大代表之后,他有机会去乌鲁木齐开会,去发达省区学习,他的眼界拓宽了,他的学识也有所进步。他宣讲中央支持边境地区加快发展的特殊优惠政策;宣讲国家大力推进边境小康村建设,加大边境地区交通、能源、水利、通信等基础设施建设力度;宣讲党和国家持续提高边民补贴,推进兴边富民行动,改善边境地区生产生活条件,吸引更多群众扎根雪域边陲,把伟大祖国的边疆建设好守护好,等等。

最后,拉齐尼·巴依卡说:"国家帮助了我们这么多,我们要内生动力,不能安于现状,我们要通过自己的勤劳和努力让我们的生活更美好。"

宣讲会快要结束时,方强书记来主持会议了,他向教导员多来提曼·开米克眨眨眼,多来提曼·开米克会意地点点头。

方强书记大声说:"同志们,今天拉齐尼代表宣讲得好不好?"

护边员们齐呼:"好!"

方强书记说:"我们是不是要庆祝一下?"

一片善意的呼声:"要!"

大家都对着拉齐尼·巴依卡微笑。那微笑让拉齐尼·巴依卡警惕起来。

拉齐尼·巴依卡开始拔腿跑步、躲闪:"教导员!教导员!"

多来提曼·开米克也加入了围追堵截,方强书记则在一旁加油助威。

可是，一个曾经拿过新疆军区军事大比武 10 公里越野长跑二等奖的家伙，一个长期走在边境线上给军队做向导的家伙并不那么好抓。拉齐尼·巴依卡连跑带躲，多来提曼·开米克也奈何不了他。

方强书记见状来帮忙，他命令道："拉齐尼·巴依卡，立正！"

拉齐尼·巴依卡果然立正了，立即被几个人抬了起来。

"飞起来！飞起来！"拉齐尼·巴依卡在半空中飞舞。他看到了，看到灼灼灯光，看到了天花板，他也看到了天空，看到云朵在蔚蓝的天空中像一堆堆洁白的棉花，看到远处的雪山在阳光下闪着金色的光芒，看到一只雄鹰向着雪山之巅飞去。

拉齐尼·巴依卡感觉自己就是那只鹰。

五

拉齐尼·巴依卡的眼睛发出炯炯的光亮，是翱翔高空的雄鹰俯视大地时发出的那种光亮，山川河流、飞鸟走兽无不在雄鹰的视野之下。

拉齐尼·巴依卡站在塔什库尔干塔吉克自治县护边员服务管理中心的一间培训教室里，投影仪展示着一张电子实景地图——中华人民共和国和塔吉克斯坦、阿富汗、巴基斯坦接壤的全长 888.5 公里边境线的全景实景展示地图。

年轻的护边员、26 岁的多来提曼·开米克看到了拉齐尼·巴依卡眼睛中的光亮，手中的笔快速地记录，生怕遗漏拉齐尼·巴依卡说的每一个字。

"XX 达坂距离 XX 号界碑 6 公里，翻过达坂之后是一片乱石滩，大多是些板凳大小的石头，石头边角锋利，牦牛的脚很容易卡在石头间的缝隙间。过乱石滩的时候，人不能骑在牦牛身上，得牵着牦牛走，一个向导、一个战士、一头牦牛为一组，小心通过。我们管这片乱石滩叫 XX 滩。肯定没错，在地图的这个地方,应该标在这里,XX 达坂下来一公里的地方。

"地图这个点位标得不对,XX 河在这个点位上有一条支流,东西方向,肯定没错,我记得很清楚。2009 年,我们骑牦牛过河,河水很急,一个战士被冲走了,我救他回来,当时很危险。

"XX 冰达坂到 XX 冰达坂之间还有一个小达坂,我们管它叫 XX 达坂,地图上漏了,肯定没错。通过这个冰达坂需要穿过一条长约 30 米的冰洞。冰洞很窄,每次只能通过一个人,牦牛过不去,得从雪山上绕过去。"

…………

讲述中,拉齐尼·巴依卡时不时说到"肯定"这个词:肯定还有一个小达坂,肯定还有一条东西走向的支流,肯定漏了一座雪山达坂……

随着拉齐尼·巴依卡的讲述,边防线电子实景地图被不断地打开、再打开。

拉齐尼·巴依卡是两天前被请到这间会议室的,多来提曼·开米克作为记录员一同来到这里。

上级的任务是细化边境线地图,地图通过卫星导航、航天遥感等世界先进设备初步绘制,而边境线上,诸如吾甫浪沟这样的崇山峻岭之中的峡谷幽壑,即使卫星导航、航天遥感也奈何不了。

上级派来的地图绘制小组成员里有一个高个子工作人员,他在介绍的时候,说了许多新名词,如"测绘技术体系""运用遥感""定位技术绘制"等。

拉齐尼·巴依卡听不懂那些新名词。当工作人员在他面前打开电子实景地图时,他惊呆了。

随着工作人员鼠标轻点,大屏幕上电子图瞬间转换为立体影像。戴上特制的眼镜,拉齐尼·巴依卡看到了高山、河流、峡谷、冰达坂……

电子实景地图既可俯视边境线全貌,又可对局部区域进行勘测,仿佛身临其境。

第八章 白云在天

他边观看电子实景地图，边惊叹、感慨。惊叹电子实景地图打开了一个奇妙世界，感慨祖国边防建设高科技的迅猛发展。

最初，工作人员心存疑虑，他们并不十分信任这位瘦削、矮个儿的塔吉克族男子。当他们打开电子实景地图，随手指向一座山峰，拉齐尼·巴依卡立刻说出这座山在哪里，叫什么名字，前面是啥地方，后面是啥地方。再指向一个峡谷，拉齐尼·巴依卡不但说出了沟名，而且描述沟内的地形状况，有几条河流、几座山脉、几个冰达坂。说得有板有眼、非常详细。

这时候，工作人员才注意到拉齐尼·巴依卡的眼睛。多么明亮睿智的眼睛，如同一双鹰眼，在高空中俯视边境线上的山川河流。

信任建立之后的工作有条不紊，随着拉齐尼·巴依卡的诉说，电子实景地图被不断地打开、再打开。

多来提曼·开米克不停笔地记录，一个世界在他面前打开了。拉齐尼·巴依卡一家三代人行走在边境线上，他们带领边防连战士走过的山路、蹚过的河流、翻过的冰达坂、穿过的雪洞、爬过的雪山、攀登上的顶峰，在电子实景地图上被一一找到。地图上没有显示的地方，都被记录下来。

讲述中的拉齐尼·巴依卡像个天真的孩子，眼睛直视着电子实景地图，他的记忆像风一样掠过全长 888.5 公里的边境线。

多来提曼·开米克听着拉齐尼大哥的讲述，记录着，崇敬之心油然而生。只有拉齐尼·巴依卡这样心无旁骛走边防的人才能讲得如此详细，才能取得如此的成就；只有像拉齐尼·巴依卡这样心怀爱国之心的人才会将巡边护边这件事情一代一代地传下去。

多来提曼·开米克聆听着、记录着。他听到了飞翔的声音，他感觉拉齐尼·巴依卡的灵魂生了翅膀，附体在一只雄鹰身上。鹰飞起来了，飞去了边境线，飞去了吾甫浪沟，飞向拉齐尼的爷爷、父亲走过的岁月……

三天两夜，饿了，饭被送进教室；困了，在旁边的行军床上打个盹儿。

暮色笼罩下的帕米尔高原群星闪烁,见证着工作人员的标准军礼。

"拉齐尼·巴依卡同志,回去之后,我们将根据你的讲述进一步完善边防地图。感谢你做的一切!"

那天夜里,多来提曼·开米克在工作日记中写道:"自古之来,我们塔吉克族人就有巡边护边的传统。我高中毕业之后即成了一名护边员,训练、站岗、巡逻。做了护边员的指导员后,我有点儿骄傲了,觉得自己比普通护边员强一些。这几天,拉齐尼大哥给我上了一课,他能准确清楚地说出边防线上的每一个地名的背后是难以想象的付出。我要向他学习的地方很多,更要像他一样,这辈子都做一名不穿军装的边防战士,永远守好祖国的边境线……"

六

高原露出第一道曙光的时候,拉齐尼·巴依卡在山的顶峰插上了一面五星红旗,之后伸出双手做出拥抱的姿势。他仿佛要把五星红旗搂进怀里,要把面前的雪山和脚下的土地搂进怀里。

这时候,拉齐尼·巴依卡特别想看到一只自由飞翔的鹰。高原的天空湛蓝无比,而雪峰又是那么洁净,只有飞翔的鹰,才可以让人感到这块高地的呼吸和悄然而动的节奏。

就像太阳和风从不辜负高原一样,鹰也从不辜负人们的期盼。一只鹰从晨曦中显现了,它像是经过了艰难的长途跋涉,终于冲破了云层。它选中了五星红旗对面的一块大石头,轻轻落下,把双翅收拢。

鹰一动不动地望着站在五星红旗下的拉齐尼·巴依卡,仿佛要与他进行一场无声而又诚挚的对话。可是拉齐尼·巴依卡没时间了,他飞奔上马,马跃起的时候发出了一声响亮的嘶叫，鹰随之腾空而起。

拉齐尼·巴依卡是个好骑手，他快马加鞭回到护边员管理中心。人们紧张有序地做着野外生存训练的准备工作。

训练任务是10公里负重越野赛。学员从管理中心出发，徒步越野10公里。中间要走过一段山地，大约五六公里；蹚过一条水流湍急的夏季河流，水深近1米；最后登上山顶夺取五星红旗。登顶途中特意设置了一处陡坡。高约20米、坡度超过70度的陡坡，很考验护边员的登山能力。

按照比赛规程，每人须负重20公斤。对背包里的物品没有做出规定，大多数学员背着吃的喝的或者用于遮阳避雨的物品。有的学员背包不足20公斤，就装一些石块在背包里。公道自在人心，谁都不会偷工减料，让自己的背包重量不足。

拉齐尼·巴依卡一早骑马上山，把五星红旗插到了高山之顶。派拉齐尼·巴依卡去山顶插红旗，方强自有一番考虑。拉齐尼·巴依卡做事认真，工作交给他放心还在其次；论骑马速度，处理各类险情的能力，320名参训护边员，加上10名教导员，没有不甘拜下风的。人们都知道，拉齐尼·巴依卡是骑马冠军，次次刁羊比赛均夺得头彩；人们更知道，拉齐尼·巴依卡一家三代为解放军巡边护边当向导，走过最危险的峡谷，蹚过最湍急的河流，登上最险峻的山峰，像吾甫浪沟这样连航天卫星都探测不到的深山幽谷，拉齐尼·巴依卡也如履平地。

教导员多来提曼·开米克看见骑马飞奔而来的拉齐尼·巴依卡，第一个迎了上去说："拉齐尼大哥，顺利吗？"

拉齐尼·巴依卡把马拴起来，与多来提曼·开米克一起向操场的方向走去："挺顺利的。谢谢你替我拿背包。"

多来提曼·开米克把背包递给拉齐尼·巴依卡，指着远处的山峰说：

"拉齐尼大哥,负重20公斤,徒步10公里,平均海拔4000米,对护边员来说是一个不小的考验。"

拉齐尼·巴依卡边走边背包:"我们的护边员大多数生活在高原,又大多像你一样年轻,海拔4000米对他们来说不算什么;他们长期跟着牛羊后面走路,有时候一走就是好几天,10公里也不算什么。我相信我们的护边员们都能完成任务。"

"这是一项很轻松的任务。"拉齐尼·巴依卡笑着说。他弯腰抓了一把土,让沙子从指缝漏下,剩下小石子。他用手指把石子擦磨干净,紧紧攥在手心里,仿佛要用自己的手温将石子捂热。

多来提曼·开米克注意到拉齐尼·巴依卡的这个小动作,心想:"掏出来的时候,石子不知道捂成了什么样子。"在多来提曼·开米克眼里,拉齐尼大哥是一个心存美好的人。当拉齐尼大哥把石子从泥土里掏出来又用心擦磨的时候,石子就已经和"美好"两个字沾上边了。

在多来提曼·开米克眼里,拉齐尼大哥还是一个充满神秘色彩的人。他不知道这个小个子塔吉克族男子体内还蕴藏着多少能量,还有什么本领是他没有发现的。

的确,仅野外生存这一项,拉齐尼·巴依卡就是护边员中的佼佼者。

有一次,在吾甫浪沟巡边,牦牛队在雪山脚下走得好好的,拉齐尼·巴依卡突然紧急呼喊人们后撤。几分钟后,雪崩发生,积雪如瀑布一般从悬崖峭壁上直泻下来,转瞬间将先前人们站立的地方埋没。

人们站在安全的地方,望着来势凶猛的雪崩心有余悸,庆幸躲过了一劫。一位战士打了拉齐尼·巴依卡一拳说:"你这家伙,怎么知道会雪崩?"拉齐尼·巴依卡腼腆地说:"雪崩前有一种声音,我听到了。"战士不依不饶地说:"都说你长了一双鹰的耳朵,能听到很远的声音,能提前预判雪崩、泥石流这些自然灾害的发生,看来是真的。"

拉齐尼·巴依卡说:"哪有那么神?我经常一个人走在高原,四周太安静了,除了风雷雨雪的声音,还有狼嚎、熊吼、马嘶、牦牛叫、鹰啸、鸟鸣。大自然的声音非常动听,好像在演奏音乐,我听了这些音乐,心里特别愉快。慢慢地,大自然发生些什么事,哪怕是细微的声音,我就能听见了,我也不知道是怎么回事。雪崩前的动静其实很大,稍微一听就听出来了。"

拉齐尼·巴依卡虽然这么解释,人们还是觉得他挺神的。很多人在高原行走,怎么就没练就这样一双耳朵呢?

另一次,也是巡边路上,雪地上有些深深浅浅的动物脚印,谁也说不清楚是什么动物。拉齐尼·巴依卡对着脚印看了一会儿说:"昨天,天快黑的时候,一只狼路过这里,停留了一会儿。是一只孤狼,左后腿受伤了,肯定在前面山坳里过夜,现在还在那里。"人们目瞪口呆,将信将疑加快了脚步。

山坳进口,有人举起军事望远镜察看。果真一只孤狼在乱石间时隐时现,再调整望远镜倍数仔细观察,真是左后腿瘸着。

人们问拉齐尼·巴依卡是怎么知道的。他说:"很简单呀,我从小跟着爷爷在山里放羊,怎么能不认识狼的脚印?狼有四只爪,雪地上只有三溜爪印清晰,左后爪印是浅浅的拖印,不是受伤了是什么?"

拉齐尼·巴依卡说自己就是一个普通人,只是善于观察、勤于总结,对野生动物的特点和生活习性比较了解罢了。

事情传出来就不那么简单了。有人说:"拉齐尼长着一双鹰眼,不用拿望远镜,肉眼就能分辨茫茫雪原远处的物体,是石头还是动物,是猛兽还是人,非常精准。"又有人说:"拉齐尼能做到身体和灵魂分离,他的身体行走在峡谷,灵魂却依附在鹰的翅膀上,保护着解放军战士。护边巡边途中那么多危险,次次能化险为夷,就是天空中的鹰在保护解放军。"

七

急促的哨声响起来，配合着方强书记高亢的声音："紧急集合！紧急集合！"

护边队员们背包冲了出来，没有一个人拖拖沓沓的。

多来提曼·开米克和拉齐尼·巴依卡快步加入集合的队伍。

方强宣布考核规则："同志们好，10公里负重越野赛是我们塔什库尔干塔吉克自治县护边员培训的保留项目。考核的不仅是个人素质，更重要的是团结精神。我们全部学员320人，分10个中队，每个中队32名学员。第一名抵达山顶、夺取五星红旗的团队得10分，第二名得9分，以此类推。记住，说的第一名是整个团队在五星红旗下集合，可不是你们中的某个人第一个到达，少一人扣1分，得分多者胜。"

学员队伍中，多来提曼·开米克和拉齐尼·巴依卡握手，相互鼓励。多来提曼·开米克说："五中队必胜！"拉齐尼·巴依卡也说："五中队必胜！"

两人说完，相视而笑。

训练之前，方强等政法委领导显然是看过天气预报的。这天晴空万里，云朵像星罗棋布的蘑菇。高原辽阔壮美，苍褐色的山峦一座连着一座，让人看得振奋。

第一阶段赛程为山地5公里。高原沟壑纵横、山路崎岖，护边员们却是司空见惯、如履平地。他们走峡谷，上山坡，踏石滩，跳岩石，个个神清气爽，如同闲庭信步，即使负重20公斤，也是你追我赶、争先恐后。

商量好的策略是：多来提曼·开米克冲锋在前，提高全中队速度；拉齐尼·巴依卡跟在后面，照顾落后的学员。女学员阿依古丽·努尔木兰个子比较矮，又瘦，20公斤的背包对她来说太重了。不到3公里，她就大汗淋滴走不动了。拉齐尼·巴依卡走过去，把她的背包拿过来，一手拎着。这样，拉齐尼·巴依卡就负重40公斤了。阿依古丽·努尔木兰轻装上阵，轻松了很多，感激地对拉齐尼·巴依卡道谢。另一位女学员也很累，看见拉齐尼·巴依卡手中已经多出了一个背包，不好意思再给他加压，咬着牙前进。拉齐尼·巴依卡跟了上来，把她的背包也拿过来，用另一只手拎着。一位男护边员看不过去了，从拉齐尼·巴依卡手中夺过一个背包，对他说了声："加油！"又继续往前走。

拉齐尼·巴依卡感激地看着男护边员的背影，大喊一声："加油！"旁边的护边员也接了一句："加油！"一时间，加油声此起彼伏，大家都加快了脚步。

中午的阳光很是耀眼，第五中队全体护边员士气很高，眼看就要到河边了。计划是在河边休整吃午餐，有些护边员的肚子已经在"咕咕"叫了。

阿依古丽·努尔木兰，就是拉齐尼·巴依卡帮她拿背包的女护边员，在没有任何预兆的情况下，身子一歪倒下了。拉齐尼·巴依卡一个箭步冲过去，想扶起她，又没敢动。

这位女护边员全身肌肉阵阵抽搐，口吐白沫，呼吸困难，舌唇渗出一些血丝。拉齐尼·巴依卡意识到是癫痫病发作。癫痫病是高原常见的病种，拉齐尼·巴依卡知道怎样救治。他让女护边员平躺，往她嘴里塞入一些纸巾，以防她咬伤自己的舌头，又掐她的人中。几分钟后，女护边员的病情稍稍缓解，拉齐尼·巴依卡这才扶起她，给她喝水。待随队医生赶来时，女护边员已经吃了自己随身带的药，基本恢复了正常。医生建议她离开比赛，回去休养或者去医院，阿依古丽·努尔木兰不干，说："这个病我知道，一会儿就好了，我能坚持。"

救治女护边员时，全体队员都停止了前进。在他们眼里，救治队友、关心队友的健康比比赛更重要。拉齐尼·巴依卡看了看手表，整个救治过程花了 20 分钟，其他团队已经全部到达河边，准备第二阶段——过河比赛了。拉齐尼·巴依卡与教导员商量了一下，决定就地吃午餐，等阿依古丽·努尔木兰恢复体力后，中队全体一起行动。

8 月的夏季河流，因雪山融水而水流湍急、气势腾涌。河宽超过 20 米，渡河的唯一途径只能是徒步蹚水。拉齐尼·巴依卡早上骑马过河时，河水没过了马的腿肚子，现在是中午，水更大些，而且水流湍急，单人下水，极易被河水冲走，危险性很大。

先前到达的团队想着各种各样的过河方式。有的团队手拉手，相互搀扶过河，可是一个人歪倒了，其他人都跟着歪倒，比一个人过河还危险；有的团队商量着把所有人的长裤子脱下来首尾相连结成绳做过河的工具，这种方法虽然可行，但结绳的速度很慢，而且裤子的布料不一，很难系结实。

到了河边，拉齐尼·巴依卡从背包里拿出一根军用绳索。他对多来提曼·开米克说："来，绳的一端拴在你的腰上。"多来提曼·开米克立即明白了他的意思，他迅速拴好绳子。拉齐尼·巴依卡把绳子的另一头拴在自己腰上，脱下鞋袜、长裤准备下水。

多来提曼·开米克赶紧喊："拉齐尼大哥，我去河那边，我会游泳。"

拉齐尼·巴依卡的笑比正午的阳光还要灿烂："我也会游泳。这水那么急，游不成呀。你老老实实待在这里，帮我拉着绳子，万一我被水冲走了，赶快把我拉回来。"多来提曼·开米克知道拗不过拉齐尼·巴依卡，只好说："那你小心点！"

刚踏进河里，河水就没过拉齐尼·巴依卡的大腿根，水流湍急，河底是石头还是软泥，尚未可知。所有的眼睛都盯着拉齐尼·巴依卡。河底有一块平滑的石头，拉齐尼·巴依卡脚下一滑，差点儿栽倒在水里，岸边一片惊呼，他努力稳住身子，站了起来。河底又一个浅坑，他踩了下去，身子矮了

第八章 白云在天

一截，河水没过了胸部，岸边又一片惊呼，他奋力迈开步子，跨出了浅坑。多来提曼·开米克更是紧张，他一点儿一点儿地放绳子，保持绳子的紧绷状态，这样，河中央的拉齐尼·巴依卡一旦有危险，绳子就能使上劲，把他拉回来。

空气仿佛因拉齐尼·巴依卡面临的危险而凝固，河岸上的护边员们都因为拉齐尼·巴依卡的奋不顾身而停止了手上的动作。

拉齐尼·巴依卡站到了河对岸，他向着多来提曼·开米克喊："可以了，让大家扶好绳子挨个过来吧。"学员们脱了鞋袜、长裤，一个挨着一个手扶绳索过河。

就是这条绳索，第五中队夺回了失去的时间，走到了其他中队前头。

第三阶段的登山比赛更能展现一个人的力量、耐力、灵敏和柔韧，也更能体现团队协作精神。赛程最后一段是坡度达 70 度、高 20 米的陡坡，在没有任何保护设施的情况下，徒手攀登有一定难度，更有一定的危险性。但难度和危险性都是相对的。对于新手，这样的陡坡无论如何不敢徒手攀登。而对从小生活在高原的护边员们来说还是比较轻松的。那些护边员们个个像羚羊一样攀上陡坡，站在插着五星红旗的山顶等待。

第五中队有 3 个来自塔什库尔干塔吉克自治县塔吉克阿巴提镇的护边员。塔吉克阿巴提镇地处平原，在那里长大的塔吉克族不善于攀登。拉齐尼·巴依卡留在后面，一个一个帮助他们。

"脚踩在这块石头，对。手抓在这个地方，对。用力……"拉齐尼·巴依卡一会儿像羚羊一样攀登上山，指导其中的一名护边员攀登；一会儿又像猿猴一样灵巧地下山，迎接另一名护边员。

护边员艾山巴依·库兰巴依只有 21 岁，从小就没爬过山。他登到山腰时，脚没有站稳，身子一歪眼看要摔倒。拉齐尼·巴依卡眼疾手快，一把抓住他的手,拼尽全身气力把他拽回石壁。

第五中队夺得了胜利,多来提曼·开米克挥舞着五星红旗说:"10公里负重越野,我们第五中队夺得了胜利,同志们,骄傲不骄傲?"

护边员们大喊:"骄——傲——"

"自豪不自豪?"

护边员们嗓子都快喊破了:"自——豪——"

满坡都是笑声。

拉齐尼·巴依卡站在人群中,他的笑是塔吉克族男人的微笑,安闲、沉稳、从容。

看着兴高采烈的多来提曼·开米克,拉齐尼·巴依卡感觉越来越喜欢这个比自己小十几岁的塔吉克族男孩了,他聪明、勇敢、快乐,而且坚强。

此时,多来提曼·开米克的快乐被高原的风刮上了云霄,他喊道:"同志们,为了庆祝胜利,我们唱支歌吧,《团结就是力量》,怎么样?"

一位护边员自告奋勇起了一个音。一首歌吼得地动山摇,士气高至不可再高。

帕米尔高原,永远被阳光照耀的地方,风和时间紧紧拥抱守卫边境线的这群人。

第九章　雄鹰之梦

他所做的一切，
包括越锤炼越坚硬的翅膀，
都是为了践行一名共产党员的使命，
能为祖国和人民做出一点儿贡献，
简单纯净无私的心中没有一点儿杂质。

一

听说春节前要去北京参加军民迎新春茶话会，拉齐尼·巴依卡激动得好几天都没睡好觉，这对于头一挨着枕头就睡的人来说，实在是稀罕。出来进去，拉齐尼·巴依卡都走路带风，脸上一直笑呵呵，这让阿米娜·阿力甫夏也乐在心里。这也不能怪他，他要进北京去见习近平总书记了，这可是他做梦也不敢想的。有时他觉着自己有可能是在做梦，还偷偷咬过自己的手指头，一口下去，疼得龇牙咧嘴，他终于对自己即将进京这件事不再怀疑。

阿米娜·阿力甫夏看到他激动的样子，又好笑又心疼。这一天对于拉齐尼·巴依卡来说太不容易了，她最清楚他的付出。前两天阿米娜·阿力甫夏拉着他去县城买了身崭新的西装，他穿上西装对着镜子看了又看，然后脱下来小心叠好，回家后立刻放进柜子里，就等去北京的时候穿。阿米娜·阿力甫夏觉着，似乎拉齐尼·巴依卡新婚的时候都没有这么紧张。

恰好是春节前，被几场雪裹得洁白的塔什库尔干已经有了节日的气氛。走在路上，连牦牛都精气神十足。2015年2月8日一大早，阿米娜·阿力甫夏就帮拉齐尼·巴依卡换上那身新衣服，将他送出家门。他在上车前回头，看到妻子和孩子们站在门口目送着他，用力地挥了挥手。拉齐尼·巴依卡先赶到喀什，2月9日一大早飞往乌鲁木齐，第二天直飞北京。

2月11日上午，是拉齐尼·巴依卡毕生难忘的日子。那天在北京人民大会堂，他代表父亲参加全国军民迎新春茶话会。那是他第一次踏进人民大会堂，他惊愕于这样巍峨高大的建筑，感受着环绕其中的庄严肃穆的气氛。站在代表们中间，他有些局促，感觉手脚都无处安放。就在他紧张的时候，他见到了大步向他们走来的习近平总书记、李克强总理及其他党和国家领导人，他的眼睛一下亮了起来。

那是他第一次与习近平总书记、李克强总理握手。他激动地伸着手，不知所措。当习近平总书记温暖的大手握住他粗糙的手掌时，他的胸中瞬间涌起一股热浪，眼眶随之一热。他只是偏僻的塔什库尔干塔吉克自治县一名普通的牧民，每天做着自己应该做的工作，再平凡不过，但是，党和国家给了他莫大的荣誉与肯定。他觉着自己的眼眶有些潮湿，无人注意的时候，偷偷用手背抹去眼角的泪水，那是激动与幸福的泪水。

茶话会上，习近平总书记特意让拉齐尼·巴依卡坐得离自己近一些。播放双拥工作专题片《爱我人民爱我军》时，看到吾甫浪沟巡逻镜头，习近平总书记亲切地问拉齐尼·巴依卡："红其拉甫海拔多高？"拉齐尼·巴依卡回答道："红其拉甫海拔4733米。"习近平总书记接着问："红其拉甫那里是什么民族？"拉齐尼·巴依卡回答："塔吉克族。"习近平总书记转向同桌的范长龙副主席："你去过红其拉甫没有？"范副主席回答："没有去过。刚才电视上的是他的父亲，他们一家三代人都是给部队做向导的。"习近平总书记说:"不容易,不容易。"

茶话会结束,一行人准备离开的时候,习近平总书记拉着拉齐尼·巴依卡的手问道:"你父亲身体如何?有机会我去看你父亲。向你父亲问好,向各个民族问好。"拉齐尼·巴依卡紧握习近平总书记的手,郑重地回答:"我父亲都好,谢谢您。您来我们新疆,各个民族都欢迎您。您来我们塔什库尔干塔吉克自治县,我们热烈欢迎您。"

那一天到处喜气洋洋,代表们也是第一次见面,互相点头致意打着招呼,彼此投来温和又诚挚的目光。拉齐尼·巴依卡处于他们之中,觉着自己浑身上下都被一股浩然之气包裹,心中激荡着满满的暖意与幸福。

离开北京时,拉齐尼·巴依卡给父亲和妻子打了电话,将心中的喜悦分享给家人。挂了电话,他想着父亲对他说的话:"我们只为部队做了像一滴水那么大点的事,党和国家却给了我们海一样大的荣誉。这个荣誉不仅是我们父子的,更是属于整个塔吉克民族的。"

回到塔什库尔干已经是17号下午,再有两天就是春节了,塔什库尔干塔吉克自治县到处张灯结彩。站在这片冰封雪锁的土地上,他莫名地踏实。他回家见过父亲,看了妻子和一双儿女之后,便迫不及待地想回到红其拉甫,与护边员和边防连的战友们一起分享他在北京见到与感受到的点点滴滴。从未有过一刻,他如此迫切地想要去表达,似乎胸中的千言万语已经无法按捺住,正在汩汩奔涌。

跟加尼丁·居马江通过电话,拉齐尼·巴依卡了解了一下护边员和执勤点的工作情况,心里盘算着自己下一步要做的工作。是的,要做的事情太多了。他整理了一下自己的思绪,眼神越来越明亮。

2018年,拉齐尼·巴依卡当选为全国人大代表的消息传到执勤点,护边员们兴高采烈,奔走相告。在他们看来,拉齐尼·巴依卡的荣誉就是大家的荣誉。

拉齐尼·巴依卡忙完工作回来，刚坐下，伙伴们便围了过来，七嘴八舌地说着自己的意见和建议。拉齐尼·巴依卡掏出笔和本子，耐心听着，并认真地做着记录。他的心情也很振奋，当选为全国人大代表，不仅是荣誉，更是压在肩膀上的一份沉甸甸的担子。既然人民选他当了代表，他就有责任好好履行人大代表的职责，不仅要为塔什库尔干塔吉克自治县的发展建言献策，为护边做出更多贡献，还要真心实意帮助父老乡亲解决真正关心的事情，更要做好表率。

为了更好地履行人大代表职责，拉齐尼·巴依卡抽时间走访调研塔什库尔干塔吉克自治县的农牧区，熟悉一些不经常去的巡逻路线。虽然从小在这里长大，但是很多地方他并没有去过。当他来到很久未来过的热斯卡木村的时候，大吃一惊，这个在他的印象里最为荒芜贫困的地方完全变了样。不仅正在修建热斯卡木新村，而且公路也修到了家门前。他见到跟父亲一样同为老护边员的买买提·热依木大叔，跟大叔聊起这些年的变化，两个人都是感慨万千。

一趟走下来，不仅看到了塔什库尔干这些年的发展变化，也让他对现在的塔什库尔干有了全新的认识。塔什库尔干塔吉克自治县最偏远的乡村都实现了"五通四有"，不仅农牧民全部住进安居富民房，而且村村都有幼儿园，连最偏远的皮勒村都有幼儿园，孩子们全都享受着免费义务教育。

过去护边员没有任何保障。2015年之后，护边员工资由过去的每月150元提高到了2600元。有的牧民家里有2个护边员，家里有了稳定收入，实现了脱贫。现在县里所有护边员都享受到了国家惠民补贴、草场补贴、社保医保等，人们生活都有了极大改善。

过去塔什库尔干塔吉克自治县有一些采矿场，灰尘特别大，很多牧场都遭到了破坏，现在根据要求，矿场全部停产，原来的采矿区都种上了牧草，到处都竖立着写有"绿水青山就是金山银山"字样的牌子。塔吉克族世世代代依水而牧，依山而居，与自然和谐相处才得以世代繁衍生息，这些变化都是他所期盼的。

他决定不仅要把塔什库尔干塔吉克自治县塔吉克族的声音传达到两会上，更要把今夕的变化说给每一位农牧民听，让他们心怀感恩，拿出干劲，共同建设更美好的塔什库尔干。

在参加第十三届全国人大一次会议新疆代表团全体会议时，他深情地说："我生活在一个好时代，国家政策好，我们的生活好。是伟大的共产党让我们塔吉克族牧民过上了好日子，我们感恩党，也永远心向党。我一定会守好边境线，并且要一代一代守下去，让伟大的祖国永远平安。"

2018年全国人民代表大会期间，他参加了在北京、四川、陕西等省市举办的观摩活动，与当地的少数民族群众交流学习。这让他的眼界进一步扩大，让他进一步认识到56个民族就是一家人，大家都是中华民族的一员。他和其他少数民族互相介绍各自的民俗文化传统，还向大家表演了塔吉克族舞蹈，演唱了《花儿为什么这样红》。

拉齐尼·巴依卡开完人代会回到红其拉甫，受到了伙伴们的热烈欢迎。站在帕米尔高原上，他呼吸着高原稀薄清冽的空气，胸中充满了力量与信念。他不断分享自己在北京的见闻，并一遍遍地对护边员们说："现在祖国发展日新月异，老百姓得到的实惠也越来越多，人们对生活都充满信心，但我们要居安思危，护边工作一天都不能放松，我们要每天坚持巡逻，配合边防官兵保护好我们的美好家园。"

这些都是他的肺腑之言。

多年的巡逻同路，边防官兵不仅和拉齐尼·巴依卡结下了深厚的情谊，更是跟提孜那甫村结下了难解之缘。村里的事就是边防连的事，边防连的事也是村里的事。拉齐尼·巴依卡始终记得那些让他倍觉感动的时刻。那一年，大雪压塌了村里的房子和羊圈，是边防官兵帮助大家来修的；村里孩子上不起学,也是他们默默送来学费,并给孩子补课;吐尔迪罕大妈家是贫困户,是他们买来羊羔帮吐尔迪罕大妈致富;红其拉甫没有医院,牧民生病了都到连队找军医;牧民到了连队就像在自己家一样自在随意,而官兵们见到牧民,也像见到家人般亲切熟悉。

那年,提孜那甫村遇到多年未遇的暴雪。大雪封山,路被雪埋了,牧民的牛羊眼看就没草料吃了,大家心急如焚。部队了解情况后,立刻为牧民送来草料。部队也有马有羊,在自己物资有限的情况下,他们连续15天倾尽全力,优先保障牧民们的生命财产安全。雪灾结束后,提孜那甫村的村民们觉得过意不去,装了4车牧草送给部队,部队坚决不收,后来在苦苦劝说下,部队才勉强收下2车草,其余的又分给了村民。

2017年5月11日,塔什库尔干发生5.5级地震。1520间房屋倒塌损坏,1.2万人受灾。地震发生后,部队领导第一时间前往现场指挥部署救援工作,部队数百官兵赶到震区进行抢险救援。当时县郊一所城乡寄宿制小学受损严重,45间教室墙面裂开大口子,成为危房,2000余名学生面临停课。为了保证所有的孩子都不停学,部队官兵在安置完受灾群众后,连夜赶到学校,加班加点准备桌椅板凳,搭设教室。经过6小时连续奋战,他们用100顶帐篷搭建成整齐划一的25间教室,桌椅板凳、黑板都摆放得整整齐齐,并连夜给帐篷里接通了电灯,让孩子们第二天就安心坐进了教室正常上课。一大早,部队还给孩子们送来了牛奶、鸡蛋、面包等食品,确保孩子们吃得好。

一桩桩一件件往事,都留在塔什库尔干塔吉克自治县4万多干部群众的心中。

岁月给予拉齐尼·巴依卡的不光是成长,还有越来越深沉越来越真挚的理想和信念。

他以更大的精力与更饱满的热情投入护边工作,正如他所说的:"这辈子要一直做一名不穿军装的边防战士,永远守护好祖国的边境线。"

当选人大代表以来,他共提交了 12 份议案或建议,围绕民生领域建言献策,尽心尽力履行自己的职责。

拉齐尼·巴依卡经常说:"我们一家只做了一件事,那就是为国戍边,义不容辞。"

"随时准备为党和人民牺牲一切!"在拉齐尼·巴依卡心中不是一句口号,而是一种融入血脉中的坚定的理想信念和人生追求。无论是在雪山深谷巡逻戍边,还是在庄严的人民大会堂里为民建言献策,他都以实际行动践行着共产党员的神圣使命和崇高理想,树立起一名共产党员的光辉形象。

都先比·卡尔巴西是九道班护边员执勤点的指导员。提起拉齐尼·巴依卡,他一脸敬佩。都先比·卡尔巴西坐在集体宿舍的架子床下,回忆着往事。他说:"拉齐尼·巴依卡最大的特点就是不让人闲着,但凡他在执勤点,看到有人在值班室坐着,就会想尽办法把人赶出去巡边。他对别人的要求严格,对自己的要求更严格,有时明明该他休息了,他却一声不吭带上望远镜和手电筒等装备,带上他的大狗和馕独自进山,到一些不常去的地方熟悉地形。"

拉齐尼·巴依卡发在朋友圈的一些照片,是记者一路跟随他记录下来的日常。他穿着护边员制服,独自穿行于群山之中,脚步稳健,目光坚定。他的大狼狗跑在前面,撒着欢儿。

有时他顺着河谷行走,河水卷着浪花在前面奔腾流淌,他追随着流水,偶尔在河流拐弯之处停下来休息片刻,俯身在河里掬起一捧水,撒在脸上以缓解紫外线的灼伤之痛,然后再掬起一捧,就着馕,一口河水一口馕大口吃起来。

有时他需要翻越一座岩石松散的山梁。他摸索着寻找落脚点,抬起脚,刚踩过的岩石翻滚而下,在空旷的山谷中腾起回音。他回看一眼,咬着牙继续向上攀爬。终于爬到峰顶了，他站在群山之上，从包里掏出望远镜，仔细搜索观察着，像凝固的岩石般保持同样的姿势，很久身体也不移动一下。当他终于确定一切如常，边境线没有任何异常时，他转身向另一道山坡走去。因为惯性，他快速地向下移动，脚下扬起一阵尘土。他举着手臂，用以维持身体的平衡。双臂像是高高扬起的翅膀一样，拍打着向前俯冲，身后的尘土如同云团，紧紧飘荡在他的身后。

是的，那一刻他就是一只雄鹰，翱翔于九天之上，振翅于千仞之冈。

在边境线上，边防战士最有发言权。即使是老兵，做了防晒措施，若是长时间在户外曝晒，依然会被紫外线灼伤。在他们眼里，拉齐尼·巴依卡就是铁人。拉齐尼·巴依卡似乎已经习惯了这一切，他的皮肤在无数次灼烧中已经变得坚硬如盔。那些雪山和冰川如同镜子，将刺眼的光线反射过来，他也早已经习惯。他的眼神依然锐利如雄鹰。他的手掌伸出来，粗糙如同砂纸，那是经年劳作留下的印记，使他不再畏惧刺骨的寒冷，能够从冰河中掬起日月。

巴依卡·凯力迪别克曾经说："我将为国戍边的使命传递给了我儿子，我相信我的儿子一定可以胜任。这一切都是为了党，为了人民，为了我们伟大的祖国。这些边防官兵从五湖四海来到祖国的最边缘为国守边，因此我教育孩子要为这些官兵当好向导，保护好他们的安全，好好工作。"

拉齐尼·巴依卡一直就是这么做的。

每次巡逻，拉齐尼·巴依卡也是最不厌其烦的一个，所有的角角落落他都坚持要走到，仔细勘察每一处的情况，从不畏惧道阻且长。若是走到边界线没有标志的地方，他就会停下来认真核查，以确保每一寸土地都不会有误。有时有些越界者会在石头上留下自己的印记，而这样的石头绝不会出现在拉齐尼·巴依卡巡逻后的路上。他的眼睛会将所有可疑的痕迹分辨出来，再清理出来。他会让脚下走过的每一寸土地都洁净如初。

第九章 雄鹰之梦

有护边员曾形容过拉齐尼·巴依卡擦拭有字迹的石头的样子：拉齐尼看到了，然后眉头猛然皱起来，用手掌使劲地擦拭那些字迹，若是没有擦掉，他会在口袋里翻出所有可以用来擦拭的东西，有时甚至是用刀子一点儿一点儿刮掉，确保不留一点儿痕迹。他做这些的时候非常用心，像是整个世界就只剩这么一件事了。他心无旁骛，目不斜视，专注得像是在雕刻这个世界上最为贵重的东西。直到完全清理干净，他再略微退后一些，左左右右上上下下仔细看了又看，直到这块石头像是洗过一样崭新。有时，即使这样他还是觉着似乎不行，会掏出随身携带的油漆，在上面工工整整写上"中国"两个字，待油漆干透，他会再描一遍，然后才心满意足地点点头，像是跟这块石头攀谈一样，最后郑重地致敬离开。

在塔合曼草原举办的护边员誓师大会上，他是那个拳头握得最紧、口号喊得最响亮的人。边境线在他的心中有不同的含义，那是从他爷爷开始就以命守护的土地，而他父亲的一生也献给了护边事业，如今他接了过来，不仅是国家使命，更是家族使命。那里有他的爷爷凯力迪别克·迪力达尔跟解放军一起修建的中华人民共和国成立后的第一座边境界碑，那里有他的父亲巴依卡·凯力迪别克用十字镐刻下的"中国"二字，那里也有他的青春岁月与许下的誓死报国的誓言。

开完誓师大会，巴依卡·凯力迪别克、拉齐尼·巴依卡、拉迪尔·拉齐尼还有护边员们一起跳起了鹰舞。拉齐尼·巴依卡的脸上带着幸福的微笑，手臂模仿着雄鹰的动作上下拍打，脚步不停旋转。拉迪尔·拉齐尼则像是一只小小的雏鹰，跟在他的身旁，学习着他的动作，追随着他前后盘旋，试图跟着他一起展翅高飞。那一刻，他觉着自己真的是一只雄鹰了，是至为勇敢的鹰族中的一员，飞翔在帕米尔高原之上，在群山之巅振翅翱翔。前面是他的爷爷凯力迪别克·迪力达尔，然后是他的父亲巴依卡·凯力迪别克，身后是他的儿子拉迪尔·拉齐尼。他们时而并肩前进，时而鱼贯而行，翅膀破风,唳啸惊空。

2017年,拉齐尼·巴依卡当选为首届"感动喀什十大新闻人物"。颁奖仪式上,他和父亲巴依卡·凯力迪别克、儿子拉迪尔·拉齐尼共同站在颁奖台上,三个人共同举起了那座奖杯。那像是一场忠诚与使命的传承仪式,当三双手握在一起的时候,他能感觉到热血在激扬震荡,他从父亲和儿子那里同时获取了更大的责任和更坚定的使命。这一刻,他觉着自己似乎成了父亲,如同父亲一样拥有简单而朴素的愿望;他希望儿子能够好好学习,希望儿子将来子承父业,成为一名比自己更为优秀的护边员。

他为自己血管中流淌着跟父亲巴依卡·凯力迪别克一样的血而骄傲自豪。他们父子都受到过党和国家领导人的接见。他们没有显赫背景,没有光辉事迹,没有惊天壮举,他们只是恪尽职守,巡逻护边,尽了一个塔吉克族人、一名护边员应尽的职责和本分。他珍视这些荣誉,且深知,平凡中的不平凡在于坚守,普通中的不普通在于奉献。作为坚守者与奉献者,党和国家从来不会忘记他们,人民也不会忘记他们,这就已经足够了。燃烧沸腾起一腔热血,为祖国和人民奉献出自己的一切,这是他心中的信念和梦想。

属于拉齐尼·巴依卡的那份颁奖词是这样写的:"在茫茫高原上,你是一座移动的山峰;在千里边境线上,你是一座巡逻的界碑。雪崩、滑坡、泥石流是你意志的磨刀石;悬崖、冰河、暴风雪是你人生的生死场。一生守边,代代守边;一生光荣,代代光荣。祖国把高原太阳这枚勋章,永远佩戴在你的胸前。"

二

美丽的塔什库尔干河犹如一条跳跃的蓝色缎带,在"世界屋脊"帕米尔高原蜿蜒流淌,滋养着沿岸塔吉克族村落,提孜那甫乡提孜那甫村是其中的一个。

提孜那甫村可耕种土地面积 3800 亩，人均 2.4 亩。往年每到春灌时节，村民们脸上总是愁云堆积。为啥？太缺水了。春灌跟不上，土地就得撂荒，就别指望青稞、小麦、豌豆等作物的收成，即便种植燕麦、苜蓿等牧草，土地也须在春灌时喝饱水才肯露出笑颜，接受种子的孕育、发芽、生根，夏秋季节才可能有收获。

春灌是提孜那甫村扶贫第一书记、驻村工作队队长周军最头疼的一件事情。2020 年 3 月末，拉齐尼·巴依卡成为村委会成员，周军就把这项棘手的工作交给他。

拉齐尼·巴依卡和父亲巴依卡·凯力迪别克两家在村中共有 10 亩土地，他深知春灌对土地的重要性，也知道每年春灌时节塔什库尔干河流域的村落为珍贵的水源发生过许多争执。

走进村委会的那一天，拉齐尼·巴依卡就决定尽其所能为村民服务。如何让全村的土地饱饱地喝足春天的第一场水，是他当村干部后接受的第一个挑战。

村干部与护边员组成春灌小组，轮流巡水，24 小时无休，协助全村村民放水。放水的顺序是：刚刚脱贫的精准扶贫户、普通农户、护边员、村干部。拉齐尼·巴依卡说自己既是村干部又是护边员，他家的土地放在最后浇灌。

春灌次序表张贴在村委会，人人都竖大拇指。

可是，轮到提孜那甫村放水，第一天就出状况了。提孜那甫乡栏杆村的两个农民来要水了，他们站在堤坝前对拉齐尼·巴依卡说："我们也是护边员，前段时间在边防站巡边，没有按时下来，家里的地没有浇灌。如果可以的话，给我们放一点点水，我们的地浇好以后，还要巡边去。"

栏杆村村民的请求立即遭到提孜那甫村村民的拒绝，"春水贵如油"，谁愿意把宝贵的水让给其他村的人呢？

"不管自身多艰难，别人有难都必须出手相助。"拉齐尼·巴依卡悄悄地对两位农民说："你们是农民也是护边员，大家应该互相帮助，我们可以给你们放1个小时的水，再多时间就不行了。"之后，拉齐尼·巴依卡又对先前极力反对的本村村民说，"你们先去看看自己家的地，放水的口子都扒开了没有？"

支走了本村村民，拉齐尼·巴依卡把闸口给栏杆村开了1个小时，两位村民高高兴兴走了。看着春水汩汩地流入自家的土地，他们从心里感谢拉齐尼·巴依卡好心提供的帮助。

2020年，提孜那甫村春灌持续了半个月，新任村委会委员的拉齐尼·巴依卡给村民留下了极深的印象。

村民艾尔肯·热马江巴依记住了拉齐尼·巴依卡的好。天快黑的时候，他的水鞋被利石割破了，冰冷的河水灌进鞋里刺骨地疼。拉齐尼·巴依卡发现后，二话不说把自己的水鞋脱下让他换上。艾尔肯·热马江巴依不肯，拉齐尼·巴依卡说："我是年轻人，身体好，不会生病。你年龄大了，身体又不好，如果受冷了生病了，你家的土地还怎么种？"艾尔肯·热马江巴依最终拗不过拉齐尼·巴依卡，把水鞋换了。拉齐尼·巴依卡穿着有破洞的水鞋，脚在冰冷的河水里泡了整整一夜，直到第二天早晨，才回家换上干净的鞋。

村民合力发·夏改力记住了拉齐尼·巴依卡的好。他也是护边员，春灌的那段时间恰好轮到他值班护边，他家只有体弱的妻子和年幼的儿子，没有劳动力。全村与他家一样，缺乏劳动力的人家还有3户。3户人家共有15亩土地，没办法在春灌期间浇水，拉齐尼·巴依卡说："这三户人家的地我包了。"

春灌之后，该犁地了，这三户人家依然没有劳动力，拉齐尼·巴依卡又与村第一书记周军商量，春耕农时误不得，3户人家15亩土地由村委会承包。于是，拉齐尼·巴依卡帮助3户人家春灌后，又帮助他们犁地播种。加上自家的10亩地，2020年春天，拉齐尼·巴依卡除了做好村委会的工作，还完成了25亩土地的浇水、耕地、播种等一系列农事。

巴依卡·凯力迪别克看他整天整夜地忙，好不容易回到家，却浑身是泥，倒头就睡，累得没了人形，十分心疼。巴依卡·凯力迪别克说："你没必要这么辛苦，这么多事情，你一个人干不了，可以分配一些工作给其他人。"拉齐尼·巴依卡说："我是村干部，又是全国人大代表，我从内心里想帮助村民，帮他们解决困难。"巴依卡·凯力迪别克没有办法，只能由着儿子披星戴月、废寝忘食地为村民服务。

周军书记也永远记住了拉齐尼·巴依卡在春灌期间的表现。

那是4月初的一天，高原的冰雪开始缓慢消融，河水冰冷刺骨。那一天，轮到另外两名村干部值班，拉齐尼·巴依卡不放心，临近傍晚的时候对周军说："我们去渠道看看吧，万一他们需要帮助呢。"

两人徒步沿水渠巡查，快到拦河坝口的时候，拉齐尼·巴依卡说："周书记，好像水量少了，是不是上游决口了？"周军也感觉水量明显减少。没等他回答，拉齐尼·巴依卡已拔腿跑向拦河坝口。

拦河坝口果然决口了，大股的河水顺流而下，只有小股的水流到通向提孜那甫村的水渠。拉齐尼·巴依卡来不及多想，鞋子也没脱，直接跳进水里，徒手搬起几块大石头，堵在河坝口，又操起铁锹把坝口堵上，转身又去清理水渠中的淤泥。

周军目测了一下，河水水深五六十厘米，没过了拉齐尼·巴依卡的膝盖。周军把手探入水中，又立即缩了回来。水温接近零度，冷得刺骨。

周军一个劲儿地说："你怎么搞的，这水多冷，你不怕得病吗？"

拉齐尼·巴依卡把坝口堵好，跳到渠边，把脚上的湿鞋脱下来，满不在乎地说："是挺冷的，不过没关系，我们塔吉克族常年生活在高寒的地方，冷不算什么。"

春寒料峭的傍晚呵气成霜，周军感觉仿佛寒气渗入了骨髓，一个劲儿地打寒战，而拉齐尼·巴依卡半身湿透，裤腿、鞋子均已结冰，却还笑着。他看着堵好的水坝笑，看到畅流到村子的水流笑，看着灌满水的田地笑。

周军看到了拉齐尼·巴依卡由衷的笑容，也记住了与拉齐尼·巴依卡一起巡水的那个黄昏。他后来回忆说："我从来没有这样从内心对一个人产生出敬佩之情。"

这时候，一只雄鹰飞过黄昏的天空，发出一声又一声长啸，那是一只归巢的鹰。周军看看天空中飞翔的鹰，又看看走在他前面的拉齐尼·巴依卡，突然想到，拉齐尼·巴依卡这个名字的意思就是雄鹰。周军想："如果给拉齐尼一对翅膀，这个小个子塔吉克族男人会飞起来。"想到这里，周军更仔细地看着拉齐尼·巴依卡的背影，他穿着湿鞋，扛着铁锹，行走如风。周军又想："难道真有一双隐形的翅膀长在他的心里？长在他帮助过的人们的心里？"

三

4月，渠水奔向返青的冬小麦田里；5月，绕村开满杏花；6月，杏花相继凋谢；7月，杏树结出小小的果子，小杏子毛茸茸的；8月，杏子熟了，摘一颗咬在嘴里甜蜜蜜、脆生生的。

"人间四月芳菲尽，山寺桃花始盛开。"生活在平均海拔4000米的帕米尔高原上，塔什库尔干塔吉克自治县境内的农民习惯于在杏花盛开的5月开始耕种，种青稞、豌豆、小麦、燕麦，他们从来没有种过莲花白、土豆等蔬菜。

第九章　雄鹰之梦

拉齐尼·巴依卡担任提孜那甫村的村干部之后，请来了农业专家。经过一系列勘察、探讨，专家给出了一个建议："莲花白培育出了新品种，5月下种，8月就能成熟上市，生长期仅3个月。村里的土质特别适合种植这种莲花白。"

扶贫第一书记、驻村工作队队长周军召集村两委工作会议，大伙一起算了一笔账：往年种青稞、豌豆、小麦，亩产也就不到3000元。莲花白属于经济作物，每亩种植1500至1800株，每株1.4至2.5公斤，只要学会种植技术，亩产3000公斤没问题，按每公斤3元计算，刨去成本，怎么着每亩也有7000元的纯收入。

"可以拿出一部分土地试种莲花白。"村两委会议一致通过，拿出部分资金购买莲花白苗，农民免费用苗，自由选择种植的亩数。

"莲花白是经济作物，会增加农民的收入。"信息乘着春风走进每家每户。莲花白苗买回来了，整整齐齐码放在村委会大院。翠绿的菜苗惹人喜爱，拉齐尼·巴依卡每天给莲花白苗洒水，仿佛看到了莲花白丰收的场景。

可是，没有农民来领苗种莲花白。人们都在观望，莲花白从来没种过，万一失败了呢？周军心里也装着一面小鼓，"咚咚咚"敲得厉害："高原从未种过莲花白，到时候不包心怎么办？就算包心了丰收了，卖不出好价钱怎么办？"

拉齐尼·巴依卡信心十足，他说："村子距离县城近，又有很多修路队、建筑队，部队的食堂也需要大量蔬菜。种经济作物提高农民收入是好事，我是一名党员，又是村干部，我愿意用自己家的3亩地带头种莲花白。"

可是拉齐尼·巴依卡的父亲巴依卡·凯力迪别克老人站出来反对了。老人不是反对儿子的带头作用，老人有老人的难处：往年，家里的土地基本上种牧草，牧草种植不需要除草、打药，浇点水就行了。种莲花白就不同了，铺地膜、浇水、施肥、除草、打药,哪样都不能少。老人年龄大了,身体又不好,基本干不了农活。拉齐尼·巴依卡在村里的工作特别忙,还是全国人大代表,要参加各种宣讲活动,要做各种调研写提案,还要去县上开会、去自治区开会、去北京开会,没有时间打理莲花白地。

拉齐尼·巴依卡给父亲做工作:"第一次浇水已经完成。第二次、第三次浇水时我会尽量在家。如果我去开会了,或者其他工作走不开,我的朋友们会来帮助您的。总之,尽量不让您劳累。"

拉齐尼·巴依卡的行为犹如一连串的鞭炮在提孜那甫村上空炸响,也在村民心中炸响。春天的土地冒着腾腾热气等待着秧苗,拉齐尼·巴依卡家的三亩地已经种下了莲花白。人们想:"拉齐尼·巴依卡种了莲花白,我们还等什么?"

5月,绕村开满杏花。农民沉浸在"一年之计在于春"的忙碌之中。拉齐尼·巴依卡又发现了一个新问题:种植莲花白的3户村民家缺乏劳动力,他们要么在护边员执勤点值班护边,要么在县里工作请不上假,要么生了大病在休养。拉齐尼·巴依卡说:"这三户人家的15亩莲花白地我负责。"加上自家的3亩地,1个月之内,他一个人完成了18亩莲花白地耕种的所有事情。

6月,杏花相继凋谢。全村50亩莲花白地要浇水了。缺水依然是个大问题,农民心中焦急得好像有无数蚂蚁在热锅上爬。拉齐尼·巴依卡对村干部们说:"每家都有地,但我们是村干部,应该让农民先浇水。"有的村干部心里并不同意,但拉齐尼·巴依卡这么说了,他们也相信拉齐尼·巴依卡说到做到,就都同意了。

终于轮到拉齐尼·巴依卡家的莲花白地浇水了,他扒开闸口,看着自家的莲花白苗终于喝上水,感觉很幸福。正在这时,一位村民找来了,说:"拉齐尼,我家的莲花白苗已经快干死了,我必须现在放水。"拉齐尼·巴依卡很奇怪:"不是全村的莲花白地都浇好了吗?为什么你家的地还没有浇?"村民说:"我没等到水,就来找你了。"拉齐尼·巴依卡一去看,地是干的,莲花白苗在夜风里耷拉着脑袋,一株株无精打采的。拉齐尼·巴依卡二话不说,直接把水引到村民家的地里。

终于轮到拉齐尼·巴依卡家的莲花白浇水了,水却突然停了。他小跑着去河坝察看,河水已汩汩地流向栏杆村。他知道,提孜那甫村的浇水时间过了。

拉齐尼·巴依卡懊丧地站在河坝上,很心疼自己家的莲花白。这时候,一个声音叫住了他:"拉齐尼,你在这里干什么?"拉齐尼·巴依卡一看是栏杆村的李书记。他经常去栏杆村宣传党的富民政策,大家彼此熟悉、相互信任。李书记听说全村只有拉齐尼·巴依卡家的莲花白地没浇水,立即说:"我们村的水给你1个小时,你赶快去浇地吧。"

7月,杏树结满果子。莲花白地里,碗口大的莲花白个个包心,翠绿的叶片在阳光的照耀下,闪烁着即将丰收的喜悦。村民们站在自家的莲花白地里,憧憬着收获,盘算着用莲花白换来的钱能做的事情和可能实现的愿望。可是新冠肺炎疫情把人们的梦想暂时关进屋子里。作为村干部,拉齐尼·巴依卡承包了提孜那甫村第六片区100多户农民的生活物资保障工作,每天开着自家的三轮车送米送面送菜送肉,帮助村民解决各种日常生活问题。

8月,杏子熟了。莲花白地里像滚落了数以万计的绿色篮球,长势非常喜人。莲花白要收割了,可是村子里只有村干部和志愿者的身影。疫情何时结束谁也说不清楚。成熟的莲花白怎么办?难道就让它们待在地里?那可是农民一年的收成呀。

拉齐尼·巴依卡坐不住了,在莲花白地里转了一圈又一圈,然后对周军说:"书记,我们替农民收莲花白。"周军惊讶地看着他:"50亩地,100多吨莲花白,就我们几个人收,多大的工作量你知道吗?"拉齐尼·巴依卡说:"我知道,收多少算多少,总不能让莲花白烂在地里。"

村干部加志愿者有15人,大家铆足劲儿收割莲花白。拉齐尼·巴依卡把自己的三轮车开到农民的地里,一户一户地收割、过秤,再运到地头堆放,每户多少公斤莲花白记得清清楚楚、明明白白。拉齐尼·巴依卡看着在地头堆成小山的莲花白,喜忧参半。喜的是这里很适合种莲花白,如果没有疫情,农民的收入能提高一大截;忧的是疫情作怪,这么多莲花白拉不出塔什库尔干塔吉克自治县,怎么处理?如果农民没挣到钱,就会对种植经济作物失去信心。

拉齐尼·巴依卡首先开着三轮车去了县里,到有食堂的单位一家一家地推销,不管多远的建筑工地都去送。卖完莲花白,又把钱一五一十地送到农民家。农民居家隔离,以为收成无望,却收到了卖莲花白的钱,心里真是说不出的欢喜,由衷地感谢拉齐尼·巴依卡等村干部和志愿者付出的辛苦劳动。

空气中弥漫着莲花白的清香,拉齐尼·巴依卡看着一堆堆露天堆放的莲花白发愁了,剩下的80吨莲花白再不想办法卖出去就腐烂了。

拉齐尼·巴依卡开着三轮车又去县城了,回来的时候喜气洋洋:"周书记,我找到了一家冷库,空着呢。我们先把莲花白放进冷库,疫情结束后,再想办法卖出去。"

搬运工依然是15名村干部和志愿者,运输工也只能是他们。近80吨莲花白运到距离村子20公里之外的冷库用了整整7天的时间,这期间他们还要保证村民们的日常生活物资的供应。

最后一袋莲花白运到冷库的时候,周军看了一下手机,已是凌晨4点,近80吨莲花白装进大小不一的麻袋、编织袋,一袋袋码放得很高。由于袋子大小不一,莲花白也规格不定,码放着的莲花白堆也就不那么规则整齐。

莲花白码了一层又一层,周军走在高过头顶的莲花白堆时,高处的一只麻袋突然坠落，眼看就要砸到他。突然一股力量将他推到一边，近百公斤的莲花白袋子落在那个人身上。随着一声声惊呼，人们都倒吸了一口凉气。

待周军反应过来，看到替他挨砸的人正是拉齐尼·巴依卡。还好，他是军人出身，动作敏捷，闪得快，被莲花白袋子砸到左肩之后，忍痛滚到一边。

拉齐尼·巴依卡龇牙咧嘴从地上爬起来的时候，周军还心有余悸，他冲到拉齐尼·巴依卡跟前，说："兄弟，你救了我的命。"眼睛就湿润了。

周军想拥抱一下以示感谢，拉齐尼·巴依卡惊叫着避开了，摸着肩膀说："书记，疼！"又一边活动肩膀一边说，"书记，小事情，你别往心里去。"他这么一活动肩膀，在场的人知道他没啥事情，也都笑了。

疫情之后，拉齐尼·巴依卡四处找销路，把莲花白卖给了筑路公司，卖给了他常年当向导的部队，收到的菜钱分厘不差发给村民。村民手握真金白银，个个喜气洋洋，商量着明年还种莲花白，还可以试着种一些土豆。

2020年10月9日，拉齐尼·巴依卡要离开家去喀什大学学习。早上，他去了一趟部队，汇报他即将去学习的事情，部队把剩余的2吨莲花白全部买了。

四

拉齐尼·巴依卡的胸前永远佩戴着党徽。

2020年7月、8月疫情防控期间，佩戴党徽的拉齐尼·巴依卡在提孜那甫村创造了许多个第一：电话第一多，跑腿第一快，服务农户户数第一多，去医院次数第一多……

提孜那甫村全村分6个片区，拉齐尼·巴依卡负责第六片区100户人家居家隔离的日常生活保障。每天早上，拉齐尼·巴依卡都要开着他那辆农用三轮车辗转于第六片区，挨家挨户统计生活物资需要量，米多少、面多少、胡萝卜多少、皮芽子多少……——记录下来，并随手把生活垃圾带走。午饭之前，所有人家就都收到了所需物资，时间掐算得比钟表还要准。

做完分内的工作，拉齐尼·巴依卡也不闲着，开着三轮车满村跑，帮助其他5个片区的农牧民干活。无论是哪个片区，无论是晚上还是白天，只要一个电话，他们需要什么，全部保质保量送到。"电话刚打通，他几分钟就到了。""他走路像风一样快，不对，他总是跑步去买东西，再跑步送来，比风还要快。"村民这样形容拉齐尼·巴依卡。

拉齐尼·巴依卡行事果断，雷厉风行，这一方面归功于他青年时代在部队的锻炼，另一方面也归功于他的宝贝农用三轮车。这辆农用三轮车带着一个长4米、宽2.5米的加长加大车厢，车厢四边焊着半米高的铁栏杆。转场时运牦牛和羊；夏收时运小麦和青稞；秋天收割牧草，它一趟能拉两三吨，牧草堆得跟小山似的，依然"突突突"跑得快。2020年，村里试种莲花白成功，100多吨莲花白大多是由这辆农用三轮车拉出村卖给县里的单位、修路队和部队的。

拉齐尼·巴依卡还细心地在车上备上被褥和枕垫，人坐在车厢里、躺在车厢里都很舒服。

村民阿瓦姑丽·撒努巴尔看到党徽在拉齐尼·巴依卡胸前闪耀。老人75岁了，她有一个40多岁的儿子。平常家里的重活都是儿子干，家里的2头牛、几十只羊也是儿子放养。可是7月的时候，儿子去岳普湖学习汽车修理了，眼看家里的牛羊没有饲料了，老人心里特别着急，给村委会妇联主任比比玛·古力比亚孜打电话："我家的牛羊没有草，快饿死了，村委会想办法给解决一下吧！"比比玛·古力比亚孜给拉齐尼·巴依卡打电话："拉齐尼，阿瓦姑丽家虽然不在你负责的片区，但你有三轮车，跑得也快，帮忙解决一下吧。"拉齐尼·巴依卡说："全村每个农户只要有这样的需要，都可以让我做，我做得特别快。"

拉齐尼·巴依卡开着农用三轮车去了20公里外的县城，打听了很多地方，终于找到一个专门卖草料的生意人。特殊时期，能买到草料很不容易。当阿瓦姑丽·撒努巴尔看到农用三轮车上堆得比小山还要高的草料时，激动之后又立即发愁了，儿子不在家，这么多草料怎么搬到后院去？拉齐尼·巴依卡根本没让老人费心，说："您儿子不在家，我就是您儿子，搬草料这样的重活怎么能让您动手呢？"

老人自己身体不好，只能看着拉齐尼·巴依卡卸草料，又一捆一捆码放整齐。好多次，老人让他歇一歇喝碗奶茶，拉齐尼·巴依卡说："今天买草料费了些时间，好多人家的米面还没有送到，我要赶快把草料堆好，再给他们送东西去。"当老人再次表示感谢时，拉齐尼·巴依卡又说："大妈，您别不好意思，我能帮助到您，在特殊时期能给您家的牛羊买草料，我感到很高兴。"说这些话的时候，拉齐尼·巴依卡一直微笑着，汗水从头发、额头一直流到脖子、流进身体里。

衣服被汗水打湿了，拉齐尼·巴依卡胸前的党徽更加闪亮了。

老人知道塔吉克族人大多爱帮助人，但以帮助他人为幸福的人，她还是第一次见到。她看着拉齐尼·巴依卡瘦小又单薄的身体，看着草料一捆一捆从三轮车上搬到她家的后院，看着拉齐尼·巴依卡胸前熠熠闪烁的党徽，她觉得他是一个特别好的人。

"能出门的时候，第一个就要去老巴依卡家，问一下他怎么把儿子教育得这样好。"老人想。

县医院的一名值班护士看到了党徽在拉齐尼·巴依卡胸前闪耀。

一天，拉齐尼·巴依卡开着三轮车给全村人送菜送肉送物资。走到村民迪瓦那夏家的门前，迪瓦那夏眼巴巴地望着他，哭得很厉害："拉齐尼，你到我爸爸家里去一下吧，我爸爸的房子离村子有些远，他很不舒服，我又不能过去，你去看看我爸爸吧！"拉齐尼·巴依卡二话不说，开着三轮车就去了。迪瓦那夏的父亲快 80 岁了，平时独居，日常都是女儿去送饭，帮助收拾屋子。居家隔离期间，老人只能自己安排生活了。

这两天老人一直在拉肚子，拉齐尼·巴依卡赶过去的时候，老人已经快虚脱了。拉齐尼·巴依卡赶快背老人上车，一路狂奔到县医院。一检查，老人患了严重的肠胃炎，必须马上输液。拉齐尼·巴依卡就在医院陪着老人输液。输液的护士很早就认识拉齐尼·巴依卡，她说："拉齐尼，你对爸爸可真细心。"拉齐尼·巴依卡微笑着，什么话也没说。护士注意到拉齐尼·巴依卡胸前佩戴的党徽，就问："你平时总戴着党徽吗？我也是党员，只有党日活动时才戴党徽。"拉齐尼·巴依卡表情严肃了，说："我们共产党员就应该天天佩戴党徽。"

那天输完液已是凌晨 3 点，拉齐尼·巴依卡开着夜车送老人回家。老人家的房子又脏又乱，用过的碗很长时间没洗了，到处都是垃圾，苍蝇满屋飞。拉齐尼·巴依卡说："怪不得您会拉肚子，肯定是吃了不干净的东西。我替您收拾一下屋子吧。"拉齐尼·巴依卡替老人收拾屋子，一直收拾到天亮。太阳出来了，他又煮了一锅热腾腾的白米粥端到老人面前。老人感动得不知道说什么好："拉齐尼，平时我女儿到我家里来，也没这样周到，打扫屋子，还煮白米粥。"拉齐尼·巴依卡笑着说："我这会儿要去给村里的其他人送东西，您吃过饭以后就躺一会儿。下午的时候，我再送您去医院输液，您这个病要输 5 天液才可以。您不能乱吃东西，我每天过来给您做饭。"

这五天都是那位护士给老人输液，她偶尔与忙前忙后的拉齐尼·巴依卡聊两句。拉齐尼·巴依卡注意到，护士的护士服上也端端正正地佩戴着党徽。

老人的病差不多好了，拉齐尼·巴依卡还是不放心，做完村里的其他事情就拐个弯去老人家里，看他有没有乱吃东西，看到房子乱了还帮忙收拾收拾。

村民那西尔江·塔西坎迪与他母亲同样看到了拉齐尼·巴依卡胸前永远闪烁的党徽。

那西尔江·塔西坎迪一家住在夏牧场的毡房里，离村子有20多公里。那天夜里，他70多岁的母亲突发急病，肚子疼得在床上打滚。那西尔江·塔西坎迪没办法去医院，急得在毡房里转圈。他突然想到了拉齐尼·巴依卡，赶快给他打电话："拉齐尼，快，我妈妈病了。"接电话的是拉齐尼·巴依卡的妻子阿米娜·阿力甫夏。阿米娜·阿力甫夏一看已经是凌晨3点了，她很心疼丈夫，不忍心叫醒丈夫，就说："拉齐尼在外面忙了一整天，刚刚回家，他特别累。"那西尔江·塔西坎迪正不知说什么好，拉齐尼·巴依卡已接过了电话，说："那西尔江，你等着，我马上就到。"

那是一个月朗星稀的夜晚，月色中，8月的高原明亮又寂静。那西尔江·塔西坎迪没有心思看月亮，更没心思欣赏夜景，他的心思就在路上。"突突突——"三轮车的声响越来越清晰。那西尔江·塔西坎迪抱着母亲站在毡房门前等待。他首先看到了拉齐尼·巴依卡身上佩戴的党徽，在夏夜的月光下熠熠闪亮。

那西尔江·塔西坎迪与拉齐尼·巴依卡一起长大，对于拉齐尼·巴依卡，他有源自心底的信任。他看着拉齐尼·巴依卡送母亲去医院，就知道母亲不会有问题了，他的心也定了。在提孜那甫村村民眼里，拉齐尼·巴依卡让人信得过，有事都会马上想到他。无论谁找他帮忙，他都会尽心尽力地帮助。

老人家被送去检查的时候，那位护士看拉齐尼·巴依卡又来了，开玩笑说："拉齐尼，上次是你父亲病了，你天天陪着输液。这次是你母亲病了，你跑着跑后。你这个儿子真孝顺。"拉齐尼·巴依卡本想解释一下，想了想还是说:"是呀,我爸爸妈妈身体不太好。我经常到医院来的。"

又过了几天,那位护士再次在医院遇到拉齐尼·巴依卡。这一次,拉齐尼·巴依卡扶着另一位老人。阿依古丽大妈是一位孤寡老人,72岁了,平常拉齐尼·巴依卡经常去看她,送些米面,帮忙干一些重活,陪她聊天,疫情防控期间更是三天两头去看她,可是这段时间拉齐尼·巴依卡太忙了,迪瓦那夏父亲得了急性肠胃炎,那西尔江·塔西坎迪的母亲得了急病,还有收莲花白的事情,拉齐尼·巴依卡有一周没去看阿依古丽大妈了。大妈不会打电话,只得坐在家里等。她烧奶茶的时候心不在焉,滚烫的奶茶烫到了手臂。在她又疼又急没有办法的时候,拉齐尼·巴依卡来了,扶着她就往医院跑。还好,老人的烫伤不太严重,医生简单上了些烫伤药,包扎好,就让拉齐尼·巴依卡带老人回家养着,叮嘱他三天来医院换一次药。

拉齐尼·巴依卡扶着阿依古丽大妈走到医院门口,恰巧又遇到那位护士。护士吃惊了:"拉齐尼,这又是哪位妈妈病了?"拉齐尼·巴依卡一时不知道怎么回答,停顿了一下,指指自己胸前的党徽说:"我是共产党员,全村的老人都是我的爸爸妈妈,他们有什么事情我都应该管。"那位护士听了,望望拉齐尼·巴依卡胸前的党徽,又低头看看自己胸前的党徽,脸红了,好像被光照耀了一样。再转身时,护士感觉自己的脚步轻了,她轻快地走向需要她的病人,更加耐心地为病人服务。

那位护士再见到拉齐尼·巴依卡时,已经是疫情之后了。这一次,被拉齐尼·巴依卡送到医院来的是一位村干部。村干部去牧区调查疫情防控期间牧民的损失,牧区有山道,陡峭难行,去牧民家的毡房需要爬坡下坎,这位村干部一不小心摔了一大跤,大腿骨折。拉齐尼·巴依卡和伙伴们先把村干部送到县医院,医生给村干部照过 X 光后说:"这个手术我们做不了,必须去喀什的大医院。"大家听了面面相觑,拉齐尼·巴依卡直接说:"我送他去喀什做手术。"

拉齐尼·巴依卡再次见到那护士已经是20天之后了。拉齐尼·巴依卡告诉护士："手术很成功。在喀什住了20天院，我一直陪着，那位村干部现在已经回到村里调养了。我来医院帮忙办手续。"护士说："那你辛苦了。"拉齐尼·巴依卡赶忙摆手："没事没事。"他一直笑着，那笑自然、质朴、真诚，护士在那笑里读到了另一种感情：幸福。

五

9月的帕米尔高原秋高气爽，雪山下，连片的牧草在阳光下闪烁着金色的光芒。提孜那甫村的莲花白已收割完毕，收成鼓胀了村民的腰包，灿烂了他们脸上的笑容。

高原湿地呈现出一片牧草丰茂、牛羊肥壮的风光。放眼四望，尽入眼帘的是"天苍苍野茫茫，风吹草低见牛羊"的美丽胜景。远处的雪山是高原湿地画卷的背景，天空中飞过的雄鹰为这幅画卷点缀出几许动感和灵性。

茂盛的牧草在风中摇摆，等待收割。牧草晾干后，将在冬季为牛羊提供养分。

高原湿地原本是部队的军马饲料基地。每到9月，部队就请当地村民帮忙打草，晒干之后，打包送到部队。村民也愿意在秋高气爽的湿地打草，既可以挣得工钱，也可以为自家的牛羊留下草料。

2020年9月，部队决定把军马饲料基地让给村民，让他们自行打草，以缓解疫情带来的损失。听到这个消息，村民个个心里像灌了蜂蜜，甜得要命。

经村两委会议讨论决定：村民自行去湿地打草，自行运输，牧草归个人所有。村委会派2名村干部值班，帮助村民应对突发情况、解决实际困难，确保打草安全。

这项工作本来派给了另外 2 名村干部，其中一名村干部面露难色，因为他的父亲卧病在床。拉齐尼·巴依卡主动请缨，说："你们在村里干了好多年，太辛苦了，我是新任村干部，我不知道打草是怎么一个过程，我也要学习一下，这次打草的事情就让我去吧。"

与拉齐尼·巴依卡一起负责打草工作的村干部有一定的工作经验，说："我们村干部站在高处、干燥的地方指挥指挥就行了。"

拉齐尼·巴依卡不愿意做一个指手画脚的人。他习惯了自己动手，习惯了走到村民中间去。

拉齐尼·巴依卡开着自家的农用三轮车来到高原湿地。他穿上雨鞋，拿着钐镰和村民一起打草，一起把草打捆抱到车上，又帮助村民把草捆运回村子里晾晒，每天早出晚归。有村民说："拉齐尼，你不要总帮我们，牧草现在谁打了归谁，你自己也打一些，你自己家也有牦牛需要吃草。"拉齐尼·巴依卡说："我家地里种的牧草足够牦牛过冬了。我现在是村干部，主要工作是服务好大家。"

高原湿地的一些地方是沼泽，另一些地方是水坑。不小心会陷入沼泽或者掉下水坑。打草存在一定的危险，必须特别注意。因为是第一次负责这项工作，拉齐尼·巴依卡对湿地的地形不是很了解，但他有特别丰富的探路经验。

打草第一天，拉齐尼·巴依卡步行把整片湿地走了个遍，对湿地的地形状况了解得八九不离十。他走到每一个打草的村民身边去，看到谁有困难，立即帮忙解决。他常说："这片草下面藏着 3 个水坑，我用红线做了记号，打草的时候看着点，别掉进去了，水特别冷。""这片草地势低，草长得高，但水比较多，你穿的鞋不行，得换一双雨鞋。""你的镰刀需要磨了，你先用我这把，等我磨好了，给你送来。"

拉齐尼·巴依卡身上背着一个布包，谁都知道那是一个百宝箱。一次，

第九章 雄鹰之梦

一个村民不小心割伤了手,刀口很深,流了很多血,拉齐尼·巴依卡急忙奔过去,从包里取出碘酒、纱布、胶布替村民包扎。拉齐尼·巴依卡经常跟解放军去边境线上巡逻当向导,对处理意外伤害有一定的经验,包扎伤口的手艺是跟着军医学习的,动作特别娴熟。那个村民说:"拉齐尼是一个救死扶伤的医生呢。"

另一次,一只大公羊陷进了沼泽。大家都上前观看,却不敢近前。沼泽可不认人,谁进去就陷谁。这时候,拉齐尼·巴依卡跑过来了。他从包里取出一根套马绳,系了一个结,"嗖"地扔过去,刚好套住公羊的两只角。人们齐心协力把公羊从沼泽中拉出来了。

还有一次,一个农民的镰刀坏了,木柄与刀头分离了,拉齐尼·巴依卡竟然从包里取出一根细铁丝和两根小钉子,三下两下就把镰刀修好了。

打草第三天,拉齐尼·巴依卡发现很多村民没有来打草。他想:"草料是冬天必备的东西,每家每户都需要,没有劳动力的人家怎么办?"

他把这个想法告诉扶贫第一书记、驻村工作队队长周军,请他想办法。周军想不出更好的办法,问他怎么办。他就在晚上去没有打草的人家看了看。

之后,拉齐尼·巴依卡列出了名单提交给村委会。全村缺少劳动力又需要牧草的人家有10户。经村委会讨论决定:组织党员和村干部义务劳动2天,打的草分给缺乏劳动力的村民。

2020年秋收时节,拉齐尼·巴依卡整天在湿地巡查,保证打草村民的安全,也帮助缺乏劳动力的农户打草,每天晚上回家都很晚。到家之后,总是一身水一身泥,有时候顾不上吃饭就睡着了,妻子阿米娜·阿力甫夏和父亲巴依卡·凯力迪别克都很心疼。

可是自家草场的牧草也需要收割呀,眼看就要下雪了,巴依卡·凯力迪别克老人心里特别着急。一天晚上,老人特意等儿子回家,也不管他累不累，小声提醒他："儿子，咱们家的草场还没收割呢。"

拉齐尼·巴依卡没有不耐烦，对父亲说："全村的草都打完之后，我会利用一两天时间打咱们家的草。"

老人摇摇头说："可是，快下雪了，到时候草晒不干了。"

拉齐尼·巴依卡想了一下说："那我这两天帮没有劳动力的村民打草，后天给咱们家打草。"

老人还想说什么，拉齐尼·巴依卡紧接着说："爸爸，你不是从小教育我，要先帮助有困难的人吗？"

老人一听，感觉自己脸上很烫，好像站在火炉前烤着一样。

六

阿米娜·阿力甫夏站在窗前那块太阳的光斑里做抓饭。她动作麻利，大火炒香牦牛肉，又把淘好的米和切成粗丝的胡萝卜放进锅里铺平，然后盖上锅盖，调小火。抓饭在铁锅里咕嘟着，慢慢地，屋内就弥漫着米香肉香了。拉齐尼·巴依卡早上离开家时说，明天就要去喀什大学参加全国人大代表的培训，需要4个月，嘱咐她多做些抓饭，今晚把两家的老人都请来，一起吃顿团圆饭。

窗外传来一声鹰的啸叫，把阿米娜·阿力甫夏惊得颤了一颤，锅铲险些从手中掉落。阿米娜·阿力甫夏望向窗外，一只鹰站在一棵白杨树上拍打翅膀。白杨树是阿米娜·阿力甫夏与拉齐尼·巴依卡结婚那年种下的，阿米娜·阿力甫夏算了算，白杨树已有17年树龄了。夏天树叶浓密的时候，无论是鹰还是其他鸟雀，都藏在树叶里看不见了。

挂在墙上的日历被儿子拉迪尔·拉齐尼撕到了2020年10月9日。若在喀什，现在还是秋天，白杨树应该满树金黄，可地处高原的塔什库尔干塔吉

第九章 雄鹰之梦

克自治县已经入冬了，白杨树叶差不多落尽了，鹰落在光秃秃的树梢上很显眼。

"高原的夏天真是太短了。"阿米娜·阿力甫夏说。鹰啸叫一声，突然从白杨树上坠落下来。阿米娜·阿力甫夏一惊，慌忙把头探出窗外，看见鹰落在白杨树旁边的低矮沙棘丛中，双翅扑腾着，嘴里发出"呜呜呜"的声音。阿米娜·阿力甫夏慌忙跑出家门，把鹰从沙棘丛中解救出来。她发现鹰的一只翅膀受伤了。

鹰的翅膀不知为何受了伤，它坚持飞到村里，是寻求救助来了。阿米娜·阿力甫夏非常心疼，她手脚麻利地替鹰包扎伤口，又给鹰喂了食物和水。

阿米娜·阿力甫夏继续做晚饭。抓饭差不多熟了，她关了火，让抓饭继续在锅里焖着。她准备多做一些哈克斯，让拉齐尼·巴依卡带到喀什大学去。每次拉齐尼·巴依卡出门，不管是和解放军一起去边境线巡边当向导，还是去别的什么地方，阿米娜·阿力甫夏都会做很多塔吉克族特色美食，让拉齐尼·巴依卡带上。拉齐尼·巴依卡最喜欢吃哈克斯，他曾经说："我们的哈克斯比城里的奶油蛋糕好吃多了，还能长期保存，是天底下最好吃的东西。"

阿米娜·阿力甫夏在锅里放了很多酥油，酥油烧热后，再将面粉慢慢放入，由内而外，边搅拌边放面粉，锅里的食物慢慢烧成了褐黄色，香喷喷的哈克斯就做好了。

阿米娜·阿力甫夏切了一块哈克斯，站在院子里看鹰。阿米娜·阿力甫夏说："鹰呀，你也吃一块哈克斯，拉齐尼最爱吃了。"

拉齐尼·巴依卡最爱说一句话："没事，这是小事。"

村里有些人家比较穷苦，谁家缺米缺面，拉齐尼·巴依卡就会买来给那家人送去，自己没有钱买就赊账。阿米娜·阿力甫夏特别不能理解，说："咱家都没有钱，为什么还要买东西送人呢？"拉齐尼·巴依卡说："没事，这是小事。我们自己可以少吃一点儿。帮助别人是我们应该做的事情。"

提孜那甫村的很多村民既是农民也是牧民。到了夏天，很多人家要把牦牛和羊拉到120公里以外的红其拉甫牧场。他们有时候找不到车，拉齐尼·巴依卡会主动开着自家的农用三轮车帮助他们。这样的事情经常发生，每次他对阿米娜·阿力甫夏说："我今天帮别人把牦牛送去红其拉甫了，没有要车费，也没有要油费。"阿米娜·阿力甫夏也不理解，说："油又涨价了，你不要钱拿什么去加油？"拉齐尼·巴依卡还是说："没事，这是小事。钱是身外之物，帮助了别人我很幸福，这个幸福是钱买不来的。"

拉齐尼·巴依卡总拿家里的钱帮助他人，自己的生活非常简朴，一件衣服穿了十几年也不换。阿米娜·阿力甫夏很不理解，说："我们自己都不能过上好日子，想买的东西不能买，还要顾着你帮助其他人，这样不行。"拉齐尼·巴依卡不说话，只是笑笑。

后来，阿米娜·阿力甫夏看见拉齐尼·巴依卡与解放军的关系越来越好，村民对拉齐尼·巴依卡的评价越来越高，他获得的荣誉越来越多。应了拉齐尼·巴依卡常说的那句话："你帮助的人越多，你以后的道路越光明。"

渐渐地，阿米娜·阿力甫夏习惯了，也越来越能理解拉齐尼·巴依卡，理解他为什么总是去帮助别人了。其实，阿米娜·阿力甫夏本身就是一个勤劳质朴的人，每天有饭吃、能听见孩子们的笑声也就足够了。

现在的阿米娜·阿力甫夏挺知足的。她嫁的拉齐尼·巴依卡是那么好的一个人，国家给了他很多荣誉，让他去北京开会。拉齐尼·巴依卡高兴，阿米娜·阿力甫夏也很高兴。拉齐尼·巴依卡每次去北京开会回来，都会兴奋地给家人讲他看到的特别有趣的事情。

第九章　雄鹰之梦

2018年春天，拉齐尼·巴依卡从北京回来，拿着一张登长城的相片说："我爬上了长城，特别惊讶。以前，我觉得帕米尔高原的山已经很高很大了，原来外面的世界还有更高的山、更远的路。而且那里的山和我们这里的山完全不一样，那里的山上全是绿树，一片翠绿。"

拉齐尼·巴依卡说话的时候，阿米娜·阿力甫夏总会用崇拜的眼神看着他，她觉得拉齐尼·巴依卡真是很厉害，能看到更广阔更精彩的世界。

可是，外面也有一些让阿米娜·阿力甫夏很不理解的事情。2019年秋天，拉齐尼·巴依卡从北京回来，神情很庄重："我们去参观了一处遗体捐献的地方，那个地方收藏了许多遗体，我看了特别惊讶。我从来不知道世界上还有这样的地方，人死了以后还能冷冻，器官还能再用。我看后非常震撼。我就签名了，我决定死了以后也要把身上的器官捐献给别人。"

阿米娜·阿力甫夏非常震惊，端在手里的碗一下子掉到了地上，奶茶泼了一地。阿米娜·阿力甫夏无法想象拉齐尼·巴依卡为什么会有这样的想法，她多么希望把这个想法从丈夫的脑袋里拔出来，就像平常她对着镜子仔细寻找头上冒出来的白发，要彻彻底底拔掉才罢休那样。

可是，拉齐尼·巴依卡的神情是庄重的。他说："如果我死了，被黄土埋了，被虫子咬了，就啥也没有了，但我的器官捐献给别人还能救两三个人。我已经把字签了，我死了以后，就把我的器官捐献给需要的人。"

快吃晚饭的时候，拉齐尼·巴依卡的父亲过来了，阿米娜·阿力甫夏的父母和弟弟一家也来了。大家都在院子里看阿米娜·阿力甫夏救治的鹰。巴依卡·凯力迪别克又弄了一些治外伤的药，重新替鹰包扎。鹰在巴依卡·凯力迪别克的手中扑腾、嘶鸣一阵后，安静下来。

巴依卡·凯力迪别克说："这只鹰受伤不轻，得养些日子。"

阿力甫夏·然库里同意亲家的看法："的确，恐怕要等咱们的拉齐尼学习回来了。"

巴依卡·凯力迪别克说:"不会,这只鹰1个月就能飞走了,咱们的拉齐尼要去喀什大学学习4个月,明年3月直接去北京参加全国人民代表大会。拉齐尼的工作很重要、任务很重,我们要好好支持他。"

阿力甫夏·然库里转身问阿米娜·阿力甫夏:"拉齐尼怎么还不回家,天天忙什么呢?"

阿米娜·阿力甫夏说:"早上出门的时候他说要把村里的莲花白卖给红其拉甫的部队,还要去山里把家里的两头牦牛找回来,送去村里的牦牛合作社。"

种莲花白卖莲花白,还有牦牛合作社,是拉齐尼·巴依卡当村干部之后为全村脱贫致富做的事情。两位老亲家谈论这些事情的时候,拉齐尼·巴依卡开着农用三轮车进家门了,车上没有牦牛。

阿米娜·阿力甫夏非常奇怪:"你不是要把牦牛从红其拉甫拉回来吗?怎么没有?"

拉齐尼·巴依卡边停车边说:"去放牦牛的那个山沟找了,没有找着,不知道跑到哪个山沟去了。我想着明天要走,一家人要吃个饭,不敢耽误,就先回来了。到了村口又想起阿依古丽大妈,就买了一些东西送给她,告诉她我要去喀什学习的事情,免得她惦记。"

晚餐相当丰富,热腾腾的抓饭,香喷喷的奶茶,很多好吃的,还有青稞酒。阿米娜·阿力甫夏做的哈克斯也相当成功,得到大家的一致好评和赞扬。

每个人都有很多话要说,先是长者的叮咛。

巴依卡·凯力迪别克说:"拉齐尼,你要珍惜这次学习机会,好好学习国通语,下次见到习近平总书记一定把国通语说好。"

阿力甫夏·然库里说:"拉齐尼,你在外面好好干大事情,家里的都是小事情，有你爸爸、有我、有阿米娜，家里的小事情，你把心放到肚子里。"

后来，就主要是拉齐尼·巴依卡说话了。在家里，拉齐尼·巴依卡总是说话很多，对每个人都有话说，大家也愿意听他说话。

他对父亲说："我的国通语水平一直不好，这次一定要好好学习，努力提高。只有学习好国通语，才能把咱们塔什库尔干的事情带到北京去，才能好好为党工作。您要好好照顾自己的身体，后面4个月就靠电话联系。"

他对岳父阿力甫夏·然库里说："家里的事情我很放心。你们年龄大了，劳动的事情就交给阿米娜、阿孜孜夏（阿米娜的弟弟）做，他们年轻，有办法。"

他对阿孜孜夏说："我们的爸爸都老了，身体不好，我明天去培训，你帮忙多照顾我们家的牛羊，有什么困难打电话给我。剩下的事情有任何困难，都等我回来。"

…………

送走家人，一阵睡意排山倒海地向拉齐尼·巴依卡袭来，那是挑着担子走了十几公里路之后的疲乏。挑着担子的时候是一种疲乏，但那是奔着目的地去的警醒的疲乏。而在家里，在妻子阿米娜·阿力甫夏营造的温馨里，拉齐尼·巴依卡放下了担子，一种轻松舒适的感觉席卷而来，一躺下就栽进深渊般的睡眠里。

夜深了，忙完家务的阿米娜·阿力甫夏终于有时间坐下来看着沉睡中的丈夫。他睡得很不踏实，眉头一皱一皱的，仿佛脑袋里头有无数个梦，正千军万马地厮杀突围。阿米娜·阿力甫夏非常心疼，伸出手抚摸拉齐尼·巴依卡的额头，想解开他眉心那个乱线团一样的结。不想拉齐尼·巴依卡就醒了，拉齐尼·巴依卡说："阿米娜，东西都收拾好了，你也早点睡，明天我要去喀什大学了，我要去好好学习国通语，学好了国通语才能好好为党工作。"

第二天清晨,拉齐尼·巴依卡准备离开家的时候,发现阿米娜·阿力甫夏救治的那只鹰不见了。他们一起望向天空,仿佛看到那只鹰伤好之后飞向了云端。

第十章　振翅翱翔

在浮动的白云间，
在苍茫的青天上，
它展开翼翅，
慢慢地，
作九万里的翱翔。

一

第十三届全国人大个别代表培训班开班之前，喀什大学国通语教师马燕与拉齐尼·巴依卡见过两次面。

一次是在相片里，拉齐尼·巴依卡在雪山下瞭望远方。尽管面庞被高原紫外线晒得黝黑，但棱角分明，格外英俊。马燕听到这样的介绍："拉齐尼·巴依卡的爷爷、父亲，还有他自己，一家三代都是优秀的护边员，他们家的事迹非常感人。"马燕注意到了相片里拉齐尼·巴依卡的眼睛。那是一双深邃清澈的眼睛，明亮得像星星，闪烁着质朴和纯真，透露着执着和坚毅。

另一张相片里，拉齐尼·巴依卡端正地站在人民大会堂前，站姿挺拔，笑容灿烂。相片里的拉齐尼·巴依卡西装笔挺，绣花衬衣的洁白衣领露在外面，胡子刮得干干净净。有人调侃道："拉齐尼平常生活极其简朴，一件衣服穿十几年，没想到他打扮起来真挺帅的。"马燕注意到的依然是拉齐尼·巴依卡的眼睛。

拉齐尼·巴依卡的眼睛很亮，亮得像没有微尘的海水，亮得宁静而且专注，永不斜视似的。睫毛浓黑，笑的时候，睫毛也跟着颤动，使得他的表情瞬间清朗起来。马燕第一次在课堂上遇到这样一双眼睛时，她非常吃惊。做了多年教师工作，马燕特别欣赏有着宁静专注眼神的学生，这类学生一般心无旁骛，容易在学习上取得成绩。马燕也是一位母亲，她以为清澈明亮的眼睛属于婴孩，她无法想象，一位41岁的中年男子的眼睛，可以像夏夜晴空中的星星那样晶莹，像高原夏季河流那样清澈。

起初，马燕以为拉齐尼·巴依卡是故意瞪大了眼睛，笑着说："拉齐尼，你不要这样看着我，我都不好意思批评你了。"

马燕之前总听说拉齐尼·巴依卡特别爱说话，她也在新闻报道里看到过拉齐尼·巴依卡的一些话语。比如：我们虽然不穿军装，但同样是边防卫士，会用实际行动守护好祖国的边疆。比如：是共产党让我们过上了好日子，我自己也是一名党员，守边护边是我应该做的事。等我干不动了，就把这项工作交给我的儿子。我们要在护边路上世世代代走下去。再比如：我是一名共产党员，最危险的路，我应该走在最前面……

马燕觉得拉齐尼·巴依卡说的这些话铿锵有力，特别有时代感，特别令人敬佩。

可是，课堂上的拉齐尼·巴依卡是一个非常普通的学生，内敛、羞涩、腼腆，一点儿也不爱说话。有时候马燕的确想批评拉齐尼·巴依卡。

2020年10月10日，喀什大学迎来了第十三届全国人大个别代表培训班的5名学员，他们是于田县库尔班·吐鲁木纪念馆讲解员如克亚木·麦提赛地、伊宁县英塔木镇托万克温村党支部书记木沙江·努尔墩、喀什市艾提尕尔清真寺伊玛目麦麦提·居马、博乐市小营盘镇政府副镇长努尔·买买提和塔什库尔干塔吉克自治县提孜那甫乡护边员拉齐尼·巴依卡。

喀什大学为5位全国人大代表设置了国通语、听力、阅读课，委派3位政治觉悟高、有丰富教学经验的老师代课。

第一节课，国通语老师马燕想测试一下5位全国人大代表的国通语水平，从"学习强国"里摘录了一篇约500字的文章，说："谁来把这段话朗读一遍？"其他4位代表有举手的、有跃跃欲试的，只有拉齐尼·巴依卡低着头望着桌子。马燕就点名了："拉齐尼，你来读一下。"

拉齐尼·巴依卡站起来，读得相当吃力，声音仿佛在天上飘，若有若无。拉齐尼·巴依卡读的时候，马燕就一直看着他，拉齐尼·巴依卡回避着马燕，好像是小学生课前没预习时不好意思正视老师一样。

拉齐尼·巴依卡坐下之后，眼睛一直看着桌子，像无风的水面，毫无涟漪。那节课，他一直没有抬头。

之后的几天也是如此，拉齐尼·巴依卡的话很少。上课时，如果不提问到他，或者找话题和他聊天，他基本上都是沉默。有时，马燕感觉到拉齐尼·巴依卡看着她，一副欲言又止的样子。马燕问："拉齐尼，你有什么话想对我说吗？"他羞涩地笑笑，还是欲言又止的样子。

终于有一天，快下课的时候，拉齐尼·巴依卡举手了，像小学生一样，左手放在桌面上，右手端端正正地举起来。马燕非常诧异，问："拉齐尼，你有什么事情吗？"拉齐尼·巴依卡站了起来，明亮的眼睛看着马燕老师，说："老师，我能表达一下我的心情吗？"

马燕老师说："你说吧。"

拉齐尼·巴依卡说："我的国通语确实不行，2018年的时候，我去北京参加全国人民代表大会，有人来采访我，我要用国通语汇报，非常紧张。

我每天对自己说，一定要努力，一定要努力完成任务。后来，我去参加了在北京、四川、陕西等地举办的活动，与当地的少数民族群众交流学习。我认识到56个民族就是一家人，大家都是中华民族的一分子，每个人都必须学好用好国通语。这两年我一直努力学习，可是我的基础太差了，国通语在我面前是一座很高很高的山。老师，你相信我，我从小就特别喜欢登山，我到喀什大学就是来学习的，国通语这座山，我必须要努力攀登上去。"

拉齐尼·巴依卡说得很慢，中间磕巴过几次，但每个字都很清晰，最终完整地表达了他的意思。马燕惊讶地看着拉齐尼·巴依卡，可以想象国通语不好的他，为说出这段话打过多少次腹稿。

马燕老师盯着拉齐尼·巴依卡的眼睛。那是一双充满渴望和期待的眼睛，真挚淳朴坦率。当他说到登山的时候，忽然，像灯花一爆，眼睛越来越亮了，一闪一闪地现出惊喜的光，像太阳越升越高，越来越亮，越来越有神采。

学习任务相当繁重：识字表每天50个字，要求第二天会读会写；"学习强国"中的"每日金句"，要求能通顺朗读；每天一篇心得体会……

拉齐尼·巴依卡学习上肯下功夫。上课时，他像一个如饥似渴的小学生，生怕错过老师讲的每一句话。课堂讲的内容，他记起来有点儿费劲，老师们就说："拉齐尼，你赶快把黑板上的东西拍下来，回去做好笔记。"第二天，拉齐尼·巴依卡的笔记记得好好的，不认识的字，都用红笔标注了拼音。

班主任刘桔红曾经提了一个建议："咱们学校的本科生只有20岁，正是学习的最好时间，如果有拉齐尼这样的学习劲头，进步一定会很明显的。我们应该让拉齐尼给本科生做个报告，讲一讲他在工作中因为国通语不好带来了哪些困难，他成为全国人大代表之后，国通语水平低又是如何影响到他参政议政的。如果能够给在校大学生现身说法，让大学生们更懂得珍惜时间，珍惜大好的青春，把所有的心思都投入到学习中去，大学生们的国通语水平会进步得更快。"

老师们都觉得这个提议很好，希望有机会实现。

上课没两周，拉齐尼·巴依卡请假去北京参加全国双拥模范城（县）命名暨双拥模范单位和个人表彰大会。

临行前，拉齐尼·巴依卡向马燕告别："老师，我去北京开会，回来再做你的学生，好好学习国通语。"马燕见他依然穿着旧外套，就问："你就穿着这件旧衣服去北京？"拉齐尼·巴依卡笑得像个孩子，兴奋地说："老师，我买了一套新衣服，是我们塔吉克族的民族服装。开会的时候我要特别帅，因为我不只代表个人。"

2020年10月20日，全国双拥模范城（县）命名暨双拥模范单位和个人表彰大会在北京京西宾馆隆重召开。

作为全国爱国拥军模范、塔什库尔干塔吉克自治县塔吉克族护边员代表，拉齐尼·巴依卡极为引人关注。习近平总书记与参会人员合影时，在拉齐尼·巴依卡面前驻足，与他亲切交谈。会议中，拉齐尼·巴依卡坐在会场前排，静静地聆听着李克强总理的讲话。

那一天，拉齐尼·巴依卡打扮得格外帅气：洁白的衬衫，鲜红的领带，黛黑的帽子……他的脸庞在灯光的映射下闪着黝黑的光芒，只有额头一小块是皮肤本来的颜色——那是高原灼热的太阳与帽子交锋的结果。

回到喀什大学，拉齐尼·巴依卡与老师、同学一起分享心得体会。他说："习近平总书记走向我的时候，我的心'咚咚'地跳，感觉像做梦一样。总书记问我：'叫什么名字？你从哪里来的？'我骄傲地回答：'我叫拉齐尼·巴依卡，来自新疆喀什地区塔什库尔干塔吉克自治县，是塔吉克族护边员。'然后，总书记微笑着点了点头。"

"这是总书记对我们塔吉克族护边员的肯定，也是鼓励。"拉齐尼·巴依卡高兴地说。他捧出那块沉甸甸的全国爱国拥军模范奖牌，让大家传看。他说："我接过的荣誉，不是我一个人的，而是喀什地区7000多名护边员的。我一定要特别珍惜这份荣誉，一辈子保护好祖国的边境线。"奖牌传到马燕手里，她感受到了这个奖牌的分量，也理解了拉齐尼·巴依卡的执着追求——"我们是不穿军装的边防卫士，我们会用实际行动守护好祖国的边疆。"

这次盛会大大激发了拉齐尼·巴依卡的自豪感，他的话稍稍多起来，露出洁白的牙齿和灿烂的笑容。马燕看着学生拉齐尼·巴依卡，感觉他的生命之树正在生发，叫一切走进他的树荫的人都忍不住想撷取一片自豪和快乐。

2020年11月24日的上午，拉齐尼·巴依卡心神不宁。马燕特别奇怪，她问："拉齐尼，你今天怎么了？是家里出事了吗？"

拉齐尼·巴依卡犹豫着说："老师，全国劳动模范和先进工作者表彰大会在北京人民大会堂隆重举行，我们能不能看会儿现场直播？"马燕恍然大悟：作为全国劳动模范，拉齐尼·巴依卡此时此刻应该坐在庄严肃穆的人民大会堂里，聆听中共中央总书记、国家主席、中央军委主席习近平发表重要讲话。

马燕赶忙点头："可以可以，我们一起来看现场直播。"

在欢快的乐曲声中，全国劳动模范和先进工作者代表依次登上主席台，习近平总书记为他们颁发荣誉证书，并一一与他们握手、合影留念。拉齐尼·巴依卡看后说："如果我去北京，也能和习近平总书记握手了。"语气中有说不出的遗憾。

"全社会要崇尚劳动、见贤思齐，加大对劳动模范和先进工作者的宣传力度，讲好劳模故事、讲好劳动故事、讲好工匠故事，弘扬劳动最光荣、劳动最崇高、劳动最伟大、劳动最美丽的社会风尚。"

"要坚持以人民为中心的发展思想，维护好工人阶级和广大劳动群众合法权益，解决好就业、教育、社保、医疗、住房、养老、食品安全、生产安全、生态环境、社会治安等问题，不断提升工人阶级和广大劳动群众的获得感、幸福感、安全感。"

习近平总书记的讲话发人深省，振奋人心。几千公里之外，新疆喀什大学的一间教室里，老师和同学们都为护边员拉齐尼·巴依卡没能到达现场聆听习近平总书记讲话、接受习近平总书记的亲切接见感到惋惜、遗憾。

这时候，拉齐尼·巴依卡的手机响了，全国各地的全国劳动模范纷纷给他发来微信，对他没能去成北京表示遗憾，还发来了习近平总书记与他们握手的照片。

马燕安慰他说："拉齐尼，你太厉害了，如果不是疫情，一年能去两次北京，接受习近平总书记两次接见，这样的事情我们想都不敢想。"

拉齐尼·巴依卡说："谢谢老师。上次在北京，我参加表彰会后，第一件事是给爸爸打电话，问他看新闻没有。爸爸说他特别感动特别高兴，他说这个荣誉不是我一个人的，这份荣誉是我们塔什库尔干几千名护边员的，也是新疆各族人民的。这次我没有去领奖，是有一点点遗憾，但我会更加努力，这点遗憾明年就能补上，明年3月份开两会的时候，我就又能去北京见到习近平总书记了，我现在要做的事情就是好好学习国通语，会讲还不行，必须会读会写，必须得自己写人大代表议案，要把基层群众的心声带到北京去……"

拉齐尼·巴依卡说话的时候，冬日的阳光透过玻璃窗照在他身上。马燕一直看着他的眼睛，他的眼睛在阳光里闪闪发光。马燕看到了一颗要写好人大代表议案、把人民的声音带到两会去的基层全国人大代表的心。

老师马燕与学生拉齐尼·巴依卡真正意义上的熟悉，是 2020 年 10 月 25 日至 11 月 20 日。差不多 4 周时间，只有马燕一位老师给第十三届全国人大个别代表培训班上课，每天 8 节课，国通语、听力、阅读、课外活动。除去睡觉时间，马燕每天有十几个小时与 5 位全国人大代表在一起。

马燕发现，拉齐尼·巴依卡每做一件事情都有他的理论，这个理论说出来又总能令人动容。

比如，拉齐尼·巴依卡带着教室的钥匙，每天总是第一个到教室，擦黑板、扫地，其他人进教室时候，总是有一个窗明几净的环境。每天下课，他要先看一下同学们有没有落下什么东西，然后把桌椅摆放整齐才锁门离开。问他为什么这样勤快，他说："老师，就是一种生活习惯，就像每天起床要刷牙一样，是应该做的事情。"

比如，每天早上，拉齐尼·巴依卡打扫完教室，还有一些时间，他就把头一天学过的东西在黑板上写一遍，写满黑板，大声念一遍，擦掉，再写。问他为什么要抄写，他说："老师，我从小就喜欢爬山。如果前面有一座高山，就一定要爬上去，登上山顶，我特别高兴。我早上把学过的东西再写一遍，写完后再读一遍，每一遍就像迈出一步，慢慢地，我就爬上高山了。"过了一会儿，他说，"老师，学习这座山特别难爬，但我还是要努力攀登。如果知识水平不够的话，怎么起模范带头作用？怎么提成熟的议案？怎么带领村民过上更好的日子？"

再比如，拉齐尼·巴依卡的字写得非常小，都写在田字方格本左上角的小格子里。问他为什么把字写这么小，他说："这样可以节省纸，纸是树做的，节省纸就是节省树。我们县种下一棵树特别不容易。我们先要在石子地上挖一个大坑，然后在坑底垫土施肥，土全部都要换掉。栽下树苗再浇水，春天怕树被风吹歪了，在树两边打上支架。冬天又怕树抵御不了寒冬，给树穿上稻草外衣。一棵树从栽种到成长的每一步都特别不容易，所以我们要节省用纸。"

大家互相熟悉了，就常常开玩笑。

拉齐尼·巴依卡说："老师，我岁数大了，我记不住。"

马燕会说："你是这里面最年轻的一个，怎么会记不住？"

拉齐尼·巴依卡说："老师，我40多岁了，脑子被太阳晒化了，不好用了。"

虽然这么说，第二天一个一个被叫起来朗读的时候，拉齐尼·巴依卡却能读得很好。马燕又好气又好笑，她说："拉齐尼，你的脑子没有被太阳晒化，记忆力好得很。"拉齐尼·巴依卡羞涩地笑了。

渐渐地，马燕发现，拉齐尼·巴依卡不仅勤奋好学，还才华横溢。

他的歌声非常动听，尤其用塔吉克语唱《花儿为什么这样红》。他早已把歌曲中的每个音符每个节拍都铭记于心。

他的热瓦普弹得非常娴熟。他边弹边唱，教大家唱了一首红其拉甫的歌："红其拉甫很高很高，红其拉甫很远很远，我们这个地方叫边关，界碑树在云里面……"歌声像健硕的雄鹰穿过冰峰雪谷，直插云霄，充满生命的力量。

他的鹰舞跳得非常热烈。他迈开脚步，轻抖双肩，时而似雄鹰盘旋，双肩微微颤抖；时而似鹰隼试翼，舞姿刚劲有力。他告诉大家，塔吉克族青年男女常常用跳鹰舞的方式表达爱情。

他写的心得体会中也贯穿着强烈的事业心和崇高的理想："作为护边员代表，一定要经常行走在边境线，与全线7000多名护边员一起工作，及时了解他们想什么、盼什么。只有这样，才能真心为民解忧，执着为民代言；才能无愧于选民，无愧于党和国家赋予人民代表的光荣职责。"

一天，拉齐尼·巴依卡说："马老师，我写了一首诗。"

马燕看了之后特别吃惊，问："这首诗是你写的吗？你的国通语水平都可以写诗了？"

拉齐尼·巴依卡说："是我写的，我用在线翻译软件翻译的。我口述，翻译软件帮我翻译成国通语，我再一句一句地修改。"

读着这首诗，马燕在拉齐尼·巴依卡的眼睛里看到了光亮，她看见了祖国的星星、帕米尔高原的星星——就在拉齐尼·巴依卡的眼睛里。

读着这首诗，马燕的心跟随拉齐尼·巴依卡的脚步行走高原，走在祖国的边境线上。她感觉到了，脚下，大地一阵震动，仿佛连大地也在为这位充满爱国情怀的塔吉克族护边员叫好。

2020年那个冬天的夜晚，拉齐尼·巴依卡创作了诗歌《南湖》，这也是他在朋友圈发布的最后一条动态。

二

男孩马翔宇是马燕的儿子，他11岁了，是一名品学兼优的小学生。他有一双乌溜溜的眼睛，像一轮落入黑水潭的明月。

当马翔宇用这双黑眼睛望着塔吉克族护边员拉齐尼·巴依卡的时候，他不觉得这位叔叔有多么了不起。叔叔那么瘦，手劲也不大。第一次在喀什大学教室里玩掰手腕游戏，叔叔还输给了自己。马翔宇不觉得叔叔有多么了不起，只记得叔叔的眼睛很明亮，笑容很憨厚。

可是，妈妈马燕说："那是叔叔逗你玩让着你呢。拉齐尼叔叔可厉害了，他是全国人大代表，还是全国劳动模范、全国双拥模范。10月拉齐尼叔叔去北京参加全国双拥模范表彰大会，合影的时候，习近平总书记走到他的面前还专门停下来和他握手呢。"

当他知道，拉齐尼叔叔曾经当过兵，复员之后也是不穿军装的军人，骑着牦牛给解放军当向导在边境线上巡逻，救过很多解放军战士的生命之后，就更加敬佩拉齐尼叔叔了。

马翔宇的梦想是长大当一名保家卫国的解放军战士，对所有军人或者曾经当过军人的人，马翔宇都有种说不出的亲近感。再与拉齐尼叔叔掰手腕时，马翔宇小大人似的抗议："当过兵的，就不要让着我。"结果，马翔宇再也没能取胜，但他决不服输，他说："叔叔，你等着，等我长大了，我一定能掰过你。"拉齐尼·巴依卡也笑嘻嘻地说："好小子！长大后一定能掰过我。"

2020年10月25日至11月20日，男孩马翔宇成为喀什大学第十三届全国人大个别代表培训班的"第六名学员"。妈妈马燕给人大代表们上课的时候，他在隔壁的教室里上网课、写作业。有时，马翔宇也坐在教室的最后一排做旁听生，课间便和大同学们玩作一团。

11月3号是全国人大代表麦麦提·居马的生日，马燕和儿子马翔宇悄悄地准备了一个惊喜。他们去学校的烘焙房，在师傅的指导下做了一个蛋糕——没有奶油，只做了一个圆圆的蛋糕胚；没有生日蜡烛，马翔宇在其他老师的办公桌上找到了半根红蜡烛。母子俩把这份惊喜藏在教师办公室里，一点儿风声都没有透露。

晚自习的时候，马翔宇双手捧着生日蛋糕走进教室。他唱着生日祝福歌，眼睛乌溜溜的，在红烛的映照下更加清澈明亮。

全国人大代表们先是震惊，而后欢乐地鼓起掌来。麦麦提·居马更是高兴，他说："这是我过得最有意义的生日。"

大家一起唱歌、吃蛋糕，纷纷夸蛋糕好吃，更感谢马翔宇带来的惊喜。

马翔宇兴奋得像过年一样，他提议："我给你们拍相片吧。"

在马翔宇的指挥下，大家用小叉子拼成一个五角星，马翔宇说："这是团结的意思。"

每个人讲一个成长故事是拉齐尼·巴依卡提议的，兴奋中的人们纷纷响应，你一言我一语讲起了自己的成长故事。

全国人大代表们的成长故事一个比一个精彩。他们都是那么优秀的人，代表人民参政议政，他们成长中的点滴同样精彩。

轮到拉齐尼·巴依卡讲了。他说："我小时候最喜欢攀登，如果前面有一座高山，我想方设法都要攀登到最高峰。"

打小，拉齐尼·巴依卡就是村子里的孩子王，领着一群年龄相仿的小伙伴在高原、牧场奔跑，像羚羊一样在悬崖峭壁间攀爬、跳跃，非常快乐、开心和幸福。

村里的人提起拉齐尼·巴依卡总是赞不绝口。他爱帮助人，就像饿了要吃饭、渴了要喝水、困了要睡觉那样自然。帮助人成了拉齐尼·巴依卡生活的一部分，是成长中必需的养料。

那年夏天，拉齐尼·巴依卡12岁了。一个牧人找到他父亲，一个劲儿地道谢："你们家的拉齐尼真是太好了，他帮我家放羊，帮了我很大的忙。我回来之后，他对我说：'你们家的150只羊，一只也没有少，你数一数，如果少了一只，我从我们家的羊里补一只给你。'这个孩子你们是怎么教育的，怎么这么善良？"

少年时代的拉齐尼·巴依卡是一个好羊倌。村子里只要有牧民有事外出，拉齐尼·巴依卡就会主动替人放羊，而且不只是单纯地放羊，还把羊圈打扫得干干净净，再抽空割一些牧草，晾晒储存作为冬牧草。

拉齐尼·巴依卡14岁那年，牧民们要把羊群赶到夏牧场去。拉齐尼·巴依卡赶着羊群走在路上，看到一个年龄大的牧人赶着牦牛队，又赶着很大的一群羊。牦牛驮着转场的东西走得慢，羊群跑得快。那牧人顾了牦牛队，羊群跑了；顾了羊群，牦牛跟不上，非常狼狈。为了帮助那个牧人，拉齐尼·巴依卡连自己家的羊群都不管了。那段时间，狼来了，袭击了他家的羊群，5只羊被狼吃掉了。

老牧人驱赶着牦牛队去了夏牧场，把放牧的毡房安顿好，两天后返回。他看见自己家的羊群毫发无损，就对拉齐尼·巴依卡说："孩子，非常感谢你，你帮我解决了一个大困难，听说你的5只羊被狼吃掉了，这样，你从我的羊群里挑上5只羊。"拉齐尼·巴依卡说："叔叔，我们塔吉克族应该是互爱的，我对你的帮助是无偿的。我的5只羊被狼吃掉了没有关系，我爸爸说，羊明年还会生小羊羔，少了5只羊，母羊会还给我们。帮助人才是最重要的事情。"

老牧人非常感动，把拉齐尼·巴依卡做的事、说的话讲给每一个遇到的人听，讲给帕米尔高原的雪山、草场、河流听。不久，拉齐尼·巴依卡的名字传遍了牧场的每间毡房。牧人们这样教育自己的孩子："你不要只顾着玩，要好好跟拉齐尼学习，做一个勤劳、勇敢、爱帮助别人的人。"

拉齐尼·巴依卡说着自己的成长故事，马翔宇忽闪着眼睛，托着腮帮子认真听，生怕漏掉一个字。马燕老师感谢拉齐尼·巴依卡的分享，她想，这应该是儿子马翔宇听到的最有意义的爱国主义教育课，是对儿子信仰的启蒙。

从此，男孩马翔宇有了自己的偶像。他相信，在我们身边有这样一个人，对党对祖国的热爱不是写在课本里、表现在口头上的，而是付诸行动、刻在骨头上、流淌在血液中的。

三

2020年10月，第十三届全国人大个别代表培训班开班的时候，学校要求任课老师针对5位全国人大代表的具体情况制定一对一的教学方案。喀什大学的杨卉紫老师认为全国人大代表要去基层调研，要提议案，更要针对议案讨论发言，口语的训练相当重要。

第一堂口语课，拉齐尼·巴依卡安安静静的，在本子上一笔一画练习写字，只有杨卉紫提问时，他才会放下笔，抬头看老师。

练习口语发音时，杨卉紫说："拉齐尼，国通语的发音和你母语的发言有很大区别，请看着我的口型，注意我是怎么发音的。"拉齐尼·巴依卡很不好意思，当老师与他对视时，他就把眼睛移开。杨卉紫不得不提醒他："拉齐尼，看着我，看着我的口型！"

一堂关于幸福感的讨论在11月的口语课上进行着。课堂内容是学习领会党的十九届五中全会精神。杨卉紫说："我们国家着力保障和改善民生，不断提高人民群众的获得感、幸福感和安全感。现在大家结合自己从事的职业情况来谈谈自己的幸福感。"

木沙江·努尔墩代表说："我当村支书，通过带领全村村民一步步脱贫致富获得幸福感。"

如克亚木·麦提赛地代表说："我是一名讲解员，把党的惠民政策带到千家万户，让其他省市来旅游的朋友感受到我们新疆的发展变化，人民生活越来越好，我感到很幸福。"

轮到拉齐尼·巴依卡发言了。他说："塔什库尔干塔吉克自治县与巴基斯坦、阿富汗、塔吉克斯坦三国接壤，有很长的边境线，护边员的工作特别重要，但他们的工作环境非常艰苦。我最大的幸福感就是参加全国两会的时候，把我们护边员的愿望反映上去，让总书记、让全国人民知道'我们是不穿军装的边防卫士，我们会用实际行动守护好祖国的边疆'，这是一种很大的幸福。"

人大代表们都表达了自己的幸福感之后，气氛活跃起来了，纷纷聊起自己小家庭的幸福。

杨卉紫问拉齐尼·巴依卡："你是全国劳动模范、全国爱国拥军模范，又是全国人大代表,现在还在这么艰苦的地方工作,你就没想过把你的孩子送到条件好一点儿的地方去学习,让他们从此走出高原,走出护边员艰苦的工作环境,过上更好的生活?"

拉齐尼·巴依卡一听就急了,把头摇得像拨浪鼓似的,双手还连摆不止:"不行,不行,老师,这样不行。我儿子也要像我一样,一定要当护边员。我们家已经有三代护边员了,我爷爷、我爸爸,还有我,我儿子一定是第四代护边员,我孙子就是第五代护边员,我们一定要把护边的事业一代一代传下去。这不是一项任务,这是我们家的信仰。"

说到自己11岁的儿子拉迪尔·拉齐尼,拉齐尼·巴依卡脸上的笑意更浓了,好像在一杯清水里放入了很多很多白糖,多得无法溶解了。那水只要喝一口,甜就会伸出许多触角,从味蕾出发蔓延到身体的每个细胞。

拉齐尼·巴依卡用带着甜味的幸福感说着儿子拉迪尔·拉齐尼:"我希望我儿子好好学习,更希望他能够成为一名比我更优秀的护边员,将来我老了走不动的时候,他能够接过我手中的鞭子,就像我从我爸爸手中接过鞭子一样。

"现在学校条件越来越好,国家也越来越重视教育,我家孩子国通语水平都比我好,我特别满足。尤其是我的女儿都尔汗,学习成绩特别好,现在是我的小老师。如果我现在不好好学习,我的小老师会批评我,还会帮助我改正错误……"

拉齐尼·巴依卡最大的幸福感是,在两会的时候,把护边员的愿望和艰苦条件反映上去,让总书记和全国人民知道在塔什库尔干塔吉克自治县有这样一群像他一样"不穿军装的边防卫士"。

拉齐尼·巴依卡的幸福是培养儿子也成为一名护边员,把护边的事业一代一代传下去。这不是一项任务,而是他们家的信仰。至于舒适的生活环境,把子女送到教育资源更优越的学校接受教育,这样的事情,从来就不会在拉齐尼·巴依卡的考虑范围。即使他人提起，他也坚决反对："我的儿子一定能成为一名比我还要优秀的护边员。"

拉齐尼·巴依卡的心里永远记得保卫祖国安全这一神圣使命。

2020年12月31日下午，学校组织全国人大代表学员参观学校的思政教育基地，大家都兴致勃勃，拉齐尼·巴依卡也谈笑风生、神采飞扬。他在"党风廉政书画展"展厅前驻足了很久。走进"致敬抗疫者"展厅时，大家都安静地听讲解，拉齐尼·巴依卡在钟南山的相片前站了很久，默默地立正、行军礼。杨卉紫老师看到这一幕，知道那是拉齐尼·巴依卡在表达着自己的崇敬之情。虽然退伍多年，拉齐尼·巴依卡依然保持着军人的一些习惯，比如内务永远保持整洁、站姿始终笔直，再比如行军礼不仅代表问候，还表达了尊敬、敬仰、崇拜等情感。

回到教室后，杨卉紫问："今天你们参观了学校的思政教育基地，印象最深的是什么？"

轮到拉齐尼·巴依卡的时候，他说："我对抗疫英雄钟南山印象最深，他的事迹体现了我们中国共产党党员的责任和担当。"

之后，拉齐尼·巴依卡又问："老师，我能问一个问题吗？廉政书画上为什么都画莲花，不画别的花？"

杨卉紫就在黑板上画了一支莲花，又写下"清廉青莲"四个字，她说："因'清廉'和'青莲'是同音的，而且荷花从不攀附其他植物生长，始终笔直挺立。古时候，若是想表达你对为官清廉的人的敬意，就会摘上一朵青莲来表达自己崇高的敬意。"

大家从廉政说到了爱国情怀。杨卉紫说："我特别希望在新的一年里，给你们教一首歌《我和我的祖国》。"

拉齐尼·巴依卡立即说："老师，这首歌我特别喜欢。去年我给部队当向导，我唱《花儿为什么这样红》，战士们唱的就是这首《我和我的祖国》，特别好听，我一直想学。"

他又问："老师，你会不会唱《花儿为什么这样红》？"

"我会呀。"说着，杨卉紫就深情地唱起来："花儿为什么这样红？为什么这样红？哎，红得好像，红得好像燃烧的火，它象征着纯洁的友谊和爱情……"杨卉紫深情地唱着，她好像看到帕米尔高原上，雄鹰飞过皑皑雪山，一对青梅竹马的塔吉克族青年男女相视而笑……

那是电影《冰山上的来客》中的片段，杨卉紫每每唱起《花儿为什么这样红》时，脑海里都会闪现这个片段，还有那句经典台词："阿米尔，冲！"

杨卉紫唱完，像舞台谢幕那样，向着入迷聆听的学生们鞠躬。

拉齐尼·巴依卡站起来说："老师，我也想唱《花儿为什么这样红》，我用塔吉克语唱。"

杨卉紫说："太好了，我还没有听过塔吉克语的《花儿为什么这样红》。"

拉齐尼·巴依卡唱得比杨卉紫更深情。伴随着歌声，拉齐尼·巴依卡仿佛回到了美丽的帕米尔高原，回到了他无数次穿越的暗流湍急、冰封雪锁的吾甫浪沟。每次穿越吾甫浪沟，都要蹚过多条冰河，那些冰河发源自喀喇昆仑山深处，冰寒刺骨，激流澎湃。多少次，他为救巡逻战士，勇敢地跳入激流，每一次他都能顺利完成巡逻任务。

拉齐尼·巴依卡回到了他在塔什库尔干塔吉克自治县的幸福家庭。每次离开家去巡边，父亲都会鼓励他："儿子，你继承了我的事业，一定要确保战士们的安全。"每次离开家去巡边，妻子都会把所有的衣服洗干净，准备好多塔吉克族特色食物，出门前一再叮嘱："吾甫浪沟那边天气冷，一定要穿上最厚的衣服。"

拉齐尼·巴依卡回到了提孜那甫村，那片丰收的莲花白地，那片雪山脚下正待收割的牧草，都在等着他归来。他的两头牦牛不知跑到山里的哪条沟里了，需要他去找回来。

拉齐尼·巴依卡深情地唱着。优美的旋律，熟悉的旋律，虽然是塔吉克语，但杨卉紫完全能猜出歌中的意思。杨卉紫感觉那歌声如清风在帕米尔高原的雪山与草地之间自如穿行，从云层跳到云层，从山巅跳到山巅，从河流跳到河流，从草甸跳到草甸。

拉齐尼·巴依卡动情地唱着。歌声早已与声带无关，与喉咙无关，甚至与大脑无关，歌声从心尖生出就直接蹦到了舌上。杨卉紫觉得脸上微微生痒，摸了摸，竟是泪水，才知道这歌声已经和她的心灵发生了碰撞。

杨卉紫无法知道拉齐尼·巴依卡此时此刻的想法，就像她无法在课堂接住拉齐尼·巴依卡突然冒出的想法一样。

杨卉紫最新的话题是："今天是 2020 年最后一天上课，我们再见面就是 2021 年了。新的一年，大家有什么心愿？请结合自己的生活工作实际回答这个问题。"

其他 4 位代表说："希望祖国更加繁荣富强。""希望家家户户都能过上幸福美满的好日子。""希望疫情赶快结束，大家都恢复正常生活。""希望父母身体健健康康、平平安安。"

拉齐尼·巴依卡一直不说话，似乎在思考，却又犹豫着不知该怎么说。直到被提问才说道："老师，我一直有个想法，我死了以后，我身体上的器官可以捐到哪里？捐给谁？可以救几个人的命？"

杨卉紫吃惊地看着拉齐尼·巴依卡，不知道如何回答这个突如其来的问题。拉齐尼·巴依卡追问道："老师，你能帮我一个忙吗？如果有那么一天，你帮我告诉那个接受我器官的人，能帮助到他我非常高兴。"

杨卉紫有着 20 多年教龄，课堂上能随机应变、处变不惊，对教学工作早已游刃有余。而在 2020 年的最后一堂课上，她被问住了，愣在那里，不知如何回答。因为她看到了拉齐尼·巴依卡眼睛里的质朴和真诚，他不是在开玩笑，他拜托她将来要做的这件事情是认真的。

这时候，木沙江·努尔墩调侃道："兄弟，你真的要这样吗？你要这样的话，就把肾留给我吧！"

拉齐尼·巴依卡认真地说："兄弟，如果需要的话，我的肾可以给你。我的眼膜可以给一个看不见的人，帮助他恢复光明。还有我的心脏，我的心脏特别有力量，有时候，我都能听到它跳动得特别厉害，可以给一个有心脏病的人。还有我的……"

为了不让拉齐尼·巴依卡说下去，杨卉紫行使了老师的权力："好了，这个话题到此为止。现在距离下课还有一刻钟，大家还有什么问题要问老师吗？"为了活跃课堂气氛，杨卉紫笑着接了一句，"要抓紧时间哦，现在不问，再有问题就得明年问了。"

大家都很珍惜2020年最后的上课时光，努力思考要问的问题，教室里安静了几分钟。

拉齐尼·巴依卡最先开口："老师，你刚才说莲花代表廉政，那敬献给英雄的花也可以用莲花吗？"

杨卉紫想了想说："每年9月30日烈士纪念日，我们国家领导人都要向人民英雄纪念碑敬献花篮，花篮里什么花都有，洁白的百合、雅洁的文心兰、鲜艳的红掌……美丽的花篮寄托着深深的缅怀，承载着崇高敬意。"

拉齐尼·巴依卡若有所思地点头，突然又问："老师，这段时间我一直在想一个问题，就是党和国家给了我这样大的荣誉，我很想知道和平年代怎样才能成为一个英雄？"

在杨卉紫所接受的教育中，黄继光以血肉之躯堵机枪眼，董存瑞拿身体当支架炸碉堡，邱少云被火烧一动不动，狼牙山五壮士英勇跳下悬崖……这些都是英雄，可他们都是战场上的英雄，现在是和平年代，怎样才能成为一个英雄？杨卉紫没有办法回答，但又不能不回答。她听见自己说出这样一段话："中国从来就是一个不缺少英雄的国家，古有岳飞、杨家将精忠报国，今有红军、八路军、新四军、解放军、志愿军为国抛头颅洒热血，这些英雄就是中国人不畏强暴、以身殉国的杰出代表……"

杨卉紫不知道自己关于英雄的讲解拉齐尼·巴依卡听懂了多少，作为老师，她不能被学生问倒，她也知道拉齐尼·巴依卡的确不是在为难她。

"在和平年代如何成为一个英雄？"这个问题的确存在于拉齐尼·巴依卡的内心。

四

2021年1月4日，喀什市漫天飞雪，寒风刀子似的刮过行人的脸。出门办事的人们不得不穿得厚厚实实，走在大街上，就像一只只企鹅。

早晨，喀什大学安排做核酸检测，全体教职员工都按时到校，排队做核酸检测。同事们笑盈盈地相互问候："新年好呀！"

人们一边谈论新年，一边诉说期望：疫情的阴霾快快散去，所有的曲折都通向春天。

上午没课，只有做核酸检测这一件事。当5岁的儿子晓晓要求和妈妈一起去学校玩时，喀什大学国通语教师陈晓琴微笑着应允了。

走在银装素裹、分外美丽的校园，母子俩印在雪地上的脚印是欢乐的，脚印又很快被纷纷扬扬飘落的雪花掩盖。

做完核酸检测，陈晓琴与同伴说说笑笑走向停车场，一位老师冲她喊："陈晓琴，下雪了，路滑，赶快带儿子回家。"她笑盈盈地回答："现在就回，车就在前面停车场。"说完回头叮嘱儿子："晓晓，别乱跑，跟着妈妈。"

第十章　振翅翱翔

晓晓穿着军绿色的半长羽绒服，戴着宝蓝色的针织围巾和帽子，蹦蹦跳跳跟在妈妈后面，好像一只大雪天外出觅食的小鹦鹉，亮丽而耀眼。

晓晓是喜欢探索的孩子，对新事物新环境抱有强烈的好奇心。看到路边有不认识的车标，就停下脚步问妈妈，如果妈妈也不知道，他就让妈妈用手机把车标拍下来回头再问爸爸。看到小朋友们在小区玩，他肯定要凑上前玩一会儿才肯离开。平常的时候，陈晓琴走路时会牵着晓晓，即使没牵着，也会时不时地回头提醒："晓晓，快走！""晓晓，时间来不及了！"

可是1月4日的早晨，走在雪天的陈晓琴因顾着与同事说笑，径自走向停车场。发现儿子晓晓没有跟上时，她的脑中"嗡"的一声响，赶紧飞快地开车返回寻找儿子。她神色焦急，一边开车，一边四下张望。

树林没有，路边没有，教学楼前没有，人工湖边也没有。陈晓琴觉得血从脚底一寸一寸地热了上来，心跳得像擂鼓。

当陈晓琴看到晓晓时，他已经站在学校人工湖的中央了，并且还在往前走。先前，冰面上落了两只小鸟，晓晓想追小鸟玩。踏上冰之后，晓晓听见"嘎吱嘎吱"的声响，与雪地走路发出的声响极不同，他觉得很新奇很好听，就一直往前走。

陈晓琴一下子感觉到一股恐惧的潜流，她听见自己的心怦怦直跳——那是一位母亲预感孩子面临危险时身体自然而然发出的警报。

风声雪声人声都隐去了，陈晓琴只听见自己撕心裂肺的呼喊："晓晓，快回来，冰上危险。"儿子回头望向母亲，像迷路的鹦鹉一般站在冰天雪地里，站在冰湖中央。

雪下得更大了，密密的，像是从天到地扯起的一幅宽大的雪帘。陈晓琴看不清孩子的面容，也不知道孩子脚下的冰正在裂开，一个冰窟窿张开它黑色的大嘴，正要吞噬孩子。

世界停顿了一下，雪没有下，车没有行，风停在天空和冰湖之间，世界和推动世界的时间都在那个瞬间停了下来。

陈晓琴身上发凉，心脏颤抖，母性的力量在她略显瘦弱的身体上聚集，每块骨头、每寸肌肉、每个细胞都在大喊："孩子，孩子，我的孩子……"

陈晓琴脚下生风，她要跳进那个吞噬她孩子的冰窟窿，用母亲的力量营救自己的孩子。

然而，一个身影奔跑的速度比母亲更快，是雪豹猎捕羚羊般的，是离弦之箭般的，那是全国人大代表、塔什库尔干塔吉克自治县优秀护边员拉齐尼·巴依卡奔跑的速度。

拉齐尼·巴依卡与全国人大代表木沙江·努尔墩说笑着从另一个方向走向人工湖，听到呼喊声，他没有丝毫犹豫和停顿，闪电般冲向冰湖。

认识拉齐尼·巴依卡的人都知道，他是出色的向导与护边员，巡边途中他历经千难万险，经历过最严苛的考验与历练。这些考验与历练令他有羚羊的敏捷、雪豹的速度。而且，他天生就有一双鹰的耳朵，能辨别自然界中哪怕最微小的声音；他更有一双鹰的眼睛，能看出冰面上哪怕一丝裂缝；他还有极其敏锐的辨识力，巡边护边途中，他带领解放军战士爬过一座座雪峰、蹚过一条条河流，每一次遭遇危险他都能帮助官兵化险为夷，每一次顶风踏雪他都能带领官兵安全抵达，顺利完成巡逻任务。

熟悉拉齐尼·巴依卡的人都知道，他的一生都在与速度较劲。孩童时代玩游戏，他总是跑在第一，见到更高的山峰就想要攀登；入伍期间，他参加了新疆边防总队举办的军事大比武，拿到了10公里越野赛全疆第二名的好成绩；村里举办刁羊比赛，他一马当先，是夺取羊羔、赢得全场喝彩的那一个；巡边途中，他一次次与湍急的河流赛跑，与突如其来的暴风雪赛跑。所以当他人生命遭遇危险时，他必定选择为援救生命赛跑。

此时，踏上冰湖的拉齐尼·巴依卡肯定知道，湖上薄冰无法承载一个成年人奔跑的力量；他更知道，他正将自己推向一个危险的境地。每一步，他都能感觉到冰面与鞋面发生着破坏力极强的碰撞；每一刻，他都能听到冰破碎前发出的轻微声响。他一边奔跑一边回头对紧跟其后的木沙江·努尔墩喊："不要过来，这里危险！"边喊边向着危险前行。

此时，他可以选择放弃，但他没有。在面临生死抉择的瞬间，几乎出于本能，拉齐尼·巴依卡遵从自己内心的选择：先人后己，先救孩子。他径自跑到冰窟窿的边缘，向着在冰水中扑腾挣扎的孩子伸出双手，大喊："快，抓住我的手！"

他一把抓住了孩子的羽绒服，进而抓住孩子的胳膊。他用力将孩子拉向自己，拉向生的方向，全然不顾脚下薄冰炸裂的声音。就要抱起孩子的一瞬间，拉齐尼·巴依卡脚下的薄冰终于承受不住而支离破碎。

大雪笼罩着整个喀什校园，上冻的人工湖被一大一小两个闯入者砸出了一个冰窟窿。小的那个是失足者，他惊慌失措，在冰水中沉浮，游离在生命的边缘，恐惧、战栗、挣扎，却无力反抗；大的那个是营救者，他向冰湖发起挑战，与死神争夺生命，无畏、勇敢、镇定，奋勇拼搏。

冰湖之上，气温接近 -10℃，冰层之下的水温更低。透骨的奇寒犹如一把锋利的小刀被一个刀工娴熟的大汉操纵着，密集地剜割着落入冰窟窿的一大一小两个人——拉齐尼·巴依卡和男孩晓晓。这样冰冷刺骨、痛入骨髓的寒冷，只需要一分钟便可将人冻僵，从而失去抵抗力。

此时，拉齐尼·巴依卡可以选择放弃。他会游泳，他的手脚还能活动，只需丢下孩子，游上岸去，像普通人一样打电话报警等待专业救援即可；或者停顿片刻，先把厚重的棉衣脱掉，再下去救人，那样他生的机会会大很多。但他没有停顿，更不会丢下孩子，这些念头没有在他的脑子里产生。他任凭寒冷举起利刃一刀刀剜割自己，全程没想过自身的安危。他抓着孩子的手,一时一刻也没松开。

"必须救孩子"是拉齐尼·巴依卡唯一的想法。冰湖水深达4米,必须不停地蹬腿才能保持平衡。可是,身体很快就不受大脑控制了,腿失去了知觉,胳膊也麻木了。

岸上的人们不知道,在下肢几近冻僵的情况下,拉齐尼·巴依卡是如何保持平衡的。人们只看见,拉齐尼·巴依卡双手始终保持托举的姿势,使得孩子肩以上的部位浮出了水面。

木沙江·努尔墩紧跟在拉齐尼·巴依卡身后。他跑上了冰面,听到冰层破裂的声响,心中一惊,下意识地蹲下身子,伸出手想拉兄弟一把,却落了空,眼睁睁地看着兄弟跌入冰湖。

拉齐尼·巴依卡的头在水中时隐时现,他的双手奋力托举着孩子,他的声音多半被冰水吞没,却持续不断地说:"救孩子!快救孩子!"

孩子的母亲陈晓琴迅速解下围巾递给木沙江·努尔墩,紧接着她又脱下羽绒服,想让木沙江·努尔墩把羽绒服与围巾系在一起以增加长度。可是来不及了,她就直接把羽绒服丢在冰面上,神色紧张地看着被高高托举的孩子,孩子在水中沉浮,嘴唇发紫、脸色乌青,身体几近冻僵;她又神色紧张地看着托起孩子的男子,男子的头一下浮起水面,一下没入水中;她神色紧张地看着木沙江·努尔墩把围巾抛向冰窟窿,冰窟窿在不断扩大,黑魆魆的,深不见底。

灰黑色的围巾有两米长,像一条灰蛇在冰面匍匐,一头拽在木沙江·努尔墩手里,另一头被拉齐尼·巴依卡接上了。可是,拉齐尼·巴依卡瞬间就放弃了,因为那一瞬间,他的一只手不得不脱离托举的姿势,孩子歪栽了一下差点儿掉进水里。

此时,拉齐尼·巴依卡的手指还没有完全冻僵,他依然可以选择自救。

他只需丢开孩子，伸手抓住围巾，木沙江·努尔墩就可以把他拽上岸。但是，他瞬间放弃了抓围巾，恢复了双手托举的姿势。

拉齐尼·巴依卡牺牲后，人们回顾他救人的过程，分析他当时的想法后，不无例外地选择了理解。人们知道，无论在冰湖或者在其他任何地方，在保全自己与救助他人的抉择之中，拉齐尼·巴依卡唯一的选择就是毫不犹豫地舍己救人。

这是他的父亲巴依卡·凯力迪别克在不断训练他的求生本能的同时，从小教导他的——作为边防连向导，必须保证边防官兵们的安全，哪怕因此牺牲自己。

为他人的生命牺牲自己的生命，这个选择已融入他的血脉，成为根深蒂固的本能。

与此同时，木沙江·努尔墩因为甩出围巾身体用力过狠，脚下的冰面裂开，如桨落船移一般，他也落入水中。

木沙江·努尔墩刚一落水，就感受到冻透骨髓的寒意，手脚随之脱离大脑的指挥，变得迟缓而僵硬。他无法想象，此时已在冰湖中沉浮许久的拉齐尼·巴依卡是如何坚持的，在冻透骨髓的寒冷面前，常人想要抵抗无异于蚍蜉撼大树，除非拉齐尼·巴依卡不同于常人。

当然，木沙江·努尔墩也没有时间思考与想象。即使危难把一秒钟的时间无限拉长，分割成无数小段，每一小段，木沙江·努尔墩都无法用来思考与想象。危难是一头猛兽，正张开血盆大口吞噬一个孩子，还有他的同学、兄弟拉齐尼·巴依卡。

木沙江·努尔墩一边与寒冷搏斗，一边奋力游向孩子。一个声音在给他加油："拼了！"当他觉察到这个声音出自自己口中时，他一点儿也不奇怪。"拼了！"他咬牙又说一句，拼尽全力向着孩子沉浮的方向游去，这时，他的手被另一只手紧紧抓牢，他想挣扎，却发现自己整个人都被冻僵了。

抓住木沙江·努尔墩的是喀什市公安局喀什大学派出所辅警王启鹏。

湖边的群众拨打了报警电话110。接到110的警情传达时，王启鹏正和同伴在附近车巡。"接到警情，即刻行动"是人民警察接受的训练。王启鹏拉响警笛，猛踏油门，警车不足1分钟便抵达人工湖。

"马上呼叫，请求增援！"王启鹏一边叮嘱同事，一边跳下警车，冲向冰湖。情形相当紧急：一个孩子被一双手高高托举，一位男子正奋力游向他们，一位女子在冰面上声嘶力竭，大声呼号。

王启鹏没有在湖岸停留，直接踏上冰面。每跑一步脚下就生出一连串的声响，王启鹏知道那是冰层正在碎裂的声音。训练有素的王启鹏深吸一口气，卧倒在冰面上，尽量增加身体与冰面的接触面，以延缓冰层破裂的速度。他匍匐前行，向着冰窟窿一点点靠近。

"与寒冷与冰冻争夺生命，救距离自己最近的人"是王启鹏没有选择的选择。王启鹏抓住了木沙江·努尔墩的手。在木沙江·努尔墩感觉自己的手脚均已冻僵、身体的力量就要被冷冻吞噬时，王启鹏与岸上的群众一起把他拖上了岸。

然而，意外再次发生。陈晓琴看到孩子已经冻得差不多昏迷，托举孩子的男子先前还把头完全露出水面，这会儿是一下露出水面一下没入水中，很显然，男子也快坚持不住了。作为母亲，陈晓琴感觉自己的身体迸发出强大的力量，她奋不顾身靠近孩子，哪怕有一丝希望也去拼命。然而，冰窟窿并不怜悯一位母亲，它黑魆魆的口张开得更大了。陈晓琴脚下的冰层破裂，她也落入了冰湖。

"趴在冰面上，别站起来！"喀什大学后勤管理处餐厅管理员王新永赶

第十章　振翅翱翔

到,他一边对人们大喊,一边向着孩子匍匐前行。即便匍匐,王新永也能清晰地听到冰面断裂的咔嚓声,他迅速将一根黑色皮管抛向冰窟窿。

那是一根用于绿地浇水的黑皮水管,结实,有韧性,可在紧急时刻充当绳索。王新永希望托举孩子的男子抓住皮管,大家就可以把他们合力拖出来了。

但王新永不知道,拉齐尼·巴依卡已经在冰湖里坚持了十几分钟,寒冰的巨口早已嚼碎了他身上的每一丝力气,冰冻了他的每一根骨头、每一寸肌肉。这时候,托举不仅是一种姿势,而是一种力量,不是由身体发出,而是从意志发出再传达到手臂的。

王新永更不知道,在零下十几摄氏度的冰水里,始终保护一种托举的姿势,导致拉齐尼·巴依卡的胳膊、手指几近僵硬,已经没有办法抓住皮管了。

王新永听见的是,拉齐尼·巴依卡用逐渐微弱的气息喊出的声音:"救孩子,快救孩子!"王新永看见的是,拉齐尼·巴依卡拼尽最后的气力将孩子推向冰面,推到伸过来的黑色皮管上。留在王新永记忆中的是,拼尽最后一丝气力的拉齐尼·巴依卡随之下沉,"咕咚、咕咚……"拉齐尼·巴依卡的头没入水下,又浮起,"咕咚、咕咚……"拉齐尼·巴依卡再次没入水下,再也没有浮起……

孩子的手指已冻僵,双手没有了气力,只因拉齐尼·巴依卡最后的奋力一推,孩子小小的身体整个趴在黑皮管上。王新永大喊:"快抓住管子,抓住管子!"孩子依然没气力,但小小的身体随着浮冰和王新永传递到皮管的拖力慢慢向湖岸移动。

喀什大学派出所教导员卡地尔·塔西赶到时,陈晓琴正在冰水中挣扎,孩子正趴在浮冰上。吞噬拉齐尼·巴依卡的冰窟窿已经恢复平静，张着黑魆魆的巨口，等待新的猎物到来，最终它失望了，因为随后赶来的人都受过专业训练，具备专业的救援素质，他们是人民警察、消防队员。

卡地尔·塔西毫不犹豫跳入冰湖，凭着自己过硬的游泳本领，两脚蹬水，一手把孩子拎起，交到正在施救的王永新手中，王永新又将孩子转手给已上岸的王启鹏，王启鹏抱着孩子跑向早已在那里等待的救护车。

救护车呼啸而去。在一连串的爱的传递中，孩子得救了。

"救生圈，救生衣，绳子，快！"喀什大学派出所辅警努尔艾力·吐尔洪和穆合塔尔·奥布力带着救援设备赶到，他们把救生圈、救生衣抛入冰湖。

卡地尔·塔西抓起一只救生圈套在陈晓琴身上，由岸边的人们合力将陈晓琴拉上湖岸。他只需抓起另一只救生圈套在自己身上，人们就能把他也拉上岸，但此时卡地尔·塔西已经待在冰水中超过3分钟，身体没入冰水的部分均失去知觉，脚不能蹬水，手也不大听使唤了。他抓起救生圈，但胳膊抬不起来，没办法将救生圈举起套在自己身上。卡地尔·塔西急中生智，他把绳子缠在手腕上绕了两圈，尽力将救生圈压向自己的腹部，人们合力拉他上岸后，他已站不起来。同伴把他扶回警车，打开暖气，过了十几分钟他的腿才有了一点儿知觉。

消防员带着专业营救设备赶到了，一个消防员穿上潜水服没有戴头盔就跳下水去，不到一分钟，消防员哆嗦着上来了。再下水的消防员全副武装，跳进水后却沉不下去。有人找来一个锻炼用的杠铃增加潜水服的重量，消防员才慢慢沉下水去。

等在岸上的人们感觉时间过得非常缓慢，久久不见消防员浮出水面，其实也就两三分钟的时间，在拉齐尼·巴依卡用最后的气力将孩子推上冰面的那个地方，消防员冒出水面，做了一个向上的手势。

　　这名消防员是新疆喀什地区消防救援支队世纪大道特勤站班长杨鹏飞。他后来回忆说："我穿着专业的装备下去以后，感觉整个人身体都在抖，刺骨的寒冷。拉齐尼·巴依卡能在水里坚持那么长时间，肯定有超人的意志。"

五

　　寒风呼啸，山河涕泪。

　　拉齐尼·巴依卡的身体从冰湖慢慢升起。他的身体已经僵硬，手臂高高举起，仍保持着托举的姿态。那件旧夹层棉衣因为浸满水而变得沉重，胸前佩戴的党徽是全身最亮的色彩。

　　拉齐尼·巴依卡的生命永远定格在2021年1月4日13时55分。如同向死而生的雄鹰，在沉入冰湖的刹那，不朽的英灵从冰封雪锁中破浪而出，直冲云霄。

　　人们望着冰湖，想到了拉齐尼·巴依卡的眼睛。他41岁的眼睛里，看见的全是光明，闪烁的也是光明，他多么热爱这个光明的世界。入党宣誓之后，他说："我真正地来到了一个光明的世界，我看到了光明。我宣誓入党了，我就要按照我的宣誓誓言为党做我该做的事情。"他教育儿子拉迪尔·拉齐尼说："你要像我一样做一个勇敢的人，做一个帮助别人的人。你帮助的人越多，你以后的道路越光明。"

　　现在，太阳躲进云层，他的眼睛关闭了，光明指引着他去了另一个世界。

　　现在，他的英魂搭上了雄鹰的翅膀，飞回了帕米尔高原。高原群山静默，猎猎风声掠过耳畔。雄鹰沿着边境线飞翔，沿着中华人民共和国与塔吉克斯坦、阿富汗、巴基斯坦三国接壤的全长888.5公里的边境线飞翔。爷爷走过的巡逻路，他走过；父亲走过的巡逻路，他也走了个遍。一次次翻过雪山，一次次蹚过冰河，一次次宿营山巅，一次次舍生冒险，一次次冲锋在前，一次次化险为夷……

拉齐尼·巴依卡牺牲的噩耗传至家乡帕米尔高原塔什库尔干塔吉克自治县提孜那甫乡提孜那甫村，拉齐尼·巴依卡的家人、朋友和曾经得到他帮助的乡亲们无论如何也不敢相信，他们熟悉的那个忠诚正直、谦逊善良的拉齐尼·巴依卡就这样永远离开了他热爱的守边护边事业和挚爱的亲人。对他舍生忘死、见义勇为的行为，人们的说法出奇地一致："这就是拉齐尼，他肯定会这样做！"

拉齐尼·巴依卡69岁的父亲巴依卡·凯力迪别克说："我儿子继承了我的事业，他走了我走过的路。我告诉过他，无论遇到什么危险，都先要救助他人的生命。"

拉齐尼·巴依卡13岁的女儿都尔汗·拉齐尼说："我的爸爸，不论什么时候，遇见多么危险的情况，都一定会帮助别人的。在我心里爸爸是英雄，我感到特别骄傲和自豪，我也会成为他这样的人。"

拉齐尼·巴依卡11岁的儿子拉迪尔·拉齐尼说："我知道我爸爸是个英雄，我长大了也要像他一样当个英雄，继续完成他的心愿。"

红其拉甫边防连连长说："每次边境巡逻，拉齐尼总是走在最前面探路，凭借自己多年的经验，帮助大家化险为夷。只要拉齐尼在，我们就很安心。"

拉齐尼·巴依卡的发小麦富吐力·坎加说："他这样做，是因为他从小就是这样勇敢的人。"

拉齐尼·巴依卡的同年兵艾力买买提·沙拉别克说："在部队的时候，无论军事训练还是别的什么，拉齐尼总是冲在最前面，做得最出色。"

提孜那甫村第一书记、驻村工作队队长周军说:"拉齐尼是我见过的最心底无私的人,他心里总是想着他人,他在帮助他人中找到快乐。"

2021年1月4日,拉齐尼·巴依卡营救落水儿童英勇牺牲,周军听到这个消息,无法抑制眼泪,把自己关在办公室里放声大哭。他不知道自己有多久没有这样哭过了。拉齐尼·巴依卡这个与他共事不到一年的塔吉克族兄弟,总是微笑着,从来不知道累、不知疲倦的兄弟;一家三代接力巡边护边的护边员;为了村民的脱贫致富付出辛勤劳动的村干部;积极履职尽责、建言献策的全国人大代表;优秀的中国共产党党员,永远离开了。

泪水模糊了双眼,周军仿佛看到一只雄鹰为了拯救他人的生命,猛然间坠落,化作夜空中最明亮的一颗星。

周军望着夜空,寻找着那颗星,泪水长流。

…………

"花儿为什么这样鲜?鲜得使人不忍离去,它是用了青春的血液来浇灌……"拉齐尼·巴依卡是牧民、护边员,是党员、村干部,是全国人大代表、全国爱国拥军模范、全国劳动模范。不同的角色,一样的初心。拉齐尼·巴依卡牺牲不久,被中宣部授予"时代楷模"称号。

有些人平常,有些人绚烂;有些人朴实无华,有些人光彩夺目。形形色色的人群里,总有一些人由内而外散发着彩虹般的光芒,一旦遇到就让人永远不会忘记。

拉齐尼·巴依卡永远都不会离我们而去,就像他所说的:"这辈子要一直做一名不穿军装的边防战士,永远守好祖国的边境线……"借助一次至勇忘我的舍身,他这只雄奇的高原之上的"帕米尔雄鹰"获得了永生。

六

　　湖岸上的陈晓琴早已没有了意识，大脑里一片空白。后来，人们问她水里冷不冷，她很茫然。她的身体泡在冰水里，但她不知道冷，她失去了思考，也失去了触觉、嗅觉、痛觉等任何感觉。有个人抓住了她的头发，把她正在下沉的身体从冰水里拎起来，在她身上套了一个救生圈，岸上的人拽着救生圈，合力把她拖上岸……

　　上岸后的陈晓琴拒绝去医院，她就站在岸边，站在冷风里，衣服上结着薄冰，她还是没有感觉到冷。孩子已经被送去医院，她心里踏实了，但她知道湖里还有一个人。她没有看清那人的面孔，不知道他是谁，但她知道，那人是她孩子的救命恩人，是她全家的救命恩人。她的呼喊更加撕心裂肺、肝胆俱裂："还有一个人，下面还有一个人，快去救他呀！"

　　旁边的一位老师脱下长羽绒服裹在陈晓琴身上，推着她说："你自己都掉到水里了，再喊也没有用，你快去医院吧。"她执拗着不走，还是喊："还有一个人，还有一个人，快去救他呀……"

　　人们强行把陈晓琴送进医院，替她换上干衣服，又给她盖上两床厚厚的棉被，她依然没有感觉到冷，她心里冒着火呀，她抓住进来的每一个人问："那人救上来没有，救上来没有？"人们总是摇头。不知道过了多久，陈晓琴感觉有几个世纪那么长，一位老师含泪说："人上来了，没了。"她才默默地缩进棉被，放声号啕。

　　冷，猛然袭来，将她击倒。鼻酸、头疼，脚冷得像两块冰，身体像筛糠般发抖，每一块骨头、每一寸肌肉都在发抖。两床棉被显然不够保暖，她虚弱地喊："冷呀，好冷！"好心的护士又给她加了一床棉被。她依旧冷，冷像一把锋利的刀，割她的肉，削她的骨，直戳进她的心。

刚刚过去的一幕，放电影般地在陈晓琴脑海里重映：她的孩子在冰窟窿里上下起伏，孩子被一位男子高高托举出水面，男子的头一下没入水中、一下露出水面，男子的面容非常清晰。

陈晓琴的内心正经历着一场暴风雨：如果今天不带孩子来学校，如果走路时拉着孩子的手，如果早一点儿回家……这一切就不会发生，他就不会死。他死了，他的父母怎么办，老婆怎么办，孩子怎么办？……天哪，为什么会这样？

内疚，像一张大网，将陈晓琴整个兜进去，没有开始，没有终结，没有一丝一毫的缝隙。内疚，像一柄重锤，狠狠敲打着陈晓琴的心，越来越重。陈晓琴感觉到了疼痛，身体的疼痛，心的疼痛。太疼了！她大叫一声，用拳头狠狠地砸向天空，她用的力度和表现出的疯狂把人们吓了一跳。而后，人们看见陈晓琴变成了一只撒了盐的水母，全身每个毛孔都在流着泪水。

七

"快，你们班的拉齐尼跳到冰窟窿里了！"

电话里的声音仿佛是风中的干柴，裂了许多条缝，每条缝里都塞满了恐慌。喀什大学老师马燕正开车行驶在路上，她赶快掉头回学校。

"发生了什么事情？""拉齐尼为什么要跳到冰窟窿里？"无数问题在马燕脑海里盘旋。车开得太快，撞到学校大门也顾不得了，猛打方向盘，冲到人工湖边，她看到一辆救护车开走了；看到木沙江·努尔墩站在湖岸，浑身湿透，人们劝他去医院，他不肯；听到同事陈晓琴撕心裂肺地大喊："还有一个人，下面还有一个人，快去救他呀！"

马燕见陈晓琴衣服上结着薄冰，头发冻成了冰棍，赶紧脱下自己的羽绒服裹在她身上。陈晓琴毫无知觉，仿佛没有看到马燕，依然不管不顾地大声呼号。

雪还在下，湖中央的冰窟窿张着黑魆魆的巨口静默在那里，完全看不出数分钟前发生在那里的惊心动魄。过往的人们从陈晓琴的呼喊中得知水下还有一个人，围上来的人越来越多，警察开始疏散人群。

人们在奔跑、在呼喊，救生圈、救生衣、绳子拿来了，还有一只皮划艇。

消防员穿上消防服往水下跳。一个消防员上来了，没找到人。又一个消防员穿好消防服下水……

"他在那么冷的地方能坚持多久？"马燕站在冰天雪地里感觉到明确而尖锐的心慌，如虫如蚁在心里乱糟糟地爬动。

时间越久，希望越渺茫。马燕开始祈祷："老天呀，电视上经常有奇迹发生，让奇迹在现实中发生吧！"

消防员从水中出来了，做出一个向上的手势。警察合力拖动绳索，拉齐尼·巴依卡的身体缓缓上升。

心情沉重得像压了块大石头，马燕记住了两个细节，一个是拉齐尼·巴依卡那件夹层棉衣胸前佩戴的党徽是全身最亮的色彩；另一个是拉齐尼·巴依卡的身体已经完全僵硬，只有两只手臂高高举起，定格在托举的姿势。

马燕拖着疲惫而伤心的脚步回家。儿子马翔宇在家里等待。马燕知道儿子在等什么，她不想说细节，只是抱了抱儿子说："拉齐尼叔叔是好样的。"

马翔宇的眼泪噙在眼眶里，他的嘴唇紧紧拧着，但眼泪还是落了下来。这是一个11岁男孩的哭泣，马燕从来没见过儿子这样哭，不是考试没考好的内疚，不是丢掉心爱玩具的可惜，而是失去好朋友、失去亲人的心痛与悲伤。

马燕抱着儿子，感觉一把小刀子正在一点儿一点儿割着她的心，很疼，是失去亲人的疼。

她潸然泪下，想停都停不下来。那眼泪仿佛不是从她眼中生出的，而是借了她的脸惶惶地赶路。

夜里，马燕做了一个梦。她在梦里问："拉齐尼，你为什么会直接跳下去？你不会打110吗？我们国家有专业救援队呀。你打电话，他们会来救人。"

拉齐尼·巴依卡对马燕的疑问表示出明显的不解。他说："老师，难道他人遇到危险，我们不应该立即出手相救吗？"

马燕不知道如何回答。拉齐尼·巴依卡笑了，说："老师，我肯定会跳下去。如果我不跳下去，死的就是孩子和他的母亲，那是两条生命。"

马燕醒来后，望着窗外昏黄的路灯，想："拉齐尼的脑海里根本没有等待、犹豫这些东西，他人遇到危险，他肯定会第一时间挺身而出。"

喀什大学行政楼的电梯里有这么一句话："世界上没有从天而降的英雄，只有挺身而出的凡人。"每每看到这句话，马燕就会想起到她的学生拉齐尼·巴依卡，就会流泪。她想："拉齐尼就是这样的人。"

八

2021年1月4日晚上，是喀什最冷的一夜。路灯很黄，云很厚，雪一直在下，细细碎碎的，落在人们心里。喀什大学老师杨卉紫抱着一本红色封面的笔记本泪流满面。红色是拉齐尼·巴依卡喜欢的颜色，因为那是五星红旗的颜色。拉齐尼·巴依卡曾说过，无论在哪里，每当看到五星红旗高高飘扬在祖国的上空，他就心潮澎湃；每次巡边，千辛万苦抵达界碑，用红色油漆在界碑上重描"中国"两字的时候，他都感到特别神圣。

笔记本的扉页上写着这样一段话：拉齐尼·巴依卡代表，祝你在新的一年里，心想事成，万事如意——杨卉紫。

杨卉紫写这段话的时候,心情极其愉悦。为第十三届全国人大个别代表培训班的5位学员准备新年礼物是一件令人欢欣的事情,杨卉紫愿意把最美好的祝愿送给这些特殊的学员。

　　给拉齐尼·巴依卡的代表美好祝福的新年礼物已经无法送出了,与拉齐尼·巴依卡最后对话的情景,杨卉紫依然历历在目。

　　上午做核酸的时候,杨卉紫排在拉齐尼·巴依卡前面。她回头问:"拉齐尼,我送你们的新年礼物在车里,是现在给你,还是下午上课时给你?"

　　拉齐尼·巴依卡开心地笑着说:"谢谢老师为我们准备新年礼物!下午上课的时候,我们在教室里会有一个仪式。"

　　杨卉紫说:"那我们下午4点教室见,'去年'留的作业都做完了吗?"

　　拉齐尼·巴依卡的笑容透出了几分腼腆,说:"老师,作业全都做完了,课堂笔记也补完了。"

　　近3个月的朝夕相处,杨卉紫非常熟悉拉齐尼·巴依卡的笑容。平时安排事情的时候,拉齐尼·巴依卡很少说话,总是这样腼腆一笑。

　　杨卉紫出门的时候,雪下得纷纷扬扬。陈晓琴和另一位同事说笑着走在她前面,她冲着陈晓琴喊:"陈晓琴,下雪了,路滑,赶快带儿子回家。"陈晓琴笑盈盈地回答:"现在就回,车就在前面停车场。"说完,陈晓琴回头叮嘱儿子:"晓晓,别乱跑,跟着妈妈。"

　　之后,杨卉紫一直在办公室准备上课的事情。当她接到电话狂奔到湖边时,看到全副武装的消防员缓缓深入水底,救护人员强行把陈晓琴带上救护车,警察正在疏散围观人群……

　　雪落在冰窟窿里,就像落入深不见底的黑洞。杨卉紫惶惶地站在湖岸,心里狂喊:"这怎么可能?!这怎么可能?!"她一直说:"他身体那么好,在寒冷的地方生活,应该没事!应该没事!"可旁边传来一个声音:"怎么可能?!你也不想一想,这么冰冷的水,这么冷的天,多长时间了,而且到现在还没有捞出来……"这个声音极小，却如一把锋利的刀子，一刀刀割着她的心。

杨卉紫还是抱有一线希望："拉齐尼在高寒地区长大，他适应寒冷，奇迹肯定会出现。"

消防员浮出水面，向着湖岸做了一个向上的手势。杨卉紫看到了拉齐尼·巴依卡以最后的托举姿势，如同一尊大理石雕像从冰湖里缓缓上升。

那一刻的冰湖，风悄雪凝。

嘈杂间或哭泣的声音像一根根钢，锉在杨卉紫的耳膜上，锉出了一道道永远无法修复的疤痕。她想走上前与拉齐尼·巴依卡告别，被阻止了。她只能退到一个角落，痛心地、不知所措地站在冰湖湖岸，眼泪一颗一颗掉下来……

杨卉紫这才意识到，她再也看不到拉齐尼·巴依卡明亮如星的眼眸了，再也听不到拉齐尼·巴依卡唱《花儿为什么这样红》了。给他准备的新年礼物还放在车内，却永远送不出去了。

她把眼睛望着东方——那本该太阳升起的地方。今天的太阳躲在云层里，那个腼腆的、害羞的又总是笑盈盈的、很勤奋很努力的学生拉齐尼·巴依卡仿佛就站在那里，腼腆地说："老师，我作业完成了，课堂笔记也补完了。"

杨卉紫又想起 2020 年的最后一堂课，拉齐尼·巴依卡提出的问题："老师，党和国家给了我这样大的荣誉，我很想知道和平年代怎样才能成为一个英雄？"

杨卉紫相信，当听到一个母亲的呼救时，拉齐尼·巴依卡没有想这个问题；当奋不顾身跳进冰窟窿时，拉齐尼·巴依卡没有想这个问题；当用手把孩子托举出湖面时，拉齐尼·巴依卡没有想这个问题；当在冰冷刺骨、痛入骨髓的寒冷中坚持时，拉齐尼·巴依卡没有想这个问题；当用最后的气力奋力将孩子推出湖面时,拉齐尼·巴依卡还是没有想这个问题。

在当时那种极度紧急情况下,拉齐尼·巴依卡明明知道如何自保,却从没有选择放弃孩子自保;在面临生死抉择的瞬间,几乎出于本能,他遵从自己内心的选择:先人后己,先救孩子。

英雄的魂魄在拉齐尼·巴依卡奋不顾身跳进冰窟窿的那一刻就与他合为一体了。

拉齐尼·巴依卡牺牲之后,杨卉紫读了很多报道,更加确信:拉齐尼·巴依卡在牺牲之前就早已有英雄气魄。当拉齐尼·巴依卡无数次带领解放军战士穿过暗流湍急、冰封雪锁的吾甫浪沟的时候;当拉齐尼·巴依卡无数次为救巡逻战士在严寒中和衣卧雪、跳入激流的时候;当拉齐尼·巴依卡走在海拔5000多米的冰达坂,每一步下去,都有可能自绝壁悬崖失足滑落,或者坠入深不见底的冰原雪窟中的时候;当拉齐尼·巴依卡每一次顶风踏雪带着巡逻官兵安全归来,顺利完成巡逻任务的时候。

一直到现在,杨卉紫都不敢回想,新年愿望,别人谈的都是特别美好的愿望,拉齐尼·巴依卡说的是器官捐赠的事情;别人谈的是幸福生活,拉齐尼·巴依卡想的是如何在和平年代成为一个英雄。

"难道这些都是冥冥注定?"杨卉紫心如刀绞,她想起上节课上自己说的话:"今天是2020年的最后一堂课。1月4日,新年的第一堂课,我将送给大家每人一件小礼物,为了一个新的开始。"

第十一章　群山之上

假如我是一只帕米尔雄鹰，
我应该用高亢的喉咙歌唱：
这暴风雪常常抵达的高原之上，
这永远汹涌着我们爱恋的河流，
这无止息吹刮着爱国激情的风，
和每一个光明的早晨。
——如果我死了，
我的身体埋葬在雪山脚下，
我的魂魄搭载上雄鹰的翅膀，
永远翱翔于帕米尔高原上空，
守护着我壮美的家国。

一

连绵的雪山，蜿蜒的河流，高原上的村庄和覆盖大地的白雪。一只雄鹰在天空中翱翔，它凄厉的鸣叫满怀悲戚。

2021年1月5日，太阳还未照亮雪山环抱的塔什库尔干塔吉克自治县提孜那甫乡提孜那甫村，寒意刺骨，拉齐尼·巴依卡的遗体告别仪式正在村里举行。

人们默然肃立,静静地送他最后一程。悲伤和不舍萦绕在每个人心头。

蓝天、白云、雪山、牦牛……在这片高原净土之上,拉齐尼·巴依卡纯洁而来,高尚而归。

拉齐尼·巴依卡勇救落水孩童献出宝贵生命,是当之无愧的英雄。可是在这里,在他的家里,他是儿子、丈夫、父亲。

两双手紧紧握在一起。一双饱经风霜,一双风尘仆仆。

饱经风霜的手属于英雄拉齐尼·巴依卡的父亲巴依卡·凯力迪别克。这位踏遍千里边防线、经历万般艰险的老人伫立在皑皑雪山脚下,双眼含泪。老人的目光长久地追随着一只在雪山之巅高飞的雄鹰。老人多么希望,儿子拉齐尼·巴依卡也能像那只雄鹰,天晚了,飞累了,就会归巢。

风尘仆仆的手属于全国人大代表、伊犁哈萨克自治州伊宁县英塔木镇托万克温村党支部书记木沙江·努尔墩。这位朴实敦厚的维吾尔族汉子,是英雄拉齐尼·巴依卡的生前好友,共同履职的几年中,与拉齐尼·巴依卡结下了深厚友谊。在喀什大学培训期间,他们既是同学,又是朋友。2021年1月4日,拉齐尼·巴依卡舍身营救落水儿童时,木沙江·努尔墩与他并肩施救。

从伊犁大草原到雪域高原帕米尔,行程2000多公里,木沙江·努尔墩风尘仆仆,紧紧握住老人的手:"老人家,英雄的遗愿我们来完成。"

三双手紧紧相握。多来提曼·开米克,一名年仅28岁的塔吉克族护边员,因为政治素质高、国通语能力强、体能出色,担当了塔什库尔干塔吉克自治县护边员服务管理中心的培训教导员。

多来提曼·开米克听着拉齐尼·巴依卡一家三代接力巡边护边的故事长大,对英雄充满崇敬。他满怀激情地对英雄的父亲说:"爷爷,英雄的遗愿，我们年轻一代来实现。"

五双手紧紧相握。追随英雄的足迹，全国人大代表崔久秀、买买提·居马也登上帕米尔高原。他们与木沙江·努尔墩、多来提曼·开米克一起站在老人面前："老人家，英雄的遗愿我们一起完成。"

英雄的遗愿是：走到群众中去，走访调研，了解农牧民的想法、感受、期盼，整理成议案带到全国两会。

2018年，拉齐尼·巴依卡当选为第十三届全国人大代表。3年来共提交12份议案，从关注民生热点到为脱贫攻坚建言献策，他一直忠实履行自己的职责。

调研中，拉齐尼·巴依卡发现，近年来，越来越多的年轻人走出大山，求学务工。一些年轻人不愿意再像父辈那样，走上条件艰苦、环境恶劣的边境线，导致护边员队伍青黄不接。长达888.5公里的边境线上只有2000多名护边员，而边境线长，点多面广，边境防控任务繁重。

2018年，拉齐尼·巴依卡第一次参加全国人大会议时，提出扩大护边员队伍，适当提高护边员待遇，加强边境管控，实现护边员队伍"留得住、守得住"，防止边境"空心化"问题。议案得到国家有关部门的重视并采取了一些措施，不仅使得当地护边员人数增加了、待遇提高了，边境线上的基础设施也得到很大改善。

木沙江·努尔墩代表、买买提·居马代表与拉齐尼·巴依卡是喀什大学的同学，课余时间，经常一起讨论2021年即将召开的全国两会上所提议案的内容。他们深知拉齐尼·巴依卡的心愿，也见证了拉齐尼·巴依卡为每一条议案付出的心血——牺牲前夕，拉齐尼·巴依卡还在梳理调研结果，撰写建议初稿。

当拉齐尼·巴依卡的调研成果转交到青年护边员多来提曼·开米克手中时，这个在高原长大的塔吉克族青年的眼睛湿润了。作为护边员，他目睹了拉齐尼·巴依卡担当全国人大代表一职后，短时间内取得的阶段性成果：全县护边员力量迅速增到7000多人，护边员年收入可达31200元。

在边境线上，每座毡房就是一个哨所，每个牧民就是一个哨兵。多来提曼·开米克与其他护边员一起，进驻了水电暖网络齐全、宽敞明亮的护边员执勤房。在边境线巡逻，道路基本畅通，有专业的巡逻车，可携带卫星电话。如今，边境管控已经做到了人防、物防、技防，确保了边境地区的安定。

"只有踏踏实实为百姓办实事，才对得起人大代表这份荣誉。"这是拉齐尼·巴依卡当选人大代表后一直恪守的承诺。共产党员、基层人大代表、优秀护边员几种身份的叠加，使拉齐尼·巴依卡身上的责任更重了。每次巡边放牧，他都要到牧民家里走访调研，广泛听取牧民的意见和建议，询问牧民家里有什么困难，把基层的声音实实在在带到全国两会上去。每年的全国两会结束后他主动要求进社区、进单位、进牧区宣讲，把党的声音真真切切地传递到基层。

4位全国人大代表带着英雄的遗愿，在他生活和工作过的地方走访调研，了解农牧民的想法、感受和期盼。所见所听皆是英雄十几年如一日执着于守边护边的事迹——他的足迹踏遍边境线，为解放军官兵义务做向导；他乐于助人，不求回报，感动着温暖着每户家庭、每一个人。

4位代表所到之处，处处听到群众对英雄的赞美之词。2019年12月，65岁的村民依干木江·买买提肾病复发，生命危险，需要输血，拉齐尼·巴依卡主动前往喀什医院献血。得知血型不符后，依然留在医院陪护七天七夜，直至病人出院。此后，他无偿献血600毫升，帮助需要用血的人。村民吾修尔·热依汗的女儿在北京上学，他参加全国两会时，去学校看望，掏出1000元现金塞到女孩手中。2020年初新冠疫情防控期间，他每天冒着-20℃

的严寒，挨家挨户给村民送物资……

一次又一次，4位代表感受着拉齐尼·巴依卡毫不利己、专门利人的高尚情怀；一次又一次，4位代表领悟了拉齐尼·巴依卡对祖国、对人民、对脚下这片土地深沉的爱恋；一次又一次，4位代表的眼里饱含热泪。

惊蛰至，万物生，春天被叫醒。2021年3月5日，十三届全国人大四次会议在北京开幕。

可那位总戴着一顶塔吉克族特色毡帽、黝黑的脸上挂着憨厚笑容、明亮的眼睛透露着忠诚聪慧与坚定的代表拉齐尼·巴依卡，已长眠于帕米尔高原。

这次春天的盛会，他没能参加。

拉齐尼·巴依卡勇救落水儿童的事迹在网络上刷屏，感动了全国人民，他被追授"时代楷模"称号。

木沙江·努尔墩、崔久秀、买买提·居马、多来提曼·开米克4位代表向大会郑重提交了关于提高包括塔什库尔干塔吉克自治县在内的高原地区职工在职和退休福利待遇的议案。

木沙江·努尔墩代表在两会通道接受记者采访时，心里默默地说："拉齐尼大哥，今年的政府工作报告带来很多好消息。"

"拉齐尼大哥，你的遗愿我们完成了。"

二

3月，帕米尔高原的红其拉甫，仍旧冰封雪裹、寒风凛冽，气温在零摄氏度上下。海拔4700米的拉齐尼·巴依卡护边员执勤点，被四周的雪山包裹得严严实实。

金色的阳光刚探出山头，就遭遇凛冽寒风的夹道欢迎。同样列队迎接太阳升起的是执勤点的护边员们，他们一行8人，排成一列纵队，迈着整齐的步伐，走进茫茫雪原，走在巡边执勤的路上。

高原恶劣的自然环境总喜欢展示它无比残酷的威力，凛冽的寒风一个劲儿地往护边员们的衣领里钻，冷飕飕的。

护边员加尼丁·居马江高举五星红旗走在队伍的最前面。他穿着军绿色的迷彩大衣，头发被高原风吹成一片狂野的丛林。因为长期在高原生活，他皮肤黝黑，给人一种很阳光的感觉。

也许是寒风凛冽的缘故，他行走时眼睛眯成一条缝。当他静立在雪山脚下、仰望五星红旗的时候，他的眼睛闪烁着灼灼光芒。

加尼丁·居马江说："我想念兄弟拉齐尼了，之前高举五星红旗走在队伍最前面的总是拉齐尼。"

在加尼丁·居马江眼里，五星红旗是雪域高原最靓丽的颜色。因为这里离天空很近，几乎触手可及，含氧量只有海平面的40%，气压不足平原地区的一半；也因为这里没有莺歌燕语、蝉鸣蛙鼓的天籁之音，有的只是暴风雪演奏的狂想曲；更因为这里没有一棵树，没有大片的芳草绿茵，有的只是迎风招展的那一面面五星红旗。

在加尼丁·居马江记忆里，拉齐尼·巴依卡就是榜样，他事事以身作则、勇挑重担；处处冲锋在前，率先垂范；时时帮助他人，毫不利己、专门利人。

在加尼丁·居马江心中，拉齐尼·巴依卡就是一面旗帜，一面忠实于党、为祖国的边防事业奉献力量的旗帜。

加尼丁·居马江与拉齐尼·巴依卡是表兄弟，同年生，从小一起长大。忠诚、勇敢、坚强、吃苦耐劳、敢于担当是兄弟俩共同的品质。作为优秀护边员，他们都经受住了暴雪严寒、稀薄空气、崎岖山路对生命的考验。

哥俩的成长过程中有两件事让加尼丁·居马江特别为拉齐尼·巴依卡高兴，并且有一种强烈的愿望——以拉齐尼·巴依卡为榜样，做一个对国家、对社会有用的人。

第一件事是拉齐尼·巴依卡入伍了。2001年11月的一天，加尼丁·居马江在路上碰到背着背包的拉齐尼·巴依卡，他那兴奋的劲头好像成功登顶了海拔8611米的世界第二高峰乔戈里峰。拉齐尼·巴依卡说："嘿，加尼丁，部队来电话了，通知我去县城体检，体检合格，我就是一名战士了。明天有辆送信的邮车要到红其拉甫边防连，我现在就去坐车。"

加尼丁·居马江真为拉齐尼·巴依卡高兴，成为一名光荣的边防战士是拉齐尼·巴依卡的梦想呀。他们一起跑了起来，手舞足蹈的，恨不得一下子蹦到天上去。

加尼丁·居马江看到拉齐尼·巴依卡跑进边防连后才依依不舍地离开。

边防连连长看到拉齐尼·巴依卡特别吃惊，说："拉齐尼，邮车明天才到，你今天就跑来了，怎么办？"连队没有办法住，拉齐尼·巴依卡就到离连队很近的一户牧人家住了一晚。

第二天天还没亮，那户人家的主人醒来，没有看见拉齐尼·巴依卡，住的地方却被收拾得干干净净。拉齐尼·巴依卡太高兴太激动了，不等天亮就跑去连队等邮车了。之后，拉齐尼·巴依卡开启了他两年的军旅生涯。

第二件事是拉齐尼·巴依卡入党了。2004年6月1日，拉齐尼·巴依卡在鲜红的党旗前庄严宣誓，光荣加入中国共产党。这位有信仰、有担当、有理想、有使命的年轻党员万分激动地对伙伴们说："我终于来到了一个光明的世界，我看到了光明。我宣誓入党了，我就要按照入党誓词，我要为党做我该做的事情。"

也是那一年，村里有个学生考上了北京的大学，但家里特别困难。拉齐尼·巴依卡跑回家，对父亲巴依卡·凯力迪别克说："爸爸，给我1000元钱。"父亲问："你要干啥？"他说："咱们村的孩子要到北京上大学，家里有困难，我想把1000元给他。"父亲给了拉齐尼·巴依卡1500元，拉齐尼·巴依卡高兴地跑到那户人家，把1500元交到了那名大学生的手中。他说："我能力有限，只能给你1500元，我希望你到北京以后努力学习，将来做一个好人。在党的关怀下，你才能去北京上学，你一定要好好学习，用你的实际行动学习回报党、感恩国家。"

入党是每个有志青年在政治上的追求，加尼丁·居马江和其他小伙伴打心眼里为拉齐尼·巴依卡高兴。他们和拉齐尼·巴依卡一起望着前方，仿佛那个光明的世界就在眼前，值得每个人孜孜不倦地追求。

拉齐尼·巴依卡入党之后，无论是村里的事还是部队巡边的事，他都会说："我是党员，我要以身作则。"

2005年，他们一起当护边员的时候，拉齐尼·巴依卡是班长，加尼丁·居马江是副班长。

加尼丁·居马江看到拉齐尼·巴依卡的言行举止，他的感动就像山里的泉水那样汩汩涌流，眼前就有拉齐尼·巴依卡和所有共产党员共同创造的一个光明的世界。他诚恳地说："拉齐尼，我也想入党，做一个像你一样的共产党员。"拉齐尼·巴依卡高兴极了，握住加尼丁·居马江的手说："你做得很好，具备了一个党员的基本条件，我明天就向村党支部介绍你的情况，推荐你为党员。你要好好努力，先争取加入中国共产党，再争取成为一名优秀的共产党员。"

一天夜里，静谧的天空镶嵌着无数钻石般的星星，把帕米尔高原之夜点缀得更加美丽。雪山脚下的提孜那甫村里，一扇窗口的灯光明亮而温暖。26岁的塔吉克族青年拉齐尼·巴依卡与加尼丁·居马江头碰着头写着入党申请书。

写了入党申请书的加尼丁·居马江更以拉齐尼·巴依卡为榜样，有样学样，用共产党员的标准严格要求自己。

2009年，加尼丁·居马江光荣地加入中国共产党，拉齐尼·巴依卡是他的入党介绍人。宣誓之后，加尼丁·居马江无比激动，说："拉齐尼，我也想和你一样成为一名优秀的护边员、优秀的共产党员。下次去吾甫浪沟巡边的时候，带上我吧。"

2013年9月，加尼丁·居马江跟随拉齐尼·巴依卡第一次以向导的身份去吾甫浪沟巡边。

出发前，拉齐尼·巴依卡说："好多战士是新兵，他们不会骑牦牛，我们一定要保护好这些战士，不能让他们从牦牛背上摔下来。如果战士们摔下来骨折了，是我们工作上的失职。"

巡边途中，山连着山，路连着路，河连着河，崇山峻岭交织，似乎永无尽头。拉齐尼·巴依卡每到一处险峻的地方，都告诉加尼丁·居马江这个地方要注意什么，应该怎么走。行程快结束的时候，带队的连长不幸从牦牛上摔下来，肋骨摔断了，再骑牦牛行走是不可能的了，拉齐尼·巴依卡就背着连长徒步5公里回到连队。

2014年，加尼丁·居马江在吾甫浪沟见证了白牦牛的牺牲。拉齐尼·巴依卡特别伤心，哭得很厉害。加尼丁·居马江也陪着拉齐尼·巴依卡落泪，他也很喜欢这头白牦牛，希望白牦牛能好起来，自己走回家，白牦牛认识回家的路呀。2015年，他们一起为白牦牛立了一块墓碑，后来每次巡边，他们就寻一些野花野草祭奠白牦牛，再一起敬军礼，他们都很想念这位不会说话的战友。

2016年，部队通知去吾甫浪沟巡边的时候，拉齐尼·巴依卡正在北京开会，他给部队领导打电话说："护边员加尼丁·居马江已经认得路了，可以胜任向导这个工作，他会带大家安全巡边。"那一次，加尼丁·居马江做了护边员向导的领队，巡边途中，每每遇到险要地形、恶劣天气，加尼丁·居马江就会想："这样的情况，拉齐尼会怎么做？"一路上，他自始至终以拉齐尼·巴依卡为榜样，帮助边防连出色地完成了巡边任务。

2019年，去吾甫浪沟巡边前，拉齐尼·巴依卡更加细心地教加尼丁·居马江，不停地告诉他，这座雪山达坂哪里有捷径，哪条河的哪块巨石适合牦牛通过，乱石滩要怎么过，碎石崖需要注意什么，一点一滴地教加尼丁·居马江，生怕有遗漏的地方。加尼丁·居马江特别奇怪，问："拉齐尼，反正每次都是你带队，我跟着你就行了，不用什么都告诉我。"拉齐尼·巴依卡说："也许我会去乌鲁木齐开会，去北京开会，我不在的时候你就要担当起向导工作。"

说这话是因为拉齐尼·巴依卡担心全国人大代表的繁忙工作会影响巡边工作，也是因为他对自己的表兄弟加尼丁·居马江充分信任，刻意地把巡边的接力棒传给他。加尼丁·居马江愿意以拉齐尼·巴依卡为榜样，跟随他一起巡边当向导。

谁也不会料到，2019年7月去吾甫浪沟的巡边成了拉齐尼·巴依卡生命中的最后一次巡边。

2021年1月4日，拉齐尼·巴依卡为营救落水儿童，英勇壮烈牺牲。

1月4日晚上，加尼丁·居马江正在护边员执勤点值班，边防连的一名战士打来电话："我们的拉齐尼为了营救落水儿童牺牲了，你们知不知道？"他怎么肯相信？他双手颤抖地打电话给提孜那甫村村委会，接电话的村干部和他一样不肯相信，在电话里哇哇地哭。

"拉齐尼牺牲了？那么好的拉齐尼牺牲了？怎么可能？吾甫浪沟那么多那样湍急的河流都拿他没办法，他怎么会被冰冷平静的湖水吞没？"加尼丁·居马江站在那里，一句话也说不出。记忆犹如一把锋利的刀刃，久久地搁在他的心中、他的脑海里、他身体的每一寸肌肤上，一碰就血淋淋的。

加尼丁·居马江仿佛听见一些声音从雪山之巅、从世界的尽头遥遥传来，那是好兄弟拉齐尼·巴依卡的声音。

拉齐尼·巴依卡是巡逻路上的"活地图"，有他在，就没有过不去的沟、爬不上的坡。每次巡边之前，他都会给护边员做动员："作为中国公民，我们有责任有义务为解放军官兵们带路巡逻；作为共产党员，我要起到模范带头作用，你们也要跟着我学，我怎么做你们就怎么做。每次巡逻的时候，咱们一定要把官兵们平平安安地带去，再平平安安地带回来。"

巡边苦巡边累，巡边路途艰难险恶，拉齐尼·巴依卡却如履平地、从容不迫、谈笑风生。

有战士对骑牦牛不熟悉，他说："你刚才从牦牛上摔下去了，屁股有没有摔疼？是不是偷偷地哭了？"

吃饭时，他拿出妻子特意准备的塔吉克族特色美食与大家分享："我们的哈克斯比城里的奶油蛋糕好吃多了，还能长期保存，是天底下最好吃的东西。"

他也会累："我和你们一样，也是人，我也有累得半死爬不起来的时候。"

每到一处休息的地方，他就把热瓦普拿出来，一边弹一边唱："花儿为什么这样红？为什么这样红？哎，红得好像，红得好像燃烧的火……"

熟悉的旋律似乎随着风声传来，在风中回旋跳跃，在加尼丁·居马江脑海里回旋跳跃。

"怎么可能？拉齐尼是一把火、一盏灯，即使站在最暗的路口，也能毫不费力地照着自己、照亮别人啊。"

边境线上还会有骑着牦牛巡边的队员，但再也不会出现拉齐尼·巴依卡的身影。

泪水肆流，心如刀割般的疼痛，加尼丁·居马江发出最为悲壮的嘶吼："兄弟，我会循着你的足迹，担起你的责任，继续为祖国守好边防。"

三

在4700米的高度，塔吉克族姑娘达热亚·夏木比如同一株昆仑雪菊，在雪域高原迎风绽放。

我在帕米尔高原见到了达热亚·夏木比。她是一名护边员，年轻的面孔上，一双大眼睛就像会说话的星星。

当她告诉我要像拉齐尼叔叔那样做一名优秀的护边员时，我诧异了，情不自禁地放慢脚步，随同她一起回忆拉齐尼·巴依卡牺牲的那一天。

对于20岁的达热亚·夏木比来说，2021年1月4日这一天与平常的任何一个日子没有什么不同。她在湖南长沙某手机配件厂的流水线上工作，动作麻利熟练。近三年的打工生活，她已经习惯了流水线作业，也见识到了城市的灯红酒绿、街道的车水马龙。

可是，1月4日这一天，达热亚·夏木比整个下午都烦躁不安。晚上下班，她给几千公里之外的提孜那甫村的家里打了一个电话。父母声音异样，她有些吃惊，追问家里出了什么事，但父母保证一切都好。

凌晨时分，她辗转反侧，不能入睡，就开始刷手机。"全国人大代表拉齐尼·巴依卡勇救落水儿童不幸遇难。"看到这条新闻，她简直不敢相信自己的眼睛："是我的叔叔拉齐尼·巴依卡吗？"

更多的新闻扑面而来，她看到了叔叔的相片，看到了那个头戴一顶塔吉克族特色毡帽，眼睛像星星一样明亮，笑容像太阳一样灿烂，皮肤被高原紫外线晒得黑红，特别善良，特别爱帮助人，特别可亲可敬的拉齐尼叔叔。

达热亚·夏木比的眼泪不禁涌了出来。她仿佛看到一只雄鹰从高空坠落，发出凄厉的鹰啸。鹰啸如风，掀起惊涛骇浪，将她整个淹没，心更是刀割般的疼痛。

她还是不敢相信，也不管此刻是凌晨，立即打电话给父亲。她说："爸爸，你为什么不告诉我？是我的拉齐尼叔叔，是我的拉齐尼叔叔呀……"

害怕惊扰了工友休息，她随手抓了一件羽绒服，踉踉跄跄走出楼外，一边走一边抹泪，一边走一边号啕……

那夜，无月，风又湿又冷，达热亚·夏木比的身体在冷风中颤抖。她无法相信真的是拉齐尼叔叔，但她又很确信，拉齐尼叔叔肯定会毫不犹豫地跳下水营救落水儿童，因为她认识的那个拉齐尼叔叔心里永远想着如何帮助别人。

在达热亚·夏木比童年的记忆里，拉齐尼叔叔最爱帮助人。村里无论谁家有困难了，他总是第一个跑去帮助。有一次，她上学快迟到了，拉齐尼叔叔骑着马飞快地把她送到学校。路上，她问了一个问题："叔叔，为什么要做护边员？"拉齐尼叔叔说："我们塔吉克族是爱国的民族，祖国相信我们，我们一定要报答祖国，一定要好好保护我们中国的每一座山、每一条河、每一棵树、每一朵花……"从此，她觉得护边员的工作很伟大、很神圣。

一连数天，达热亚·夏木比总梦见拉齐尼叔叔——和她爸爸一起巡边的叔叔、骑牦牛给解放军当向导的叔叔、刁羊活动跑第一的叔叔、弹热瓦普的叔叔、跳鹰舞的叔叔、把一首《花儿为什么这样红》唱得无比动人的叔叔……她无法抑制地搜索有关拉齐尼叔叔的新闻：叔叔带着大红花去北京，习近平总书记与他亲切握手；叔叔主动要求前往悬崖峭壁深处探路，带领巡逻官兵们出色完成任务；叔叔为了巡逻不迷失方向、辨清道路，每蹚过一条路、闯过一道关口、翻过一座险峰，都在明显的位置做好标记；叔叔跳进寒冷的湖水营救落水儿童，毫不犹豫……

达热亚·夏木比听到了，拉齐尼叔叔的英魂在呼唤她，做一个像拉齐尼叔叔一样的优秀护边员的梦想在呼唤她，美丽的家乡帕米尔高原在呼唤她。

她一刻也不能等了，跑到厂里辞职。一起打工的伙伴问她："这里条件那么好，每月赚6000多元，回新疆能赚这么多吗？"

她毫不犹豫地回答："我就是要像拉齐尼叔叔一样，做一名优秀的护边员。我的心告诉我应该这样做，和钱没有关系。"

1月25日，她推开了家门。她对父母说："爸爸妈妈，你们给我讲过，拉齐尼叔叔家一家三代护边，是我们塔吉克族的榜样。爸爸你做了12年护边员，现在我也要做护边员，以后，我的孩子还做护边员，我孩子的孩子还做护边员……"

2月15日，拉齐尼·巴依卡牺牲后的第四十三天，塔吉克族姑娘达热亚·夏木比走进拉齐尼·巴依卡生前工作的地方，学习如何做一名合格的护边员。在拉齐尼·巴依卡的感召下，她像一只好学的雏鹰，如饥似渴，努力学习锻炼自己。训练、巡逻之余，她给同事们读书读报，一起学习拉齐尼·巴依卡的英雄事迹，每次看到拉齐尼·巴依卡叔叔住过的床、用过的物品，她都会落泪。她说："拉齐尼叔叔在我眼中很优秀，他在我们心里是活着的。"

我问达热亚·夏木比："你在喀什师范学校学习计算机三年，又外出打工两年，见识过繁华与热闹，重新回到雪域高原，你不觉得寂寞吗？"

她显得很吃惊，说："为什么会寂寞？我愿意像拉齐尼叔叔一样，当一名优秀的护边员，无论遇到什么困难，我都愿意做；无论多么艰难，我都不害怕，不会放弃。"

达热亚·夏木比又说："如果我很努力很努力，就可以像拉齐尼叔叔那样成为一名中国共产党党员。这是我的梦想。"

说这话的时候，达热亚·夏木比眼睛望向窗外的皑皑雪山。恰巧有一只雄鹰飞翔在雪山之巅，女孩的眼睛更明亮了。

四

清晨，帕米尔高原背负群山从四面八方涌过来的时候，阳光瞬间变得磅礴激昂起来。新疆的山常有一种无与伦比的气势，"新疆的山是最雄伟高大的，他像威严的父亲，捍卫着新疆的寸土寸水，一草一木"。唯一能与新疆壮阔的群山相匹配的，只有雄鹰。

我常常在采访的过程中抬头仰望那些连绵的高山，想象着雄鹰的翅膀掠过群山之巅，在阳光下拍击出纯金的波纹，如同在时光坚硬的外表上留下划痕一样。

无论是过去、现在还是未来，并非所有人都能在时间无情的表面上留下痕迹，但是，总有一些人可以。他们拨开生之迷瘴，不沉溺于浮华物欲，克己奉公、为国为民。他们的一生无论长短，都将会被人民记住。

雄鹰振翅高飞的那一刻或许至为耀目，但是，最难的是一年 365 天，它每天都会在群山之上留下振翅的痕迹。无惧风霜雨雪，无论白天黑夜，当它警惕地盘旋在天空中，俯视帕米尔的群山万壑，随时准备俯冲而下或者扶摇直上。那不断重复的每一日，于它来说都是战士衣不解甲地驰骋边关。

我甚至觉得，当拉齐尼·巴依卡巡逻于群山之上，脚步笃定，神情坚毅，如同雄鹰一般翅膀舒张、指掌有力地在九天翱翔，他一定顿悟了生死的奥义。

生命的迷瘴被打破，生死的边界也被打破，生命的价值与意义不再以生命的长短来衡量，而是以宽度与厚度来衡量。正如诗人威廉·布莱克在《天真的寓言》里所说的："一沙一世界，一花一天堂。双手握无限，刹那是永恒。"

那些无私无畏的英雄壮举是他,那些日复一日的平凡坚守是他,那些波澜壮阔的日日夜夜是他,那些平淡无奇的朝朝暮暮还是他。

没有比天空更高的山,没有比大地更宽阔的河,当他以雄鹰之姿背负青天、面向大地之时,他的心中有草原牧场与炊烟,也有铁马秋风与勇敢。他的一生巍然有天地,凛然有家国,昂然有风骨。

当结束采访之后,我常常会回想起那些如定格般的岁月,彼时的他并不知道,他的生命会永远定格在 2021 年 1 月 4 日 13 时 55 分。他向死而生,是浴火涅槃的真正雄鹰。

在死亡来临的那一刻,他升腾的灵魂因其无私磊落而重新复活,直冲云霄。这是一只经过重生洗礼的雄鹰。千万年来,在勇敢的鹰族中,只有最无惧无畏的勇士能够完成这样重生的壮举,从而成为长久守护人民的最英勇的那只。

当他日复一日行走在帕米尔高原的群山万壑中时,当他穿过暗流湍急、冰封雪锁的吾甫浪沟时,当他在严寒中和衣卧雪或跳入激流时,当他义无反顾地舍生忘死救人之时,他就彻底完成了这样的蜕变。

500 多年前,王阳明在《大学问》中写下这样一段话:"大人者,以天地万物为一体者也。其视天下犹一家,中国犹一人焉……大人之能以天地万物为一体也,非意之也,其心之仁本若是,其与天地万物而为一也。"

拉齐尼·巴依卡永远都会存在于帕米尔高原的群山之上,就像他所说的:"这辈子要一直做一名不穿军装的边防战士,永远守好祖国的边境线……"

不仅是他,还有千千万万边防战士和护边员,这些"我以我血荐轩辕"的爱国者,这些忠勇之士,他们以胸中的热血共同铸就精神的图腾,一起永存群山之上。